NINA

Je suis Sébastien Chevalier, Rodrigol, 2009.

Le sermon aux poissons, Héliotrope, 2011.

Patrice Lessard

NINA

roman

HÉLIOTROPE

Héliotrope
4067, boulevard Saint-Laurent
Atelier 400
Montréal (Québec)
H2W 1Y7
www.editionsheliotrope.com

Maquette de couverture : Antoine Fortin
Photographie : le grand serveur maigre
Maquette intérieure et mise en page : Yolande Martel

*Catalogage avant publication de Bibliothèque et Archives nationales
du Québec et Bibliothèque et Archives Canada*

Lessard, Patrice, 1971-

   Nina

   ISBN 978-2-923511-97-9

   I. Titre.

PS8623.E877N56 2012   C843'.6   C2012-941454-9
PS9623.E877N56 2012

Dépôt légal : 3ᵉ trimestre 2012
Bibliothèque et Archives nationales du Québec
© Héliotrope, 2012

Les Éditions Héliotrope remercient de leur soutien financier le Conseil des Arts du Canada, le Fonds du livre du Canada et la Société de développement des entreprises culturelles du Québec (SODEC).
Les Éditions Héliotrope bénéficient du Programme de crédit d'impôt pour l'édition de livres du gouvernement du Québec, géré par la SODEC.

IMPRIMÉ AU CANADA EN AOÛT 2012

Inventer, c'est détruire des documents.
[…]
L'homme qui s'est éloigné des autres hommes
trouve parfois des choses.

— GONÇALO M. TAVARES

pour Chloé

[Il y a longtemps, quatre ou cinq ans, j'imagine...]

En arrivant à Lisbonne, j'éprouvai un sentiment de libération.

Je dormis les premiers temps dans une pension agréable bien qu'un peu chère. Le jour, j'errais dans la ville, à l'aveuglette, ne m'éloignant guère du centre, ne m'étais jamais, jusqu'alors, éloigné du centre... avais imaginé, la première fois que j'y avais mis les pieds, cette ville comme un labyrinthe étriqué mais, après quelques semaines à l'arpenter en tous sens, avais eu l'impression *[fausse]* de la connaître par cœur...

Cette fois, en retrouvant la ville, je sentis que les choses allaient mieux... pas tant le fait d'arriver que d'être parti, d'avoir quitté Montréal.

[...]

Il serait toutefois absurde de croire que je choisissais, en partant, la voie facile. Je vécus les premiers temps *[longtemps, les premières années]* dans des conditions matérielles assez difficiles, sans permis de travail, je ne trouvai que des emplois très sporadiques et mal payés,

[11]

ne gagnais souvent presque rien mais ne m'en plaignais pas, d'ailleurs, je l'avais voulu ainsi. J'eus la chance de rencontrer rapidement des gens qui m'accueillirent chez eux, et cela me convint pendant un certain temps, j'avais pour principe de me restreindre au strict minimum, ne traînais pour tout bagage qu'un petit sac et mon cava-quinho *[ukulélé]*, je ne déménageais pas tous les jours, restais parfois plusieurs semaines, plusieurs mois au même endroit… aimais à penser que je vivais dans la clandestinité, cela avait longtemps constitué pour moi une espèce de fantasme…

Dimanche

Le Café Mindelo n'a rien d'extraordinaire, un bar parmi d'autres de la Rua das Portas de Santo Antão où abondent touristes et poivrots. Juste en face, il y a aussi la Casa do Alentejo et, un peu plus loin sur le Rossio, la Ginjinha Sem Rival, mais il s'agit en l'occurrence de lieux historiques, faisant partie d'une certaine mythologie lisboète alors que, il faut bien l'admettre, le Café Mindelo est plus miteux que mythique.

Cela dit, entre miteux et mythique, à Lisbonne, la nuance est parfois subtile.

C'est pourtant un chouette endroit, les serveurs sont gentils, souriants, la bière n'est pas chère. Il règne là une ambiance familiale et vaguement imbibée sans pourtant que ce soit mal famé.

Ce jour-là, le Café Mindelo était tranquille comme toute la Rua das Portas de Santo Antão malgré l'heure apéritive. On n'insistera jamais assez sur l'horreur d'ennui que peut constituer un dimanche à Lisbonne, où tout est fermé sauf les plages sur lesquelles s'agglutinent des foules compactes et visqueuses. Ceux qui restent en ville n'ont plus alors qu'à se soûler chez eux, en faisant griller des sardines, ou dans certains bars qui défient les traditions comme le Café Mindelo.

À l'intérieur, où s'entassent quelques tabourets le long de l'étroit passage qui mène aux toilettes, deux types un peu ridicules habillés en rappeurs, avec des pantalons trop grands, des chaînes en or et des casquettes des Yankees, discutaient avec Clay, l'un des deux serveurs. Sur la terrasse, un couple de touristes mangeait des caracóis *[escargots dans l'huile]*, trois ou quatre vieux palabraient et un type, seul, buvait une bière. Il poireautait là depuis une petite heure et en était déjà à sa quatrième consommation, les dimanches à Lisbonne sont mornes à vous coller une cirrhose. Il n'était pas très vieux, ni beau ni laid, un visage anonyme, du genre qu'on confond. À vue de nez, la petite quarantaine, l'air fatigué, comme ses vêtements d'ailleurs, élimés, tachés, bien que, vu de loin, on eût pu lui concéder une certaine élégance.

Il regardait les gens déambuler dans la rue, l'air de se demander ce qu'il faisait là, ou alors d'attendre quelqu'un qui était en retard à leur rendez-vous. De loin, c'était difficile à dire.

Il se redressa soudain sur sa chaise, sortit de la poche de son veston gris et délavé un petit carnet et un crayon, écrivit quelque chose et, alors que le serveur passait à côté de lui, dit, Clay, faz favor, mais uma, une autre s'il te plaît, en pointant le doigt vers son verre vide. Au même moment et sans lui avoir demandé la permission, un type s'assit à sa table, Ah! aqui está! dit l'homme au veston, vous voilà, l'autre ne dit rien, fit à Clay un signe obscur auquel ce dernier répondit en lui montrant son pouce.

Le nouveau venu était un jeune Noir, de toute évidence cap-verdien – il avait les yeux verts. Maigrichon, il portait un short et un maillot de basketball, des sandales en plastique et une casquette élimée du Benfica. Au moment où Clay déposait deux verres de bière sur la table, le premier, le Blanc, dit, J'étais sûr que vous viendriez plus, et l'autre, Je suis là, alors, ça avance? Oui, ça avance, répondit le premier, mais je vous l'avais dit que j'aurais sûrement pas fini en juste une semaine, celui qui a fait ça va vouloir se faire oublier, il va pas commencer tout de suite à se vanter de son coup, En principe, le coupa l'autre, il sait pas qu'on le cherche, il a pas de raison de pas se vanter, il sait pas qu'on sait qu'il a le flingue.

Il ne disait pas pistola mais bien fusca, comme on dirait gun ou flingue plutôt que pistolet. Pistola, dans ce genre de milieu, ça ne fait pas sérieux.

Le Blanc reprit, C'est vrai, mais il sait qu'il a fait quelque chose de pas correct et il sait que vous cherchez quelqu'un qui a fait quelque chose de pas correct et il sait que c'est à cause du gun et il a sûrement pas envie qu'on lui pose des questions parce qu'il sait que s'il répond il pourrait se mettre dans la marde, Olha, écoute, dit alors le Noir, je veux que tu trouves qui c'est et que tu me dises où il est, ce qu'il fait, prends le temps qu'il faut mais te fous pas de ma gueule, C'est correct, dit le Blanc, c'est pas dans mon intérêt de faire niaiser mes clients, Si ça tourne mal, ajouta l'autre, je considérerai que c'est de ta faute, c'est clair ? Oui, monsieur Bino, c'est clair, je vais retrouver le gars et le gun aussi, Bon, maintenant je fous le camp, dit Bino en se levant, il jeta une pièce d'un euro sur la table et quitta la terrasse en saluant le serveur.

L'homme au veston resta seul devant les deux bières à moitié pleines. Après avoir vidé le contenu du verre de Bino dans le sien, il fit signe à Clay et cria, Queria também um pratinho de carapauzinhos, un petit plat de petits maquereaux, le serveur leva le pouce et quitta la terrasse. L'homme au veston retourna à ses pensées qui nous restent pour l'instant inaccessibles, on peut affirmer toutefois, sans trop de risque de se tromper, que c'est à cette histoire de pistolet perdu qu'il réfléchissait. Clay revint avec une bière et une assiette débordante de petits poissons frits baignant dans une mare d'huile, l'air pétrifié, les yeux brûlés et la bouche ouverte, comme s'apprêtant à mordre. L'homme en ramassa un entre le pouce et l'index, l'enfourna, mâcha quelques secondes et répéta l'opération, prenant une gorgée de bière tous les deux ou trois poissons.

Il n'avait pas tout à fait terminé son assiette lorsqu'il remarqua, à la table voisine, une jolie blonde qui commandait un verre de vinho verde. Les blondes, à Lisbonne, sont plutôt rares, sauf durant la saison touristique où Allemandes et Anglaises abondent mais, on a beau être au courant, elles n'en attirent pas moins l'attention.

*

Elle n'était pas vraiment blonde, plutôt blond vénitien. Les yeux bleus. Elle pointa l'index vers l'assiette presque vide de carapauzinhos et dit, Ça a l'air bon, et lui, Je t'en prie, prends-en si tu veux, Non, je te remercie, je n'ai pas faim, et puis c'est vraiment trop huileux, Oui mais c'est délicieux, Tu ne manges pas la tête? Non, Je crois qu'il faut manger la tête, Je ne sais pas, répondit-il, et il s'enfonça un autre petit poisson dans la bouche sans manger la tête qu'il pose, avec les autres, sur le rebord de son assiette.

Vincent regarda autour de lui. Ça n'avait rien d'extraordinaire, cette rue, ce café, c'était même un peu miteux. D'ailleurs, sans l'insistance de Nina, il n'y aurait certainement jamais mis les pieds. Elle était blonde et toute petite, l'air discret, douce, pour lui, elle était parfaite, il en était amoureux fou, il dit, Tu es belle, elle rougit un peu, il aurait aimé qu'elle lui réponde mais non, tant pis, il continua, On est bien, tu ne trouves pas? elle sembla hésiter un instant puis, Je suis fatiguée, nous n'avons pas assez dormi et le vin m'a assommée, Tu pourrais boire un café, proposa-t-il en cherchant des yeux le serveur, et elle, Non, ça va me détruire l'estomac, Si tu veux, reprit-il, nous nous coucherons tôt, puis il engouffra un carapauzinho.

Ils étaient arrivés à Lisbonne le matin même. En sortant de l'aéroport, ils avaient pris un taxi jusqu'à leur pension où ils avaient dormi quelques heures, puis ils étaient sortis voir un peu la ville. C'est Vincent qui avait insisté, c'était la première fois qu'il mettait les pieds au Portugal, la première fois qu'il mettait les pieds en Europe, Je ne veux pas qu'on perde notre première journée, avait-il dit, débordant d'un enthousiasme auquel Nina n'avait pas voulu résister, par crainte de lui faire de la peine. Ayant vécu cinq ans à Lisbonne, elle connaissait la ville par cœur et cette promenade de reconnaissance ne lui était aucunement nécessaire, elle aurait préféré se reposer.

Quand Vincent lui avait annoncé qu'il voulait aller au Portugal, quelques mois plus tôt, au tout début de leur relation, et lui avait proposé de l'accompagner, elle n'avait pas osé refuser. Après quelques jours, toutefois, elle s'était risquée à lui confier, sans préciser ses raisons, qu'elle n'avait pas trop envie de revoir Lisbonne. Il l'avait bien questionnée un peu à ce propos, mais elle lui avait répondu de manière très évasive, C'est une histoire compliquée, je n'ai pas trop envie d'en parler. Il aurait pu insister, or elle s'était aussitôt mise à le questionner à propos de son frère, Antoine, de la disparition de son frère parti vivre au Portugal quatre ou cinq ans plus tôt, C'est pour ça que tu veux aller à Lisbonne? avait-elle demandé, et Vincent, Je suis sans nouvelles de lui depuis plus d'un an, elle continua, Pourquoi est-il parti? Je pense qu'il voulait simplement voyager, faire son petit tour d'Europe, à cette époque il se cherchait un peu, je crois, puis il a décidé de rester, de ne pas rentrer à Montréal, Pourquoi? demanda encore Nina, et Vincent,

Je ne sais pas. Il n'avait jamais été très proche de son frère, Antoine était parti, c'est tout, et Vincent avait toujours eu l'impression que cela s'était fait sans que ni lui ni Antoine s'en fussent aperçus, d'ailleurs Vincent évoquait cet épisode marquant comme si son frère n'avait été qu'un acteur passif de sa propre disparition, n'y avait participé que de très loin. Pour Vincent, l'absence du frère, à l'époque, n'avait eu aucune importance, et il était convaincu qu'il en était allé de même pour Antoine. Puis, trois ou quatre ans plus tard, alors que Vincent n'avait eu jusqu'à ce jour de ses nouvelles que deux ou trois fois par année, Antoine s'était mis sans raison apparente à lui écrire toutes les semaines. Qu'est-ce qu'il te racontait? demanda Nina, Rien d'intéressant, répondit Vincent, il parlait du quotidien, de sa vie à Lisbonne où il s'était établi, il travaillait dans la construction, quelque chose du genre, je n'ai jamais compris pourquoi il m'écrivait, peut-être seulement pour garder le contact après la mort des parents, je ne sais pas, mais il n'écrivait pas parce qu'il avait quelque chose à me dire, il écrivait pour écrire, comme par obligation, ou alors comme s'il n'avait rien eu d'autre à faire, des lettres interminables, puis, continua-t-il, il a cessé complètement, il y a maintenant plus d'un an qu'il ne m'a donné aucune nouvelle.

Et c'est ainsi que Vincent avait convaincu Nina de passer leurs vacances à Lisbonne, parce qu'il espérait y retrouver son frère. Il avait réussi, grâce à cette histoire, à émouvoir Nina. Mais ce jour-là, trois ou quatre mois plus tard, sur la terrasse du Café Mindelo, l'histoire de

Vincent la touchait beaucoup moins, elle était fatiguée et se retrouver là, dans la Rua das Portas de Santo Antão, dans les vapeurs du décalage horaire et du vinho verde, lui donnait l'impression d'avoir fait un pas en arrière, de se retrouver malgré elle trois ou quatre ans plus tôt, à une époque malheureuse de sa vie.

À la table d'à côté, un type les regardait, c'est Nina qui le remarqua, il jetait de temps en temps vers eux un œil. S'ils s'étaient trouvés au Québec ou en France, elle aurait cru qu'il écoutait leur conversation, mais à Lisbonne ça n'avait pas vraiment de sens, d'autant qu'il n'avait pas l'air d'un touriste, il portait un complet défraîchi gris-jaune s'agençant à son teint cireux, était maigre comme un clou et portait une petite bedaine de bière, une figure anonyme, on aurait pu l'avoir déjà vu quelque part sans savoir où. Quelques secondes après que Vincent et Nina eurent interrompu leur conversation, l'homme au visage gris dit, Gostam dos carapauzinhos? Sim, répondit Nina, são muito bons, l'homme eut l'air surpris qu'elle lui répondît en portugais, demanda, Vocês são portugue-ses? Eu sim, expliqua Nina, mas agora vivo em Montréal, no Québec, Qu'est-ce qu'il dit? demanda Vincent, et l'autre, Ah! é verdade? conheço um pouco o Québec, et il ajouta, avec un accent portugais à couper au couteau, On est ben en tabarnak icitte! Nina se mit à rire, elle avait un petit rire de gorge très doux, en cascade, Vincent ne comprit que tabarnak et ce mot, dans la bouche de l'homme au veston, l'étonna. Clay passa alors entre eux et l'homme lui demanda une autre bière.

Qu'est-ce qu'il disait ? redemanda Vincent à Nina, elle lui résuma leur courte et insipide conversation puis, Tu crois vraiment qu'on a la moindre chance de retrouver ton frère ? Je n'en sais rien, répondit Vincent, puis il ajouta, J'espère, et Nina, Tu lui diras quoi si tu le retrouves ? Je n'en sais rien, il ne s'était jamais vraiment posé la question. Nina pensa que Vincent ne désirait retrouver son frère que parce qu'il sentait que c'était ce qu'on attendait de lui, pour la satisfaction d'avoir fait quelque chose de bien.

Cette pensée un peu mesquine, elle essaya aussitôt de l'oublier. On était en vacances, après tout, ce n'était sans doute pas le moment.

*

Forcément, des Québécois à Lisbonne, ça attirait l'attention.

Ils se levèrent, et c'est à ce moment en principe que Gil aurait dû faire son petit boniment en français, Je m'excuse, je me suis un peu moqué de vous autres tantôt, moi aussi je suis québécois, fait qu'hésitez pas si vous avez besoin de quelque chose, etc., ça marchait à tous les coups, les Québécois sont tellement heureux de rencontrer à l'étranger des compatriotes, ils se sentent moins seuls au monde, ça les rassure, ils vous paient quelques verres, en vacances on regarde moins à la dépense et de temps en temps vous en profitez pour leur subtiliser une montre, un portefeuille, ça arrondit vos fins de mois et met du piquant dans leur voyage. Mais il s'était dit ce jour-là, à cause de cette histoire de frère perdu, qu'il serait préférable de voir d'abord où ils logeaient puis, dans quelques jours, quand ils commenceraient à piétiner dans leur enquête, hop! je leur tombe dessus par hasard et leur donne quelques [fausses] pistes, lorsque c'est possible, autant gagner sa vie honnêtement. Il en était là dans ses réflexions lorsque Nina dit, Adeus, boa tarde, senhor! Boa tarde, dit Gil en souriant, lorsqu'elle lui tourna le dos, il la détailla des pieds à la tête, par distraction, peut-être par déformation professionnelle.

Il resta là quelques instants alors qu'ils s'éloignaient vers le Rossio puis dit à Clay, Cinco euros? Sim, se faz favor, répondit ce dernier. Gil laissa les pièces sur la table, se leva et marcha lui aussi vers le Rossio.

Il les suivit jusqu'au bord du Tage où ils logeaient, à la Casa de Hospedes Estrela, Rua dos Bacalhoeiros.

On verra bien ce que ça donne, murmura-t-il pour lui-même.

*

[Praça das Flores]
Au début, disons pendant les deux premières semaines, il m'était impossible de m'orienter dans la ville, non seulement je me perdais, mais je ne retrouvais plus les lieux où j'étais déjà passé, le plus souvent par hasard, évidemment… découvris un jour la Praça das Flores avec son joli petit parc… m'assis à la terrasse d'un café, des

enfants jouaient au foot près de la fontaine, un type bedonnant avec une casquette rouge passait d'une terrasse à l'autre pour mendier des cigarettes… la première fois depuis longtemps que je me sentais calme, je pensai qu'il y avait des années que je n'avais rien fait d'autre qu'observer les gens, les regarder vivre. À la table devant moi, une très belle femme *[Nina]* buvait son café, elle reçut plusieurs appels, parla longtemps au telemóvel *[téléphone portable]* tandis que, moi, je la regardais… je ne sais plus… si j'ai commencé à l'observer parce que je la trouvais jolie ou si je l'ai trouvée jolie à force de l'observer… Elle finit par poser le telemóvel sur la table et sortit de son sac un petit cahier dans lequel elle se mit à écrire je ne sais quoi… ni pourquoi je me mis aussitôt à essayer d'imaginer ce qu'elle écrivait, c'était idiot, je veux dire, tout le monde note des trucs la plupart du temps sans importance alors pourquoi elle ? pourquoi m'intéressais-je ainsi, sans raison, à ce qu'elle venait d'écrire ? … après ces premières journées sans parler à personne… Je restai là longtemps à l'observer et, au moment même où je me résolus enfin à me lever pour aller lui poser la question, Puis-je vous demander ce que vous écrivez ? ou, À propos de quoi écrivez-vous ? quelque chose du genre, c'est elle qui se leva et cela me cloua sur ma chaise, elle quitta la terrasse, je la regardai s'éloigner…

[Je l'oubliai presque aussitôt, cette femme, et ce qu'elle avait bien pu écrire dans son petit cahier, or quand je repense aujourd'hui à cette journée, c'est cette image qui me revient inévitablement à l'esprit, Nina, dont je ne savais

encore rien, écrivant dans son petit cahier, et l'insatisfac-
tion de n'avoir pu découvrir à quoi elle pensait alors.]

… de toutes les femmes transparentes qui se sont superposées dans ma mémoire, il ne reste aujourd'hui que Nina…

… ne me souviens plus exactement de notre trajet *[par la suite, j'appris à porter attention à ce type de détail]*, il me semble que nous passâmes par *[le parc de]* Principe Real puis… la laissai s'éloigner… elle prit à gauche en bas de la rue et descendit tranquillement la colline… puis l'escalier… je me dis que si je la perdais des yeux, je ne pourrais la retrouver, je ne connaissais pas du tout ce quartier, et en même temps, si je la suivais de trop près, elle me verrait, c'était probablement idiot de ne pas vouloir qu'elle me voie, je jouais au détective, en quelque sorte, si, au lieu de la suivre, je l'avais abordée sous un prétexte futile pour l'inviter à prendre un verre, par exemple, un café… la retrouvai sur une petite place plus dégagée où elle franchit une porte cochère et s'avança dans l'allée… regarda alors dans ma direction… et je lus dans son regard la langueur de quelqu'un qui a trop chaud. Elle sonna à une porte dans l'allée alors que je la dépassais, on ne lui ouvrit pas, elle revint donc sur ses pas et poursuivit sa descente… prit son telemóvel, je ne saurais dire si elle y répondit ou fit elle-même un appel, n'entendis pas la sonnerie mais pus constater qu'elle avait avec son interlocuteur une conversation animée… elle continua de descendre par des rues plus ou moins anonymes jusqu'à… arrivée en bas de la colline, entra dans une boutique de coiffure.

C'est cet épisode *[en apparence]* anodin qui me revient en tête chaque fois que je me rappelle les premiers jours de mon exil *[en apparence puisque, je m'en rends compte aujourd'hui, la suite de mes errances lisboètes, sans lui, perd, au moins en partie, son sens]*. Dès mon arrivée à Lisbonne, je sentis que les choses allaient mieux… pas tant le fait d'arriver que d'être parti, d'avoir quitté Montréal.

… *[Jorge me proposa d'habiter]* une chambre chez une de ses amies, minuscule et chère dans un quartier très bruyant *[Bairro Alto]*, c'était désagréable, surtout que je n'avais pas un rond pour participer à l'animation du quartier. Je vivais à ce moment la pire période de mon séjour. Je n'ai que peu de souvenirs de cet appartement, mais au moins j'y étais seul, cela me donnait un répit. … pas d'argent pour boire et, en fin de compte, c'était peut-être aussi bien… vivre pleinement l'expérience de la solitude, particulièrement dans ce quartier animé, chaque nuit, c'était la fête jusqu'à cinq ou six heures, on ne pouvait y dormir que le jour, devant chez moi, chaque nuit, une marée humaine… Je passais des heures dans ma chambre à regarder le plafond sans pouvoir dormir à cause du bruit…

[Ici, le long récit d'une aventure avec une chanteuse de fado.]

… me mena à mes premiers déboires avec la police, jamais je n'aurais imaginé… de telles conséquences…

Je me rappelle qu'il y avait beaucoup de monde, beaucoup de touristes surtout, ce jour-là, des centaines de personnes assemblées sur le Largo de São Domingos... j'avais un bandeau taché de sang sur les yeux *[ce n'était évidemment pas du vrai sang]* et mendiais, demandais l'aumône... trois ou quatre autres qui faisaient la même chose... il y avait là toutes sortes de gens, je dis cela sans aucun mépris, au contraire... un mutilé volontaire, notamment, qui se trouvait chaque jour devant l'église São Domingos et qui nous fit ce jour-là des problèmes, il croyait que nous voulions envahir son territoire...

Tout ça, c'était bien avant de rencontrer monsieur Simão... époque à laquelle ma vie s'était stabilisée... et n'avait aucune commune mesure avec l'histoire du pistolet... situation critique dans laquelle je me trouvais ne me donnait d'autre option que la fuite *[il est ici question de ce que j'appelle dans ma tête la tragédie de Lisbonne]*...

Lundi

Nina n'en fut pas étonnée outre mesure, mais Vincent n'avait qu'une idée très vague de la manière dont il allait procéder dans son enquête. Pour lui, être à Lisbonne, c'était déjà le principal, le reste irait tout seul, croyait-il. Il avait toujours considéré la distance comme la principale difficulté dans cette affaire, et bon, il n'avait pas complètement tort, on ne pouvait mener cette enquête ailleurs qu'à Lisbonne mais, évidemment, ce n'était pas tout. En fait, malgré la faiblesse des liens qu'il avait entretenus avec Antoine depuis toujours, Vincent était intimement convaincu de le connaître comme lui-même, d'avoir les mêmes instincts et donc de savoir exactement, dès qu'il se trouverait à Lisbonne, comment retrouver ses traces, suivre le même chemin que lui.

Il évita toutefois de dire à Nina que son projet était pour l'instant basé sur cette seule intuition.

Lorsqu'ils sortirent de la pension au lendemain de leur arrivée à Lisbonne, Vincent proposa une tournée de reconnaissance en ville, en fait, son idée, que Nina ne trouva au fond pas si bête, était de faire le tour des adresses qu'il avait recueillies sur les enveloppes des lettres que lui avait fait parvenir Antoine. C'était, pensa-t-elle, déjà le début d'un plan.

Ils passèrent ainsi leur première journée à se promener dans Lisbonne comme des touristes. Ils visitèrent d'abord la Baixa pour voir la Praça do Comércio où Vincent, sur le quai, prit plusieurs photographies devant les deux grands piliers blancs auxquels jadis j'imagine, on amarrait les bateaux, il n'y a là presque rien, devant l'ancien palais royal, cette place immense et vide puis le quai, le fleuve et ces deux grandes bittes d'amarrage sur lesquelles se tient en permanence, dans une pose statuesque, un goéland. Ils restèrent là plusieurs minutes à regarder le Tage, les rares bateaux sur le fleuve désert, à profiter du vent frais, puis ils retraversèrent la place et prirent la Rua do Ouro bondée de touristes, ensuite la Rua Augusta, la chaleur, à cette heure du jour, il devait être treize heures, était insupportable, et ils avaient faim, ils prirent une transversale, aboutirent dans la Rua dos Sapateiros et entrèrent à l'Adega da Mó. Dans la vitrine étaient exposés d'énormes poissons la gueule ouverte, aux dents menaçantes, des crabes et quelques autres crustacés inconnus, une longue anguille noire. C'est bien ici, tu verras, à ce temps de l'année le melon doit être excellent, lui dit Nina, elle serra même la main au serveur, un petit monsieur d'une soixantaine d'années avec de grandes oreilles et le teint rougeaud *[senhor João]* qui de toute évidence se souvenait d'elle, il souriait, l'air content de la voir. Ils prirent une table dans un coin, un peu à l'écart, tous les gens qui se trouvaient là, à l'exception de quelques touristes, semblaient être des habitués. À la table à côté d'eux, un homme bedonnant et portant de grosses lunettes dégustait une mousse au chocolat qu'il avait au préalable noyée dans l'eau-de-vie. Ils mangèrent une feijoada à transmontana, C'est une spécialité de la maison, avait précisé Nina, et burent un litre de rouge. C'est notre première journée après tout! commenta Vincent avec enthousiasme lorsqu'ils sortirent, un peu pompettes, du restaurant, puis, Il n'y a rien de mal là-dedans! en vacances, c'est normal, je pense que c'est ce qu'il voulait dire.

Ils empruntèrent la Rua dos Sapateiros jusqu'au Rossio et montèrent, derrière la gare, les marches menant au Bairro Alto, c'est là que se trouvait la première adresse, au numéro 75 de la Rua Nova do Loureiro. Une femme d'une trentaine d'années qu'il conviendrait de qualifier de plantureuse, pensa Nina, leur ouvrit, Vincent resta en retrait tandis que Nina lui parlait, en portugais. Après quelques secondes à peine de conversation, un éclair de colère passa dans les yeux de la femme, elle ne cria pas mais fit mine de leur fermer la porte au nez. Nina continua quelques instants d'argumenter avec elle, sans succès, la porte finit par se refermer. Qu'est-ce qu'elle a dit? demanda alors Vincent, Que ton frère n'a fait que passer chez elle, qu'il a squatté ici sans qu'elle le sache pendant qu'elle était en vacances en Espagne et qu'elle l'a foutu à la porte à son retour, elle prétend qu'elle ne sait rien d'autre à son sujet.

Ils furent un peu déçus, sur le coup, de n'avoir pu discuter plus longuement avec cette femme, en fait Vincent s'était imaginé que, tout simplement, il retrouverait la trace d'Antoine après une touchante conversation avec une personne qui l'avait connu et avait su saisir le drame de son existence. *[Cela dit, y avait-il vraiment eu drame ?]* Comme Vincent avait toujours considéré son frère comme une personne simple et sans histoire, la solution à l'énigme de sa disparition se devait, elle aussi, d'être simple, un malentendu, par exemple, on avait pris le mauvais train, s'était trompé d'adresse, c'est d'ailleurs cette dernière hypothèse qui lui était venue à l'esprit lorsque Nina avait parlé de squat, Ton frère, dit-elle alors, le sortant de ses réflexions, c'était le genre à entrer chez les gens par effraction ? Je ne crois pas, non ! répondit Vincent, C'est quand même curieux, reprit Nina, qu'il ait habité là pendant des semaines sans que personne s'en soit rendu compte, tu ne trouves pas ? Il est resté là des semaines ? demanda Vincent, Je ne sais pas, répondit Nina, c'est vrai que j'extrapole un peu mais, s'il t'a donné cette adresse de retour, il n'y est sûrement pas resté que quelques jours, ça avait du sens, pensa Vincent, et Nina, Viens, on va aller boire un café.

Dans la Rua Nova do Loureiro, il n'y avait pas de commerces, quelques rues plus loin, c'était l'agitation du Bairro Alto (la nuit, parce qu'à cette heure du jour,

c'était tranquille) mais pas ici, une zone plus résiden-
tielle, plutôt cossue. Vincent s'attarda un instant devant
la façade d'un immeuble où une obscure plaque disait
qu'un obscur écrivain romantique avait habité l'immeuble et, quand il sortit de ses rêveries poétiques, il constata
qu'il était seul, Nina avait continué à marcher, il la vit
au coin de l'autre rue, au nord, elle était un peu loin, il
cria, Nina! attends-moi! l'eût-elle souhaité, elle aurait
certainement pu semer Vincent, perdu à jamais dans les
rues de Lisbonne, pensa-t-il, en cette première journée
de déambulations lisboètes, il eut le sentiment qu'il
aurait pu se perdre là définitivement, ou à tout le moins
que Nina aurait pu s'y cacher à jamais, qu'il ne l'y aurait
jamais retrouvée, il y avait un peu de cette angoisse dans
ce Nina! attends-moi! mais en même temps c'étaient des
enfantillages, je veux dire, ce genre de chose vous passe
par la tête sans qu'on y croie vraiment, on n'a même pas
peur en fait, on y pense, c'est tout, d'ailleurs son cri ne
devait pas être très convainquant puisque Nina poursuivit son chemin comme si de rien n'était, de loin, il la vit
entrer dans un commerce en enjambant un petit chien
couché par terre, d'où il était, il ne pouvait voir l'enseigne ni la devanture, il s'approcha et constata qu'il s'agissait d'un minuscule café, Ah! te voilà, dit Nina alors
qu'il entrait, elle s'était assise au comptoir, l'employé était
en train de lui faire un café, Je t'ai commandé un café,
dit-elle à Vincent. L'endroit était presque vide. Au fond,
un petit vieux basané au visage crevassé buvait une
Sagres, trois autres types au comptoir palabraient, l'un

d'eux buvait, dans un tout petit verre à pied, une liqueur verte, un autre, très obèse, une citronnade. Vincent s'assit au comptoir à côté de Nina qui parlait à l'employé. Il était très souriant, ni vieux ni jeune, pas l'air trop pochard. À un moment elle se tourna vers Vincent et dit, Je venais souvent ici dans le temps, puis se remit à discuter avec le serveur. Vincent ne dit rien, Nina faisait son petit pélerinage, il se sentait un peu exclu mais tout cela était normal, sans doute. Leur conversation, dont Vincent ne comprit pas un traître mot, durait depuis quelques minutes lorsque Nina demanda, Vincent, tu as une photo d'Antoine? Non, répondit-il, Nina eut un petit sursaut d'étonnement, dit, Tu cherches ton frère et tu n'as même pas apporté une photo de lui? Mais je n'en ai pas, de photo! dit Vincent, je n'allais tout de même pas apporter une photo de lui à dix ans! Nina se retourna vers le cafetier et continua sa discussion avec lui jusqu'à ce que le petit vieux crevassé, du fond de la salle, crie quelque chose de plus ou moins indistinct, et alors l'employé se précipita vers lui avec une bière. Ils terminèrent leurs cafés et sortirent, Obrigado, até logo!

Une fois dans la rue, Nina expliqua à Vincent qu'elle avait connu ce type, le cafetier, cinq ans plus tôt, J'espérais qu'il soit là, dit-elle, dans le temps, il connaissait tout le quartier, Et il a connu Antoine? demanda Vincent, Il ne sait pas, répondit Nina, mais il n'a jamais entendu parler de cette histoire de squat, il dit qu'il y a parfois des cambriolages dans le quartier, rien d'anormal, plusieurs vagabonds aussi, comme partout dans le centre de Lisbonne. Nina avait bien essayé de décrire Antoine au cafetier mais, comme elle ne l'avait jamais vu, ça n'avait pas été très concluant. Elle exposa toutefois à Vincent la possibilité que son frère ait eu des difficultés durant son séjour à Lisbonne, Qu'est-ce que tu veux dire ? demanda-t-il. Nina, bien sûr, ne savait pas exactement, peut-être s'était-il adonné à des activités illicites, cambriolages, vente de drogue, ce genre de truc, Il ne faut exclure aucune hypothèse, conclut-elle.

Ils arpentèrent les rues, mornes à cette heure du jour, du Bairro Alto, marchèrent ensuite jusqu'à la Bica où ils repérèrent le 30 de la Travessa da Portuguesa, une autre adresse d'où avait écrit Antoine. C'était une maison rose en assez bon état, à deux étages, mais il n'y avait au deuxième qu'une petite mansarde. Un des appartements du rez-de-chaussée était inhabité, les rideaux qu'on voyait à travers les carreaux sales étaient tout jaunis, grisâtres de saleté et déchirés en plusieurs endroits. Juste à côté, la porte du 28 était très abîmée, un store métallique à moitié baissé et tout cabossé la protégeait, qu'on ne réussirait sûrement pas à remonter le jour où quelqu'un voudrait entrer là, il faudrait l'arracher. Sur le balcon garni de pots de fleurs au premier, deux femmes riaient fort. Ils sonnèrent, on ne leur répondit pas. Ça va mal, notre affaire, dit Vincent en regardant les deux femmes sur le balcon, elles se ressemblaient, vues d'en bas, on aurait dit des jumelles. Nina leur dit quelques mots en portugais, elles eurent une courte conversation puis, Il n'y a personne, dit Nina à Vincent, viens, on s'en va.

Elle s'était déjà remise en route, avait traversé la rue et, la rejoignant de l'autre côté, Vincent put voir, dans la pénombre de l'appartement, deux hommes dont on ne distinguait pas les visages mais dont on pouvait deviner qu'ils riaient avec les deux filles du balcon, Ils rient de nous? demanda-t-il à Nina, Je n'en sais rien, répondit-elle, J'ai l'impression qu'ils se foutent de notre gueule, renchérit Vincent, Ne sois pas si négatif, tu es toujours négatif, le réprimanda Nina, mais ce n'était pas très sérieux.

En marchant vers la Calçada do Combro, Nina expliqua à Vincent que l'endroit où ils avaient sonné était inoccupé depuis plusieurs mois, La fille m'a dit qu'on ne trouverait rien ici. Vincent aurait aimé qu'elle lui donne plus de détails.

Ils prirent ensuite l'eléctrico 28, Vincent avait insisté pour qu'ils prennent le tramway malgré la longue queue constituée essentiellement de vieillards et de touristes, surtout des Français qui passèrent tout le trajet, dans la voiture bondée, à se plaindre de la chaleur et à se crier les uns aux autres de prendre garde aux pickpockets. Il n'y a pas lieu par ailleurs de décrire ce trajet de carte postale, le tramway 28 leur fit traverser des lieux que tous les touristes connaissent, même ceux qui n'ont jamais mis les pieds à Lisbonne. Ils descendirent de l'eléctrico sur le Largo da Graça, Antoine avait écrit plusieurs fois de ce quartier que Nina connaissait mal, de deux ou trois adresses différentes. Ils traversèrent la place jusqu'à la Villa Sousa d'où provenaient plusieurs lettres et devant laquelle ils restèrent quelques instants, Je ne l'avais jamais vue que de loin, cette maison, dit Nina, on la voit de presque partout à Lisbonne. C'était un ancien palais recouvert d'azulejos turquoises et reconverti au début du XXe siècle en habitation ouvrière, ils entrèrent dans le pátio et demeurèrent là quelques instants, à regarder, des vêtements séchaient aux fenêtres, des gens assis sur des chaises pliantes écoutaient du fado en buvant du thé, de la bière. Je pourrais vivre ici, dit Vincent, et Nina, Moi aussi.

L'appartement dont ils avaient l'adresse se trouvait au fond de la cour, au quatrième et dernier étage, ils sonnèrent, on ne leur ouvrit pas, au bout d'un moment, What is it? cria une dame blonde perchée sur son balcon, en robe de chambre, ils n'eurent pas le temps de répondre, elle cria de nouveau, What do you want? et comme Nina lui demandait en portugais si elle avait connu un Québécois du nom d'Antoine, la dame répondit, I don't speak portuguese, I'm on vacation here! puis elle rentra chez elle. Au fond de la cour, un type était en train de souder des armatures en métal devant un minuscule atelier. Il les regarda un instant et se remit à son travail. De l'autre côté, un locataire arrosait des fleurs orangées qui avaient poussé le long des murs de la cour, entre les pavés.

Ils descendirent ensuite, comme la veille, la Travessa das Mónicas, sonnèrent au n° 21, 1er étage, pas de réponse, il n'était après tout que quinze heures trente, un lundi. Les gens travaillent, j'imagine, dit Vincent, Nina n'ajouta rien. Ils descendirent la Calçada do Santo André, c'était une rue un peu glauque qui devenait plus bas, dans la Mouraria, la Rua dos Cavaleiros, où se trouvait l'adresse suivante. L'immeuble du 22 était plutôt joli, bleu poudre, ils sonnèrent au 3ᵉ gauche, à côté de la sonnette était écrit João Bispo. Pas de réponse.

Ben merde, commenta, un peu découragé, Vincent, on a fait le tour en une heure et demie et on n'est pas plus avancé, Ça t'étonne? demanda Nina, c'était plus ou moins comme tirer à pile ou face, On pourrait revenir plus tard, proposa Vincent, Oui, approuva-t-elle. Au même moment un grand Noir arriva à côté d'eux et dit, Desculpe, queria entrar, je voudrais entrer, il avait ses clés à la main, Nina et Vincent s'écartèrent, il ouvrit, puis Nina, Desculpe senhor, mora aqui? vous habitez ici? Sim, répondit l'autre, No terceiro andar? au troisième étage? demanda encore Nina, et alors le grand Noir la regarda d'un air méfiant, O que quer saber exactamente? que voulez-vous savoir au juste? demanda-t-il, il avait un accent brésilien. Nina lui expliqua qu'ils étaient à la recherche d'un certain Antoine, etc., mais l'autre lui dit qu'il ne pouvait les aider, qu'il n'habitait au troisième que depuis quelques semaines, Não cheguei a conhecer as pessoas que viveram aqui antes de mim, je n'ai jamais rencontré les gens qui vivaient ici avant moi, mais si j'entends parler de quelque chose, je vous le dirai, et il leur demanda où il pouvait les joindre. Nina lui donna le numéro de leur pension puis il rentra chez lui.

Nina et Vincent ne savaient trop quoi faire, n'avaient plus vraiment de piste. Elle proposa de lui faire visiter l'Alfama, Tu verras, dit-elle, c'est très pittoresque, ça va te plaire, elle se moquait un peu de lui, mais Vincent ne releva pas.

Ils marchèrent jusqu'à Cerca Moura où ils profitèrent du point de vue, puis descendirent un escalier menant vers l'Alfama, Dans le dédale de l'Alfama, dit Nina, heureusement que j'ai déjà vécu dans ce quartier, c'est le genre d'endroit où on se perd à coup sûr, en même temps c'est un tout petit quartier, on ne s'y serait pas perdu bien longtemps, pensa Vincent, réflexion en contradiction avec celle qu'il s'était faite plus tôt dans le Bairro Alto, un quartier bien quadrillé, sans tous ces recoins de laby-rinthe qu'on retrouve partout dans l'Alfama, ces places incongrues, passages, culs-de-sacs, entrées de cour qu'on confond avec des ruelles. Ils prirent à droite une petite rue très étroite et sombre au bout de laquelle ils pénétrè-rent dans une allée surmontée d'arches, Nina dit, Tu vois, j'ai habité ici durant quelques mois, je travaillais dans un restaurant tout près, un truc à touristes, Tu vivais là seule? demanda Vincent à Nina qui ne lui avait jamais donné de détails sur sa période lisboète, comme elle disait, Non, répondit Nina, chez un ami, Un ami comment? demanda encore Vincent. Un petit malaise passa dans les yeux bleus de Nina, Un ami intime, dit-elle, et Vincent, Il habite toujours ici? Je n'en sais rien, dit Nina, ça fait longtemps tout ça, et de toute façon qu'est-ce que ça change?

En sortant de l'Alfama, et comme c'était l'heure de l'apéro, Nina proposa d'aller prendre un verre à la Casa do Alentejo. Ils descendirent la Rua da Madalena jusqu'à la Praça de Figueira puis traversèrent le Rossio, on marche toujours dans les mêmes pas à Lisbonne, arrivèrent finalement, comme s'ils n'avaient fait que tourner en rond depuis la veille (ce n'était d'ailleurs pas tout à fait faux), à la Rua das Portas de Santo Antão. Devant le Café Mindelo se trouvait la mythique Casa do Alentejo.

Ils traversèrent la salle mauresque et montèrent à l'étage, Il y a un café, dit Nina, quelques vieillards s'étaient assoupis dans les vastes fauteuils en cuir devant le salon de lecture, sur les murs de la grande salle, que Nina appelait le salão, des cariatides éployées et hilares soutenaient au plafond des fresques décrépites évoquant des allégories champêtres dans lesquelles des anges nus virevoltaient et des femmes lascives chevauchaient des bêtes surnaturelles autour de fontaines aux formes floues. Il y avait sur les murs de grands miroirs dont plusieurs avaient perdu leur tain. Les portes-fenêtres claquaient au vent, à plusieurs il manquait des carreaux. Au café, ils commandèrent des verres de vin blanc et revinrent s'asseoir dans le salão, une quinzaine de personnes buvaient là de la bière, on entendait parler anglais, espagnol, portugais évidemment. Vincent était un peu découragé, Une fausse adresse, une bonne femme qui nous chasse sans nous donner aucun renseignement utile, il ne nous reste que deux adresses et si ça ne marche pas, plus rien ! Il ne faut pas te décourager, dit Nina, et après quelques secondes de silence, elle ajouta, Je pense au contraire qu'on a bien progressé, il y a sûrement quelque chose à faire avec cette histoire de squat. Devant eux, ou plutôt devant Vincent puisque Nina leur tournait le dos, trois jeunes filles parlaient fort, des voix criardes, elles avaient de toute évidence un verre dans le nez, une en particulier, celle qui semblait raconter aux deux autres son histoire, Vincent avait beaucoup de mal à détacher d'elle son regard, d'autant qu'elle portait une jupe très courte, les deux autres s'esclaffaient à intervalles réguliers et elle criait de nouveau pour qu'elles arrêtent de rire, qu'elle puisse continuer son histoire, s'imagina Vincent, en fait, en voyant cette jeune fille, il eut la certitude qu'Antoine était déjà venu là, il n'aurait su expliquer pourquoi alors ça ne voulait probablement rien dire, mais ce fut pour lui très clair, il dit, Nina, je me sens vraiment très bien ici, je crois qu'Antoine aime cet endroit, je suis certain qu'il y est déjà venu, Tous les Lisboètes viennent ici un jour ou l'autre, se contenta de commenter Nina en retouchant son rouge à lèvres, elle avait parfois le don d'aplatir chez Vincent toute manifestation d'enthousiasme, Tu as une idée de ce que tu veux faire maintenant? par où tu veux commencer cette enquête? alors que, pour Vincent, ce qu'il venait de ressentir, c'était déjà le commencement de quelque chose, quelque chose d'important, même.

Il n'en dit toutefois rien à Nina, de crainte qu'elle se moque de lui. Il était très orgueilleux.

*

… lors de cette étrange soirée à la Casa do Alentejo…

… spectacle de la rue… et du rôle que nous y tenions…
nous étions pour la plupart passablement éméchés…

Paulo, le vieillard à la barbe blanche, avait bu de la
bière toute la journée, d'énormes bouteilles de Sagres…
portait sur son dos un sac d'épicerie, à travers le plastique blanc, on voyait des emballages de toutes sortes,
des déchets… je jouais du cavaquinho *[ukulélé]* au
centre de la place… Ada, elle, avait mal au cul, mal au
dos… d'énormes seins… gros comme des pastèques…
Velázquez, le nain aux chiens, on l'avait surnommé ainsi
à cause de ses chiens, son vrai nom était Santos mais personne à ma connaissance ne l'appelait Santos… avançant
comme un automate dans ses petites chaussures vernies,
fume-cigarette au bec, il avait du mal à tenir ses chiens,
une laisse dans chaque main, ses chiens indisciplinés
dont on avait l'impression qu'ils auraient pu écarteler ce
pauvre Velázquez! … Ciro avait… mal au cœur, mal au
ventre… il était soûl, un clochard soûl mais angélique…
Miguel était allé lui acheter un carton de vin, du vin
dégueulasse évidemment… un mutilé devant l'église São
Domingos… vint engueuler Ciro, Pretos fora! dehors
les nègres! cria-t-il, sale raciste… dans l'entrée de São
Domingos avec son carton de vin, Ciro dérangeait bien
des gens, des Blancs pour la plupart…

Bon bref, tout ça pour dire que, quand nous avons
remonté la Rua das Portas de Santo Antão vers la Casa
do Alentejo… Velázquez avec ses chiens insista pour

qu'on prenne avant de monter quelques grogs au Café Mindelo, à la santé de nos frères cap-verdiens, nous acceptâmes sans trop nous faire prier, restâmes là une petite demi-heure... Paulo jouait toujours son rôle, il partit se planter avec son verre de grog devant le troquet d'à côté *[Ginjinha Popular]*, dans l'entrée, faisant des signes, je serais bien incapable de dire ce qu'ils signifiaient et, si ça se trouve, lui aussi, il parlait tout seul, il avait une voix très rauque et criait, Saúde! santé! je ne sais pas s'il saisissait toute l'ironie de son propos, il était tout aussi soûl qu'il jouait qu'il était soûl et faisait des gestes absurdes, parfois obscènes, lorsqu'il ne lui resta plus qu'une toute petite gorgée, il mit son verre sur sa tête, le garda là en équilibre quelques secondes, but la dernière gorgée et entra dans le troquet d'à côté, se mit à parler aux gens qui, eux, faisaient leurs petites affaires comme s'il n'existait pas, puis il se rendit au bar et commanda une bière, mais on ne voulut pas le servir, Paulo s'obstina et le serveur lui demanda, Tens dinheiro? Paulo répondit qu'il n'avait pas d'argent, et le serveur, Vai-te embora! fous le camp si tu n'as pas d'argent...

... à la Casa do Alentejo... il y avait ce soir-là une espèce de bal, de fête... je me souviens vaguement d'une affiche représentant un vieillard à bretelles rouges, abondante chevelure, sourcils broussailleux, et disant, Amílcar Esperança, a voz romântica de Marvila, la voix romantique de Marvila, Amílcar avait certainement quelque chose de clownesque, aurait pu faire partie de notre petite troupe... chantait d'ailleurs ce soir-là à la Casa do

Alentejo… un pianiste et quelques autres musiciens jouaient dans le salão et des couples de vieillards dansaient sur le *Boléro* de Ravel, c'était très curieux… trop tôt pour faire un bal… Ada essaya de voler quelques pâtisseries sur une grande table, les vieillards sont friands de pâtisseries, c'est connu, c'est l'un d'entre eux, d'ailleurs, un des vieillards, qui empêcha ce menu larcin… Ada avait la stature d'une forte mangeuse de pâtisseries…

… les vieillards dansaient dans le salão sur des musiques révolues et nous buvions au café, Paulo n'arrêtait pas de crier, il avait la voix très rauque, qu'il n'y avait rien de plus merveilleux au monde… qu'une bonne bière fraîche…

… reste est plus flou… nous envahîmes le salão… j'étais complètement soûl… tellement de monde qu'on n'entendait même plus la musique et pourtant les vieillards continuaient à danser… l'un d'eux, c'était Amílcar Esperança, se trouvait en grande discussion avec Velázquez, j'entendis qu'il lui disait, Rome il n'en est plus question, ce qu'était Rome il y a trente ans, c'est Lisbonne qui l'est aujourd'hui, j'aime cette ville… ne compris pas sur le coup pourquoi Velázquez avait l'air si en colère, je le lui demandai, et lui, C'est un vieux con, je le connais, je joue avec lui aux échecs le jeudi… et moi je dis, Tu sais ce qu'on devrait faire? on devrait leur manger toutes leurs pâtisseries à ces vieux! … *[Velázquez]* dit, On va faire mieux que ça! il détacha ses chiens, traversa la salle en courant et, poussant un grand cri de guerre, plongea dans l'immense gâteau qui se trouvait au centre de la table des pâtisseries, suivi de ses chiens, on vit alors une explosion blanche et des petits vieux courant dans tous les sens et des employés en train de pousser les chiens en bas de la table et d'extirper Velázquez des pâtisseries…

Paulo, ivre mort, dormait… Ciro fumait un joint sur un balcon… plusieurs couples de vieillards s'effondrèrent, Velázquez vociférait et finit par se faire ramasser dans un coin par trois petits vieux plus fringants que la moyenne et, alors qu'ils cherchaient à l'éjecter du salão à coups de pied au cul, j'aperçus Ada, perchée sur le piano dont le pianiste s'efforçait sans succès de la faire descendre, qui criait, Laissez mon ami nain tranquille ou je casse votre piano! … une inexorable pagaille régnait dans le salão, les lévriers à la crème couraient dans tous les sens, Miguel… s'engueulait toujours avec le patron, ils se tenaient par le collet, plusieurs vieux et vieilles criaient, à l'endroit de la pauvre Ada maintenant descendue du piano, Sale négresse! et, Pretos fora! dehors les nègres… Miguel… se défit du patron et se mit à lancer des verres parmi les couples de danseurs, qui ne dansaient évidemment plus… criant, Velhotes fora! dehors les vieux! … j'avais égaré mon cavaquinho… mendiants, clochards, hommes de plaisir, appelez-nous comme vous voudrez… bref, quelques-uns… se mirent à lancer par la fenêtre, sans doute à l'initiative de Ciro gelé sur son balcon, des objets en direction des voitures de police, des policiers, verres, pâtisseries, je crus même voir voler quelques chaises patrimoniales, on se serait cru au Nouvel An, lançant notre vieille vaisselle par les fenêtres, mais tout ce grabuge n'empêcha pas la police de parvenir jusqu'à nous et, d'après des informations plus ou moins dignes de foi que leur divulguèrent quelques vieillards glapissants réfugiés sous les tables, d'arrêter tout le monde… tandis qu'Amílcar Esperança disait à un agent, C'est un nain qui a tout déclenché!

… nous fûmes arrêtés, Ada, Ciro et moi, pour méfait public, Miguel pour méfait public et coups et blessures, Paulo pour vagabondage et ivresse publique…

*

Ils burent plusieurs verres de vin, à 50 centimes, on n'allait pas se priver, c'était encore moins cher que la bière et bon, au bout d'une heure et demie, ils commençaient à être soûls alors il n'était plus question d'arrêter.

Il fallut à un moment aller souper. En sortant de la Casa do Alentejo, ils s'enfilèrent deux ginjas chez Sem Rival, Nina tenait bien l'alcool, heureusement, pensa Vincent, il aurait été bien en peine de la ramener à la pension, il ne se souvenait même plus de l'adresse, elle lui indiqua quelques habitués, Tu vois, monsieur Domingos avec sa femme, ils venaient ici dans le temps, aussi un homme d'apparence respectable, chenu, avec une moustache en tablier de sapeur, un professeur d'histoire au crâne rasé.

Au lendemain de cette soirée ne subsista que l'impression d'avoir déjà vu tout ça, sans plus, c'était peut-être à cause du décalage horaire. Nina, elle, semblait se rappeler très bien le reste de la soirée, ils étaient allés manger du poulet au Bom Jardim, juste en face de la Casa do Alentejo. Près d'eux sur la terrasse, il y avait deux Anglais, un homme âgé et une femme beaucoup plus jeune, dix-sept ou dix-huit ans j'imagine, sa fille ou sa maîtresse, un certain embonpoint, quand elle bougeait ses seins faisaient de petites vagues, Ils doivent être très mous, avait dit Nina et, quand ils furent servis, la fille regarda son poulet en faisant une moue de dégoût, le vieux dit, Don't worry, I'll cut it for you, et elle, I don't think I'll be able to eat this!

C'est à ce genre de dédain que mène un siècle de friture, pensa Vincent le lendemain, lorsque Nina lui rappela ce moment de la soirée.

Mardi

Vincent se réveilla, au lendemain de sa première soirée à la Casa do Alentejo, avec une fâcheuse gueule de bois. Il ne conservait de la veille que des souvenirs flous, se demanda une fraction de seconde s'il n'y avait pas croisé Antoine. Lui étaient restés en tête les visages hilares des caryatides dont la peau se détachait en plâtras, et les anges nus des allégories champêtres dont l'un ressemblait étonnamment à cette jeune fille qui parlait très fort.

Tu as une idée de ce que tu veux faire maintenant ? lui demanda Nina, toute pimpante au sortir de la douche. Il ne répondit pas tout de suite, réfléchit quelques instants, Il n'y a pas cinquante-six solutions, reprit-elle, nous devrions aller à la police. Vincent sentait plutôt qu'il fallait retourner à la Casa do Alentejo, que c'est là que se trouvait le point de départ de l'histoire d'Antoine, mais ça n'avait évidemment pas de sens. L'idée de Nina était certainement la meilleure.

Ils prirent un taxi (cette fois, il ne réussit pas à la convaincre de prendre l'eléctrico) vers le Bairro Alto à la recherche d'un poste de police où quelqu'un pourrait les renseigner sur cette histoire de squat, or le moins qu'on puisse dire est qu'on ne fut pas avec eux très coopératif.

Nina expliqua la situation à l'agent qui lui proposa de remplir un formulaire pour signaler une disparition, il n'y avait, selon lui, rien d'autre à faire, elle lui exposa alors qu'Antoine n'était pas citoyen portugais et qu'on n'en avait aucune nouvelle depuis plus d'un an, il leur opposa que ça ne changeait rien et qu'on ne pouvait pas court-circuiter le processus sous prétexte d'être étranger, Vous pouvez aussi en référer à votre ambassade si vous n'êtes pas satisfaits, suggéra-t-il. Nina réussit, malgré l'attitude désagréable de l'agent, à réorienter la conversation et lui demanda si des squatteurs s'étaient fait arrêter dans le quartier, il dit, Évidemment! on en arrête tous les jours! vous n'avez pas vu que cette ville est pleine de vagabonds, clochards, junkies? Ce n'est pas exactement ça, nous pensons qu'il s'était introduit dans l'appartement de quelqu'un qui était parti en vacances, l'agent n'avait jamais rien entendu de tel, C'était quand exactement? demanda-t-il, Nina et Vincent n'en avaient pas la moindre idée, elle argua cependant que ce genre de recherche ne devait pas être si compliqué, avec un nom, mais le policier refusa catégoriquement de chercher la trace d'Antoine dans les registres, On n'a pas que ça à faire! dit-il, et d'abord ce serait beaucoup trop compliqué, vous n'avez aucune date et n'êtes même pas certains qu'il ait été arrêté!

Lorsqu'ils sortirent du commissariat, le moral de Vincent était au plus bas, Allons Vincent, du nerf!

l'encouragea Nina et, Persévérance! ajouta-t-elle en lui donnant une tape dans le dos qui le fit sursauter. Elle riait, tellement jolie, pensa-t-il.

*

[Scène du balcon – I]

C'est Miguel qui m'a présenté Nina... je veux dire, officiellement... après toutes ces semaines passées à l'observer *[Nina]* de la fenêtre de l'appartement de Rita, à me demander quand, où je l'avais vue... *[sensation de la connaître depuis longtemps, sinon depuis toujours...]*... je me dis ce jour-là que je ne saurais qu'en la suivant. Elle descendit la Travessa das Mónicas puis prit la Costa do Castelo et sonna au numéro 67 ; on lui ouvrit, elle entra. Moi, bien sûr, je restai dehors, mais je connaissais cette maison... je ne savais pas à quel appartement elle avait sonné et il y en avait quatre... savais que Miguel habitait cet immeuble... pensai qu'elle était peut-être chez lui, il y avait après tout une chance sur quatre que ce fût le cas... téléphonai à Miguel qui me répondit qu'il était dans la Baixa, je n'osai lui parler de la fille, c'eût été ridicule... *[il m'invita]* à assister à un spectacle théâtral dans une salle minuscule près du Cais do Sodré... On y présentait une pièce policière que Miguel avait écrite et mise en scène et qui s'intitulait *O Enterro da Sardinha [L'enterrement de la sardine]*... je n'avais pas de raison de refuser, je n'allais pas passer ma soirée devant la maison de Miguel à attendre que ma voisine en ressorte...

Comme Miguel m'avait invité plus ou moins à la dernière minute, j'arrivai quelques instants à peine avant le début du spectacle et entrai parmi les derniers, la salle était déjà plongée dans le noir... lieu qui à l'origine n'avait pas été conçu pour recevoir un spectacle théâtral, ne pouvait accueillir qu'une trentaine de spectateurs, Miguel avait d'ailleurs décidé, étant donné l'absence de coulisses, de faire se déplacer les spectateurs d'une pièce à l'autre, je veux dire, d'une partie du théâtre à l'autre, afin de faciliter les changements de décor...

Le personnage principal de la pièce se disait espagnol mais ne donnait sur lui-même aucune autre précision. Il cherchait quelqu'un dont on ne savait rien non plus... dans le hall de la salle, un balcon sur lequel se tenaient deux jeunes femmes... avaient l'air de jumelles, leurs vêtements donnaient l'impression qu'elles étaient le négatif l'une de l'autre, et derrière elles sur le balcon, dans la pénombre, se tenaient deux hommes qu'on voyait à peine, ils portaient de larges chapeaux et avaient le visage masqué, mais on sentait qu'ils riaient, on ne savait pas exactement de qui, des spectateurs ou du personnage sans nom? ... amants des deux femmes, c'est à tout le moins la première idée qui venait à l'esprit... l'une des deux dit, Ce lieu n'a pas été conçu pour cacher un cadavre, et l'autre, Vous ne trouverez rien ici, et elles rirent... On soupçonnait dès lors que le personnage cherchait un cadavre, c'était le premier indice... dans le corridor qui menait à la salle proprement dite, nous étions entassés le long du mur, collés les uns sur les autres pour laisser le plus de place possible aux acteurs, le personnage rencontrait un nain en habit à brandebourgs *[je le connaissais, c'était un ami de Miguel, nous le surnommions Velázquez]* qui l'appelait Sebastián… lui disait de cesser de le suivre, l'autre ne répondait pas, Tu ne trouveras rien ici, ajoutait le nain, il avait de grosses moustaches… finissait par comprendre que les gens du lieu cherchaient à exclure Sebastián… en fait tout cela est sans importance, je parle du nain parce que je le connaissais… or quelle ne fut pas ma surprise, lorsqu'on remit la lumière à la fin du spectacle, de voir ma voisine! … cette femme que j'avais suivie jusque dans la Costa do Castelo… marcher vers moi. … elle avait sans doute assisté à la pièce de l'une des premières rangées, parlait avec une amie *[Nádia]*… hasard incroyable. … c'était une rencontre inespérée, depuis ces deux semaines à l'observer, la suivre… dans la salle, nous n'étions qu'une trentaine et moi j'étais seul, j'étais venu seul, à la toute dernière minute… *[… nous nous revîmes quelques jours plus tard dans ce même lieu…]*

J'aurais pu l'aborder, lui parler, c'eût été l'aboutissement logique de ces quelques semaines de surveillance *[qui avaient évolué en filature]*, mais ce n'est pas trop dans ma manière, je suis plutôt timide avec les femmes… d'autant que je ne savais même pas son nom, cela peut sembler un prétexte anodin, il me fut pourtant suffisant jusqu'à ce que la femme de Miguel vînt s'en mêler, se mît à nous parler à tous les deux comme si nous nous connaissions, elle pensait probablement d'ailleurs que nous nous connaissions… je crois que Nina ne m'avait même pas remarqué avant que Joana intervienne, or à ce moment elle eut une espèce de sursaut, elle me connaissait sans me reconnaître… avant que je lui révèle *[lors de notre rencontre suivante, en compagnie de Nádia]* que j'habitais dans le pátio, de l'autre côté de la cour juste en face de chez elle, elle devait croire qu'elle m'avait déjà vu avec Miguel… or c'est ce soir-là *[soir du spectacle]* que… *[Miguel]* m'a présenté Nina… je veux dire, officiellement… Je te présente Nina, dit-il, Muito prazer, dis-je, et elle aussi, puis, On se connaît? demanda-t-elle, et moi, Il me semble, oui, mais je ne lui donnai aucun indice *[ne lui parlai évidemment pas de la Praça das Flores, au jour de mon arrivée à Lisbonne, ce souvenir, nous ne le partagions sûrement pas, d'ailleurs je me demande parfois si, cet épisode de la Praça das Flores, je ne l'ai pas tout simplement inventé, imaginé après coup]*…

… les cheveux longs, brun foncé, un charmant petit nez retroussé, les traits accusés, déterminés… donnait malgré tout une impression de grande fragilité… cela ne m'était pas arrivé depuis longtemps, me sentais euphorique, surtout après les trajets compliqués qu'il m'avait fallu parcourir pour parvenir jusqu'à elle, et bon, quand on pense que notre première rencontre réelle, ou à tout le moins notre première conversation, fut essentiellement, comme on dit, le fruit du hasard… sans doute les entraves attisèrent-elles… tout ce qu'il me fallait pour tomber amoureux d'elle, mes relations avec les femmes ont toujours été compliquées…

… spectacle était terminé depuis longtemps, elle se plaignait à cette heure tardive, il devait être vingt-deux heures trente, de n'avoir toujours pas mangé, je lui demandai, Tu as faim? *[elle répondit]* Oui, je vais manger chez moi, idiotement, je n'insistai pas… j'aurais pu l'inviter au restaurant mais non, je n'ajoutai rien…

Après cette première rencontre officielle, il me sembla évident que je devais cesser de la suivre.

*

Dans la Mouraria, il ne se passait rien, la routine, et ce n'est pas avec la routine que Gil allait résoudre cette histoire de pistolet perdu, habituellement oui, je veux dire, c'est dans leur routine qu'on comprend comment les gens fonctionnent, qu'on arrive à les prendre en défaut, mais là, non. Il était tôt, à peine seize heures, ce n'était pas encore l'heure des éclats, des grands écarts de conduite, il restait aux junkies quelques heures de relative tranquillité avant le grand ressac. En bas, dans la Rua Marquês de Ponte do Lima, personne ne semblait s'énerver, les enfants jouaient, du linge pendait aux fenêtres, les gars de Bino étaient à leur poste.

Gil observait tout ça en plongée et en buvant de la bière, il avait apporté une petite glacière pour qu'elle reste au frais. Son perchoir se trouvait au troisième étage d'un immeuble de la Rua dos Cavaleiros, à proximité de la Rua Marquês de Ponte do Lima, il passait là l'essentiel de ses journées depuis déjà une semaine. Bino lui avait demandé de surveiller les trafiquants de ce secteur de la Mouraria. L'un d'eux s'était fait voler un pistolet Glock lors d'une échauffourrée avec d'autres types du quartier, et Bino voulait retrouver l'arme, mais surtout le voleur. Gil connaissait bien le quartier et les gens, il avait déjà mené des enquêtes pour le compte de Bino, or son patron à l'agence avait décidé un jour qu'il ne voulait plus rien savoir des Cap-Verdiens, alors quand Bino avait réclamé ses services, Gil avait pris congé pour s'occuper de l'affaire. Il aimait bien les Cap-Verdiens, C'est des gens rieurs, allègres, disait-il toujours, et pas violents, en tout cas pas autant que d'autres, et son patron lui répondait, M'en fous, tu fais ce que tu veux mais pas question de m'impliquer dans tes affaires de Bino. Du reste, c'était tranquille à l'agence ces temps derniers, les vacances impromptues de Gil arrangeaient un peu tout le monde.

Ainsi, depuis une petite semaine, il arpentait la Mouraria en quête d'informations. Les gens du quartier, cependant, n'étaient pas bavards, et il avait rapidement compris que ça ne servirait à rien de les harceler, on en viendrait à se méfier de lui s'il insistait un peu trop. Il s'était donc installé dans un appartement abandonné, au sommet d'un immeuble plus ou moins en ruine avec une grande banderole qui disait, Obra a obra Lisboa melhora! de travaux en travaux Lisbonne s'améliore! Il avait de là une vue imprenable sur une bonne partie de la Rua Marquês de Ponte do Lima et sur la Rua dos Cavaleiros, je vais bien finir par voir quelque chose, se disait-il.

Dans l'appartement vide, il s'était installé un réchaud à gaz et un lit de camp, il avait bouché les carreaux cassés avec du carton pour éviter de se faire envahir par les pigeons mais n'avait pas réussi à chasser l'odeur de fiente et de moisissure qui régnait là, cela dit, il avait vécu dans de pires conditions.

Il était ce jour-là à son poste comme d'habitude et vit arriver, en bas dans la rue, ses deux petits touristes québécois. Il descendit les escaliers quatre à quatre et apparut comme par magie devant eux qui ne semblèrent pas, sur le coup, le reconnaître, il dit, Salut les Québécois! Nina et Vincent sursautèrent et, lisant l'incompréhension sur leurs visages, Gil dit, Vous me reconnaissez pas? avant hier, Café Mindelo, Vous n'êtes pas portugais! comprit enfin Nina, Vincent, de son côté, nageait en pleine confusion, Non! je vous en ai pas parlé l'autre jour quand on s'est vu, continua Gil, mais on vient de la même place! Vous êtes québécois! s'exclama alors Vincent, toujours sans savoir qui pouvait bien être cet homme au complet gris crasseux et sentant vaguement le pigeon, Nina lui dit, tout bas, Le type aux maquereaux, Ah! fit Vincent, mais ce n'était toujours pas très clair pour lui, Oui! confirma Gil, les carapauzinhos, et je suis québécois mais ça fait vraiment longtemps que je reste ici, quinze ans, vingt ans, je sais plus trop, Pourquoi vous n'avez rien dit l'autre jour? demanda Nina, quelque peu suspicieuse, Oh! je voulais pas vous déranger, répondit Gil, Ça ne nous dérange jamais de rencontrer des compatriotes, voyons! s'exclama de nouveau Vincent, Nina soupira, Quand je rencontre des Québécois, expliqua Gil, je leur fais tout le temps cette petite farce-là, pour rire, si ça vous tente, je vous invite à prendre un verre.

Nina ne voulait rien savoir de ce type, Vincent ne lui laissa toutefois pas le temps de placer un mot et dit, Avec plaisir! Il pensa aussitôt qu'il était un peu tôt pour l'apéro mais bon, à Lisbonne, autant faire comme les Lisboètes, et après tout on était en vacances, Nina n'ajouta rien et Gil, Laissez-moi trois minutes, je vais monter chercher mes affaires, après on va aller au Café Mindelo, là où est-ce qu'on s'est vu l'autre jour, et il disparut dans la cage d'escalier.

En contemplant l'immeuble, Nina et Vincent se dirent que c'était bien triste de vivre dans de telles conditions de délabrement.

*

[Scène du balcon – II]
Je ne revis pas Nina pendant quelques jours, une semaine, j'épiais pourtant, du haut de mon perchoir *[balcon de Rita]*… sans succès. Tout cela, je veux dire les surveillances *[puis les filatures]*, avait commencé plusieurs semaines plus tôt… observer la vie dans la cour, il y avait toutes sortes de gens… vieilles prenant thé, hommes faisant griller des sardines en buvant des bières, petit vieux qui arrosait tous les jours des fleurs orangées qui avaient poussé entre les pavés, au pied des murs… Nina me semblait, de l'autre côté du pátio, fort séduisante,

mais à cette distance je ne voyais pas grand-chose, devais imaginer l'essentiel...

Ce jour-là (c'était un mardi), alors que j'étendais du linge sur le balcon, je crus l'apercevoir dans l'allée menant à la porte cochère et descendis en vitesse. Une fois sur le Largo da Graça, je la vis traverser le parc, elle allait sans doute au miradouro... l'y rejoignis... Ah! bonsoir, tu vas bien? Je lui proposai de lui payer un verre, elle accepta. Elle me posa des questions à propos de... me fit plusieurs remarques quant à ma maîtrise de la langue portugaise... Peu d'étrangers font effectivement l'effort d'apprendre, dis-je, et elle, C'est incroyable, tu n'as aucun accent espagnol, c'est très rare, Je ne parle pas du tout espagnol, expliquai-je, C'est très rare, répéta-t-elle... très souriante ce soir-là et je pensai que son petit air soucieux de la soirée théâtrale n'avait rien à voir avec moi...

Ces réflexions, je ne me les fis que longtemps après cette rencontre au Miradouro da Graça [*ces réflexions, je ne me les fais en réalité, peut-être, qu'aujourd'hui*]... complètement séduit, c'est la chose à retenir, obnubilé par Nina, bien qu'elle semblât, de prime abord, peu réceptive à mes avances... Nous étions toujours au miradouro lorsque Nádia arriva, elles s'étaient donné rendez-vous là avant d'aller à un vernissage qui se tenait curieusement dans la petite salle de spectacle où nous nous étions rencontrés la dernière fois, Tu veux venir avec nous? proposa Nádia, j'acceptai... nous y rendîmes en taxi en faisant un long détour par le Bairro dos Anjos, Nádia devait repasser chez elle, voulait changer de vêtements, peur d'avoir froid, les nuits de Lisbonne sont fraîches, même l'été… le taxi remonta la Rua da Graça puis descendit à toute vitesse à travers le dédale dos Anjos, un trajet dont je ne compris pas la logique, jusqu'à l'Avenida Almirante Reis… quartier plus ou moins malfamé, me souvenais d'avoir souvent vu là des prostituées, sur une grande place vide qui ressemblait à un parking de supermarché. Nádia monta chez elle, revint quelques minutes plus tard et le taxi nous emmena…

Il y avait à ce vernissage plus de monde qu'au spectacle policier, quelques jours plus tôt, on y tenait un cocktail. … je ne crois pas avoir rencontré le peintre, en fait, je me retrouvai rapidement seul dans mon coin avec mon verre de vin… sujet de l'expo, le peintre plaçait des personnages célèbres dans des lieux pour eux totalement inappropriés, par exemple, deux femmes qui ressemblaient aux Majas de Goya faisant les boutiques sur 5th Avenue, Diego Velázquez soûl en compagnie de deux prostituées dans une pastelaria de Benfica, Lobo Antunes dans un karaoké, Fernando Pessoa sur un cheval se cabrant, l'air indifférent de Philippe IV… représenter toujours quelque chose qui se trouve ailleurs, une ouverture sur autre chose, ce sont ses paroles *[du peintre, dans le petit programme de l'exposition]*…

… je n'ai jamais été un amateur de peinture, de musées, et bien que le sujet de cette exposition me plût, à un moment je finis par en avoir marre… c'est surtout Nádia, ce soir-là, qui me fit la conversation, plus que

Nina en tout cas, qui connaissait le peintre et plusieurs autres personnes qui se trouvaient au vernissage, c'est ce que me dit Nádia… bûmes *[avec Nádia]* plusieurs verres, elle avait de beaux yeux, je pensai même un instant qu'elle n'était probablement pas portugaise, à cause de ses cheveux blonds, de son nom aussi… n'avais pourtant d'yeux que pour Nina… Nádia était peut-être à moitié française, je me souviens de l'avoir entendue dire quelques mots en français avec un accent qui, pour autant que je pusse en juger, n'avait rien de portugais, elle dit, Nous sommes allés dans un vernissage, c'est sérieux ! Nina et elle avaient ri, je m'en souvenais bien malgré mon ébriété relative, on aurait dit une phrase qu'elle avait entendue puis répétée en imitant l'accent français, ce procédé faisait d'ailleurs partie de mes méthodes pour camoufler mon accent lorsque je parlais portugais…

… sortîmes très tard du vernissage, décidâmes de marcher… Nádia habitait dans la Rua Maria, elle nous quitta sur le Rossio après avoir proposé de prendre un dernier verre, Nina avait décliné, elle était fatiguée, et moi, bon, je voulais rester avec elle, à y repenser, j'aurais mieux fait de suivre Nádia. Devant le Teatro Nacional, il y avait un spectacle de jazz, je ne sais plus quelle heure il pouvait être, une petite foule s'était massée sur la place et un groupe de jazz jouait «Monk's Dream» de Thelonious Monk, je proposai à Nina de rester un peu pour écouter, elle dit, D'accord, mais je suis fatiguée, seulement quelques minutes, elle aurait pu partir sans moi, il lui aurait fallu cependant prendre un taxi, ou alors faire un très grand détour par la rue qui change plusieurs fois de nom, à cette heure de la nuit la Rua dos Cavaleiros n'était pas sûre…

… pas partir, Allez! viens! répéta Nina en me tirant par la main, et alors je ne sais ce qui me passa par la tête, elle avait pris ma main, ce fut pour moi un signe, j'imagine… la tirai vers moi et lui caressai les fesses en l'embrassant dans le cou, elle ne réagit pas immédiatement, et j'eus l'impression pendant quelques secondes qu'elle était contente, qu'elle voulait que je l'embrasse mais, au moment où je plaquai mes lèvres contre les siennes, elle me repoussa… se dégagea de mon étreinte, me gifla et dit, Qu'est-ce que tu fous? t'es con ou quoi?

Je ne compris pas ce qui se passait, la regardai s'enfuir à travers la foule, fis bien quelques pas dans sa direction, comme par réflexe, mais la foule était dense, et de toute façon je venais de commettre une gaffe irréparable, pensai-je.

*

Gil avait eu une vie mouvementée qui donnait certainement du piquant à sa conversation, toutes ces aventures, anecdotes, etc. Il parla beaucoup ce jour-là, ce n'était pas dans ses habitudes, il était normalement plutôt solitaire, dans sa tête, et les mots ne lui venaient pas facilement.

Il avait quitté le Québec à vingt-deux, vingt-trois ans, expliqua-t-il, il en avait aujourd'hui quarante, plus ou moins, À Montréal je passais d'une jobine à l'autre, continua-t-il, rien d'intéressant, fait que je me suis dit, tant qu'à jobiner, que j'étais aussi bien d'aller voir ailleurs. Il avait vendu sa voiture et tous ses effets personnels, J'avais pas grand-chose, précisa-t-il, j'avais réussi à ramasser sept ou huit cents piastres, c'était déjà ça, j'ai acheté le billet d'avion le moins cher pour l'Europe, c'était Paris, j'ai débarqué là avec mon petit sac et les quelques piastres qui me restaient. Même sans visa, il avait réussi à trouver du travail, au noir, dans le bâtiment, de la peinture surtout, Je travaillais avec des Africains, des Colombiens, des Portugais, expliqua-t-il, et un jour l'un d'eux l'avait invité à passer ses vacances chez lui, près de Lisbonne, J'ai vraiment aimé ça, j'ai décidé de rester, il fait beau, la bière est pas chère, le monde est relaxe, à l'époque la vie était pas mal plus simple, c'était pas comme aujourd'hui, avec la crise, bref j'ai continué à faire le même genre de job, surtout de la peinture, j'ai appris le portugais, puis un jour j'ai rencontré un gars qui faisait des enquêtes, une petite agence de sécurité, il avait besoin de quelqu'un qui parlait bien anglais et français, il m'a appris le métier, la filature, ces affaires-là, tiens, c'est ma carte, et il leur tendit une carte d'affaires bleue qui disait, Gil Borboleta, investigador privado, Borboleta? dit Nina, surprise, ce n'est pas très québécois, C'est une traduction de mon vrai nom, Papillon, Borboleta, c'est comme mon nom d'artiste, j'ai changé comment écrire Gilles aussi, pour avoir l'air d'un vrai portugais au moins sur papier, expliqua-t-il en ricanant, puis il se rinça la gorge à la bière, Nina et Vincent ne commentèrent pas mais ça ne signifiait rien, ils n'avaient rien à dire, c'est tout, Bref c'est ça, conclut Gil, puis il se leva et se dirigea vers les toilettes.

Vincent dit alors à Nina, On devrait lui parler de mon frère, J'y ai pensé, dit Nina, mais tu ne trouves pas qu'il a l'air un peu, je sais pas, louche? Louche? non! peut-être un peu crotté, mais il est détective privé! c'est une chance inespérée! un signe du destin! Tu crois que c'est vrai? demanda Nina, Pourquoi pas? s'étonna Vincent, Moi je trouve qu'il a l'air louche, trancha Nina, mais c'est tes affaires. Vincent réfléchit quelques instants, il avait toujours le réflexe d'acquiescer à ce que disait Nina, or comme le débat concernait Antoine, il se permit avec elle un petit désaccord, Qu'est-ce qu'on a à perdre? demanda-t-il, on a fait chou blanc dans tous les endroits où a vécu Antoine, la police refuse de nous aider, c'est comme chercher une aiguille dans une botte de foin! C'est vrai, dit Nina, et Vincent, C'est la première fois qu'on rencontre quelqu'un qui pourrait nous aider, si Antoine a passé du temps ici, il y a même des chances qu'ils se soient croisés. Nina le regarda dans les yeux quelques instants et dit, visiblement perplexe, C'est toi qui sais.

Dès que Gil se fut rassis à leur table, Vincent dit, Gil, il faut que je te parle d'un truc. Oui? J'ai un frère. Gil le regarda d'un air perplexe, Pis? C'est une histoire compliquée, dit Vincent. Gil eut l'air de ne pas comprendre alors que, bien sûr, il comprenait, ne savait rien des détails mais espérait depuis leur arrivée au Café Mindelo cette révélation à propos du frère perdu, il continua tout de même à jouer son rôle, dit, Vincent, je la connais pas ton histoire, va falloir que tu m'expliques.

Vincent lui raconta ce qu'on sait, que son frère Antoine était parti cinq ans *[quatre?]* plus tôt pour Lisbonne et qu'il était sans nouvelles de lui depuis un an. À la fin de son récit, Gil demanda, Pourquoi tu me dis ça? Ben, je pensais que tu pourrais m'aider à le retrouver, que tu l'avais peut-être connu et sinon, bon, comme tu es détective, Qu'est-ce qui te fait croire que j'ai pu connaître ton frère? demanda Gil, Vincent hésita, puis, Un Québécois à Lisbonne, pour toi, ça doit se remarquer. Je les remarque immédiatement, pensa Gil, à dix kilomètres, il n'en dit pourtant rien, préférant exposer de toute cette histoire les nombreuses difficultés pour faire parler Vincent et maintenir le suspense, il dit, Lisbonne c'est grand, tu sais, Lisbonne, c'est petit, objecta Nina, c'est un village. Gil se donna l'air de réfléchir quelques instants et dit, C'est parce que vous connaissez juste le centre, êtes-vous déjà allés à Benfica? Carnide? Campolide? y a des lieux ici où personne va jamais, où on se perd, qui donnent l'impression qu'ils existent juste dans des romans, et puis qu'est-ce qui te dit que ton frère est resté à Lisbonne, qu'il est pas n'importe où ailleurs? Ce n'est pas exclu, répondit Vincent, mais il est forcément passé par ici, jusqu'à l'été dernier, j'ai reçu de lui des lettres de Lisbonne, Vincent prit une gorgée de bière, Et puis je sens qu'il est ici.

Gil pensa que ce genre d'intuition ne mènerait certainement pas son client à grand-chose, il dit, C'est sûr que je peux essayer de t'aider mais il y a des bonnes chances, si ton frère se cache, qu'on le retrouve jamais ou que ça prenne beaucoup de temps, et moi, je veux pas être gratteux, mais il faut que je gagne ma croûte, c'est pas gratuit tout ça. Il prit une gorgée de bière et pensa qu'il fallait tout de même encourager Vincent dans son projet, ladite croûte en dépendait, il ajouta, Écoute, je veux pas te donner des faux espoirs mais Antoine, ça me dit quelque chose, António en fait, y avait un type qui travaillait pour un maçon, ça fait trois-quatre ans, j'ai pris une bière avec une fois, il me semble qu'il s'appelait António et il était québécois, mais ça fait au moins un an ou deux que je l'ai pas vu et ici, António ou João, c'est comme Pierre et Paul, tu trouves ça à tous les coins de rue, Et tu dis qu'il était québécois! s'exclama Vincent, et qu'il s'appelait António! Il se sentait touché par la grâce, António, Antoine, c'est la même chose! ça pourrait être lui! J'ai pas dit qu'il s'appelait Antoine, l'interrompit Gil, si ça se trouve, António, c'était son vrai nom, il parlait très bien portugais, Antoine a toujours été très doué pour les langues! le coupa Vincent, et tu dis que tu l'as connu il y a trois ou quatre ans? alors ça faisait déjà un an ou deux qu'il était ici, il avait eu le temps de bien apprendre, ça se peut! continua-t-il, Tout se peut, conclut Gil.

Ensuite ils discutèrent tarifs. Vincent fut d'accord pour tout. Nina semblait réticente mais n'osa pas intervenir, ce n'étaient pas ses affaires, se disait-elle sans trop réussir à se convaincre.

Gil était bien content de la tournure des événements. Il faut toutefois mentionner qu'il mentait et n'avait jamais entendu parler d'un Antoine ou d'un António québécois perdu à Lisbonne. Ce mensonge, c'était la seule manière qu'il avait trouvée de bien hameçonner le client, il reprit, Écoute, Vincent, j'ai des amis qui l'ont peut-être revu, il faut que je leur parle, vous avez un telemóvel? Non, répondit Vincent, Et vous logez dans la famille de Nina? Non, ma famille est à Porto, expliqua Nina, nous sommes dans une pension, elle ne voulait pas en dire plus et Gil, même s'il savait depuis le premier jour où ils logeaient, s'en trouva vaguement contrarié, mais Vincent dit aussitôt, Casa de Hospedes Estrela, dans la rue dos Bacalhoeiros, chambre 8, voici la carte, il y a l'adresse et le numéro de téléphone pour nous joindre ou nous laisser un message, et il tendit la carte à Gil au-dessus des verres vides sans remarquer le regard de reproche et, disons-le, de relatif découragement que lui lança Nina, et qui n'échappa pas à Gil.

Celui-ci demanda à Vincent et Nina de lui faire le compte-rendu de leurs recherches. Ils lui parlèrent des cinq adresses qu'ils avaient visitées, As-tu encore les lettres qu'Antoine t'a envoyées? demanda-t-il, Je n'ai pas les lettres avec moi, répondit Vincent, je les ai laissées à la pension, mais j'ai les enveloppes, pour les adresses, les lettres sont vraiment sans intérêt, spécifia-t-il, Elles parlent de quoi? demanda Gil, Je sais pas, Antoine écrivait sur son travail, je pense qu'il faisait de la rénovation, je me souviens qu'il racontait très longuement sa rencontre avec un homme qui lui avait donné du travail, il parlait d'une femme aussi, avec qui il vivait, Et il y avait des noms, des dates, des adresses? l'interrompit Gil, Pas vraiment, dit Vincent, il y avait des adresses de retour sur les enveloppes, c'est tout, Et tu as plus reçu de lettres tout d'un coup, sans explication? demanda encore Gil, et Vincent, Oui, J'aimerais quand même ça les voir la prochaine fois qu'on va se croiser au cas où mon contact et les adresses donneraient rien. Il insista ensuite pour qu'ils décrivent la femme plantureuse qui n'avait pas voulu les laisser entrer chez elle, et aussi l'autre, la dame anglophone de la Villa Sousa. Toutes les adresses d'où il vous a écrit sont dans le centre de Lisbonne? demanda Gil, Oui, répondit Nina, qui parla ensuite à Gil de son idée de visiter les postes de police et de leur discussion avec l'agent, dans le Bairro Alto, elle dit, Nous n'avions aucune idée du moment où il avait vécu chez cette femme, alors, même s'il a été arrêté, on ne pouvait pas donner de date à la police, Mais vous l'avez ici, la date, août 2007, dit Gil en pointant le cachet de la poste sur l'enveloppe de la Rua Nova do Loureiro, Ben merde, dit alors Vincent, De toute façon, aller voir la police ça donne jamais rien, commenta Gil, à moins qu'ils vous doivent un service, ils vont vous siphonner l'information sans jamais rien vous dire, et une dernière affaire, avez-vous une photo d'Antoine? Non, répondit Vincent, penaud, Nina soupira.

Il était un peu plus de dix-huit heures et Gil devait retourner à son poste, déjà plus de deux heures qu'il était parti, il dit, C'est pas tout ça, va falloir que j'y aille. Il se leva et fit mine de sortir son portefeuille, mais Vincent dit, On t'invite, Pas question! objecta Gil, feignant l'indignation, je vous ai déjà dit que je vous invitais! Ton aide nous est vraiment précieuse, Gil, j'insiste, Bon, si tu insistes, dit alors ce dernier, je te remercie, c'est bien gentil, et c'est vrai que je suis pas riche-riche, ici c'est la crise, et alors que Vincent payait les consommations, il ajouta, Je vous appelle demain ou après-demain, en attendant, vous devriez aller voir les pawn-shops, ça se pourrait que ton frère leur ait laissé du stock s'il était dans la marde, ça serait déjà une piste, il avait des objets de valeur, ton frère? une montre, une bague, un ordinateur, quelque chose de même? Oui! s'exclama Vincent, il portait la montre de notre grand-père! il en avait hérité! et Gil, Elle valait quelque chose, cette montre-là? Je ne sais pas, répondit Vincent, je ne m'y connais pas trop, je pense que c'était une vieille montre suisse, mais mon grand-père était cultivateur, ça ne devait pas valoir une fortune, De toute façon on a rien à perdre, dit Gil.

Il leur serra la main et quitta la terrasse, Vincent et Nina restèrent quelques instants assis à la table remplie de verres vides. Il est cool, hein? j'ai un un bon feeling, déclara Vincent, Oui, sans doute, dit Nina. Elle restait toutefois perplexe.

Mercredi

Je ne sais pas si je l'ai déjà dit mais, l'histoire du contact, c'était un mensonge, cet Antoine *[António]*, Gil n'en avait jamais entendu parler et, sans photo, cette enquête ne serait pas simple. Pour dire le vrai, Gil n'avait que très peu d'espoir de retrouver Antoine, et d'ailleurs il s'en fichait plus ou moins, seul comptait le fric, de toute façon ce genre de recherche n'était pas sa spécialité, habituellement il faisait plutôt dans la surveillance, la filature, l'infiltration même, il avait un visage anonyme, parlait un portugais impeccable bien qu'aussi peu élégant que son français, arrivait à se fondre dans la masse, pouvait passer à la fois pour un voyou et un fonctionnaire. Il aurait pu demander de l'aide à José, son patron de l'agence, en fait, théoriquement, il n'avait pas le choix, il ne pouvait comme ça créer sa propre petite entreprise tout en continuant à travailler pour l'agence, mais il n'avait pas trop envie de partager les bénéfices avec le patron et ce petit contrat tombait à pic, Gil, c'est le moins qu'on puisse dire, ne roulait pas sur l'or. Par ailleurs, son patron n'aurait pas accepté d'étirer l'enquête pour faire monter les honoraires et Gil ne pouvait se permettre de laisser Bino en plan, pas question de se faire casser les jambes. Il décida donc de mener les deux affaires de front sans que personne s'en aperçoive. Or si retrouver ou non Antoine n'avait pas vraiment d'importance, il devrait tout de même s'activer un minimum pour justifier ses dépenses, et c'est avec cette idée en tête qu'il décida de retourner à la Rua Nova do Loureiro, il ferait ainsi d'une pierre deux coups, pourrait aller rendre visite à quelques petits dealers du Bairro Alto pour leur parler d'armes à feu ainsi qu'à la plantureuse dame qui avait, apparemment contre son gré, hébergé Antoine quelques années plus tôt.

Pour que la dame de la Rua Nova do Loureiro m'ouvre, va falloir que j'aie l'air dramatique, pensa Gil en montant le Chiado, c'est un gros cliché mais, dans une enquête, le commun des mortels se gargarise aux clichés, saute à pieds joints dans tous les pièges à con, pensa-t-il encore en voyant une femme posant à côté de la statue de Fernando Pessoa sur la terrasse du café A Brasileira, le commun des mortels se comporte devant le crime comme un touriste français dans l'eléctrico 28, tout le monde voit les pickpockets, sauf lui. Gil en savait quelque chose, il en avait fait des touristes français dans les tramways, ça avait été son premier gagne-pain lisboète.

Suivant le fil de ses pensées, il se retrouva plus ou moins sans s'en rendre compte dans la Rua Nova do Loureiro, une gentille rue plutôt cossue sans pour autant que ce soit indécent. Il resta quelques instants à réfléchir devant la maison récemment rénovée de la dame, au numéro 75. C'était un immeuble rose à deux étages avec une seule sonnette, c'est donc dire qu'une seule famille y habitait ou encore que la dame y vivait seule. Il y avait au premier un beau balcon en fer forgé avec deux portes-fenêtres et, au deuxième, une mansarde. Planté dans la rue devant la maison, Gil pensa qu'un petit drame ferait plaisir à la dame, elle n'en avait certainement pas connu beaucoup dans sa vie, à voir sa belle maison, sauf peut-être lorsqu'elle avait trouvé chez elle un intrus, quelques années plus tôt, ça tombait bien, c'est précisément cette histoire qui intéressait Gil, du genre qui donne envie de se confier, il suffirait de trouver la corde sensible, on a beau se rebiffer, jouer les tragédiennes comme elle avait fait devant Nina et Vincent, quand on mène sa petite vie tranquille à l'abri du besoin et qu'un crotté s'introduit chez vous sans votre permission, ça vous occupe l'esprit des années durant, ça donne l'impression d'exister et ça met en verve. Le mieux, pensa Gil, serait de réactualiser le drame, par exemple en y ajoutant un petit épisode, une péripétie. Inventer un peu.

Il resta quelques instants encore devant la maison à réfléchir mais bon, aujourd'hui, ça ne venait pas. À sa décharge, il est vrai qu'inventer une histoire sans même en connaître le personnage principal, ce n'est pas simple, surtout dans ce milieu où il ne se passe jamais rien, ou alors des choses tellement subtiles qu'on ne s'y retrouve pas le plus souvent, des drames intérieurs. Il pensa qu'un petit détour par le poste de police l'inspirerait peut-être.

Or le moins qu'on puisse dire est que, à la police, on ne fut pas avec lui très coopératif.

Gil demanda d'abord à l'agent si des squatteurs s'étaient déjà fait arrêter dans le quartier, Évidemment! répondit le policier, on en arrête tous les jours! vous n'avez pas vu que cette ville est pleine de vagabonds, clochards, drogués? C'était pas exactement ça, reprit Gil, il était rentré dans l'appartement d'une dame qui était en vacances, l'agent n'avait jamais rien entendu de tel, C'était quand exactement? demanda-t-il, Gil lui expliqua que c'était arrivé trois ans plus tôt, en août probablement, donc pendant l'été 2007, Et j'ai un nom, ajouta-t-il, Antoine L'Heureux, ce sera sûrement pas compliqué de retrouver sa trace, avec un nom, une date, Oui mais une date très approximative, spécifia l'autre, et il refusa catégoriquement de chercher Antoine dans ses registres, Ce serait beaucoup trop compliqué, vous n'avez pas de date précise et n'êtes même pas sûr qu'il a été arrêté! sans une date d'arrestation précise, lui expliqua l'agent, il ne pourrait absolument rien faire, Gil n'en crut rien, Avec le nom et le mois de l'arrestation, vos ordinateurs vont faire facilement le recoupement, dit-il, Mais vous n'êtes même pas certain qu'il a été arrêté! riposta l'agent qui suivait son idée, ça se présentait mal, Gil dit, S'il a été arrêté, je sais c'est où, et il donna à l'agent l'adresse de la Rua Nova do Loureiro, Vous vous foutez de ma gueule ou quoi?! s'exclama l'agent, toujours très sérieux, il s'agit d'une information confidentielle! je ne peux pas comme ça vous donner des informations confidentielles sur les gens du quartier! et de toute façon vous n'avez pas de date exacte, Vous accepteriez de me donner l'information avec une date exacte mais pas avec le nom, le lieu et le mois de l'arrestation? le questionna Gil, C'est bien ça, répondit l'agent, Elle est où la confidentialité là-dedans? demanda Gil, et l'agent, Je ne me mettrai pas à vous expliquer comment fonctionne notre code d'éthique, et à bien y penser, effectivement, ça valait mieux. Gil demanda alors à parler à Ricardo, un policier de sa connaissance qui travaillait à cet endroit, mais Ricardo était en vacances et ne serait de retour qu'en septembre, Si vous parlez à Ricardo et qu'il est d'accord, on verra, ajouta l'agent, ben maudit, pensa Gil. Il expliqua alors au policier qu'Antoine n'était pas citoyen portugais, qu'on n'en avait pas de nouvelles depuis plus d'un an et conclut en disant qu'il s'agissait d'un cas particulier sinon unique et qu'il fallait agir promptement, que la famille s'inquiétait, etc. L'agent lui répliqua que ce n'était pas son problème, qu'il ne pouvait tout chambarder à cause d'un étranger, ne précisant toutefois pas ce qu'il aurait fallu chambarder, S'il a été arrêté pour une histoire de squattage dans le quartier, ça vous concerne, non? argua Gil, Vous mélangez tout! reprit l'agent, il faut vous décider! vous enquêtez sur une disparition ou sur l'arrestation d'un clochard? J'ai pas dit clochard! opposa Gil, Ne jouez pas sur les mots! répliqua l'agent, vous parlez d'un squatteur ou de la disparition d'un touriste? Les deux histoires sont liées! dit Gil, Parce qu'on ne peut pas enquêter sur tous les clochards de Lisbonne! continua le policier, on n'a pas les effectifs! on ne peut même pas enquêter sur tous les clochards qui disparaissent, si vous voulez savoir, le sous-financement de la police en est à ce point au Portugal!

Gil pensa qu'il était vraiment tombé sur un imbécile. D'ailleurs, le type lui faisait penser à Abílio, le gars de Bino qui s'était fait voler le Glock, physiquement je veux dire, un maigrichon à casquette, il faudrait d'ailleurs lui parler à celui-là, c'était risqué mais Gil n'avait plus d'autre option pour le moment, les dealers sont plus coopératifs que la police, pensa-t-il encore.

Il dit finalement au policier, D'accord, je vois qu'il y a rien à faire, je m'excuse de vous avoir dérangé, et il allait tourner les talons lorsque le policier dit, Bon bon ça va, je vais essayer quelque chose, donnez-moi cette adresse. Gil, pour le moins étonné, lui tendit son petit bout de papier. Le policier alla s'asseoir devant un ordinateur au fond de la salle et revint au bout de quelques minutes, redonnant le papier à Gil, Rien, dit-il, Rien comment? demanda Gil, Il n'y a jamais eu d'arrestation à cet endroit, pas même de plainte, aussi loin que remonte en tout cas notre registre informatique, C'est-à-dire? demanda Gil, Je ne sais pas exactement, dit l'agent, mais ça fait plus de dix ans, ça c'est certain.

C'est ainsi que prit fin la conversation, et malgré les quelques informations qu'il avait recueillies, Gil ne se sentait pas davantage inspiré vis-à-vis de sa dame de la Rua Nova do Loureiro. Marcher un peu, pensa-t-il.

Non loin du poste de police se trouvait l'une des maisons dont Vincent lui avait donné l'adresse, il n'avait pas au départ prévu s'y arrêter mais, tant qu'à y être, autant en profiter.

Gil devait pour s'y rendre faire un petit détour. Il prit la Calçada do Combro puis descendit les petites rues en pente de la Bica, passa devant son propre appartement où il n'avait pas mis les pieds depuis plusieurs jours et dit bonjour au relieur qui avait son atelier au rez-de-chaussée, presque dans la rue, au bout de laquelle il descendit encore jusqu'à la Travessa da Portuguesa où se trouvait l'immeuble qu'il cherchait.

C'était une maison rose dont l'appartement du bas semblait inhabité, sur le balcon reposaient des pots de fleurs, un petit palmier, du lierre poussait sur la balustrade en métal. Gil sonna au 2ᵉ droite, on ne lui répondit pas. Or la porte-fenêtre d'un des appartements du premier était ouverte, il sonna, à droite et à gauche, on ne lui ouvrit pas, mais une jeune femme sortit sur le balcon et demanda, Je peux vous aider? Excusez-moi, dit Gil, je cherche les personnes qui restent au 2ᵉ droite, elles sont là? Non, dit la jeune fille, montez, et elle lui ouvrit la porte. Gil monta à tâtons les escaliers, il faisait très noir, Attention! lui cria d'en haut la jeune femme, la minuterie ne fonctionne pas.

Elle l'attendait sur le palier du premier, dans la pénombre, dit, Le propriétaire de cet appartement est français, il n'habite ici que quelques semaines par année, durant l'été, mais loue parfois l'appartement à des touristes, Ah bon, dit Gil, merci, avez-vous ses coordonnées? Non, je le connais à peine, je l'ai croisé quelques fois, c'est tout, Et ça fait longtemps qu'il y a quelqu'un qui a habité là? demanda Gil, Non, deux ou trois semaines, je dirais, Et vous souvenez-vous d'un jeune homme qui aurait resté là, ça doit faire à peu près deux ans, et qui s'appelait Antoine ou António? demanda encore Gil, et la jeune fille eut l'air surprise, Aucune idée, les gens vont et viennent, la plupart du temps ils ne parlent pas portugais, souvent ils nous regardent à peine, et il passe ici beaucoup de monde, C'était un étranger, précisa Gil, mais il parlait portugais, Ce sont toujours des étrangers, ou presque, répondit la jeune fille, Alors tant pis, merci quand même, si jamais vous pensez à quelque chose, je suis investigador privado, précisa-t-il en lui tendant sa carte, puis il redescendit l'escalier en suivant le mur de la main.

En bas, dans le hall de l'immeuble où régnait une forte odeur d'humidité, il chercha pendant plusieurs secondes, dans le noir, le mécanisme d'ouverture de la porte. Lorsqu'elle s'ouvrit enfin, il fut ébloui par le soleil.

*

[Fuite à Madrid – I]
Il y aurait sans doute encore beaucoup à dire sur Lisbonne avant d'arriver à Madrid…

Je pris le train de nuit… c'était plus long et plus cher que l'avion mais, vu les circonstances, c'était la seule solution, je ne pouvais évidemment prendre l'avion avec un pistolet dans mon sac…

Madrid me fit immédiatement penser à New York, à cause des immeubles, de la circulation automobile, du bruit. En sortant du métro Gran Via, j'éprouvai un sentiment de libération… beaucoup de mal à trouver sa pension, elle m'avait donné des indications on ne peut plus floues, normal, elle ne savait pas, ni moi non plus, que j'irais la rejoindre… Je réussis à l'attraper alors qu'elle rentrait à son hôtel, je l'avais attendue là pendant trois heures (après qu'on m'eut dit à la réception qu'elle était sortie) au milieu d'un rassemblement de prostituées dont certaines, il faut l'admettre, étaient fort attrayantes, rien à voir avec celles de Lisbonne… difficile parfois de savoir s'il s'agissait ou non de travestis… des visages à la Picasso. Un Chinois vendait de la bière dans la rue, j'en achetai quelques-unes, il faisait tellement chaud malgré l'heure (vingt et une heures environ), j'étais un peu pompette quand je la vis enfin déboucher au coin de l'avenue, je crus au départ qu'elle était fâchée parce que j'étais soûl, mais je n'étais pas soûl alors… Je n'ai pas mangé, je vais me changer et je ressors, dit-elle, puis elle m'invita à monter. … semblait tout de même heureuse que je sois là…

… dit, J'avais toujours rêvé de venir à Madrid, à cause des films d'Almodovar, Pourquoi n'es-tu pas venue avant? Je ne sais pas, puis elle se tut. Moi, je me sentais vraiment très bien à Madrid.

… après ces quelques années de Lisbonne qui n'est somme toute qu'un beau village…

Cela dit, malgré son apparente joie des premiers instants de nos retrouvailles, je pense que, en quittant Lisbonne pour ses vacances madrilènes, Nina avait déjà résolu de me plaquer, et elle s'employa conséquemment à me faire entendre que je m'étais trompé en la suivant à Madrid, mais je n'avais pas le choix, de cette fuite dépendait ma liberté, peut-être ma survie… l'avais suivie à Madrid sans lui demander son avis, je pouvais comprendre qu'elle s'en trouvât contrariée, et cela me peinait… m'avait dit avant de partir qu'elle allait passer une petite semaine à Madrid, loin de tout, elle devait croire que je l'attendrais bien sagement à Lisbonne et qu'elle me jetterait dès son retour, or je suis plutôt du genre à aller me faire jeter à Madrid qu'à attendre tranquillement le désastre… de toute façon, je n'avais pas le choix… je savais, contrairement à elle, que je ne rentrerais pas à Lisbonne, en fait, j'avais tout intérêt à ce qu'elle me jetât à Madrid, à lui donner l'impression qu'elle était l'instigatrice de notre rupture plutôt que de devoir lui expliquer que je ne rentrerais pas avec elle… elle allait sans le savoir me donner une espèce d'alibi… je n'irais pas jusqu'à dire que j'avais prévu le coup, mais le moins qu'on puisse dire est que ça tombait bien.

*

À défaut de mieux, Gil espérait que la dame de la Rua Nova do Loureiro accepterait de collaborer s'il montrait envers ses douleurs passées la compassion et la compréhension requises. Or dès qu'elle lui ouvrit et avant même qu'il eût dit un mot, il ressentit vivement tout le mépris qu'elle éprouvait déjà pour lui, ce n'était pas la première fois que ça lui arrivait, d'ailleurs sa mise quelque peu négligée ne l'aidait probablement pas, surtout dans ce quartier, il ne se laissa pas démonter pour si peu et dit, Bonjour madame, je m'excuse de vous déranger de bonne heure comme ça, je m'appelle Gil Borboleta, je suis investigador privado et j'enquête sur une vague d'invasions de domicile qu'il y a eu dans le quartier depuis déjà plusieurs années et qui, pour des raisons que je comprends pas, n'intéressent absolument pas les services de police. Un malaise évident éclaira, si j'ose dire, le visage sombre de la dame, elle dit, Je suis désolée, je ne sais pas de quoi vous voulez parler, je n'ai rien à voir dans cette histoire. Elle allait refermer la porte mais Gil dit, Je suis désolé d'insister, mais une victime dont je me dois de préserver l'anonymat m'a révélé que vous avez vous-même été une pareille victime, C'est vrai! dit la dame après une légère hésitation, on m'a même importunée à ce propos pas plus tard qu'avant-hier et je n'ai rien de plus à dire qu'avant-hier et je n'avais rien à dire avant-hier alors hein! Madame, l'interrompit Gil, je vous en prie, je veux simplement que vous me racontiez ce qui s'est passé pour de vrai, je sais que c'est pas facile, que vous avez vécu un traumatisme, mais sans votre aide on arrivera jamais à rien, pensez aux autres pauvres victimes, pas plus tard que la semaine passée, une jeune fille de la Rua da Rosa, Bon d'accord, entrez!

La dame ouvrit la porte toute grande et Gil laissa courir son regard sur son alléchante poitrine dont on apercevait un peu plus que la naissance entre les pans de sa robe de chambre en pilou jaune. Elle portait avec grâce un léger excédent de poids, on aurait dit un gros canari. Il la suivit au salon où il s'assit sur le sofa et elle, devant lui, dans un grand fauteuil à oreilles. Il sortit alors de son veston élimé un petit calepin de circonstance et un crayon de plomb, il est très important, dans ce genre d'interrogatoire, d'avoir un peu l'air d'un autre âge, décalé comme un détective de mauvais roman, puis il invita la dame à lui donner des détails quant aux circonstances du drame, ce furent ses paroles.

Les événements avaient eu lieu trois ans plus tôt alors qu'elle se trouvait en vacances sur la côte andalouse. À cette époque, raconta-t-elle non sans un certain tremblement dans la voix, je confiais la location de mon appartement à un ami, c'est lui qui trouvait les clients, essentiellement des touristes, le plus souvent français, et il se gardait un petit pourcentage tout à fait raisonnable, je lui faisais entièrement confiance, Son nom, pouvez-vous me donner son nom? l'interrompit Gil. Elle hésita et dit, Jorge, il s'appelait Jorge, mais après ce qui s'est passé, vous pensez bien que j'ai définitivement cessé de faire affaire avec lui! C'est sûr, dit Gil, connaissez-vous son nom de famille? Elle hésita de nouveau, un peu plus longtemps cette fois, puis, Non, malheureusement, et elle se tut, Pas grave, reprit Gil, c'est normal, c'était pas un ami proche si je comprends bien ? Oh non ! pas proche du tout ! répondit Maria. (Elle s'appelait Maria, c'est un détail qui pourra s'avérer utile dans la suite des choses, nous verrons bien, ne serait-ce que pour ne pas la confondre avec une autre, ce genre d'imbroglio se produit hélas trop souvent dans ce type d'enquête lorsqu'on n'est pas suffisamment vigilant.) Alors voilà, continua Maria, Jorge n'avait pas réussi cet été-là à louer mon appartement, il faut dire que je l'avais averti à la toute dernière minute, C'était en 2007, donc ? demanda Gil, Non ! 2005 ou 2006, quelque chose comme ça, précisa Maria, Vous avez pas dit que ça fait trois ans que votre histoire était arrivée ? Oui ! il y a trois ans ! mais attendez ! ce ne pouvait être en 2006, vous avez raison ! je m'en souviens très bien, cette année-là je suis allée en Chine, j'avais besoin de changer d'air, c'était en 2006, la muraille, les pousse-pousse, ce sont des choses qu'on n'oublie pas, C'est sûr, dit Gil, pour la forme, Vous avez déjà visité l'Asie ? demanda Maria, Malheureusement non, et elle, Vous ne savez pas ce que vous manquez ! Oui, c'est sûr, mais une date exacte ça pourrait vraiment m'aider, quand on fait une enquête comme ça, les petits détails, Oui ! bien sûr, pardonnez-moi, alors ce n'était forcément pas, comme nous le savons maintenant, en 2006, puisque je me trouvais en Chine, ce ne pouvait être non plus l'année précédente, en Turquie, c'est une autre certitude, j'ai fait ces deux périples avec la même agence mais depuis j'ai laissé tomber les voyages organisés, la moyenne d'âge des aventuriers est beaucoup trop élevée pour moi. Elle poussa alors un petit rire cristallin, genre *Flûte enchantée*, qui mit en évidence sa jolie poitrine et procura à Gil un petit sursaut d'émoi romantique, il profita du spectacle avec plaisir mais ne se laissa pas déconcentrer pour autant, Alors c'était nécessairement après 2007, 2008 ou 2009, reprit-elle, et il y eut un long silence que rompit Gil en se rendant compte que c'était là sa réponse, et non une étape de sa réflexion, D'accord, 2008 ou 2009? Ah! je ne sais plus, c'était durant ma période espagnole, ça c'est certain, je suis allée sur la côte andalouse trois ou quatre années d'affilée, j'avais rencontré un homme, un vrai caballero, celui-là! un Madrilène, D'accord, l'inter-rompit Gil, pourriez-vous m'expliquer ce qui s'est passé quand vous avez découvert, L'intrus! le coupa Maria, oui oui, je vous explique, j'étais partie depuis trois semaines et je suis rentrée directement de l'aéroport un peu avant midi, j'ai immédiatement constaté qu'il régnait dans l'appartement un certain désordre et bon, une odeur, je veux dire, une odeur que je ne connaissais pas et, Vous aviez été cambriolée? demanda Gil, Non, on ne peut pas dire que j'aie été cambriolée, mais il y avait du désordre, Quel genre de désordre? demanda encore Gil, Le désor-dre de quelqu'un qui avait certainement habité là en mon absence, il avait fait en sorte que ça ne paraisse pas trop mais ce sont des choses qu'on sent, qu'une femme voit au premier coup d'œil! j'ai tout de suite pensé que Jorge avait réussi à louer l'appartement et qu'il avait oublié de m'en avertir mais dès que j'ai vu mon locataire, j'ai compris immédiatement que j'avais affaire à un voyou, un vagabond! j'ai crié, Qu'est-ce que tu fais chez moi? sors d'ici immédiatement! et je me suis sauvée dans la rue, c'est idiot, je sais, je lui demandais de sortir et c'est moi qui sortais, mais j'étais terrorisée, vous comprenez? Bien sûr, dit Gil, Alors voilà, une fois dans la rue j'ai voulu appeler la police et me suis rendu compte que j'avais laissé mon sac à l'intérieur avec mon telemóvel dedans, puis j'ai pensé, il va me voler mon sac! mais alors que je cherchais dans ma tête d'où je pourrais appeler la police, un café, une cabine, n'importe quoi, le voilà qui sort de chez moi avec son petit sac sur l'épaule, j'ai crié mais il montait déjà en courant la Calçada da Cabra, Je n'ai même pas pu appeler la police! Et vous l'avez fait plus tard? Non, répondit-elle après une brève hésitation, l'air embarrassé, Pourquoi vous avez pas appelé la police? demanda Gil, Je ne sais pas, comme il était parti, Il aurait pu revenir, non? Je ne sais pas, et elle se tut. Gil dit, Il vous a volé quelque chose? Non, rien! c'est complètement absurde, vous ne trouvez pas? Oui, pas mal absurde, renchérit Gil, d'habitude ils dévalisent, Je me suis toujours dit que j'avais eu beaucoup de chance, commenta Maria, Et quand ils dévalisent pas, ils reviennent. Ce n'était pas vrai, mais Gil était à l'affût des réactions de la dame, espérait arriver à lire entre les lignes. C'est vrai? fit encore Maria, Ça vous était jamais passé par l'idée? Je ne sais pas, reprit-elle, mais de toute évidence il n'est jamais revenu, Êtes-vous sûre? demanda Gil, Oui, enfin, oui, j'en suis sûre, Et il y avait des traces d'effraction? demanda-t-il encore, Non, dit Maria. Il y eut un court silence, puis Gil, Ça veut dire qu'il avait la clé? Je ne sais pas, peut-être, répondit-elle visiblement mal à l'aise, c'était toujours ça de pris, pensa-t-il, puis, Et le Jorge dont vous m'avez parlé, c'est quoi déjà son nom de famille? Je vous ai déjà dit que je ne m'en souvenais plus! dit Maria, et lui, Ah oui! c'est vrai, excusez, mais le Jorge, qu'est-ce qu'il en a pensé de votre histoire? Oh! il a été très évasif, C'est-à-dire? Il m'a dit qu'il n'avait jamais entendu parler de ce personnage du cambrioleur, je le lui ai décrit, évidemment, mais ça ne lui disait rien, Et vous l'avez revu, le Jorge? Après les événements? bien sûr que non! vous pensez! s'indigna Maria, j'ai demandé à un ami de récupérer pour moi les clés et lui ai fait dire à Jorge que si jamais quoi que ce soit se produisait chez moi, je l'en tiendrais responsable! Pourquoi? Je ne sais pas, pour lui faire peur sans doute, j'ai dit ça comme ça, sans penser, j'étais sous le choc, vous comprenez? Bien sûr, dit Gil, et vous avez déjà pensé que Jorge aurait pu donner une clé à votre vagabond? Et pourquoi aurait-il fait ça? demanda Maria, Je sais pas, je disais ça comme ça, dit Gil, puis, Avez-vous encore les coordonnées de Jorge? Je ne sais pas, il faudrait que je vérifie, répondit Maria sans bouger de son fauteuil à oreilles. Gil laissa passer quelques secondes puis, Je vous cacherai pas que cette information pourrait vraiment aider la suite de l'enquête, si c'était possible de, Oh! mais bien sûr! je me demandais aussi, pourquoi vous ne disiez rien!

Elle se leva et traversa son appartement. C'est confortable ici, pensa Gil, je pourrais m'incruster, c'est sûr. À l'autre bout du corridor, il entendit des portes et des tiroirs claquer, de petits cris également, qui ne furent pas sans éveiller en son esprit des souvenirs réjouissants et malheureusement lointains. Maria passa plusieurs minutes à chercher, au moins cinq, peut-être dix minutes au bout desquelles elle revint, l'air dépité, Je n'ai rien! je ne trouve rien! c'est un fouillis complet dans mes papiers, mais il se pourrait bien aussi qu'après les événements j'aie brûlé le numéro de Jorge dans un élan de colère! c'est possible, j'étais tellement en furie! c'est sûrement ce qui est arrivé parce que je ne trouve absolument rien! elle ne criait pas mais avait la voix stridente.

Sur ce, Gil se leva et dit, Madame, je vous remercie vraiment beaucoup pour votre aide précieuse, et il lui tendit sa carte, Si jamais des détails vous reviennent ou si vous mettez la main sur le numéro de téléphone ou le nom de famille de Jorge, appelez-moi, Ça m'étonnerait, dit alors Maria, personne à part moi ne connaissait Jorge. C'est drôlement dit, pensa Gil.

Lorsqu'il sortit de chez Maria, il devait être onze heures. C'était l'heure de l'apéro.

Il décida d'aller prendre une bière dans un bar qu'il connaissait, à trois rues de là, le Café Orquídea, enjamba pour entrer un petit chien qui dormait sur le pas de la porte comme s'il avait toujours été là. Il serra la main du cafetier qui s'appelait Benjamin et commanda une bière. Benjamin connaissait tout le monde dans le quartier, il vivait à côté depuis toujours, dans la maison où il était né, avait-il un jour raconté à Gil. En glissant un billet de dix euros sur le zinc Gil dit, J'ai besoin d'aide, Je ferai ce que je peux pour tes dix euros, dit Benjamin en chiffonnant le billet au fond de sa main, As-tu déjà entendu parler, reprit Gil, de la jolie Maria, ici pas loin, qui se serait fait squatter son appartement? Oh! Maria! mon gros oiseau exotique! cria Benjamin, Rafael est complètement amoureux d'elle, pas vrai Rafael? réveillant au fond du bar un petit vieux au visage crevassé, déjà soûl en cette fin de matinée, qui cria, Vai levar no cu! va te faire enculer! puis il se mit à tousser et se rendormit sur la table, Com prazer! avec plaisir! cria à son tour Benjamin en riant, je te dirai si ça fait mal! il a très peur que ça fasse mal, ajouta-t-il pour Gil, autrement je suis sûr qu'il passerait son temps à se faire enculer, pas vrai Rafael? Rafael ne répondit pas, heureusement on n'avait pas que ça à faire, Gil dit, Je voudrais que tu me parles de la jolie Maria, Tout le monde la connaît, la Maria, elle chante le fado, Elle a une belle maison en tout cas, dit Gil, je pensais pas que c'était payant de même de chanter le fado, Tu parles! s'exclama Benjamin, elle a d'autres sources de revenus, elle se fait entretenir, Le connais-tu le gars qui se paie des récitals privés? C'est pas quelqu'un du coin, un vieux, je l'ai vu deux ou trois fois mais je sais pas qui c'est, Et elle en a d'autres, des sources de revenus? demanda Gil, Maria est une fille pleine de ressources, regarde. Benjamin lui indiqua sur le mur une petite affiche qui disait, Logement à louer. Il expliqua, Elle loue parfois son appartement à des touristes. Évidemment, après sa petite visite dans la Bica, cette révélation fut douce à l'oreille de Gil, il dit, Ça a l'air que le touriste que je cherche lui a pas payé son loyer, Ça fait partie des risques de ce genre d'entreprise, dit Benjamin en essuyant son comptoir, il couchait avec elle? Sais pas, répondit Gil, ça se peut, mais c'est pas ça l'histoire qu'elle m'a racontée, En tout cas c'est son style, Maria se fait très facilement des amis et il semblerait que sa réputation traverse les frontières, il y a une touriste qui est venue me parler d'elle avant-hier, une histoire de squattage, Une petite blonde aux yeux bleus? mignonne? demanda Gil, Oui, c'est une bonne description, Ok, je travaille pour elle maintenant, tu lui as dit quoi? Rien, on a parlé de la pluie et du beau temps, elle venait souvent ici il y a quelques années, on a renoué, comme on dit, Et moi, tu me dis quoi?

Benjamin s'accouda au comptoir et dit à l'oreille de Gil, comme s'il se fût agi d'un secret, Maria est arrivée ici un jour, tout énervée, elle est toujours un peu énervée mais ce jour-là c'était le pompon, elle parlait fort, fumait cigarette sur cigarette, elle était avec un type, Tu le connaissais? l'interrompit Gil, Oui, un peu, c'est un gars qu'on voit souvent dans le coin, il se promène pas mal, en fait je pense qu'il loue des appartements à des touristes, Tu connais son nom? Me rappelle plus, et Gil, Jorge, ça se peut? Oui mais je peux pas te garantir, elle s'est mise à dire à ce type qu'un homme s'était introduit chez elle, qu'elle avait appelé la police, elle en faisait tout un plat, le type que tu appelles Jorge avait l'air très mal à l'aise, elle lui a dit aussi qu'elle avait pas parlé de lui à la police, mais qu'elle voulait ravoir ses clés immédiatement et que si jamais l'autre se repointait chez elle, elle allait les dénoncer tous les deux, puis le type a fini par partir et elle aussi, Et elle a mentionné un nom? demanda Gil, Ah! tu parles! António! António! António! elle arrêtait pas de crier António! pendant des mois après ce jour-là, chaque fois qu'elle passait dans la rue, il y en avait toujours un ici qui se mettait à crier António! António! pour se foutre de sa gueule, elle vient plus d'ailleurs, ces idiots m'ont fait perdre une cliente, Autre chose? demanda encore Gil, Oui, quelques minutes après son départ, monsieur Gonçalo est arrivé et nous a demandé ce qui se passait, on lui a raconté l'histoire et tout de suite il a dit, C'est n'importe quoi! Monsieur Gonçalo habite tout près de chez Maria et, la veille, il avait tout vu, la scène entre elle et l'autre gars, et la police avait jamais mis les pieds là, il nous a dit aussi que c'était pas la première fois qu'il voyait ce gars-là chez Maria, ça faisait des mois qu'il habitait chez elle, Et tu te fies à monsieur Gonçalo? Bah, je sais pas, mais je vois pas pourquoi il aurait menti, sauf peut-être pour se rendre intéressant, Comme tout le monde finalement, conclut Gil, philosophe.

Le silence dura quelques secondes. Au fond du bar, Rafael parlait dans son sommeil quand il ne ronflait pas, on l'écouta marmonner quelques secondes puis Gil demanda, Pourrais-tu me donner l'adresse de monsieur

Gonçalo? Avec plaisir. Benjamin dessina un petit plan sur un bout de papier et, Dis-lui que c'est moi qui t'envoie, Merci, sinon les affaires, ça marche? demanda-t-il à Benjamin, Oh! tu sais, le train-train, on roule pas sur l'or, avec la crise, on se débrouille, et toi? Même chose, répondit Gil, je suis sur une histoire un peu difficile, Maria? questionna Benjamin, Non, autre chose, plus compliqué que ça, tu aurais pas entendu parler d'un gars, probablement cap-verdien, qui se pavanerait avec un beau gun tout neuf dans le quartier? et Benjamin, Pas au courant, mais il y a eu des coups de feu il y a quelques jours, une semaine, ça a failli tourner à l'émeute, Oui, j'en ai entendu parler, dit Gil, et on sait de qui ça vient? Il paraîtrait que c'est pas des gars du quartier, mais c'était juste de l'esbroufe, personne de touché, des coups en l'air, apparemment, Merci mon vieux, dit Gil en lui serrant la main, puis il but sa bière d'un trait et sortit en enjambant le cabot.

Il retourna dans la Rua Nova do Loureiro et, tout au bout, remonta la Travessa do Conde de Soure jusque chez monsieur Gonçalo, au numéro 51 de la Rua da Vinha. C'était un bel immeuble bleu à quatre étages, le plus haut de la rue. Gil sonna, on ne répondit pas. Il resta quelques instants sur le pas de la porte à réfléchir. Il ne voyait pas trop ce que monsieur Gonçalo pouvait lui apprendre de plus, il aurait souhaité, par conscience professionnelle, contrevérifier les informations que lui avait données Benjamin, une formalité, rien de plus. Pas besoin de rencontrer monsieur Gonçalo avant de retourner chez Maria, pensa-t-il, en effet, en plus de la certitude que Maria lui avait menti, il avait maintenant une histoire à lui raconter, et bon, on dira bien ce qu'on voudra, quand une histoire est basée sur des faits vécus, elle est nécessairement plus convaincante. Retourner chez Maria, se dit Gil, et aussi qu'ensuite il faudrait retrouver le Jorge.

Il se rendit dans la Rua Nova do Loureiro et sonna de nouveau chez la planureuse chanteuse de fado qui n'essaya même pas cette fois de cacher son exaspération en constatant que son nouvel ami détective était de retour, Qu'est-ce que vous voulez encore? ne comprenez-vous pas qu'il m'est très pénible de ressasser ces souvenirs douloureux? Elle sort son vocabulaire des grandes occasions, pensa Gil, Je vous ai tout dit! ajouta-t-elle, tragique, et Gil, C'est vrai que vous m'avez dit beaucoup de choses, pour la plupart inventées, Quoi?! vous me traitez de menteuse?! Mais non, dit Gil en entrant contre le gré de Maria, il n'avait pas envie qu'elle lui referme la porte au nez et, à l'évidence, c'était dans ses manières. Il dit, Je vous traite pas de menteuse, mais je sais que vous m'avez conté des menteries, d'ailleurs tout le monde conte des menteries, ça fait pas de vous une menteuse, en tout cas pas plus que les autres. Maria cherchait son souffle, sa poitrine palpitait sous son léger chemisier rouge, tout aussi invitant que la robe de chambre en pilou jaune qu'elle portait lors de la première visite de Gil, mon petit rouge-gorge, pensa celui-ci alors que

Maria criait, Partez! ou j'appelle la police! Pas besoin d'appeler la police, fit Gil, ça va être bien plus compliqué avec la police qu'avec moi, moi j'aide les gens, pas la police, laissez-moi vous expliquer et après je pars, promis, et s'il faut je vais appeler la police moi-même, Mais soyez clair enfin! s'exclama Maria, je ne comprends rien de ce que vous racontez! d'abord pas la police et maintenant la police! Pour commencer, reprit Gil, il faut que je vous avoue que moi aussi je vous ai conté une menterie, alors vous pouvez me faire confiance, vous voyez? on est fait pour s'entendre, j'ai menti, comme on dit, par omission, je vous ai pas donné un détail important à propos d'Antoine, ou António, dont vous avez pas mentionné le nom mais que vous connaissez très bien, et le détail, c'est qu'il est mort.

Maria se trouva comme pétrifiée, elle hésita quelques instants puis, Je vous en prie, suivez-moi.

Elle l'invita à s'asseoir au salon, sur le même sofa que précédemment, Je reviens dans quelques instants, dit elle en sortant de la pièce. Quand elle fut de retour, Gil vit qu'elle avait pleuré, il lui laissa quelques secondes pour se ressaisir, elle était très nerveuse, ne savait pas quoi faire de ses mains. Il pensa qu'il fallait profiter du moment, dit, Ça fait longtemps que la police a lâché l'enquête, mais avec les informations que j'ai c'est certain qu'ils débarqueraient chez vous un jour ou l'autre et c'est toujours un peu stressant, la police, hein? surtout quand on est une personnalité publique. Elle ne commenta pas. Le frère d'Antoine, reprit Gil, m'a chargé d'enquêter sur les circonstances de sa mort et je sais que vous avez rien à voir là-dedans, fait que vous me dites ce que je veux savoir et on en parle plus, ni moi ni la police, d'accord ? Maria hésita un instant puis, Si j'avais su, je, oui, d'accord.

Gil sortit son petit calepin et son crayon, Alors, le Jorge, nom de famille ? Ramos, dit-elle, l'air à la fois mal à l'aise et peiné, Je suis désolée de vous avoir menti, je ne sais pas pourquoi je vous ai menti, Pas grave, dit Gil, c'est normal. Il n'aurait trop su dire pourquoi, mais les mensonges de Maria lui semblaient effectivement dans l'ordre des choses, ils la lui rendaient en quelque sorte sympathique malgré ses airs prétentieux, hautains, en lui mentant, elle s'était un peu rapprochée de lui. Il demanda, Vous le connaissez bien, monsieur Ramos ? Ce n'était pas un ami proche, répondit Maria, mais je le connaissais depuis assez longtemps, en fait beaucoup de gens connaissent Jorge, il gravite dans tous les milieux, Qu'est-ce que vous voulez dire ? Je ne sais pas, tout le monde connaît Jorge, c'est quelqu'un de bien, Et Antoine faisait partie de ses relations ? Oui, c'est Jorge d'ailleurs qui m'avait présenté Antoine dans un bar du Bairro Alto, et je l'ai invité à habiter chez moi, Combien de temps ? Je ne sais plus, un mois ou deux, peut-être trois, mais nous nous sommes disputés et, juste avant mes vacances en Espagne, je lui ai demandé de s'en aller, il a pris ses affaires et il est parti, je pensais que je ne le reverrais plus, en fait j'avais rencontré un homme et Antoine l'a mal pris, alors nous nous sommes quittés en mauvais termes, je n'imaginais pas le revoir et, comme je vous l'ai déjà dit, je suis partie en vacances sur un coup de tête, comme Sergio m'avait invitée chez lui je me suis libérée de mes engagements et me suis pour ainsi dire enfuie avant que Jorge ait pu trouver quelqu'un pour louer mon appartement, je m'en fichais, c'est Sergio qui m'invitait et je voulais partir, C'était en 2008 ou en 2009? 2007, répondit Maria, Pourriez-vous m'expliquer ce qui s'est passé quand vous l'avez découvert ici? Je suis rentrée un peu avant midi, expliqua Maria, et me suis tout de suite rendu compte qu'il était là, j'ai reconnu sa veste sur le crochet dans l'entrée, son odeur aussi, je ne sais pas pourquoi, son odeur ne m'avait jamais frappée, or ce jour-là je l'ai tout de suite reconnue, avant même de le voir j'ai crié, Qu'est-ce que tu fais chez moi? sors d'ici immédiatement! à ce moment-là il est sorti de la chambre, il était à moitié nu, je ne sais ce qui m'a pris, je me suis sauvée dans la rue, c'est idiot, je sais, je lui demandais de sortir et c'est moi qui sortais, j'étais terrorisée, vous comprenez? Non, répondit Gil, il vous faisait peur? il vous avait déjà fait mal? Non, ce n'est pas ce que je dis, mais de le voir là ça m'a donné un coup, j'ai eu peur parce qu'il était là, pas de lui, je ne sais pas comment expliquer ça, Continuez, dit doucement Gil, Une fois dans la rue j'ai voulu appeler la police, mais j'avais laissé mon sac à l'intérieur avec mon téléphone dedans, et alors j'ai pensé que je n'allais tout de même pas appeler la police, Antoine n'était pas un bandit, il avait ses problèmes comme tout le monde mais n'était certainement pas un bandit, sauf que j'étais tellement énervée! je suis rentrée pour trouver mon sac et partir, je serais allée prendre un café pour lui laisser le temps de ramasser ses affaires mais, dès que j'ai mis le pied dans le vestibule, il est sorti de la chambre avec son petit sac et son cavaquinho, Il avait un cavaquinho? Oui, Antoine jouait assez bien du cavaquinho, il a pris sa veste sur le crochet et il est sorti sans rien dire, j'ai crié, Antoine! mais il a continué, je suis sortie à sa suite et l'ai vu prendre en courant la Calçada da Cabra, comme s'il se sauvait, Vous pensez qu'il avait des raisons de se sauver? à part que vous l'aviez surpris chez vous? Je ne sais pas, je ne crois pas, écoutez, nous ne nous connaissions pas très bien, nous ne nous étions fréquentés que quelques mois, c'était une relation plutôt physique, vous comprenez? Oui oui, il comprenait très bien, Maria remarqua sans doute qu'il avait un peu rougi mais ne releva pas, continua, Et quand j'ai rencontré Sergio, j'ai compris que ma relation, si j'ose dire, avec António, n'avait pas de sens, et je le lui ai dit, Vous lui avez dit quoi exactement? Elle réfléchit quelques secondes, Je lui ai dit que notre relation n'avait plus de sens pour moi. Ses yeux se remplirent de larmes, puis, Il s'est fâché, c'était la première fois que je le voyais se fâcher, Il vous a fait peur? Je ne sais pas, j'ai été un peu surprise, peut-être, je ne sais pas, Et le jour où vous l'avez surpris ici, au retour d'Espagne, il s'est fâché? Non, il n'a pas dit un mot, muet comme une carpe, Alors pourquoi tout à l'heure vous disiez que vous étiez tellement énervée? demanda Gil en faisait semblant de relire ses notes dans son calepin, Je ne sais pas, la surprise, j'imagine, je ne sais pas, ça fait très longtemps, comment est-il mort? Cette question prit Gil quelque peu par surprise, On le sait pas, répondit-il, et elle, Où a-t-on retrouvé son corps? Bon bon, pense vite, se dit Gil dans sa tête, puis, Je peux pas trop révéler les détails de l'enquête parce que, officiellement, elle est toujours en cours même si la police travaille pas fort fort, et ils disent qu'il faut que rien se sache, même les journaux en ont pas parlé, Comment est-il mort? On le sait pas, répéta Gil, mais c'est une mort suspecte, Il a été assassiné? demanda encore Maria, On le sait pas, il pourrait aussi s'être suicidé, c'est ça qu'on essaie de comprendre, Mais dites-moi quelque chose, enfin! s'impatienta-t-elle, pense vite mon Gil, pensa Gil, il dit, Le cadavre a été retrouvé à Aveiro, sur la rive de l'estuaire, dans les roseaux, et ça a pris du temps pour l'identifier parce que des oiseaux lui avaient grignoté la face, probablement des mouettes, c'est un petit garçon qui l'a découvert et il est allé avertir la tenancière d'une auberge pas loin, c'est elle qui a appelé la police. Maria éclata en sanglots, Pardonnez-moi, dit-elle en se levant.

Elle revint deux minutes plus tard et se rassit en face de Gil, elle ne pleurait plus mais tremblait un peu. Je suis désolé, dit Gil avec componction, Je vous en prie, dit-elle, y a-t-il autre chose que vous voulez savoir? Hum, oui, dit Gil en regardant son calepin, puis, En fin de compte, vous avez jamais appelé la police? Non, Pourquoi? Je ne sais pas, comme il était parti, et Gil, Il aurait pu revenir, non? Je ne sais pas, et elle se tut, il reprit, Il vous a volé quelque chose? Non, rien, Et il est jamais revenu? Non, Vous êtes sûre? demanda encore Gil, Oui, enfin, oui, j'en suis sûre, Bon, et Jorge Ramos, vous l'avez revu? Je lui ai parlé au café, je l'ai bien engueulé mais il a été très évasif, il n'a jamais avoué qu'il avait laissé la clé à António mais me l'a remise sans rouspéter, en fait je l'ai menacé de lui envoyer Sergio s'il refusait, et aussi que si jamais António revenait chez moi, je l'en tiendrais responsable, j'appellerais la police pour leur dire que que que, je ne sais trop en fait ce que j'aurais dit mais si vous voulez mon avis, Jorge mentait, Pourquoi vous pensez ça ça? Il n'y avait aucune trace d'effraction! et il y avait tout de même trois serrures à crocheter pour entrer! des serrures de première qualité! et qui m'ont coûté une fortune, puisque vous voulez tout savoir, pas de carreau cassé ni rien, alors forcément António avait la clé! on dit toujours ça, crocheter? Oui, C'est drôle, j'aurais cru qu'il y avait une expression, comment dire, plus moderne, enfin, j'ai immédiatement pensé que comme ces serrures, selon mon serrurier, étaient incrochetables, mais je ne crois pas que mon serrurier ait employé ce mot, incrochetable, on dit ça? Je le sais pas, répondit Gil, Bref il semble qu'António avait les clés de l'appartement et la seule autre personne que moi qui avait les clés était Jorge, voilà, Antoine aurait pu faire des doubles à l'époque où il restait chez vous, objecta Gil, et Maria, Impossible, on ne peut fabriquer des doubles de ces clés sans mon consentement, Et pourquoi Jorge aurait fait ça? Allez savoir! je n'en ai aucune idée! peut-être par amitié pour

António, il était à cette époque dans une mauvaise passe, Qu'est-ce que vous voulez dire ? Je ne sais pas, il ne parlait pas beaucoup, en tout cas, moi il ne me parlait pas beaucoup, il buvait, Jorge m'a dit un jour qu'il se droguait, Et vous l'avez déjà vu se droguer ? il avait des marques sur les bras ? Non, répondit Maria, mais je peux vous dire que, si je l'avais croisé dans la rue, j'aurais pu le prendre pour un vagabond, Pourquoi ? il était sale ? Oh non ! ce n'est pas ça, Quoi d'abord ? demanda Gil, Je ne sais pas, reprit Maria, sa dégaine, son petit sac et son cavaquinho, il avait l'air de transporter sa maison sur son dos, quand je dis vagabond, je pense plutôt à un errant qu'à un clochard, vous comprenez ? Donc c'est Jorge qui vous avait présenté António, Oui, Avez-vous retrouvé ses coordonnées ? Je n'ai pas cherché, je vais voir.

Elle se leva et traversa son appartement, revint au bout de deux ou trois minutes, l'air triomphant, brandissant entre ses doigts un bout de papier rose et criant, Je l'ai ! voilà voilà ! Elle avait l'air très heureuse de pouvoir enfin rendre service, tendit à Gil le bout de papier comme s'il se fut agi d'un trésor. On voyait bien, au fond, que c'était une gentille fille.

Il se leva, prit le papier et remercia Maria, Si jamais vous pensez à d'autre chose qui pourrait m'aider, c'est ma carte, dit-il en la lui tendant. Elle lui posa alors la main sur le bras et dit, Me permettez-vous de vous demander, à propos de cette affaire, de ne pas, comment dire, de rester discret, de ne pas révéler aux médias, ou à n'importe qui au fond, mes liens avec le défunt ? Elle était visiblement très mal à l'aise, tremblait, continua, C'est que, vous comprenez, il ne faudrait pas que cette amourette sans importance soit portée à l'attention de mon agent, Inquiétez-vous pas, la rassura Gil, la discrétion c'est ma marque de commerce, cela dit, si je peux me permettre, vous devriez pas laisser votre agent vous tenir en laisse comme ça, vous enlever votre liberté, C'est que, expliqua Maria, il n'est pas que mon agent, notre relation, comment dire, il ne s'agit pas que d'un lien d'affaire, Ah bon, il prend soin de vous, dit Gil en faisant un geste vague qui signifiait la maison, le confort, tout ça, et elle, Oui, voilà, il est très gentil, et généreux, c'est lui là, vous voyez?

Il y avait au mur une affiche sur laquelle on pouvait lire, Avec Amílcar Esperança, le Portugal possède enfin un baryton! au-dessus de la photo plaquée sur un fond bleu ciel d'un homme à l'abondante chevelure et curieusement vêtu d'un pull à rayures et d'énormes bretelles rouges. Tout en bas, en grosses lettres jaunes, LA TOSCA, mettant en vedette Amílcar Esperança, la voix romantique de Marvila! Teatro de São Carlos, 21 octobre 1971. Vous voyez, reprit Maria, c'est un vieillard, il arrive à concevoir que la jeunesse a des besoins qu'il est désormais incapable de combler et il a l'obligeance de me laisser une liberté suffisante, c'est un esprit libre, mais s'il venait à apprendre que j'ai hébergé chez lui un homme, elle s'arrêta là, et Gil, Vous pouvez compter sur moi, je vais être muet comme une sardine.

Ils échangèrent encore quelques salutations puis, en sortant dans la rue, Gil demanda, Si jamais j'avais besoin d'autres informations, je peux revenir vous voir? Bien sûr, répondit-elle, comme reconnaissante de ses révélations quant à la mort inventée d'Antoine, elle souriait. Gil, se sentant rougir, lui tendit la main et dit, Ça m'a fait plaisir de parler avec vous, j'espère qu'on va avoir l'occasion de se revoir, et, prononçant ces paroles, il ne pensait plus à l'enquête, Maria lui faisait quelque chose, elle dit, Bien sûr, ce qui, évidemment, ne voulait absolument rien dire.

En remontant la Rua Nova do Loureiro, Gil, pour la première fois depuis longtemps, se sentit soudain très seul.

*

[Chambre de Chuecas   I]
Malgré tout ce que j'ai déjà dit à propos de mes maîtresses, mes rapports avec les femmes ont toujours été compliqués… mais, je veux dire, je n'agissais pas par frivolité…
[Ici, le récit passablement abscons d'une aventure avec une chanteuse de fado.]
J'avais rencontré Mariana par hasard lors d'une soirée chez elle… je vivais toujours chez Serena… qui était une fille vraiment bien et je ne voulais pas lui faire de peine *[c'est idiot, sans doute, de donner cette précision]*… pensai

quand on me la présenta *[Mariana]* que je l'avais déjà vue, peut-être à Lisbonne? *[mais non]* … passai la soirée entre deux types qui me racontèrent qu'ils imprimaient des affiches, ils avaient de vieilles presses, etc. … en fin de compte, il devait être quatre ou cinq heures du matin, nous n'étions plus que cinq ou six personnes chez Mariana, elle était très sympathique, depuis une heure que je parlais avec elle… quand elle riait, ses yeux brillaient… embrassée comme ça, sans véritable arrière-pensée, et elle m'invita à rester. Elle aurait aussi pu me gifler, mais non.

… ne rentrai pas chez Serena… téléphonai le lendemain en fin d'après-midi pour lui dire que j'étais à Salamanca avec des amis, elle n'a pas dû me croire, je n'avais pas vraiment d'amis… avec qui aller une fin de semaine à Salamanca. Je passai la journée avec Mariana… la soirée dans un bar près de chez elle, il y avait un groupe qui jouait en plusieurs langues des tangos, des bossas novas, ce genre de chose… une fille frottait tout doucement un tambourin, sans micro, on la voyait faire mais ne l'entendait pas… Mariana dit, Être artiste, c'est le plus souvent faire des choses *[essentielles]* que personne ne perçoit, comme produire un bruit inaudible, et à ce moment je pensai que j'étais amoureux d'elle…

… ce n'est certes pas par caprice que je quittai Serena…

… c'est elle qui m'a ordonné de partir et ça m'a mis dans la merde mais bon, je ne peux pas me plaindre, c'était ma faute… mon envie constante de boire lorsque je m'ennuyais, comme pour remplir les temps morts…

c'est quand il y a dans sa vie quelqu'un à qui l'on tient que partir prend son sens, autrement, ça ne change rien… souffrais-je vraiment lorsque je fuyais mes êtres chers? n'éprouvais-je pas plutôt un sentiment de libération? … entre les deux un nombre incalculable de nuances. … sensation désagréable que les choses se répétaient… Les choses se répètent sans cesse, changent seulement parfois un peu de forme, disait Mariana…

… que je voulais être amoureux pour oublier Nina mais, à l'époque, c'était encore flou dans ma tête, en fait, quand je pensais à Nina, il me semblait ne plus rien ressentir pour elle, ou alors quelque chose qui se rapprochait du dégoût, davantage en tout cas que de l'attirance *[amoureuse, sexuelle]*… elle était pourtant toujours là, dans ma tête, dans les moments d'inconscience, de rêve ou d'ébriété… Serena et Nina étaient complètement différentes, mais il m'arrivait sans m'en rendre compte de voir Nina dans Serena *[aussi dans Mariana]*, dans un clignement d'œil, un sourire, ou lorsqu'elle marchait nue dans l'appartement… Je pensai longtemps que mon obsession venait du fait que j'en voulais à Nina pour ses mensonges, son histoire de grossesse aussi… cette colère voilait tout et, dès que Serena me rappelait d'une manière ou d'une autre Nina, j'avais l'impression d'avoir fait un pas en arrière.

*

Le Bairro Alto de Lisbonne était jadis le quartier des prostituées et des bordels. Ce fut de tout temps un lieu plus ou moins malfamé. Aujourd'hui les choses ont changé, bien sûr, le tout s'est passablement policé, embourgeoisé, sauf dans les quelques rues où la fête sévit tous les soirs, l'été surtout, le Bairro Alto est comme une immense discothèque à ciel ouvert et on se demande comment les pauvres petits vieux qui habitent les derniers étages des immeubles des rues da Barroca, da Rosa, das Salgadeiras, arrivent à dormir, à supporter leur propre existence. Par ailleurs, qui dit bars, restaurants, fête, drague, dit aussi drogue, ça tombe sous le sens, les dealers sévissent dans ce coin-là, n'ont cependant pas la même clientèle que dans la Mouraria. Pour faire une histoire simple, moins de junkies, plus de touristes et de petits-bourgeois. N'empêche qu'il y a parfois de petites échauffourées, cette histoire de coups de feu dont avait parlé Benjamin, par exemple, c'était rare mais ça pouvait toujours arriver.

Au coin de la Travessa da Cara, Gil vit, dans la Rua da Atalaia, un petit groupe de Cap-Verdiens qu'il connaissait, pas tous, deux ou trois, ils étaient une dizaine à boire de la bière devant un immeuble à vendre dont le premier étage était plus ou moins en ruine. À cette heure avancée de l'avant-midi, ils terminaient leur nuit, les yeux vitreux, l'un d'eux dormait sur le pas de la grande porte brune du commerce fermé du rez-de-chaussée, les autres parlaient fort, ils n'avaient pas remarqué Gil qui dit, Joaquim ! et alors un petit maigre avec une grosse

gourmette en argent, torse nu, cria, Hé Gil! quelle bonne
surprise! Il avait clairement quelques verres dans le nez.
Gil lui serra la main puis posa son poing sur sa poitrine,
c'était un genre de rituel cap-verdien. Ils discutèrent un
peu de la pluie et du beau temps, puis Gil dit, J'ai
entendu parler de l'histoire du gars à qui vous avez botté
le cul l'autre soir, j'ai ri comme un fou! et il rit, Joaquim
aussi, qui dit, Porra pá! putain qu'on s'est marré! le con!
il arrive avec ses deux bonnes femmes, il se pavane et
tout, il veut acheter de la coke et il se met à marchander!
Tiago lui dit, Tu marchandes pas avec nous, connard, et
l'autre lui dit je sais plus quoi mais de haut, tu vois, qu'on
est des escrocs, qu'il ne veut pas se faire entuber par des
petits dealers du Bairro Alto, des conneries, alors Carlos
arrive, le gros Carlos, tu le connais? Oui oui, répondit
Gil, Carlos l'attrape par le chignon, lui écrase la gueule
dans le mur et se met à lui foutre des coups de pied au
cul en disant, Je vais te dresser moi, petit con de Blanc
de poulet, des foutus coups de pied, je te jure! à la
Cristiano, top corner, si tu vois ce que je veux dire.
Joaquim rigolait ferme, il se tapait les cuisses et criait à
ses copains, Hé les gars! top corner! en donnant des
coups de pied dans les airs. Les autres ne réagirent pas
trop, quelques-uns rirent, plusieurs étaient au bord de
l'effondrement s'ils ne dormaient pas déjà au milieu de
la rue. Joaquim continua, Carlos lui a bien mis une
dizaine de coups et l'autre gueulait, les bonnes femmes
aussi, elles braillaient, Je vous en supplie, lâchez-le!
lâchez-le! le type a fini par s'agenouiller contre le mur,

Tiago est arrivé par derrière et lui a botté le cul lui aussi et a dit, Sem as donzelas, fodia te! s'il y avait pas les demoiselles, je t'enculais! l'autre s'est relevé tant bien que mal et s'est sauvé, les gars lui ont un peu couru après et lui ont mis encore quelques coups pour l'encourager à dégager pour de bon, tu vois? porra! on a bien rigolé!

Gil riait, c'était drôle après tout, et surtout il fallait encourager Joaquim, il le savait bavard, Gil avait un don pour détecter les bavards, il dit, J'étais au Café Mindelo hier, c'est Clay qui m'a raconté ça, j'en revenais pas, j'ai eu mal au ventre tellement j'ai ri, oh! merde, dis donc, as-tu entendu parler de l'histoire des coups de feu pas loin d'ici, la semaine passée? J'ai entendu les coups de feu, répondit Joaquim, visiblement ennuyé par la ques-tion, mais je sais rien. Il ne riait plus. Il y a un de tes amis qui sait? demanda Gil, Je pense pas, Dis donc Joaquim, reprit Gil, tu sais que je suis pas du genre à me vanter quand j'aide mes amis, mais l'année passée, quand tu étais dans la marde avec Bino, je t'ai bien arrangé tes affaires, t'en rappelles-tu? Joaquim ne répondit pas, Je cherche un gun, dit encore Gil. Joaquim prit une gorgée de bière, Je sais pas, finit-il par dire, et Gil, On est des amis, Joaquim, hein? tu voudrais pas que je me retrouve dans la marde avec Bino, hein? si je suis dans la marde avec Bino, qui c'est qui va t'aider quand tu vas te retrou-ver dans la marde avec Bino, hein? Les autres conti-nuaient de gueuler un peu plus loin, ne portaient pas trop attention à la discussion, Olha Gil, écoute, dit

Joaquim, je te jure que je sais rien, Davis avait l'air nerveux cette semaine, peut-être qu'il sait quelque chose mais pas moi, Davis? s'étonna Gil, le gars de la Bica? du miradouro? Oui, le grand, il a eu des problèmes avec des Brésiliens dans la Bica, ils cherchaient les emmerdes d'après ce que j'ai entendu, Davis leur a dit qu'il leur règlerait leur compte s'ils se tenaient pas tranquilles, mais ils lui ont ri au nez alors ils se sont un peu battus, c'était il y a deux semaines, rien de grave il paraît, mais les jours suivants on a vu les Brésiliens rôder près d'ici, ils voulaient se faire voir, c'est clair, et quand j'ai vu Davis la dernière fois, ça l'emmerdait, il était nerveux. Joaquim prit une gorgée de bière puis, Écoute, je sais rien d'autre, sérieux, peut-être que Davis pourrait t'en dire plus, et moi je touche pas aux fuscas, c'est trop voyant, C'est aussi bien, dit Gil, on sait jamais quand ça part en plus, ces affaires-là. Il serra la main de Joaquim et lui remit sa carte, Si tu entends d'autre chose, appelle-moi, ça va faire plaisir à Bino, toute la belle collaboration entre nous-autres, Ok, dit Joaquim.

Parlant de Bino, pensa Gil, il était plus que temps de retourner dans la Mouraria.

Il redescendit dans la Baixa, traversa le Rossio et s'envoya une ginja en passant, chez Sem Rival, il discuta un peu avec monsieur Cœlho, le barman, il n'y avait pas beaucoup de monde. Puis il décida, avant de retourner à la Rua dos Cavaleiros, de faire un petit détour par la Casa de Hospedes Estrela, laisser un message à ses deux touristes.

*

Pour Nina, visiter les prêteurs sur gages lisboètes ne faisait pas partie a priori de sa conception des vacances
romantiques que lui avait proposées Vincent. Heureusement, dans le centre de Lisbonne, il n'y en avait pas
beaucoup, et il n'était toujours pas question pour l'instant de s'aventurer dans les zones périphériques.

Dans la Rua da Prata, Nina discuta longtemps avec
un obèse tout suintant qui lui posa beaucoup de questions sans jamais arriver à trouver dans son inventaire
quoi que ce soit qui la satisfît, il a l'air d'un crapaud,
pensa Vincent.

Ils traversèrent ensuite la Baixa et prirent la Rua do
Arsenal jusque dans la Bica, près des bars à filles et du
Jamaica, ne trouvèrent rien là non plus, continuèrent
jusque dans le coin du Mercado da Ribeira, plus ou
moins vide ce jour-là, J'en ai marre, dit Nina, j'ai chaud,
et elle réussit à convaincre Vincent de prendre un taxi
pour rentrer.

Lorsqu'ils arrivèrent à la pension, la petite dame qui
s'occupait du ménage se précipita sur Nina en hurlant,
Há um recado para os senhores! et elle lui tendit un
papier, Qu'est-ce qu'elle dit? demanda Vincent qui présa-
geait un meurtre, une explosion, une invasion, une quelconque tragédie, On a un message, répondit Nina, ça dit,
Gil veut que vous le rencontriez à la Casa do Alentejo à
dix-neuf heures, Super! il a peut-être trouvé quelque

chose! commenta Vincent. Quant à Nina, cette perspective lui permit d'espérer la fin des visites aux shylocks.

En se dirigeant vers la Casa do Alentejo, sur la Praça Martim Moniz, ils passèrent devant la Casa de Crédito Popular, dont sortait à ce moment-là un type un peu sale, il n'était pas très vieux mais l'état de ses frusques le vieillissait, il doit boire, pensa Vincent, puis il demanda, Qu'est-ce que c'est? Maison de crédit populaire, traduisit Nina, je crois que c'est une banque qui fait du micro-crédit. Ils allaient continuer leur chemin lorsque le type sortit de son sac une grosse bouteille de bière, il n'avait pas vraiment l'air d'un clochard mais, de toute évidence, il était sur la pente descendante, Vincent demanda à Nina, Tu es sûre que c'est bien une banque? Elle arrêta alors un passant et lui posa la question, puis dit à Vincent, Il semblerait que c'est un prêteur sur gage, Je me disais aussi, dit alors Vincent, et elle, Ce n'est vraiment pas clair, c'est presque de la fausse représentation, J'imagine qu'il faut connaître, dit Vincent en tirant Nina par la main. Elle résista sans grande conviction puis finit par le suivre.

La Casa de Crédito Popular se trouve dans un centre commercial outrageusement laid de la Praça Martim Moniz, plus ou moins en face de l'Hotel Mundial tout aussi outrageusement laid, où descendent par autobus entiers des troupeaux de touristes fortunés et mal informés. De l'autre côté de la place se dressent les squelettes de grands immeubles à logements dont la construction est interrompue depuis des années pour des raisons occultes et sans doute administratives. Pour ce qui est de la Casa de Crédito Popular elle-même, il est vrai que, de l'extérieur, elle a plus ou moins l'air d'une banque.

Lorsqu'ils y entrèrent, Nina et Vincent furent accueillis au comptoir par un employé, d'origine indienne ou pakistanaise, Boa tarde, dit-il, que desejam? Qu'est-ce qu'il dit? demanda Vincent, Quand ce sera important je traduirai, d'accord? Oui oui, d'accord. Nina expliqua au commis qu'ils cherchaient une montre ayant appartenu à un Québécois. Bien que n'ayant visiblement rien compris de ce qui différenciait le Québec du Canada, le Canada des États-Unis et les États-Unis de la France, le commis se dirigea vers l'arrière-boutique d'un pas décidé. Nina demanda alors à Vincent, Tu ne comprends toujours rien de ce que les gens racontent autour de toi? Ben, un peu, mais lui il a un fort accent indien alors, Il n'a aucun accent indien, l'interrompit Nina, il est sûrement né ici, il est très facile à comprendre, Je t'ai déjà dit que je ne suis pas doué pour les langues, dit Vincent, je suis désolé. Ils interrompirent cette discussion stérile lorsque l'employé revint de l'arrière-boutique avec une petite boîte en plastique, Voilà voilà! c'est une vieille montre suisse, dit-il avec un fort accent indien, il arrivait parfois que Nina cherchât sans raison à ridiculiser Vincent qui, la plupart du temps, ne se rendait compte de rien, il dit, Ben merde alors, je pense que c'est bel et bien la montre d'Antoine! Tu es sûr? demanda Nina, Pas absolument sûr mais c'était exactement ce genre de montre, Ça veut dire quoi au juste, c'était exactement ce genre de montre ? tu te rends compte que ça ne veut rien dire ? Hein ? fit Vincent, Laisse tomber, qu'est-ce qu'on fait maintenant ? et le commis, Então ? alors ? Je ne sais pas, dit Nina puis, en désignant Vincent, Et lui non plus, Il n'a pas l'air de savoir grand-chose, ajouta le commis qui avait bien perçu l'énervement de Nina, Qu'est-ce qu'il dit ? demanda Vincent, Nina ne lui répondit pas et demanda au commis, Vous vous souvenez de la personne qui est venue vous vendre cette montre ? Il passe ici beaucoup de monde, expliqua le commis, et la fiche dit que nous avons acquis cette montre il y a trois ans, je ne travaillais pas ici à cette époque, Et il y a quelqu'un qui travaillait ici et qui pourrait nous renseigner ? demanda Nina, Non, répondit le commis, laconique, Voyons ! il y avait bien, Non, répéta-t-il, Vincent demanda, Est-ce qu'il se souvient de la personne qui lui a apporté la montre ? Non ! répondit-elle, elle se retenait de ne pas les planter là l'un et l'autre, de s'enfuir, je ne sais pas, en Espagne, Vincent insista, Est-ce qu'il a ses coordonnées, un nom, une adresse, quelque chose ? Nina traduisit pour la forme la question de Vincent, l'employé réfléchit quelques instants et dit, Je vais voir.

Le commis perdit un peu son temps dans l'arrière-boutique, s'assit quelques instants et fuma une cigarette en regardant la montre et la fiche-client, comme on disait à la Casa de Crédito Popular. Elle avait été faite au nom de Fernando Pessoa, un nom portugais, la fille avait dit qu'elle cherchait un Français des États-Unis, quelque chose comme ça, s'il leur montrait la fiche, ils comprendraient aussitôt que ça n'avait rien à voir. Il y avait aussi un numéro de portable grâce auquel il espérait les convaincre d'acheter la montre sans que cela lui cause de gros problèmes, après trois ans, le numéro n'était probablement même plus en service, il fallait leur vendre la montre, c'était une très bonne montre qui devait valoir dans les cinquante euros, au Portugal, disons trente euros, le coût de la vie ici nuisait même aux affaires les plus simples.

Il transcrivit le numéro sur un bout de papier rose qui n'avait rien d'officiel et retourna au comptoir. Vous êtes chanceux, dit-il, il y avait un numéro, Pas de nom et un numéro! s'exclama Nina, Oui, dit l'employé, certains clients ne veulent pas être retracés, Et ils laissent leur numéro de téléphone! s'exclama-t-elle encore, Oui, habituellement on ne peut pas donner les informations personnelles de nos clients mais, comme vous venez de loin, Qu'est-ce qu'il dit? demanda Vincent, et Nina, Qu'est-ce que ça change qu'on vienne de loin? Rien, mais vous êtes sympathiques, alors moi je veux être sympathique avec vous, répondit le commis avec un sourire éclatant. Nina dit à Vincent, Il nous trouve sympathiques! je ne comprends pas! je ne suis pas sympathique du tout! je lui crie dessus depuis dix minutes! soit c'est un imbécile, soit il essaie de nous arnaquer! Vincent soupira, on ne sait trop pourquoi puisqu'il n'avait rien compris de leur conversation, il continuait d'observer attentivement la montre sans savoir quoi faire. Nina dit à l'employé, Merci pour le renseignement, et elle essaya de saisir le bout de papier rose mais lui, évidemment, l'en empêcha, Je vous donnerai le numéro si vous rachetez la montre, autrement, je ne peux pas, Comment ça, vous ne pouvez pas? Non, répondit-il, Comment ça non? qu'est-ce que vous racontez? Je vous donnerai le numéro si vous rachetez la montre, autrement, je ne peux pas, répéta le commis, Et pourquoi vous ne pouvez pas? Non, dit-il de nouveau, Putain de nom de Dieu de merde! éclata Nina, alors Vincent demanda à l'employé, How do you're euuuh askeeng for the clock? Two hundred euros, répondit-il, Deux cents euros! s'exclama Nina, ce n'est pas une Rolex, quand même! Vous êtes de la famille, non? demanda l'employé, Et qu'est-ce que ça change, s'il vous plaît? Vous êtes de la famille alors c'est un objet important pour vous, non? donc deux cents euros, c'est tout à fait raisonnable, non? Cette discussion n'a ni queue ni tête! cria Nina, complètement outrée, Vincent ne comprenait rien, On s'en va, dit-elle, et Vincent, Mais pourquoi? dis-moi ce qu'il t'a dit, Je te répète qu'il essaie de nous arnaquer! dit Nina, moi je pars! et elle sortit dans la rue, Vincent resta là et dit au commis, If you're giving me the number, I buy the clock, Two hundred euros, répéta l'autre, because I like you. Vincent paya, prit la montre et le bout de papier rose. Il était vraiment très heureux.

En sortant sur la Praça Martim Moniz, il ne vit pas Nina devant la Casa de Crédito Popular, dut la chercher quelques instants avant de l'apercevoir au loin. Il la rejoignit sous les arches en marbre gris-laid de l'Hotel

Mundial, elle était furieuse, il courut derrière elle pour la rejoindre, cria, Nina! elle ne se retourna pas, elle marchait vite, et lui, encore, Nina! Quand il se trouva à sa hauteur, il dit, Je ne comprends pas pourquoi tu es fâchée! Elle s'arrêta alors et cria, Tu t'es fait avoir par un arnaqueur même pas subtil et tu as l'air content! ce n'est pas une assez bonne raison d'être en colère? Bon, d'abord, la famille, c'est important, argua Vincent, et puis c'est mon argent, et surtout c'est notre seule piste, on a un numéro de téléphone, tu te rends compte? Et il y a 99,9 % de chances que ce numéro n'ait absolument rien à voir avec ton frère! renchérit Nina, Tu as raison, admit-il, mais j'ai un bon pressentiment, je vais appeler, C'est complètement idiot, dit Nina, elle commençait tout de même à se calmer, reprit, C'est sans doute mieux que j'appelle, Je vais essayer et si la personne ne parle que portugais, tu lui parleras, dit Vincent, plein de bonne volonté, et Nina, Écoute, je ne suis pas d'accord avec toi en ce qui concerne cette montre mais ce serait moins compliqué si je, Je veux le faire, je te dis, insista Vincent, c'est mon frère après tout. Nina ne répliqua pas. Elle était fâchée et Vincent le savait, mais il voulait lui donner l'impression qu'il prenait les choses en main.

Et l'improbabilité de ce qui va suivre est digne des pires romans policiers.

Ils trouvèrent une cabine téléphonique et Vincent composa le numéro, on répondit aussitôt, Estou, Parlez-vous français? demanda alors Vincent et à son grand étonnement, Oui, Antoine? demanda-t-il alors, Pardon?

Euh, excusez-moi, continua Vincent, je m'excuse de vous déranger, il expliqua à la personne au bout du fil de quelle manière il avait obtenu son numéro et aussi qu'il cherchait son frère. Après avoir écouté son histoire, l'homme au téléphone dit, Oui, j'ai connu votre frère, Et vous accepteriez de me rencontrer? demanda alors Vincent, j'ai vraiment besoin de votre aide, vous êtes ma première vraie piste.

Ils se donnèrent rendez-vous le lendemain à vingt et une heures.

*

Dans la Mouraria, les choses se précipitaient un peu, je veux dire, il se produisait des hasards suspects.

Davis s'était pointé dans la Rua Marquês de Ponte do Lima pour la première fois, en tout cas, Gil ne l'avait jamais vu là avant aujourd'hui et après ce que Joaquim venait de lui raconter, autant faire attention, pensa-t-il. Davis était en discussion avec Abílio, un gars de la bande à Bino, il n'était pas cap-verdien, c'était un Blanc décharné, maigre et cerné comme en phase terminale de cancer, il portait une vieille casquette sale du Real Madrid et une boucle d'oreille scintillante, à la Cristiano. Davis et Abílio n'avaient l'air heureux ni l'un ni l'autre, leurs acolytes avaient vidé la rue pour qu'ils puissent discuter tranquilles, pas de clients, pas de curieux, ils restaient calmes mais parlaient fort, c'est très bien, pensa Gil, ça durait depuis déjà quelques minutes, il lui était évidemment impossible d'entendre ce qu'ils racontaient, il était trop loin, trop haut sur son perchoir, soyons patient. Après quelques minutes encore, Davis et Abílio se serrèrent la main, firent un petit salut rituel, genre rappeur, comme des enfants, pensa Gil, puis Davis repartit en direction de Martim Moniz.

Gil resta là-haut, on ne sait trop combien de temps, longtemps. Il vit enfin un vieillard sortir de chez lui, dans la Rua Marquês de Ponte do Lima. Il portait un costume de coton blanc, on aurait dit un pyjama, et des bottes montantes en cuir noir, comme celles que portent les officiers de la Guarda Nacional Republicana lorsqu'ils montent la garde sur le Largo do Carmo. Gil descendit de son perchoir et suivit de loin le vieux, passa devant Abílio, lui dit, Boa tarde, Abílio, rien de plus, il n'avait pas du tout envie de parler à cet imbécile, pas pour l'instant en tout cas, le petit vieux marchait très lentement, pas besoin de se presser.

Gil le rejoignit sur le Largo da Rosa, son bonhomme s'était assis sur un petit parapet en pierre, il alla s'asseoir à côté de lui et lui serra la main, Boa tarde, senhor Soares, Boa tarde, boa tarde, répondit l'autre, Alors, toujours prêt à combattre le crime avec moi? demanda Gil, J'ai combattu le crime toute ma vie moi! et je n'ai jamais aimé les détectives privés, mais avec ces voyous! et la police qui ne fait rien! dans mon temps, quand les honnêtes citoyens nous appelaient, on nettoyait la rue à coups de matraque! la police d'aujourd'hui fait de la politique plutôt que de protéger les gens! s'exclama un peu fort monsieur Soares, il sentait toujours un peu la menthe. Vous allez voir, monsieur Soares, reprit Gil, je vais vous aider moi, mais parlez pas trop fort, le crime a des oreilles et les voyous sont bien organisés, ils ont des espions partout, mais nous-autres aussi, hein ? Pardon, dit monsieur Soares, c'est que ça me met en rogne ! ils étaient là encore tout à l'heure à parler de pistolets, C'est vrai ? demanda Gil, espérant enfin une vraie piste, Je vous jure ! s'exclama monsieur Soares, Et qu'est-ce qu'ils ont dit exactement ? demanda Gil, monsieur Soares n'avait pas tout compris mais dit que le preto, le nègre, demandait à l'autre son aide, qu'il savait qu'il avait un flingue et qu'il n'allait pas lui donner le choix de le lui prêter ou non, monsieur Soares n'avait pas compris pourquoi l'autre con d'Abílio n'avait pas le choix, c'était des menaces ! encore ! bon, Abílio était un imbécile et ne valait certainement pas mieux que tous ces nègres qui pourrissent le quartier, évidemment monsieur Soares ne voulait pas généraliser, il n'était pas raciste, c'étaient tout de même les nègres qui amenaient la violence ! avant, ce n'était pas comme ça ! la Mouraria n'avait jamais été un quartier tranquille mais on ne se tirait pas dessus ! Il y a eu des coups de feu récemment dans la Mouraria ? demanda Gil, Ce n'est pas ce que je dis, répondit monsieur Soares, mais s'ils ont des armes à feu, ça finira forcément par arriver ! et le nègre a parlé à Abílio d'une histoire de Brésiliens, ce sont les pires, vous le savez, les Brésiliens ! des violents ! Ils ont mentionné les Brésiliens ? demanda encore Gil, Oui ! j'en suis à peu près certain, mais je n'ai pas tout entendu, je ne pouvais tout de même pas aller m'accouder à la fenêtre, ils m'auraient vu! et ces salauds savent que je suis un ancien policier, si ça se trouve, ce serait assez pour qu'ils veuillent me faire la peau! sales nègres!

Pendant que monsieur Soares continuait de râler, Gil réfléchissait, il ne fallait pas sauter trop vite aux conclusions, mais l'histoire commençait à s'éclairer. Il y avait tout lieu de croire que les Brésiliens cherchaient à intimider Davis et son gang, peut-être pour que ceux-ci les laissent faire leurs affaires dans la Bica ou même pour les en chasser, et Davis ne voulait pas demander son aide à Bino, pour gagner le crédit de s'être débarrassé seul des Brésiliens ou quelque chose comme ça, ce qui est sûr c'est qu'on se rapprochait du Glock, il fallait rester vigilant, Très bien, monsieur Soares, on va réussir mais faut que vous restiez vigilant, hein? dit-il en lui glissant discrètement un billet de dix euros puis, Si vous entendez encore parler de fusca, ou des Brésiliens ou de n'importe quoi de même, vous m'appelez, ok? Comptez sur moi, dit monsieur Soares, s'il faut qu'ils se mettent à se tirer dessus en plus de tout le reste, des seringues qui traînent, des drogués effondrés un peu partout et qui se piquent au grand jour, devant les enfants! ça deviendra ici un véritable enfer sur terre! Je vous le fais pas dire, dit Gil, et à bientôt.

Il devait maintenant aller rencontrer Vincent et Nina à la Casa do Alentejo. Il était de fort belle humeur, ses affaires se mettaient en place.

*

[Villa Sousa – I]

Il y aurait encore beaucoup à dire sur Lisbonne avant d'arriver à Madrid…

Après un mois ou deux, je commençais à pouvoir communiquer efficacement, bien que non sans difficulté, en portugais… à me lier… les premières personnes que je connus. J'ai rencontré Marina par hasard dans un bar du Bairro Alto, je ne me rappelle plus exactement les circonstances, c'était une soirée bien arrosée et, certainement, je l'ai draguée, toujours est-il que je la raccompagnai chez elle… m'invita à m'installer là quelque temps.

L'appartement de Marina fut mon premier vrai chez moi lisboète, j'y passai environ trois mois. Elle habitait la Rua dos Anjos, en bas de l'Avenida Almirante Reis, un coin plus ou moins sûr, alors ça la rassurait que je sois là, près d'elle, c'est ainsi qu'elle justifia sa proposition de m'accueillir chez elle, ce quartier me plaisait malgré son côté glauque, me donnait l'impression de faire partie de la vraie vie lisboète. … plus tard qu'elle me fit rencontrer Jorge, qui gagnait sa vie en louant des appartements à des touristes.

… cliqua immédiatement entre nous. Il me proposa d'habiter pour une somme modique les appartements restés libres et, comme mes fonds n'étaient pas encore totalement épuisés, j'acceptai.

Ma subsistance ici était cependant loin d'être assurée, d'autant que je ne maîtrisais encore que partiellement la langue portugaise et n'avais pas de permis de travail. J'aimais à penser que je vivais dans la clandestinité, cela avait longtemps été, j'imagine, une espèce de fantasme. À l'époque, relativement courte en fin de compte, où j'habitai les logements de Jorge, je passai avec lui pas mal de temps. Il avait toujours des histoires très divertissantes et souvent invraisemblables à raconter... par exemple que plusieurs de ses amies avaient fréquenté António Lobo Antunes, il avait dit, Il les traitait du temps qu'il était psychiatre et couchait avec elles, Plusieurs? et lui, Oui, plusieurs, je ne saurais dire combien, je le questionnai quant à ces amies mais Jorge ne put me donner aucune autre précision, sauf à propos de l'une d'elles, Marília, je m'en souviens très bien.

Jorge me raconta que, après une séance, monsieur Lobo Antunes avait proposé à Marília de la raccompagner chez elle, ils s'étaient alors embrassés dans la voiture et elle l'avait invité à monter, il accepta, bien sûr. Jorge m'expliqua que, une fois chez elle, monsieur Lobo Antunes s'était d'abord mis à peloter les seins de Marília, elle ne l'avait pas laissé faire, tout cela se passait à une autre époque, Arrête! arrête! arrête! avait-elle répété, sans grande conviction, précisa Jorge, selon l'aveu même de Marília qui lui avait expliqué à l'époque, c'était il y a très longtemps, quelques années à peine après la Révolution, qu'elle ne lui avait opposé cette résistance que pour la forme. Au terme d'une bataille gagnée d'avance, continua Jorge, monsieur Lobo Antunes avait réussi à lui arracher sa jupe et lui déchirer son slip mais, en la portant maladroitement sur le sofa, il se cogna le coude sur un appuie-bras et se mit alors à glapir, ce sont les mots de Marília, précisa Jorge, Qu'est-ce qui se passe? demanda cette dernière, et monsieur Lobo Antunes, Je crois que je me suis cassé le bras! puis il glapit de nouveau. C'était passablement disgracieux, selon Marília, précisa Jorge, d'autant plus qu'en fin de compte il n'avait rien de cassé, à peine une ecchymose… Marília, femme au grand cœur, accepta, malgré cette première soirée désastreuse, de le revoir, ils se fréquentèrent même quelque temps. Or l'ex-mari jaloux de Marília ne tarda pas à s'immiscer dans leur histoire, dit Jorge. Il fit des menaces à monsieur Lobo Antunes… commença à l'épier, à l'attendre devant l'immeuble où se trouvait son cabinet de consultation et à le suivre dans les rues, à le filer en voiture, etc. Monsieur Lobo Antunes, dit Jorge, était de plus en plus inquiet et décida d'espacer ses entrevues amoureuses avec Marília… et un jour l'ex-mari fonça droit sur lui dans la rue et le traita de lopette inepte, C'est une drôle d'expression, tu ne trouves pas? me demanda Jorge, puis il m'expliqua que l'ex-mari avait un peu bousculé monsieur Lobo Antunes, engueulé aussi, Qu'est-ce que vous avez là, dans votre valise? et il cherchait à arracher des mains du psychiatre son attaché-case, Je parie qu'il y a notre dossier là-dedans, hein? cria-t-il dans la rue, toutes les conneries que vous avez écrites sur nous, sur Marília et moi, hein? vous pensez comprendre ce qui se passe entre nous, mais toutes vos conneries et vos formules creuses n'ont rien à voir avec ce que nous sommes! gueula-t-il, selon ce que Marília avait raconté à Jorge qui me le répéta plus de trente ans plus tard, or à ce moment monsieur Lobo Antunes réussit à arracher son attaché-case des mains de l'ex-mari, sauta dans un eléctrico bondé et disparut. Toujours selon ce que me raconta Jorge, Marília ne revit plus monsieur Lobo Antunes après cet épisode de l'eléctrico, ce qui semble d'ailleurs assez mystérieux compte tenu de la profusion de détails dont est émaillé son récit ainsi que celui de Jorge, je veux dire, comment a-t-elle été mise au courant de tous ces détails concernant l'agression de l'écrivain António Lobo Antunes par son ex-mari jaloux si, après l'agression en question, ils ne se sont jamais revus? jamais reparlé? Je posai d'ailleurs la question à Jorge qui ne sut me répondre, puis j'ajoutai, Tu es sûr qu'ils ne sont plus jamais entrés en contact? C'est ce qu'elle m'a dit, répondit Jorge, il lui a écrit une lettre froide et sèche dans laquelle il lui demandait de ne plus entrer en contact avec lui, c'est tout, m'a-t-elle dit, mais elle mentait peut-être, tout le monde ment, et moi, Ou alors c'est l'ex-mari jaloux qui lui a raconté cet épisode! c'est forcément l'ex-mari! insistai-je, Impossible! objecta Jorge, Marília m'a précisé qu'elle avait, tout comme l'écrivain Lobo Antunes, écrit à son ex-mari une lettre froide et sèche lui intimant l'ordre de ne plus jamais tenter de l'approcher ou d'entrer en contact avec elle, qu'elle ne voulait plus de toute sa vie le voir ou l'entendre. Elle s'assura ensuite, toujours selon Jorge, que sa volonté serait respectée grâce à un avocat qui fit émettre contre l'ex-mari une ordonnance restrictive.

Il semblerait que Lobo Antunes passe aujourd'hui le plus clair de son temps à Paris plutôt qu'à Lisbonne, la plupart des auteurs portugais qui ont du succès à l'étranger finissent par quitter le Portugal, Inévitable de quitter le Portugal, disait souvent Jorge. Mais l'exil parisien de l'écrivain Lobo Antunes n'a rien à voir avec cette histoire de Marília, n'advint d'ailleurs que de nombreuses années plus tard, et António Lobo Antunes ne s'est pas pour autant, je veux dire malgré son exil, mis à écrire des histoires parisiennes, Les gens changent rarement, disait souvent Jorge, les Portugais, jamais! c'était une phrase de Salazar qui n'avait d'ailleurs rien à voir avec Lobo Antunes. Les histoires de Jorge, bien que généralement trouées d'imprécisions ou truffées de précisions superflues, étaient toujours divertissantes, cela dit, dans cette histoire de Marília, il n'y a peut-être que du faux, c'est toujours possible, presque rassurant même. Ces moments passés avec Jorge constituent certainement mes meilleurs souvenirs de Lisbonne.

Bref, à cette époque, tout en m'efforçant de perfectionner ma maîtrise de la langue, je me promenais de maison en maison selon ce que Jorge me proposait… J'avais pour principe de me restreindre au strict minimum, ne traînais *[pour tout bagage]* qu'un petit sac et mon cavaquinho, je ne déménageais évidemment pas tous les jours, restais parfois plusieurs semaines, plusieurs

mois au même endroit. J'aidais également Jorge à nettoyer les appartements lorsqu'il arrivait à les louer…
jouais de la musique… quelques projets dramatiques…
Cette période dura environ deux ans.

[Ici le récit charcuté d'une aventure avec une chanteuse
de fado.]

… que beaucoup plus tard, à une époque où ma vie
s'était pour ainsi dire stabilisée… plus ou moins sans
histoire, je travaillais sporadiquement pour monsieur
Simão… *[C'est durant cette période que je fis la connais-*
sance de Rita.]

Monsieur Simão me donna mon premier véritable
emploi au Portugal. Je me rendis un jour à son atelier,
dans le pátio de la Villa Sousa, le trouvai assis sur un
tabouret, les deux jambes dans le plâtre jusqu'en dessous
du genou, jamais il ne m'expliqua ce qui lui était arrivé,
Un accident, c'est tout, me dit-il un jour, mais quand
j'allai lui rendre visite pour la première fois à son atelier,
je n'osai pas, cela va de soi, lui poser de questions à ce
sujet, me contentai de lui dire que je cherchais du travail,
et lui, Je peux vous donner du travail mais pas de
contrat, et moi, Je ne veux pas de contrat. Il m'enseigna
à faire un tas de trucs, du métal, de la menuiserie, du
plâtre. Souvent, à la fin de la journée, les amis de monsieur Simão venaient prendre un verre à son atelier,
c'était bien pour prendre l'apéro, on faisait parfois griller
des sardines.

*

Nina et Vincent semblaient heureux, surtout Vincent, c'est ce que pensa Gil en s'asseyant avec eux dans la salle de bal de la Casa do Alentejo. Nina est très jolie mais c'est une femme froide, pensa-il encore en prenant une gorgée de bière, et aussi qu'avec un physique comme le sien elle pouvait bien se le permettre. Vincent dit à Gil, Grâce à toi, nous avons une piste, une vraie! Gil était un peu surpris, dit, Explique, mais Nina ne laissa pas le temps à Vincent de raconter son histoire, En réalité, on s'est fait avoir par un escroc, un pourri de la pire espèce! Les escrocs pourris de la pire espèce, dans mon genre de job, c'est souvent utile, commenta Gil, et Vincent, Bon bon, quand même, regarde! et il tendit son bras gauche vers Gil, il avait au poignet la montre achetée à la Casa de Crédito Popular, C'est la montre de ton frère? demanda Gil, On ne sait pas! intervint Nina, C'est la montre de mon frère, rectifia Vincent, j'en suis sûr! et il expliqua à Gil comment il avait réussi à obtenir du prêteur sur gage un numéro de téléphone, Il vous a donné un nom? demanda Gil, Non! répondit Nina, il n'a jamais voulu nous donner de nom, Et il vous a donné le numéro de téléphone de la personne qui avait laissé la montre? demanda Gil, surpris, C'est ça! dit Vincent tout heureux. Gil n'en revenait pas, il n'aurait jamais cru que ce serait aussi simple, Avez-vous appelé le numéro de téléphone? reprit-il, Oui! et le type qui nous a répondu a bien connu Antoine, nous avons rendez-vous avec lui demain à vingt et une heures! c'est merveilleux, non? je sens que nous touchons au but! Gil avait de son côté l'air un tout petit peu perplexe, il dit, Faudrait quand même se méfier un peu, le gars essaie peut-être de vous fourrer, c'est tout un hasard, hein? et comment il s'appelle, le gars? Jorge, répondit Nina, Jorge quoi? demanda encore Gil, très étonné, Je n'ai pas demandé, dit Vincent.

Gil sortit de la poche de son veston le bout de papier rose que lui avait donné Maria et demanda à Vincent quel était le numéro de téléphone qu'on leur avait donné à la Casa de Crédito Popular. Vincent sortit de sa poche son propre bout de papier rose et Gil put constater que les numéros concordaient. Ça lui cassait un peu son punch, mais bon, il dit, Je pense que c'est une vraie piste, il s'appelle Jorge Ramos et il a connu Antoine parce que, après vérification, il reste au 21 de la Travessa das Mónicas, 1er étage, c'est une des adresses que vous m'avez données d'où Antoine vous a écrit, Ben ça alors! s'exclama Vincent, le monde est petit! ou alors tu es vraiment tout un détective! Gil prit une gorgée de bière et dit, Le monde qui essaie de se cacher laisse des traces tellement évidentes que n'importe quel tapon pourrait les retrouver sans se forcer avec juste un peu d'imagination ou de hasard, Tu penses qu'Antoine se cache? demanda Nina, Ça se peut, répondit Gil, et Vincent, Mais pourquoi il se cacherait? Gil réfléchit quelques secondes puis, S'il a cessé de t'écrire, il devait avoir ses raisons, et pour l'instant j'en vois trois, soit il voulait plus rien savoir de toi, et dans ce cas-là il serait disparu juste pour toi, soit il se cache parce qu'il a quelque chose à se reprocher et si on trouve quoi, forcément, on se rapproche de lui, Et la troisième? demanda Vincent. Gil fit mine de réfléchir un instant puis dit, La troisième, c'est qu'il est mort.

Ça se pouvait, évidemment, mais Gil disait ça surtout pour mettre un peu de suspense.

*

[Scène du balcon – III]

C'est Miguel qui m'a présenté Nina…

L'intrigue de la pièce était on ne peut plus mince. L'auteur *[Miguel]* la présentait dans le programme comme une pièce policière, le mystère résidait d'abord et avant tout dans l'identité du personnage principal. Il cherchait quelqu'un dont on ne savait rien non plus…

La salle fut plongée dans le noir.

… à observer les voisins d'en face… balcon sur lequel se tenaient deux jeunes femmes… avaient l'air de jumelles… le négatif l'une de l'autre… vivaient dans la mansarde… dans le corridor qui menait à la salle proprement dite, nous étions entassés le long du mur, collés les uns sur les autres…

… qui dit, J'ai commencé à les observer par désœuvrement, mais surtout à cause de la fille qui semblait fort séduisante… quand elle arrosait les plantes sur le balcon ou lorsqu'elle mangeait avec son amoureux devant la fenêtre…

[125]

… première fois, poursuivit-il, que nos regards se croisèrent, je m'étais assis dans le petit parc du Largo da Graça, attendant qu'elle sorte, je m'étais dit que je devais la suivre, en fait, je ne l'avais jamais vue que de loin… n'avais pas osé soutenir son regard, je ne sais pourquoi, ça avait vraiment de l'importance pour moi à ce moment mais je ne saurais expliquer… sortit finalement et emprunta la Travessa das Mónicas où je la suivis… la perdis plusieurs fois de vue dans le dédale de l'Alfama dont je n'arrivais jamais à me rappeler la configuration des rues, passages, becos… descendit la Travessa de São João da Praça, entra dans une espèce d'allée surmontée d'arches et sonna au numéro 26, attendit quelques secondes, sonna de nouveau alors que je la dépassais, vraisemblablement, on ne lui avait pas répondu. Arrivée en bas de la colline, elle prit son telemóvel, je ne saurais dire si elle y répondit ou fit elle-même un appel, je n'entendis aucune sonnerie, mais pus constater qu'elle avait avec son interlocuteur une conversation animée… me dépassa de nouveau et… dans la Rua dos Bacalhoeiros, devant la pension que j'avais habitée quelques années plus tôt en arrivant à Lisbonne, les premiers jours *[premières semaines?]*, puis la retrouvai sur une petite place plus dégagée où elle s'arrêta et alors elle regarda dans ma direction… continua son chemin jusque dans la Baixa… je coupai par une transversale… la vis déboucher au coin de l'autre rue, au nord, marchai vers elle et la regardai dans les yeux, je vis qu'ils étaient verts… d'abord une interrogation dans le regard… l'air de se demander si elle m'avait déjà vu, je lui souris... *[l'expression de son regard se]* changea en dédain, ce qui est souvent le cas lorsqu'une femme consciente de sa beauté constate qu'un homme la fixe trop intensément... je me dis que ça suffisait pour ce jour-là *[c'était un mercredi]*, j'entrai dans un café en enjambant un petit chien couché par terre... malgré la brièveté de l'instant où s'étaient croisés nos regards que... à Lisbonne, je n'avais jamais rencontré une telle femme.

Jeudi

O Zé dos Bifes était en quelque sorte le quartier général de Jorge. Il y mangeait quatre ou cinq soirs par semaine et s'assoyait toujours à la même table, J'ai parfois l'impression que les employés du restaurant me gardent ma place, elle est toujours libre quand j'arrive, chaque soir, peu importe l'heure, il disait ça en riant, c'était évidemment une blague, encore qu'avec Jorge on ne savait jamais vraiment, il avait beau pester, par exemple contre les excès de l'Église, ça ne l'empêchait pas cinq minutes plus tard de faire sa profession de foi catholique. C'était un personnage.

Jorge parlait très bien français. Il avait une cinquantaine d'années et portait, en équilibre précaire sur son nez aquilin, de grosses lunettes de myope aux montures tordues. Vincent était très fébrile, nerveux, espérait que Jorge le mènerait directement à Antoine, Nina aussi d'ailleurs, qu'on en finisse, elle en avait marre de se taper tous ces personnages plus ou moins sans substance (Jorge, à première vue, n'avait rien lui non plus de bien excitant), et arpenter en tous sens Lisbonne, qu'elle connaissait déjà par cœur, devenait chaque jour plus ennuyeux.

Ils discutèrent un moment de la pluie et du beau temps. Jorge leur raconta plusieurs anecdotes sur sa vie à Lisbonne, par exemple qu'il y avait rencontré Jorge Luis Borges un an ou deux après la révolution des Œillets, ce genre d'histoire, aussi des trucs à propos d'António Lobo Antunes, de ses frasques sexuelles avec ses patientes, notamment. Après quelques minutes de conversation, Nina demanda, Vous dites que vous avez connu Antoine? sur un ton, il faut bien le dire, passablement sceptique, Oui, répondit Jorge, mais il y a bien longtemps que je ne l'ai vu, un peu plus d'un an, depuis qu'il a quitté Lisbonne en fait, Il a quitté Lisbonne! s'exclama Vincent, Oui, dit Jorge, Et vous savez où il est parti? On m'a dit qu'il avait quitté la ville, mais personne n'avait l'air de savoir vraiment où il était allé, on m'a parlé de l'Espagne, Qui? Je ne sais plus, il me semble que c'était Rita, On vous a dit pourquoi il était parti? Personne ne savait, je ne sais rien de plus, du jour au lendemain je n'ai plus eu de ses nouvelles, j'ai bien posé des questions autour mais personne ne savait, d'ailleurs, ça lui était déjà arrivé avant, de disparaître comme ça pendant longtemps, un an, peut-être même deux, Vous l'aviez connu comment? demanda Nina, Attendez, je ne me souviens plus trop, je crois que c'est une copine, Marina, qui me l'avait présenté, je l'ai d'emblée trouvé fort sympathique et nous sommes devenus amis, à cette époque, il était un peu en vadrouille, en fait il vivait chez Marina, voulait bouger mais n'avait nulle part où aller, alors je lui ai offert d'habiter un appartement qui était libre, Et cette Marina, elle est toujours à Lisbonne? Oui, bien sûr, je l'ai vue encore la semaine dernière, je ne crois pas, cela dit, qu'elle en sache plus que moi sur Antoine, ils ne s'étaient pas quittés en très bons termes, je pense qu'il y avait eu une histoire entre eux et qu'une autre femme, en tout cas, bref, je ne sais pas, Et cet appartement où il habitait, reprit Nina, vous l'avez encore? Il ne m'appartenait pas, expliqua Jorge, je loue à des touristes des appartements que me confient leurs propriétaires, Antoine n'a habité là que quelques semaines, quand j'arrivais à louer l'appartement où il se trouvait, il devait bouger, parfois il dormait chez des amis, mais je ne les connaissais pas tous, Et il y en a quelques-uns avec qui vous êtes toujours en contact? Si j'étais vous, je commencerais par Rita, elle habite la Graça, près de chez moi, je vous montrerai, c'est d'ailleurs Antoine qui me l'a présentée, il habitait chez elle, Vous disiez tout à l'heure que vous ne l'aviez pas vu pendant deux ans, Un peu plus d'un an, Et il était toujours à Lisbonne? Je ne sais pas, répondit Jorge, en tout cas il n'a pas passé tout ce temps à l'extérieur de Lisbonne, je me souviens d'avoir entendu parler de lui quelques fois, de l'avoir vu aussi, mais sans lui parler, il y avait entre nous un froid.

Il leur expliqua que, dans les semaines ou les mois précédant cette première disparition, Antoine avait habité chez une femme que connaissait aussi Jorge, avec qui il avait une aventure amoureuse, ce furent les paroles de Jorge, mais cette femme, elle s'appelait Maria, avait plaqué Antoine et lui avait demandé, évidemment, de quitter sa maison, de vider les lieux, avait-elle dit, selon ce qu'Antoine avait rapporté à Jorge, et Antoine n'avait nulle part où aller, On n'était qu'en mai mais je n'avais plus d'appartements libres alors je l'ai hébergé, je n'habitais pas chez moi, j'avais loué mon appartement à des touristes, j'occupais le minuscule logement d'une amie, c'était vraiment très serré, et quelques jours plus tard Maria, c'est cette fille avec qui il avait habité dans la Rua Nova do Loureiro, Une brune plantureuse? demanda Nina, Oui, c'est ça, elle chante le fado, On l'a rencontrée! dit alors Vincent, elle nous a dit qu'elle avait eu un squatteur chez elle il y a trois ans, mais pas qu'elle le connaissait, C'est bien Maria, elle est un peu mythomane, elle invente des drames, des tragédies partout, je dois dire à sa décharge qu'Antoine n'allait pas bien à cette époque, et franchement il ne faisait pas grand-chose pour s'en sortir, il buvait plus que de raison, à mon avis il se droguait mais je n'ai pas de preuve, quand Maria m'a appelé pour me demander de trouver des locataires pour son appartement, Antoine m'a supplié de le laisser habiter là jusqu'à ce qu'elle revienne de vacances, et comme je n'avais personne, j'ai accepté, mais il a oublié la date du retour de Maria et il était encore là quand elle est revenue d'Espagne, Maria était vraiment en furie, elle l'a menacé d'appeler la police et l'a chassé de chez elle, quelques jours plus tard, au Café Orquídea, elle m'a dit qu'il lui avait mis le bordel dans son appartement et que c'était de ma faute parce que je lui avais forcément laissé les clés et qu'elle allait me faire coffrer, ce sont ses paroles, elle était hors d'elle, et moi, quand j'ai revu Antoine, je l'ai engueulé, il était lui aussi en furie, il disait que Maria était une sale menteuse et une sale pute, qu'il n'avait pas foutu le bordel chez elle, je lui ai répondu qu'il puait l'alcool et qu'il mentait, que ça devait être lui qui mentait, je ne sais pas pourquoi j'ai dit ça, j'étais fâché, et ça l'a mis encore plus en colère, il a pris ses affaires et il s'est tiré, puis il ne m'a plus donné de nouvelles jusqu'à il y a un an et demi environ, je marchais près de la Sé et j'ai entendu mon nom, crier mon nom, Jorge! il était de l'autre côté de la rue sur un échafaudage, en train de peindre la façade d'une maison, et nous avons renoué, Il allait mieux? demanda Vincent, Oui, il m'a dit que sa vie s'était stabilisée, il s'était trouvé du travail et habitait chez cette Rita dont je vous ai parlé, si vous voulez je vous la présenterai.

Pendant le souper, ils burent deux bouteilles de rouge et mangèrent des côtelettes de porc. Au dessert Vincent se gava de cerises, elles étaient très bonnes mais lui donnèrent un peu mal au ventre, c'est normal avec les cerises. Lorsque Jorge leur proposa de continuer la soirée dans le Bairro Alto, à l'Associação Loucos e Sonhadores, Vincent fut tenté de décliner en évoquant un léger désagrément digestif, ce sont les mots qui lui vinrent à l'esprit, il se tut pourtant, cédant à l'enthousiasme de Nina.

Ce bar était en fait une cave, ni plus ni moins, un endroit assez étouffant, une seule issue, un plafond très bas, pas de porte de secours, aucune possibilité de fuite, je déteste ce genre d'endroit, pensa Vincent, mais ça avait aussi son petit côté bohème et romantique que Nina, comme Jorge, appréciaient.

Outre l'oppression du lieu, Vincent se rappela plus tard une remarque de Jorge qui l'avait étonné, et Nina encore plus, il avait dit, Sous cet éclairage particulier, c'est fou ce que tu ressembles à ton frère. C'était probablement sans importance.

*

[Chambre de Chuecas – II]

Je ne rentrai chez Serena que deux jours plus tard *[deux jours après avoir rencontré Mariana]*… me décida à partir de chez elle. … ne me laissa pas vraiment le choix, elle était en pleine crise de nerfs, hurlait, Qu'est-ce que tu fais chez moi ? sors d'ici immédiatement ! À mes pieds sur le sol gisait un petit sac contenant mes affaires et sur le dessus duquel traînait le Glock qui m'avait amené à Madrid, je dis, Calme-toi, tout cela est derrière moi, mais elle ne comprit sûrement pas de quoi je parlais et quand il y a un pistolet qui traîne comme ça et qu'on crie, mieux vaut ne pas s'éterniser en discussion, je fourrai le Glock dans mon pantalon comme un gangster, pris mon sac et sortis de chez Serena.

Je sais aujourd'hui que sa colère n'avait que très peu à voir avec la découverte de l'arme, elle savait qu'il y avait une autre femme, c'est tout ce qui comptait pour elle.

Il serait absurde de croire que je choisissais, en partant, la voie facile. Depuis plus de trois mois que j'habitais chez Serena, je ne payais pas de loyer, l'aidais bien avec les courses… emplois très sporadiques… ne gagnais souvent presque rien. Un type avec qui je travaillais dénicha pour moi, lorsque je me retrouvai à la rue, une chambre chez un de ses amis, une chambre minuscule et chère dans un quartier très bruyant *[je suis allé vivre chez Mariana immédiatement après avoir quitté Serena mais ai bel et bien habité cette chambre de Chuecas, il me semble également impossible que ce fût après être parti de chez Mariana puisque, à ce moment, je quittai définitivement Madrid, Nina m'avait retrouvé, je devais m'éloigner, brouiller les pistes]*, c'était désagréable, surtout que je n'avais pas un rond pour participer à l'animation du quartier… j'avais déjà vécu ce genre de situation… à Lisbonne plus ou moins la même chose et j'avais dû laisser ma montre à un prêteur sur gage… C'était avant de rencontrer monsieur Simão, cela faisait plusieurs mois que je vivais à Lisbonne sans travailler et en squattant à droite à gauche, parfois avec l'aide de Jorge… d'abandonner cette montre qui n'avait en réalité d'autre valeur… laissé un faux nom *[Fernando Pessoa]*, je ne sais trop pourquoi, comme si j'étais en train de commettre un crime… les shylocks et leur mauvaise réputation… mais c'était idiot, d'autant que j'avais laissé le numéro de portable de Jorge, je n'avais pas, moi-même, de téléphone.

Seulement quelques mois avaient passé depuis *[ce que j'appelle dans ma tête]* la tragédie de Lisbonne, mais je décidai qu'il était temps de me débarrasser du flingue, je n'avais de toute façon plus trop le choix, question d'argent, c'était à ce moment ma seule ressource, c'est encore cet ami du travail qui me fournit le contact... j'avais pourtant de quoi m'inquiéter, je veux dire, si Nina m'avait retrouvé, n'importe qui pouvait... la police, les Cap-Verdiens... mais je n'avais pas le choix... La vente du Glock rapporta deux cents euros, je dus tout de même me priver au maximum, que ça me dure au moins jusqu'au moment de quitter Madrid, et je n'avais toujours pas de billet d'avion... j'avais à peu près cessé de boire quand j'étais allé vivre avec Mariana... dans ma chambre merdique de Chuecas, je m'ennuyais ferme, dans une ville où personne ne dort, où tout le monde semble heureux en permanence... pas d'argent pour boire et, en fin de compte, c'était peut-être aussi bien... vivre pleinement l'expérience de la solitude... pire encore dans une grande ville que dans un village puisqu'on ne s'y sent jamais seul avec soi-même, plutôt tenu contre sa volonté en dehors du monde.

... passais des heures dans ma chambre à regarder le plafond sans pouvoir dormir à cause du bruit... mes réflexions n'ont jamais mené à grand-chose d'autre qu'à... toutes ces histoires que j'étais triste de ne pouvoir raconter à personne mais que je m'étais racontées à moi-même des centaines de fois, sans arrêt... à réorganiser... réarranger, ajouter... jusqu'à l'obsession, j'ai parfois l'impression, à force de retourner ces histoires dans ma tête, de les avoir oubliées complètement... d'avoir oublié la vérité, qu'il ne reste plus que l'invention. Ce n'est sans doute pas plus mal… la suite de hasards et de mensonges qui mèneront à la vérité, ou plutôt à une facette de la vérité, ce n'est pas tant parfois ce qui est vrai que ce qu'on a inventé et qui reste la seule version possible, vraisemblable.

On dit souvent que les contes servent à ne pas oublier le passé, je crois que c'est plutôt le contraire, oublier ce qui s'est passé, c'est la raison d'être du conte.

*

Gil était resté toute la journée du jeudi dans son perchoir de la Mouraria, à cogiter, à boire aussi, rien d'excessif, juste assez pour se donner de l'inspiration, quand on vit dans un trou à rat et qu'on ne travaille à peu près qu'avec des dealers, des junkies et des poivrots, une légère ébriété ne peut pas nuire, disons que ça met en contexte.

Sa discussion avec monsieur Soares l'avait à peu près convaincu qu'Abílio savait où se trouvait le Glock, il avait cependant beaucoup de mal à imaginer Abílio capable de cacher à tous ceux qui travaillaient avec lui qu'il avait en sa possession un pistolet. Gil avait aussi des doutes quant à la manière dont ledit pistolet avait été perdu. Bino lui avait expliqué que cela s'était produit lors d'une échauffourée avec la bande du Largo do Terreirinho, mais ce n'était pas très crédible, ces gars étaient des chahuteurs, sans plus, des jeunes du quartier qui aimaient faire du bruit, se faire remarquer un peu, montrer qu'ils

s'amusaient dans la vie. Bino n'avait pas voulu questionner directement les gars du Terreirinho, au cas où ce
serait un des siens qui aurait pris le flingue, il ne voulait
pas que ça se sache dans le quartier, les gangsters ont un
orgueil démesuré et un sens de la stratégie parfois
approximatif. Mais il ne fallait probablement pas en effet
étaler ses doutes devant Abílio, pensa Gil, ni devant
Davis, si ce que monsieur Soares avait dit de leur conversation était juste, ils changeraient leurs plans en appre-
nant qu'on était au courant qu'ils avaient volé le pistolet
ou, à tout le moins, savaient où il se trouvait.

Bref, il lui semblait que le prochain coup consisterait
à parler aux gars du Largo do Terreirinho. Il était vingt-
deux heures trente, un jeudi soir, c'était un bon moment,
il y aurait du monde.

Il descendit discrètement de son perchoir, quand il
entrait ou sortait de l'immeuble, il s'arrangeait pour ne
pas se faire voir, si Abílio, par exemple, l'avait vu là chaque jour, ça ne lui aurait pas plu, dans ce genre de
monde, on n'aime pas trop se faire espionner. Il sortit
discrètement et longea les murs jusqu'au Largo do
Terreirinho.

Gil n'avait jamais trop compris pourquoi autant de
gens se rencontraient tous les jours sur cette place minuscule et fort peu attrayante, il savait qu'ils ne dealaient
pas, c'était devenu au fil des ans un point de rencontre
naturel, d'abord entre amis, j'imagine, mais toutes sortes
de gens se rassemblaient là pour boire et palabrer. Il y en
avait ce soir-là une douzaine, quelques-uns assis dans la

petite allée qu'était la Travessa dos Lagares, un passage minuscule, un beco, les autres debout ou appuyés sur le capot d'une voiture. La petite épicerie à côté était fermée, un peu partout, par terre, des caisses de bière éventrées étaient éparpillées, des bouteilles vides, à première vue, ça faisait certainement un peu voyou mais, à moins de chercher auprès d'eux les emmerdes, ça n'avait rien de bien méchant.

De l'autre côté de la place, il y avait un café, la Taverna do Poço, c'était encore ouvert, il entra.

Il y avait là une dizaine de vieillards assemblés autour d'une table, en s'approchant du bar Gil vit qu'ils étaient en train d'assister à une partie d'échecs que se disputaient un autre vieux à l'abondante chevelure blanche et un nain à barbiche, c'était pour le moins singulier. Gil commanda une bière et se joignit au cercle des vieillards pour regarder la partie. Les deux joueurs n'avaient pas l'air très concentrés, le vieux dit, Rome, désormais, il ne saurait en être question, Peut-être Madrid? risqua alors le nain, il mangeait une pomme, Oui, peut-être Madrid, peut-être, répondit le vieux en avançant en diagonale sur l'échiquier un bouton de pyjama qui semblait faire office de fou noir, Échec à la reine! claironna alors le vieux tandis que les vieillards applaudissaient respectueusement, Vous êtes foutu! ajouta-t-il à l'adresse du nain, It ain't over 'til it's over, répliqua celui-ci avec un accent déplorable, ce que lui fit remarquer le vieux, Je ne sais pourquoi vous vous entêtez à parler anglais, Santos! votre accent est déplorable! qu'est-ce que cette maladie de vouloir à tout prix parler anglais? Le nain réfléchit quelques instants mais n'avait clairement pas la tête aux échecs, dit, Vous m'emmerdez avec vos tergiversations, vous m'aviez promis cette tournée, c'était dans notre contrat, et il avança un pion blanc à côté de la tour noire, tout portait à croire que ce pion était désormais perdu, c'est ce que pensa Gil qui ne connaissait rien aux échecs tandis que le vieillard disait, Vous l'aurez votre tournée, ne vous en faites pas, j'y travaille, mais vous savez bien qu'avec la crise tout est plus compliqué, la crise complique tout! et déplaçant sur l'échiquier un dé à coudre qui remplaçait le cavalier noir, il prit la reine blanche et ajouta, Madrid, c'est comme si c'était fait, nous y retournerons très bientôt.

Gil abandonna la partie à ce moment, acheta au bar un paquet de six Sagres, puis il sortit et alla s'asseoir sur la place, près de l'escalier, Salut les gars, c'est correct si je m'assois avec vous-autres? Les quatre types qui étaient là le regardèrent un peu de travers, Faz favor, je t'en prie, dit enfin l'un d'eux. Gil pensa leur offrir des bières mais se dit que, ce faisant, ils sauraient qu'il voulait obtenir d'eux quelque chose, autant attendre un peu. Il s'assit et s'en déboucha une, Saúde! dit-il en levant sa bouteille, Saúde, répondirent les autres sans grande conviction.

Au début, il y eut évidemment un petit malaise, Gil avait sans doute interrompu une conversation, mais celle-ci reprit rapidement, il écouta quelques instants les quatre types sans intervenir, ils ne disaient rien de bien intéressant, la pluie et le beau temps. Gil ne s'attendait pas à de grandes révélations, il en était à sa deuxième bière lorsqu'un des gars lui demanda, Tu vis dans le quartier ? Oui, répondit Gil, Tu habites où ? demanda un autre, Ici pas loin, plus bas dans la Rua dos Cavaleiros, mais juste depuis deux, trois semaines, Et avant, tu étais où ? Bica, dit Gil, Tu étais mieux dans la Bica, dit l'autre, ici c'est le bordel, Quartier de merde, dit encore un autre, et Gil, Ça brasse un peu des fois, mais quand on connaît, c'est pas pire que la Bica, Je sais pas, dit l'un, il s'appelait Pedro, autant clarifier ça maintenant, en plus de Pedro il y avait un grand Noir avec un accent brésilien qui s'appelait João, et deux autres, Nuno et António, ça suffira pour l'instant, pas sûr qu'une description serait vraiment utile, ces gars-là n'étaient même pas des pions, à peine des figurants, pensa Gil, c'était de plus en plus évident, ils étaient là par désœuvrement, parce que ça coûtait moins cher de boire dans la rue que dans un bar de merde, il faisait beau en plus, autant attendre l'hiver pour s'enfermer.

Nuno dit, Rua dos Cavaleiros, ça va à peu près, tu verras de temps en temps un déchet de drogué en train de se shooter sur le trottoir mais c'est à peu près tout, Ouais, dit Gil, je pensais aussi que ça serait le bordel dans la Rua da Mouraria, mais non, Ça a longtemps été là le bordel, intervint Pedro, mais depuis un an ou deux, dès dix-sept dix-huit heures, c'est plein de flics alors c'est tranquille, Et les dealers là en bas, dans la Rua Marquês de Ponte do Lima, ils font du tapage ? demanda Gil mais, sans donner aux autres le temps de répondre, continua, Je regarde ça et je me dis que si un jour il y a du drame, ça va venir de là, sinon, depuis que je suis ici, à part quelques pouilleux effondrés sur le trottoir, j'ai rien vu d'intéressant.

À ce moment, Gil constata que les quatre autres se renfrognaient et craignit qu'ils veuillent changer de sujet mais non, António dit, Ces gars-là, moi, j'y comprends rien, Qu'est-ce que tu veux dire? demanda Gil, Ils sont là depuis toujours, poursuivit António, ils nous ont jamais fait chier, des fois on se criait un peu des bêtises mais ça avait jamais dégénéré et, il y a environ deux semaines, ils se pointent ici sur la place et se mettent à insulter les gars du café en face *[Taverna do Poço]*, Les vieux? demanda Gil, authentiquement surpris, Y a pas toujours que des vieux, dit João, Aujourd'hui c'est la soirée échecs, c'est pour ça, ajouta Nuno, Nous, ces gars-là, reprit António, c'est pas des copains mais on les connaît, je veux dire, c'est des gens du quartier, plutôt sympas, et la bande dont tu parles arrive là avec Abílio, lui aussi c'est un gars du quartier, Je le connais pas, mentit Gil, Tu l'as sûrement déjà vu, dit João, il deale dans la Rua Marquês de Ponte do Lima, un maigrichon avec une casquette du Real, un imbécile, Je sais pas, répéta Gil, Peu importe, dit António, ils arrivent là, ils sont cinq ou six, et ils se mettent à insulter gratuitement les clients du café, j'arrive pas à comprendre qui ils avaient intérêt à provoquer, et nous, on est une dizaine ici, comme ce soir, et on entend le chahut et on les voit comme ça sur la place, alors on s'approche un peu et eux, ces enculés, je te jure, on leur avait même jamais parlé avant ce soir-là, ils se mettent à nous lancer des bouteilles de bière par la tête et on se retrouve à s'agripper, tu vois ? son propre récit l'effrayait visiblement, pensa Gil, Le pire, continua Nuno, c'est qu'ils voulaient même pas se battre, ils étaient que cinq ou six, on s'empoigne et ils continuent de nous insulter un peu, puis ils se sauvent en courant dans la Rua do Terreirinho, on leur a pas couru après, on a jamais compris ce qui s'était passé, Et il y a personne qui vend à la Taverna do Poço ? demanda Gil, Pas à ce que je sache, répondit João, c'était n'importe quoi, et Gil, J'ai un ami pas loin qui m'a raconté votre histoire, moi j'ai rien entendu, rien vu, mais il m'a dit qu'il y avait eu des coups de feu, Quelques minutes après, dit Pedro, les autres confirmèrent, Je sais pas d'où ça venait, dit Nuno, ça avait rien à voir avec nous, je comprends pas ce qu'ils auraient fait d'un pétard, ça leur servirait à rien, s'ils montrent à tout vent qu'ils ont une fusca, la police va rappliquer, c'est pas bon pour eux, même le grabuge qu'ils ont fait ce soir-là, c'est n'importe quoi ! tant qu'ils emmerdent pas les gens du quartier, la police a rien à faire ici, mais s'ils font du tapage, Le tapage, c'est jamais bon pour leur genre de commerce, dit Nuno, et João, Un jour ils vont se faire buter et c'est tout, personne ne réagit à ce commentaire.

À ce moment, un type vint leur demander de la bière, il avait la peau noire et les cheveux très sales, ça lui faisait des dreads, il sentait vraiment mauvais, portait un grand poncho attaché à la taille avec une corde, Gil lui tendit une bouteille, l'autre la prit et s'enfuit. Ensuite, Gil retourna au café d'en face et revint sur le Largo do Terreirinho avec une douzaine de bières, les gars de l'escalier étaient sympathiques, Gil avait eu du plaisir à discuter avec eux, il avait envie de rester encore un peu, Hé, amigos! je vous paie une bière, dit-il en revenant avec sa caisse.

Ce fut une excellente soirée sur le Largo do Terreirinho. Pedro parla longuement de Federico Fellini, dont Gil n'avait vu aucun film, mais il était drôle, un peu dans sa tête, et plus tard trois filles vinrent les rejoindre, deux types un peu bizarres aussi, déjà complètement soûls, ils se ressemblaient comme des frères, s'appelaient Cardoso et Vasques. Celui-ci était un acteur, à un moment de la soirée il se mit à déclamer des bouts de texte plus ou moins incompréhensibles, les autres se turent jusqu'à ce que Cardoso se mît à vomir, Vasques l'emmena alors et on ne les revit plus.

Gil trouva tout cela très amusant mais, en rentrant au perchoir passablement soûl vers deux heures et demie du matin, il avait l'impression de n'avoir pas appris grand-chose de nouveau.

*

[Mouraria – I]
... revenais du Miradouro da Graça... je me souviens qu'il était tard et que j'avais beaucoup bu... Nina était partie à Madrid quelques jours plus tôt... descendais la Rua dos Cavaleiros... il y avait toujours là des junkies,

des dealers… des types buvaient de la bière, je les voyais souvent, j'étais passé là des centaines de fois… ils devaient me reconnaître aussi… vis trois ou quatre types… courir vers moi… pensai sur le coup qu'ils voulaient s'en prendre à moi mais ils me dépassèrent sans me voir et, arrivés sur le Largo do Terreirinho, se mirent à se chamailler avec la bande de buveurs de bière… types s'étaient joints à l'échauffourée, certains venus du Largo do Terreirinho, d'autres de la Rua Marquês de Ponte do Lima, ils étaient bien une dizaine à s'empoigner lorsque je passai près d'eux… vis un objet noir tomber par terre… me rendis compte en le ramassant qu'il s'agissait d'un pistolet… très léger, comme un jouet en plastique… me mis à courir… j'avais cru entendre des pas derrière moi, des pas de course, des cris…

Il me sembla alors que rejoindre Nina à Madrid était une solution… me faire oublier… bien qu'ils eussent l'air fort occupés à se chamailler la veille, il était possible que l'un ou l'autre m'ait vu ramasser l'arme et prendre la fuite. … voulussent me faire la peau.

… pour qu'un taxi vînt me prendre chez moi, je partis avec toutes mes affaires ou presque *[un petit sac]* et pris le train de nuit pour Madrid.

… bien qu'il me semble impossible que les soupçons de la police se fussent portés sur mon anonyme personne. Reste que l'évocation de mon voyage en Espagne auprès des gens que je fréquentais encore à cette époque, à Lisbonne, les empêcha de m'associer d'une quelconque manière au meurtre de la Rua do Terreirinho.

… Lisbonne est une ville magnifique que j'aime profondément… je n'y retournerai jamais… j'étais parti à Lisbonne sur un coup de tête, sans vraiment réfléchir. Je ne cherche pas à banaliser les raisons que j'avais alors de partir, mais malgré l'état d'abattement dans lequel je me trouvais à Montréal et l'urgence qui me taraudait de changer de vie, cette première fuite n'eut pas au fond une grande importance. Il faut bien commencer quelque part, cela dit, et j'affirmais une liberté que j'aurais pu conquérir autrement, que j'aurais pu conquérir même à Montréal, je ne nie pas l'importance déterminante que constitua cette première expérience mais… en dépit de mes malheurs qui sont à l'origine de ma fuite de Lisbonne, ce n'est probablement qu'à Madrid… que j'ai véritablement commencé à m'éloigner du monde…

*

Jorge et Vincent burent plusieurs bières, Nina préféra les caipirinhas. Lorsqu'ils sortirent de l'Associação Loucos e Sonhadores, vers deux heures du matin, à la fermeture en fait, les rues du Bairro Alto étaient bondées au point qu'il était difficile d'y circuler. Nina et Vincent étaient passablement éméchés, Jorge aussi, j'imagine, c'était toujours difficile à dire dans son cas, il n'avait jamais l'air soûl. Nina et Vincent le suivaient, c'est à peu près la seule volonté qui leur restait, non, j'exagère, s'ils avaient été seuls, ils se seraient certainement démerdés, mais Jorge leur avait dit de le suivre et c'est ce qu'ils faisaient.

Alors qu'ils marchaient dans les rues, ils entendirent trois ou quatre claquements sourds, des pétards, sans doute, je me souviens d'une compétition internationale de football, ce jour-là le Portugal avait réussi à ne pas se faire battre par la Côte-d'Ivoire (0-0), alors les pétards s'imposaient, parfois, ne pas perdre, c'est presque aussi bon que gagner, partout autour d'eux des gens soufflaient dans des trompettes. Tout à coup des sirènes retentirent et ils virent arriver au bout de la rue une voiture de police dont descendirent des agents qui se frayèrent un passage à travers la foule en bousculant les gens, Jorge s'indigna, C'est toujours la même chose! ils manquent de policiers alors ils engagent n'importe qui, des incompétents! et brutaux en plus! Il y a peut-être une urgence, dit Vincent, Ça ne justifie pas de faire comme ça n'importe quoi! rétorqua Jorge. Au même moment, ils entendirent une femme crier à quelques mètres d'eux, Ajuda! à l'aide! Les gens soudainement s'écartèrent, Nina, Vincent et Jorge se trouvèrent pris dans la cohue et plus ou moins malgré eux au premier rang pour assister au drame qui se jouait dans la rue. Un type était assis par terre et tendait devant lui ses mains ensanglantées, ahuri, n'ayant toujours pas compris ce qui venait de lui arriver, regardant ses mains, et une femme hystérique courait autour de lui en criant, Ajuda! ajuda! mais ne faisait absolument rien pour l'aider, elle espérait des secours, c'est tout ce à quoi elle pouvait penser, de toute évidence. Nina et Vincent ne faisaient rien de mieux, de même que les autres assistants à ce triste spectacle, jusqu'à ce qu'un homme décidât d'enlever sa chemise pour que le type assis par terre puisse envelopper dedans ses mains, en attendant les secours qui, dans le Bairro Alto, à cause de la foule et de l'étroitesse des rues, mettent souvent du temps à venir. La fille, près de lui, gueulait toujours, Ajuda! et quelques autres paroles que Vincent ne comprit pas et que Nina ne crut pas utile de traduire. Vincent pensa que la fille ressemblait à Nina, elle avait les cheveux noirs alors que Nina était blonde, mais elles avaient quelque chose de semblable dans les yeux, tout à coup l'homme torse nu s'avança vers elle et dit, Basta, cale-se, taisez-vous, la fille pourtant continua et alors le type par terre cria très fort, Cala-te! tais-toi! la fille se tut soudain, s'assit à côté de lui sur le trottoir et pleura, elle avait les coudes sur les genoux et le visage dans les mains, sa jupe relevée, elle devait être soûle, sa réaction était pour le moins dispro-portionnée, comme si son amoureux s'était jeté du qua-trième étage alors qu'il s'était coupé les mains sur du verre, en tombant, c'était tout, sur le coup, ça choque, c'est certain, mais on n'en meurt pas.

Vincent en était là dans ses réflexions lorsque Jorge lui tapa sur l'épaule et dit, Allons-nous-en, c'est inutile de rester ici. Nina et Vincent le suivirent à travers la foule.

Ils prirent encore quelques verres dans la rue puis décidèrent de rentrer, ils étaient ivres, Jorge dit qu'il voulait rester encore un peu. Ils s'enfoncèrent donc seuls dans la foule bruyante du Bairro Alto. Le plus simple, dit Nina, ce serait d'aller à la Praça de Camões pour prendre un taxi, il y a toujours là des taxis.

Et je ne suis pas trop sûr de la suite.

En fait, dans le taxi, je crois qu'ils s'engueulèrent, mais ça avait commencé avant le taxi, en arrivant à Camões, il y avait beaucoup de monde sur la place, c'était un endroit très animé de manière générale et cette nuit-là en particulier, il y avait des taxis partout mais Vincent ne savait pas où était la station et Nina était trop soûle pour l'aider, pensait-il, or à un moment elle dit, Regarde, c'est là! sa langue prenait trop de place dans sa bouche, elle prononçait difficilement, de manière empâtée, c'est le mot qui vint à l'esprit de Vincent, elle dit encore, Ici! et il eut du mal à comprendre, demanda, Quoi? mais avait déjà compris, Nina répéta, Ici, les taxis. Un taxi attendait là, s'était arrêté pour eux et ils allaient y monter quand un autre couple les bouscula un peu et la fille monta à leur place. Nina dit, Hé! o que é que estão a fazer? qu'est-ce que vous faites? elle semblait avoir dessoûlé instantanément, l'homme ne répondit toutefois pas, fit un grand sourire à Nina et monta à la suite de sa femme, Nina dit, Estavamos aqui primeiro! nous étions là avant vous! et l'homme, No falô portuguêsse, un Français, c'était évident, Nina dit, C'est notre taxi, sortez de là! et l'autre, Vous êtes québécois! et il se foutait clairement de leur gueule, il répéta, en imitant très mal l'accent de Nina, Vous étes québékwâ! alors que le taxi démarrait. Nina se tourna vers Vincent et dit, Tu n'as rien fait! ils nous ont volé notre taxi et tu n'as rien fait! Mais qu'est-ce que tu voulais que je fasse? demanda Vincent, Je ne sais pas moi! cria-t-elle, réagir! n'importe quoi sauf rien! sauf rester là inerte! Et juste à ce moment s'immobilisa devant eux un autre taxi dans lequel ils montèrent.

Nina continua d'engueuler Vincent dans le taxi, qui répliqua, Il n'y avait rien à faire! la fille était déjà montée, le type était d'une évidente mauvaise foi, Cobarde! lâche! lança Nina, elle ne criait plus, à cause du chauffeur, et aussi parce qu'elle était de nouveau complètement abrutie par l'alcool, la dispute sur la place lui avait un peu fouetté les sangs mais, une fois assise dans le taxi, ses yeux se fermaient, elle n'arrivait plus à se tenir droite, à demi endormie sur la banquette, elle laissa de nouveau couler entre ses lèvres, Lâche! Pendant tout le trajet, quand Vincent cessait d'argumenter, de se défendre de son inaction, après un silence de quelques secondes, Lâche! alors qu'ils passaient devant l'Igreja de Santo António, Vincent se dit, tant pis! et se tut, elle est vraiment trop soûle. Sur la place devant l'église, au pied de la statue du saint, il y avait un clochard qui, à quatre pattes par terre, mangeait dans un contenant en styromousse, le taxi s'arrêta au feu rouge ou peut-être des piétons étaient-ils en train de traverser, ce doit être cela, il n'y a pas à cet endroit de feu de circulation, mais le taxi s'arrêta, ça c'est certain, quelques secondes, Lâche! et il crut durant ce bref arrêt que le clochard le regardait dans les yeux, mais bon, on ne saura jamais si c'était le cas, ce clochard était loin, est-ce qu'on peut regarder quelqu'un dans les yeux à quinze mètres de distance?

Ce soir-là, c'est bel et bien à la Villa Sousa qu'ils rentrèrent, je m'en souviens très bien, quoique logiquement cela soit impossible puisqu'ils n'y habitèrent ensemble qu'au retour de Madrid, si ça se trouve, ils ne revenaient pas du tout du Bairro Alto, n'avaient pas vu Jorge, je ne sais plus. Nina avait du mal à tenir debout, Vincent dut la soutenir alors qu'ils avançaient plus ou moins à l'aveuglette dans l'allée obscure derrière la porte cochère, Lâche! lâche-moi, dit alors Nina, fous-moi la paix, je peux marcher toute seule, Vincent lui lâcha le bras, et alors elle se planta devant lui et dit, Chorinhas! cagarolas! elle criait en fait, mais même avec un mégaphone Vincent n'aurait rien compris de ce qu'elle disait et qui revenait à peu près au même que Lâche! et tandis qu'elle criait les ombres de fantômatiques petites vieilles apparurent aux fenêtres du pátio. Il ouvrit la porte et tira Nina dans la cage d'escalier.

Elle l'engueula encore en montant difficilement les marches, les mêmes mots, Chorinhas! cagarolas! résonnèrent dans la cage d'escalier, je me souviens qu'il y avait là des azulejos bleu et blanc, de fabrication industrielle, elle va réveiller tout l'immeuble, pensa Vincent, ou peut-être se trouvaient-ils à la pension, je ne sais plus, ça ne sert à rien d'essayer de la raisonner, pensa-t-il encore, trop soûle, elle s'écrasa finalement sur le palier, le dos contre le mur, les coudes sur les genoux et les mains sur le visage pendant que Vincent ouvrait la porte de leur appartement, de la chambre, J'ai mal au cœur, dit-elle, je vais vomir, Allez, entre, dit Vincent, et elle, Não entro contigo, fico aqui, Vincent la prit dans ses bras et alla la déposer sur le lit où elle s'endormit immédiatement. Quelle soirée de merde, marmonna-t-il pour lui-même.

Cette soirée a forcément eu lieu, mais il est clair que, logiquement, je veux dire dans la trame événementielle de ce récit, elle n'a pas de sens. Nous essaierons plus tard de clarifier la situation, pour l'instant oublions simplement la Villa Sousa et imaginons que, après être montés dans un taxi sur la Praça de Camões, Nina toujours soûle ne dit rien, cette histoire avec les touristes français n'eut sans doute pas lieu non plus cette nuit-là, elle traita tout de même Vincent de lâche dans le taxi, peu importe pourquoi, elle était soûle après tout, je me souviens qu'il lui parlait et qu'elle ne lui répondait pas, elle s'endormait, laissait tomber de sommeil et d'ivresse sa tête sur sa poitrine puis se réveillait en sursaut. Quand il la voyait ainsi, Vincent avait l'impression de ne plus la reconnaître et cela l'effrayait, c'est évidemment une façon de parler, disons que ça le mettait en colère. Il ne dit rien dans le taxi mais, lorsqu'ils descendirent devant leur pension, c'était forcément la Casa de Hospedes Estrela, il la transporta jusqu'à leur chambre en l'engueulant, lui disant que c'était une honte qu'elle se mît dans des états pareils, et Nina essaya de l'embrasser pour se faire pardonner, de lui parler, elle était tellement soûle qu'elle n'arrivait même pas à terminer ses phrases, et ces manifestations de tendresse dégoûtèrent Vincent. Il la déposa sur le lit, elle était toujours pendue à son cou, dit, J'ai mal au cœur, je vais vomir, ce furent ces derniers mots de la nuit, auxquels Vincent ne répondit pas. De toute façon, elle dormait déjà.

Le lendemain, ce dégoût fugitif qu'il avait éprouvé dans sa propre ivresse, il ne s'en souvenait déjà plus. Subsistait tout de même un vague et inexplicable malaise.

Vendredi

Il se réveilla en sursaut.

Une vibration sur sa cuisse gauche, très proche de l'aine, dans ce coin-là, une sensation plutôt agréable, pour tout dire, comme dans un rêve, n'eût été la fabuleuse gueule de bois qu'il pressentit en ouvrant les yeux, en s'apercevant également que c'était son téléphone qui lui caressait ainsi le haut de la cuisse. Il s'était endormi à plat ventre sur son lit de camp, tout habillé, le téléphone dans une des poches avant de son pantalon. Il était déjà tard, près de midi. Allô, dit-il en français, ça ne lui était pas arrivé depuis longtemps de voir ainsi remonter sa langue maternelle, comme un reflux gastrique, mais ça tombait bien, c'était Vincent qui l'appelait.

Ce dernier lui fit un bref compte-rendu de sa rencontre de la veille avec Jorge, il était très content, avait une nouvelle piste, Rita, qu'il allait rencontrer ce jour-là, Super, tu me tiendras au courant, dit Gil, C'est sûr! je ne vois pas comment je m'en tirerais sans toi! je t'appelle! dit Vincent avant de raccrocher. Décidément, c'était un enthousiaste.

Gil ne se souvenait plus comment il était rentré au perchoir la veille, il sentait vraiment mauvais. Il entreprit donc d'aller se doucher chez lui, dans la Bica, ça faisait après tout quelques jours qu'il n'avait pas quitté le perchoir, ça lui ferait du bien de passer un après-midi tranquille à soigner sa gueule de bois et réfléchir à ce que ses nouveaux amis lui avaient raconté la veille.

Il traversa la Baixa au pas du lendemain de veille, le soleil tapait fort, il enleva son veston et constata qu'il avait une grosse tache d'huile sur la cuisse droite, sa chemise était tellement sale qu'il devrait la jeter, après ces quelques jours passés dans l'immeuble abandonné de la Rua dos Cavaleiros, il avait plus ou moins l'air d'un clochard. S'il a vécu dans la rue après avoir quitté l'appartement de Maria, Antoine devait être aussi sale que moi, pensa Gil, pressentant qu'une idée était en train de naître, trop vague encore pour qu'il pût se la formuler à lui-même. Il monta le Chiado jusqu'à la Praça de Camões remplie de gens bien habillés, de touristes au visage frais, au cœur léger, qui marchaient très lentement, plus lentement que Gil qui avait pourtant l'impression de traîner derrière lui le poids du monde, peut-être cette idée qui germait lui donnait-elle de l'entrain, il vit aussi des gens couchés sur les bancs au gros soleil, d'autres à l'ombre de la statue du borgne, sur le pas des portes d'autres encore qui mendiaient, une femme assise par terre, silencieuse, et dont les énormes seins se confondaient avec les énormes cuisses, Gil la voyait souvent, là ou sur le Rossio, il lui donna une pièce. Il s'enfonça dans la Bica jusqu'à la

Rua do Sequiro où il vivait, au numéro 34. C'était une maison rose passablement délabrée. Il salua en passant le relieur qui travaillait dans son minuscule atelier du rez-de-chaussée, encombré du plancher au plafond de vieux livres, de presses, d'objets hétéroclites dont une grosse horloge en forme d'ancre de bateau. Le relieur dit, Tudo bem? ça va? il était assis à son petit bureau face à la rue, Tudo bem, répondit Gil qui n'avait jamais réussi à saisir, malgré ses nombreuses explications, en quoi consistait réellement son travail, relieur, ça n'a pas vraiment de sens, pensait-il, comment peut-on survivre en faisant de la reliure artisanale?

Gil habitait la mansarde de l'immeuble. L'été, il y faisait une chaleur d'étuve. En ouvrant la porte qui donnait sur l'escalier et dont les vitres étaient tellement sales qu'elles semblaient avoir été peintes, il salua ses voisines assises sur le balcon au deuxième, deux jeunes filles un peu bruyantes et qui n'étaient jamais seules, elles riaient fort. Gil pensa qu'elles riaient de lui, le prenaient pour un alcoolique, un pochard.

En sortant de la douche, il s'assit un peu au salon avec une bouteille de vinho verde pour faire passer le mal de tête, il n'était pas question de se soûler en plein cœur de l'après-midi, boire tranquillement.

Son intuition, c'était que l'échauffourée (dans sa tête, il disait échaffourée) entre Abílio et les gars du Largo do Terreirinho n'était en réalité que de la poudre aux yeux, n'avait servi qu'à mettre au monde cette histoire de flingue perdu, à faire croire qu'il avait été volé pour qu'Abílio puisse se l'approprier, une jolie mise en scène destinée à Bino, une mise en scène imbécile d'ailleurs, et tout à fait digne d'Abílio, peut-être aussi de Davis qui, à en croire monsieur Soares, savait qu'Abílio avait une arme. Parler à Davis? à Abílio? à Bino? difficile de trancher. Fermer sa gueule? ça ne l'avancerait plus à grand-chose, tout ça pourrait éventuellement se retourner contre lui s'il n'agissait pas rapidement, et rien ne s'arrangerait s'il venait à y avoir du grabuge dans les rues. D'un autre côté, s'il parlait à Bino et que celui-ci allait cuisiner Davis et Abílio, on risquait de ne jamais retrouver le gun, et surtout ce serait la parole de Gil contre la leur. Il lui fallait trouver contre eux quelque chose qui les forcerait à collaborer.

Il repensa aussi à Vincent mais bon, d'un peu loin, il avait le vague souvenir d'avoir eu une idée à son sujet, dans le brouillard de son ébriété de la veille, et qui lui était revenue alors qu'il traversait la ville, c'est à ce moment que monsieur Gonçalo, dont lui avait parlé le barman du Café Orquídea, surgit dans sa mémoire comme s'il avait été la solution à son amnésie, mais ça n'avait pas beaucoup de sens, à partir du moment où Maria l'avait mené à Jorge, il ne voyait pas trop à quoi ce monsieur Gonçalo pouvait lui être utile.

Il vida d'un trait son verre de vin, se leva, s'habilla, sortit.

*

[Villa Sousa – II]

... tout cela *[Nina]* a commencé alors que j'habitais chez Rita... à une époque où ma vie s'était pour ainsi dire stabilisée... plus ou moins sans histoire, je travaillais sporadiquement pour monsieur Simão *[ici le récit plutôt anecdotique de la rencontre de monsieur Simão]*... fis la connaissance de Rita *[c'est ici qu'il fallait en venir, Rita est un personnage très secondaire mais elle se trouve au centre de tout ce qui surviendra dans la suite]*... dans l'immeuble où se situe l'atelier de monsieur Simão, un jour où les amis de celui-ci étaient venus prendre l'apéro *[ici le récit de la lecture par monsieur Simão d'un épisode du* Sermão de Santo António aos Peixes *du Padre António Vieira]*, et Rita qui rentrait chez elle s'était jointe à nous, je l'avais invitée à se joindre à nous...

... quelques jours plus tard, alors que nous prenions une bière dans un café de la Baixa, je lui dis qu'il me fallait quitter l'appartement de la Rua dos Cavaleiros *[où j'habitais depuis quelques semaines avec João Bispo]*... et elle m'offrit gentiment d'habiter chez elle.

Elle avait acheté un parasol, une table et des chaises pour le balcon, mais celui-ci était tellement étroit que nous ne nous servions jamais de la table et, même avec le parasol, le jour, durant les heures de grande chaleur, il était impossible de rester là... souvent le soir, j'y prenais un verre avant de sortir ou d'aller me coucher... à observer la vie dans la cour, il y avait toutes sortes de gens, surtout des vieux, il faut bien le dire, ils vivaient leur vie sans déranger personne, ça ne veut pas dire qu'ils ne criaient pas… rien de pire qu'une vieille portugaise qui crie après son mari, ça vous crève les tympans comme un chat qu'on ébouillante… petit vieux qui arrosait tous les jours des fleurs orange qui avaient poussé entre les pavés de la cour…

… monsieur Simão entassait ses déchets dans la cour. Rita n'aimait pas ça, elle avait peur des incendies… se plaisait en toute situation à imaginer le pire, des scénarios catastrophiques, des intrigues fantasmagoriques, il est vrai que chaque bruit résonnait dans le pátio de manière étonnante, Rita disait souvent, Le moindre chuchotement, le moindre hoquet s'amplifie ici en appel au secours, cri de mort, le moindre petit bruit laisse imaginer rixes, viols, meurtres… comme autant d'énigmes à résoudre.

Je me souviens de plusieurs soirées agréables, en compagnie de Rita, à regarder et écouter vivre les gens dans le pátio de la Villa Sousa. C'est ainsi d'ailleurs que je commençai un jour à observer les voisins d'en face… par désœuvrement, sans doute, mais surtout à cause de ma séduisante voisine… vivaient dans la mansarde, comme nous, de l'autre côté de la cour, dans les appartements dits de la façade *[selon l'expression de Rita, de Jorge aussi]*… quand elle arrosait les plantes sur le balcon ou mangeait avec son amoureux devant la fenêtre… jamais vu grand-chose de scabreux ou même de vraiment sexy, et de toute façon ce n'est pas ce que je cherchais, d'ailleurs je ne cherchais rien… au départ que des motifs vagues, je la trouvais jolie, évidemment, mais bon, c'était nettement insuffisant pour se mettre à… forme bénigne de voyeurisme, intéressant d'observer les gens, de les regarder vivre, et je ne sais plus ce qui est venu en premier… si j'ai commencé à observer la fille parce que je la trouvais jolie ou si je l'ai trouvée jolie à force de l'observer.

De toute façon, de l'autre côté de la cour, je ne voyais pas grand-chose, devais inventer l'essentiel.

Après quelques semaines à la voir tous les jours dans l'appartement d'en face et sans me préoccuper d'elle autrement qu'en tant que jolie fille dans mon champ de vision, vivant sa vie devant moi… tout aurait pu en rester là, mais un jour que je rentrais à la Villa Sousa, en pénétrant dans l'allée derrière la porte cochère, je la vis devant moi sortir de chez elle, je veux dire, du hall où se trouvait le vaste escalier qui menait chez elle… première fois que nos regards se croisèrent… je ne l'avais jamais vue que de loin *[sauf une fois dans le petit parc du Largo da Graça et je n'avais pas osé la regarder dans les yeux, soutenir son regard, lui parler]*… Je la laissai s'éloigner puis la suivis dans la rue, vis qu'elle s'apprêtait à descendre la Travessa das Mónicas. Je lui emboîtai le pas… elle descendit tranquillement la colline jusqu'à Cerca Moura, puis l'escalier menant vers l'Alfama, je n'allais presque jamais là, je me dis que, si je la perdais de vue, je ne pourrais la retrouver, je connaissais très mal ce quartier, mais si je la suivais de trop près, elle me verrait, c'était probablement idiot de ne pas vouloir qu'elle me voie, de jouer ainsi au détective, en même temps, je la connais suffisamment aujourd'hui pour savoir que si je l'avais abordée sous un prétexte futile pour l'inviter à prendre un verre, par exemple, un café, elle m'aurait envoyé paître… Curieusement, alors qu'à l'époque je ne la connaissais pas du tout, c'est cette même idée qui me vint en tête, il me semble.

Malgré tout le soin que je pris… la perdis plusieurs fois de vue dans le dédale de l'Alfama dont je n'arrivais jamais à me rappeler la configuration des rues, ruelles, passages, becos… devant la pension que j'avais habitée quelques années plus tôt en arrivant à Lisbonne, les premiers jours, puis la retrouvai sur une petite place plus dégagée où elle franchit une porte cochère, je la suivis… regarda alors dans ma direction… eus le temps de voir dans son regard, en une demi-seconde *[imaginai qu'elle avait les yeux verts, dans une telle obscurité et à quinze mètres de distance, toute certitude impossible, mais Nina avait bel et bien les yeux verts]*, la langueur de quelqu'un qui a trop chaud. Elle sonna à une porte dans l'allée alors que je la dépassais, on ne lui ouvrit pas, elle revint donc sur ses pas *[et moi aussi]*, continua sa descente. Arrivée en bas de la colline, elle prit son telemóvel, je ne saurais dire si elle y répondit ou fit elle-même un appel, je n'entendis pas de sonnerie, constatai toutefois qu'elle avait avec son interlocuteur une conversation animée, paraissait en colère. Je pensai évidemment qu'elle parlait avec la personne qui ne lui avait pas répondu, là où elle avait sonné, la personne qui lui avait posé un lapin, mais jamais l'occasion ne se présenta, avec Nina, d'éclaircir ce détail. Après avoir raccroché, elle longea le Tage et s'arrêta quelques instants dans un petit parc près de la

Casa dos Bicos, je m'assis derrière elle, à une quinzaine de mètres, je ne voulais toujours pas me faire remarquer, je crois qu'elle ne m'avait pas vu mais, encore une fois, nous ne reparlâmes jamais de cette journée, je crus toujours que cela la mettrait mal à l'aise d'apprendre que je l'avais suivie ainsi à plusieurs reprises…

… se leva de son banc au bout de quelques minutes et marcha jusque dans la Baixa, je ne me souviens plus exactement par quelle rue, je pris une transversale pour la croiser dans la Rua Augusta, la vis déboucher au coin de l'autre rue, au nord, marchai vers elle et la regardai dans les yeux, bien qu'elle ne me reconnut sans doute pas, en fait, cela, j'en suis à peu près certain, elle ne pouvait m'avoir reconnu, je décelai une interrogation dans son regard, sentis qu'elle allait s'arrêter, elle semblait se demander si elle m'avait déjà vu, je lui souris, compris de façon certaine qu'elle ne m'avait pas reconnu lorsque la mélancolie qu'elle avait dans le regard se changea en dédain, ce qui est très souvent le cas lorsqu'une femme consciente de sa beauté constate qu'un homme la fixe trop intensément… et c'est à ce moment que, moi-même, je la reconnus, Nina était la femme de la Praça das Flores que j'avais suivie dans Lisbonne, plus ou moins par le même trajet de labyrinthe, jusque dans l'Alfama, dans les premiers temps de mon exil lisboète, je venais de la retrouver sans savoir même que je la cherchais… Puis elle poursuivit son chemin, moi aussi, ça suffisait pour ce jour-là, j'entrai en enjambant un chien couché par terre dans un minuscule café, il me semble que c'était le

Café Mindelo, je n'ai toutefois pas le souvenir d'avoir vu ce jour-là Nina dans la Rua das Portas de Santo Antão, je commandai une bière et pensai que je devais cesser de la suivre… trouver un moyen de lui parler, même si me retrouver face à face avec elle ne m'avait pas inspiré quant à la manière éventuelle de l'aborder directement, je n'avais, effectivement, pas su quoi lui dire… ce que j'avais ressenti en la regardant dans les yeux, le souvenir qui m'était revenu de notre première rencontre, de son parfum aussi, quand j'y repense, ça n'avait probablement rien à voir, je veux dire, je ne vois pas comment un parfum peut créer un tel émoi amoureux, mais c'est fou ce qu'elle sentait bon, cette odeur fleurie m'est toujours depuis restée dans la tête, même après que notre histoire se fut ternie, salie…

… si j'avais pu revenir à Lisbonne, tout aurait peut-être été différent, c'est ce genre de chose qu'on se plaît à imaginer.

*

Nina et Vincent arrivèrent vers quinze heures à la Villa Sousa et sonnèrent chez Rita. La porte qui menait à son appartement se trouvait juste à côté de celle d'un carpinteiro, c'est ainsi que le désigna Nina, un genre de menuisier, apparemment il travaillait aussi le métal puisqu'il y avait dans la cour, à côté de son atelier, des étagères en pièces détachées qu'il était en train de souder, un tas de déchets aussi qui contenait, en plus de divers bouts de bois et de contre-plaqué, un sofa et un réfrigérateur auquel manquaient les portes.

Ils montèrent jusqu'au dernier étage et Rita les invita à entrer, son appartement était minuscule, une fenêtre à l'arrière donnait sur le Tage, la vue était splendide. Sur son balcon s'entassaient une table et des chaises, c'était très à l'étroit, mais Nina insista pour s'asseoir dehors malgré la chaleur insupportable sous un petit parasol.

Rita parlait français, elle avait passé huit ans à Paris quand elle était petite, son père était professeur de traduction, avait enseigné à la Sorbonne durant ces huit années et ensuite, quand ses parents étaient revenus vivre à Lisbonne, elle avait fréquenté le lycée français. Ça tombait bien.

Rita avait perdu la trace d'Antoine à la même époque que Jorge, un peu avant même, d'après les dates approximatives qu'elle leur donna. Un jour, expliqua-t-elle, il m'a dit qu'il partait, je lui ai demandé pourquoi, il a été très évasif, il a dit, Tu comprends, je ne veux pas me fixer, je ne veux pas rester au même endroit, ce n'était pas clair du tout mais, quand je me suis mise à lui poser des questions, il m'a dit qu'il n'y avait pas à discuter, Je pars, c'est tout, je lui ai dit qu'il me devait une explication, et alors il m'a avoué qu'il avait rencontré une femme, la voisine d'en face, de l'autre côté du pátio, et le lendemain il est parti, j'ai entendu dire quelques mois plus tard qu'il avait quitté Lisbonne et puis c'est tout, Et il a habité tout ce temps juste en face? demanda Nina, Non, une semaine ou deux, ensuite il a déménagé, puis on m'a dit qu'il était parti rejoindre cette fille, qu'il avait quitté Lisbonne, mais je ne lui ai jamais parlé à elle, elle n'était peut-être pas d'ici, en fait, elle avait l'air plus espagnole que portugaise, les cheveux bruns et longs, mince, les traits accusés, déterminés, Et vous n'avez jamais eu d'autres nouvelles de lui? Jamais, répondit Rita, Vous le connaissiez depuis combien de temps? Quatre ou cinq mois, quelque chose comme ça, il travaillait en bas, chez le carpinteiro, monsieur Simão est probablement la personne qui le connaît le mieux, Antoine a travaillé pour lui pendant un an, jusqu'au moment où il est parti, je le voyais en bas dans la cour presque tous les jours, Et vous ne lui avez jamais reparlé après qu'il vous a quittée? demanda Nina, Non, répondit Rita, puis, comme voulant changer de sujet, Voyez en bas, l'atelier de monsieur Simão est juste là. Elle le leur montra dans la cour, c'était fermé alors que le carpinteiro était là à peine quelques minutes plus tôt, Il sera là demain? demanda Vincent, Ça m'étonnerait, dit Rita, demain c'est samedi, il ne reviendra sûrement pas avant lundi, Et lundi, enchaîna Nina, nous partons pour Porto, Ben merde, dit Vincent.

Ils bavardèrent encore un peu avec Rita mais n'apprirent rien de plus sur Antoine.

En sortant de chez elle, Vincent proposa d'aller prendre une bière au Miradouro da Graça, il se disait que, comme il avait vécu et travaillé juste en face, Antoine devait y être allé souvent, il n'y avait évidemment rien de moins sûr. Ils traversèrent le Largo da Graça et le petit

parc puis s'installèrent à une table sur le bord de la balustrade, ils avaient vue sur tout Lisbonne, le château, le
Tage et le pont du 25 Avril.

Au bout d'un moment de calme et de tranquillité que
semblait apprécier Nina, Vincent dit, C'est dommage
qu'on ne puisse pas rester pour parler à monsieur Simão
quand même, Tu lui parleras au retour de Porto, proposa
Nina, Ça ne me laissera pas beaucoup de temps, il ne
nous restera alors que quelques jours, C'est vrai, conclut
Nina qui ne voulait pas en rajouter, elle aurait bien aimé
parler d'autre chose, mais Vincent demanda aussitôt,
Est-ce que ça te dérangerait si je ne t'accompagnais pas
à Porto ? Quoi ? sursauta-t-elle, bien sûr que ça me dérangerait ! En réalité, sur le coup, elle joua l'indignation sans
la ressentir vraiment, elle ne croyait pas que Vincent était
sérieux jusqu'à ce qu'il se mît à argumenter, Je ne les
connais pas moi, tes grands-parents, tes oncles, tes cou-
sins, qu'est-ce que ça change que je te suive ou pas ? Mais
c'est toi qui as insisté pour les rencontrer ! pour venir ici,
pour aller à Porto ! tu me parlais de l'importance de la
famille, des origines ! C'est précisément pour ça que je
tiens à retrouver mon frère, tu comprends ? Tu déconnes !
ce n'est pas possible ! lança Nina, Vincent n'aurait su dire
si elle était en colère ou complètement éberluée mais
pensa qu'il valait mieux laisser tomber, dit, Tu as raison,
c'est absurde, ne te fâche pas, c'était une idée comme ça
mais tu as raison, ça n'a aucun sens.

Lorsqu'il dit cela, il le pensait certainement. L'idée
s'était tout de même enracinée dans sa tête.

Le reste de la journée passa sans qu'il fît de nouveau allusion à son projet. Le soir, après le repas, ils allèrent boire quelques ginjas chez Sem Rival et Nina discuta longuement avec monsieur Coelho, le tenancier, elle avait un petit verre dans le nez et Vincent aussi, était d'humeur joyeuse, tout ça pour dire que, alors qu'ils buvaient leur troisième ginja devant le Teatro Nacional, sur le Rossio, Vincent en profita, dit, Nina, tu sais, j'y ai beaucoup réfléchi aujourd'hui et je vais rester ici pendant que tu vas à Porto. Elle le regarda, interloquée, Tu te fous de ma gueule! s'exclama-t-elle, Écoute, reprit-il, tu m'as dit cet après-midi que tu n'as même pas envie d'aller à Porto, tu n'as qu'à rester ici avec moi, et elle, Tu ne connais rien à la famille portugaise! jamais ils ne me pardonneraient de ne pas leur avoir rendu visite alors que je suis en vacances ici! il en résulterait à coup sûr un drame familial international! imagine les représailles, ma mère! mon père! les anciennes colonies! la diaspora! un bordel inimaginable! Vincent la laissa déblatérer ainsi pendant plusieurs minutes puis, Écoute, j'aimerais rester, tu acceptes, oui ou non? Elle se tut et le regarda dans les yeux quelques instants, Vincent n'arriva pas à lire ce qui se trouvait là, de toute façon il était tout à son idée, rester ici, chercher Antoine, et ce, bien qu'il n'aimât pas réellement son frère, je pense l'avoir déjà mentionné, mais il suivait égoïstement son idée et cela, sans doute, Nina le comprit, qui dit, Ce n'est pas à moi de te dire quoi faire, et elle n'avait pas tort, pensa Vincent, Ne te

fâche pas, reprit-il, essaie de me comprendre, c'est important pour moi, c'est mon frère.

Il y eut un nouveau silence puis il dit, Si ça te fait
autant de peine, j'irai à Porto avec toi. Nina se taisait
toujours. Bon d'accord, je ne resterai pas, dit finalement
Vincent, mais elle, Non, tu as raison, c'est ton frère après
tout, je comprends, tu es ici, il faut que tu saches ce qui
lui est arrivé, que tu en aies le cœur net, sinon tu ne te
le pardonneras jamais, tu as raison, reste, j'irai seule, je
suis seulement un peu déçue, un peu triste de ne pas te
voir pendant une semaine, c'est normal, non? Oui,
répondit Vincent, De toute façon ce n'est que pour une
semaine, continua Nina, je vais survivre, tu as raison
mon amour, reste, c'est plus important que mes états
d'âme, et elle l'embrassa tendrement.

Vincent était bien content, il lui semblait tout de
même que ça s'était trop bien passé, qu'elle avait été un
peu trop facile à convaincre. Il avait parfois ce genre
d'inquiétude. Les gens égoïstes sont souvent méfiants.

Dans l'esprit de Nina, c'est à ce moment, lors de cette
discussion au Miradouro da Graça, que commença à
décliner sa relation avec Vincent. En réalité, le déclin
avait commencé bien avant. Quand au juste? ce serait
difficile à dire. Mais, ce jour-là, sans qu'elle le sache vraiment, pour Nina, avec Vincent, c'était déjà terminé.

*

Quand on y repense, aller voir Davis ne fut pas la meilleure idée de Gil. Évidemment, c'est facile de juger a posteriori.

Le vendredi soir, Gil était certain de trouver Davis dans la Bica, c'était la grosse soirée. Il pensa toutefois qu'il avait le temps et qu'il pourrait lui être profitable de passer dire bonjour à Joaquim, savoir comment les choses évoluaient dans le Bairro Alto depuis quelques jours. Il alla donc manger dans un boui-boui pas cher de la Calçada do Combro puis, vers vingt-deux heures, s'en fut retrouver la bande à Joaquim, dans la Rua da Atalaia.

Il n'y avait pas exactement les mêmes gars que la dernière fois mais Joaquim était là, ils n'étaient pas soûls non plus, pas encore, la nuit ne faisait après tout que commencer. Boa noite, Joaquim, dit Gil, Boa noite, dit l'autre, Tu téléphones pas souvent, reprit Gil, Joaquim ne répondit pas, Tu as rien à dire? demanda-t-il encore, Je sais rien, murmura Joaquim en lui montrant les paumes de ses mains, comme un joueur de foot après une faute, puis il ajouta, C'est tranquille, et Gil, Pas de nouvelles de Davis? Rien qui te concerne, De Bino? Joaquim hésita un instant, finit par dire, Tout est sous contrôle, et Gil, Les Brésiliens aussi? Tant qu'ils viennent pas par ici, c'est pas mes affaires, dit Joaquim, Ils restent dans la Bica? Oui! c'est ça, ils habitent dans la Bica, c'est un interrogatoire ou quoi? tu es plus détective privé, tu es dans la police maintenant? écoute, moi j'ai envie de me mettre personne à dos, j'ai pas revu Davis depuis que t'es passé la dernière fois, ici tout va bien, à part toi personne nous embête, s'il y a quelque chose, tu m'as déjà donné ta carte, Ça va, Joaquim ? cria un des gars un peu plus loin dans la rue, Ça va ! répondit Joaquim, j'ai fini, tchao, boa noite, dit-il à Gil avant de rejoindre le reste de sa bande.

Il y avait clairement de la nervosité dans l'air, cela dit, ça n'avait pas été très concluant. Gil retourna vers la Praça de Camões, le Bairro commençait tranquillement à se remplir. Dès qu'il arriva à la petite place qui sert plus ou moins de parking devant le Miradouro de Santa Catarina, il aperçut Davis assis dans l'herbe près de la statue d'Adamastor. Il était facile à reconnaître, même de loin, il mesurait un mètre quatre-vingt-cinq, au Portugal, il dépassait d'une tête 98 % de la population, et il pesait au moins cent kilos, un pan de mur, ses gars jouaient au foot sur l'esplanade, criaient et prenaient beaucoup de place, dans ce genre de commerce, il faut avoir l'air à son aise.

Gil ne s'occupa pas d'eux, alla directement à Davis, dit, Boa noite, Davis, je m'appelle Gil, je suis un ami à Bino, Boa tarde, dit Davis, Bino va bien ? Moyen, répondit Gil, il a ses ennuis comme tout le monde, mais il est sur le bord de régler un gros problème qui l'énerve, en même temps c'est pas de nos affaires, hein ? et toi ? Moi quoi ? demanda Davis, Tes affaires vont bien ? Ça roule, pas de problème, J'ai entendu dire que vous vous êtes un peu tiré les cheveux avec les Brésiliens, Rien de grave, dit

Davis, tout roule, tu peux le dire à Bino, pas de problème,
Tu vas régler ça comment ? Davis, qui jusque-là était resté
à la fois calme et assis par terre, se leva, se planta devant
Gil et, en lui donnant des coups de son gros index sur
l'épaule, demanda, Tu es qui toi, pour me poser des
questions comme ça ? je te connais pas, qu'est-ce que tu
veux ? Je te l'ai dit, Davis, je suis un ami à Bino, je suis
pas venu pour t'écœurer, je veux juste t'aider. La situation était plus ou moins en train de dégénérer, la tête de
Gil ne revenait pas à Davis et ses gars l'avaient compris,
l'un d'eux cria, Il y a un problème, chef ? Davis ne dai-
gna même pas leur répondre, ils s'approchèrent tout de
même, allaient bientôt les encercler. Autour c'était la
fête, il y avait beaucoup de monde sur l'esplanade, des
espèces de hippies, un type jouait du cavaquinho devant
le kiosque où les clients étaient de toute évidence plus
riches, beaucoup de touristes aussi. Derrière eux, les
lumières de la ville et du pont du 25 avril illuminaient le
Tage. Gil dit, Si tu le prends de même, Davis, c'est beau,
je m'en vais, et il s'apprêtait à tourner les talons lorsque
Davis dit, Je sais pas pourquoi tu te ramènes ici, tu peux
pas nous aider, Bino non plus, C'est beau Davis, c'est
beau, dit Gil en reculant, pas de problème, je dégage,
et l'autre, Mais aussi qu'est-ce qu'ils foutent avec des
fuscas, ces enculés ? depuis quand on fait des affaires à
Lisbonne avec des fuscas ? sont malades, les Brésiliens !
tu le diras à Bino ! Gil était évidemment surpris, finit
par dire, On s'est mal compris, Davis, je suis pas là pour

rapporter ce que tu vas me dire à Bino, je suis son ami, pas son chien, Bino m'a pas demandé de venir te voir, j'ai entendu parler de l'histoire avec les Brésiliens, c'est tout, ça a fait le tour de la ville, jusque dans la Mouraria, Tu diras à Bino, l'interrompit Davis, que s'il fait rien il va se faire éjecter de la Mouraria, comme ça! et il fit claquer ses doigts. Davis et ses gars empêchaient maintenant Gil de partir, l'encerclaient plus ou moins. Si tu veux que je parle à Bino, Davis, dit Gil, il faut que tu sois plus clair, qu'est-ce qui se passe dans la Mouraria? Rien, dit Davis, laisse tomber, En tout cas, reprit Gil, je te dis ça de même, méfie-toi d'Abílio. En faisant allusion à Abílio, Gil allait à la pêche mais, de prime abord, ça sembla fonctionner, Me méfier? questionna Davis, pourquoi je me méfierais d'Abílio? Fais attention, c'est tout ce que je dis, on sait jamais ce qui pourrait t'arriver, dit Gil, ce n'était pas clair du tout mais c'était l'effet recherché, Tu me menaces! cria Davis qui commençait à voir rouge, Non! je te menace pas, dit Gil, oublie ça, regarde-moi, je suis vraiment pas arrangé pour te menacer, hein? Davis se taisait, et Gil, En fait, je dis pas ça pour moi, mais Abílio, tu connais Abílio? Comme ça, répondit Davis, Bon, Abílio, c'est un imbécile, c'est forcément le genre de gars qui va te faire des problèmes quand il te dit qu'il va t'aider, J'en à rien à foutre d'Abílio, allez, maintenant dégage, tu m'énerves! Les gars de Davis laissèrent une brèche dans leur cercle par laquelle Gil se glissa, Ok ok, tchao Davis, boa noite, et il quitta l'esplanade.

Dommage, se dit-il, il aurait bien eu envie de rester un peu dans les parages, déambuler dans la Bica, le Bairro Alto, voir du monde, observer, pour changer, des gens normaux, Gil en avait un peu marre des junkies et des dealers, de la vie de clochard, il avait envie de dormir dans son lit, de ne plus sentir la merde de pigeon. Il décida d'aller prendre une bière au Maria Caxuxa.

Il y avait dans les rues du Bairro Alto beaucoup de jolies filles, de même qu'au Maria Caxuxa où, il faut bien le dire, Gil faisait figure de patriarche. Il rencontra deux ou trois personnes qu'il connaissait mais n'avait pas envie de parler, préféra rester seul dans son coin à boire des bières. À un moment, il sentit une vibration sur sa cuisse, c'était Vincent.

Celui-ci lui raconta sa rencontre avec Rita, Je pense qu'on avance! dit-il, toujours aussi enthousiaste. Antoine a quitté Lisbonne pour une femme, dit-il encore, et aussi qu'il irait voir dès lundi un carpinteiro pour qui Antoine avait travaillé et qui l'avait sorti de la merde, Quoi? demanda Gil, la question n'était pas claire du tout, je veux dire, quoi quoi? Vincent continua comme s'il n'avait rien entendu, peut-être en réalité Gil n'avait-il pas proféré sa question, ne se l'était-il posée que dans sa tête, Vincent dit que personne n'avait été précis à ce propos, Antoine avait été dans la merde mais on n'en savait pas plus, ni Jorge ni Rita ni personne, il avait probablement eu des problèmes d'alcool pendant quelques mois ou quelques années, il avait plus ou moins disparu de la circulation, peut-être aussi des problèmes de drogue, peut-être qu'il avait fait le clochard, Je ne te l'avais pas dit, expliqua Vincent, mais Antoine était musicien, peut-être qu'il jouait dans la rue pour survivre, peut-être aussi qu'il avait quelque temps quitté Lisbonne, personne ne sait, Ça fait beaucoup de peut-être, commenta Gil, Ah oui! une dernière chose avant de te laisser, reprit aussitôt Vincent, Nina part lundi matin pour Porto, mais moi je reste ici, alors cette fin de semaine je vais mettre mes recherches en veilleuse, je vais passer du temps avec elle, elle est un peu déçue que je ne l'accompagne pas là-bas, Ok, conclut Gil, il en avait marre du téléphone, Vincent parlait pour rien, tout ce qu'il lui disait, il le savait déjà, Ok Vincent, dit-il, appelle-moi lundi, et il raccrocha.

Il arrivait de plus en plus de monde au Maria Caxuxa, beaucoup de touristes, Gil en profita d'ailleurs pour faire les poches à un Français soûl qui draguait deux filles, elles se foutaient carrément de sa gueule mais il ne s'en apercevait pas, il ne comprenait rien de ce qu'elles disaient, Gil s'approcha d'eux et offrit au touriste de traduire ce que les filles disaient, or il fit exprès de traduire n'importe comment, elles étaient mortes de rire, et bon, c'est à ce moment, alors que tout le monde riait et que personne ne regardait, qu'il soulagea son nouvel ami de son portefeuille, c'est toujours plus facile de faire les poches d'un Français, à cause de la proximité linguistique, ils ne se méfient pas. Il avait maintenant suffisamment de fric pour passer une excellente soirée ou une bonne petite semaine, en faisant juste un peu attention. Gil savait se priver, dans les premiers temps de son vagabondage européen, même à Lisbonne, il avait mangé des beurrées de moutarde, vécu de sporadiques épisodes de clochardise, quand on débarque à Lisbonne de Paris, on a l'impression que la vie ne coûte rien et alors commencent les largesses, on se laisse aller après toutes ces années d'humiliation, on se paie quelques solides brosses, une fille par-ci par là, et on se retrouve sans s'en rendre compte à dormir sous les arches de la Praça do Comércio.

Rien de très intéressant, mais c'est à cela qu'il pensait, déjà pas mal pompette, errant dans le Bairro, et il s'aperçut tout à coup qu'il se trouvait dans la Rua Nova do Loureiro, à quelques portes de chez Maria, la belle Maria, ce serait vraiment génial, pensa-t-il, de la rencontrer par hasard, il n'était naturellement pas question d'aller sonner chez elle à cette heure tardive, il aurait pu prétexter qu'il avait encore des questions à lui poser mais non, ça n'avait pas de sens, d'ailleurs il n'y avait pas de lumière chez elle, un vendredi soir, elle avait apparemment mieux à faire que de rester à la maison, elle chantait, sans doute. Puis il pensa à monsieur Gonçalo, dans la rue d'à côté, ce devait être un vieux malcommode à l'affût dans le genre de monsieur Soares, aussi désagréable qu'utile, ou alors un Sergio, pensa-t-il encore, puis immédiatement que ledit Sergio était peut-être lui aussi un petit vieux, tout cela était complètement idiot, mais bon, ne pas oublier de repasser chez monsieur Gonçalo, se dit-il, on ne sait jamais.

Il retardait le moment de rentrer chez lui, pensa qu'il pourrait aller voir les filles, mais Maria lui était restée dans la tête et, par contraste, ça lui enlevait complètement l'envie, on ne remplace pas l'amour par une prostituée. Il erra longtemps dans les rues bondées du Bairro jusqu'à ce que la foule, après la fermeture des bars, se fut dispersée, cherchant Maria qu'il ne trouva évidemment jamais.

Samedi

Une bonne nuit dans un bon lit douillet, pas si douillet en fait, mais tout de même, ça lui avait fait beaucoup de bien, même la gueule de bois lui semblait plus douce que d'habitude.

Gil se leva tard, passé midi, après être resté longtemps étendu sur le dos à regarder le plafond, réfléchir, il savait désormais ce qu'il devrait faire dans la suite des choses. D'abord, parler à Abílio. Et s'il advenait que, comme Davis, il ne veuille pas collaborer, il n'aurait plus qu'à le vendre à Bino avec Davis en prime. C'était d'ailleurs par pure bonté d'âme qu'il ne l'avait pas déjà fait, pensa-t-il.

Il alla manger dans une tasca près de chez lui puis redescendit dans la Mouraria. En traversant le Largo de São Domingos, il aperçut le clochard à qui il avait donné une bière deux jours plus tôt, sur le Largo do Terreirinho, il fumait les restes d'une cigarette, se brûlait dessus les doigts, entre chaque bouffée buvait du lait dans un carton, il avait les lèvres et le bout du nez blancs, comme un enfant. Gil se rendit à la Rua Marquês de Ponte do

Lima où il espérait trouver Abílio, il reconnut trois ou quatre types qui travaillaient pour lui, mais pas d'Abílio. En passant, il vit aussi monsieur Soares à sa fenêtre, ils ne se saluèrent, ne se regardèrent pas, ça faisait partie de leur entente, Pour ne pas éveiller les soupçons des voyous, lui avait dit Gil, et le vieux semblait apprécier cette atmosphère mystérieuse. Gil rentra finalement au perchoir, espérant que l'autre imbécile d'Abílio finirait par se pointer en bas. Il s'assit à la fenêtre avec une bière et attendit.

Vers le milieu de l'après-midi, Bino lui téléphona, Gil lui dit que les choses avançaient mais qu'il n'avait pour l'instant que des soupçons, aucune certitude, Bino voulait le rencontrer le lendemain au Café Mindelo, Ok, fit Gil avant de raccrocher.

Vers dix-sept heures, Abílio ne s'était toujours pas pointé en bas. Gil n'avait plus de bière, rien à manger non plus, il devrait sortir tôt ou tard et il avait soif, autant y aller tout de suite. Il descendit de son perchoir et, en arrivant dans la rue, croisa à nouveau le jeune clochard au carton de lait, au même moment il pensa à Maria et à monsieur Gonçalo. Aller voir monsieur Gonçalo.

Il sauta dans un taxi qui l'emmena dans le Bairro Alto. Il passa par la Rua Nova do Loureiro, devant chez Maria, il aurait aimé la voir et cela lui causa un malaise, il ne savait trop pourquoi, bon, il avait très envie d'elle, s'était construit dans sa tête, depuis quelques jours, des scénarios amoureux compliqués et à forte teneur sexuelle, mais ce n'était pas ça. Il se calma, monta jusqu'à la Rua da

Vinha et sonna chez monsieur Gonçalo. Une vieille dame ronde comme une boule apparut à la fenêtre du premier étage, Boa tarde, senhora, dit Gil, j'aimerais parler à monsieur Gonçalo, il est chez lui? Só um momento, un instant! dit la dame. Au bout de quelques secondes, la porte s'ouvrit.

Monsieur Gonçalo avait la petite quarantaine, les cheveux frisés, des lunettes et une barbe courte mais épaisse, les épaules carrées, il a sûrement déjà couché avec Maria, pensa Gil, il était assez grand, je dirais un mètre soixante-quinze, s'il l'avait croisé dans la rue, Gil aurait pu le prendre pour Sergio, qu'il n'avait jamais vu, mais monsieur Gonçalo correspondait exactement à l'idée qu'il s'était faite de l'amant de Maria. Que puis-je faire pour vous? demanda monsieur Gonçalo, Boa tarde, senhor, mon nom est Gil Borboleta, je suis investigador privado. Il lui tendit sa carte que monsieur Gonçalo lut d'un air amusé, C'est vrai? un détective! dit-il, très inté-ressant! j'ai toujours rêvé de rencontrer un vrai détective, et il rit un peu, même quand il riait, il avait l'air timide, donnait l'impression de se retenir, Gil n'aurait su dire de quoi, n'empêche que ça changeait de la manière habi-tuelle qu'on avait de le recevoir, Eh bien tant mieux, je suis là, dit Gil, un peu mal à l'aise tout de même, puis il continua, C'est Benjamin, du Café Orquídea, qui m'a dit que vous pourriez peut-être m'aider, Je vous écoute, dit monsieur Gonçalo, Il m'a dit que vous aviez assisté il y a trois ans à une dispute entre la dame qui vit derrière, une certaine Maria, Oh! la belle Maria! s'exclama monsieur

Gonçalo, Vous la connaissez bien ? demanda Gil, débordant un peu du cadre de l'enquête, mais bon, quand la curiosité vous taraude, Comme ça, répondit monsieur Gonçalo, elle est ma voisine depuis longtemps, nous nous croisons parfois mais ne sommes pas intimes, cette précision rassura Gil qui reprit, Vous auriez donc dit à Benjamin que vous avez vu cette Maria se disputer avec un homme, c'était en août 2007, je cherche cet homme, Je l'ai vue plusieurs fois s'engueuler avec des hommes, des hommes passent régulièrement chez Maria, et il rit, mais pourriez-vous être un peu plus précis ? une dispute à l'été 2007, c'est très vague. Gil sortit son calepin et consulta ses notes pour plus de crédibilité, Benjamin m'a dit que des gens au café avaient parlé d'une visite de la police et que vous leur aviez assuré que la police avait jamais mis les pieds chez madame Maria ce jour-là, Ah ! vous parlez du clochard ?

Parfois des idées qu'on croyait géniales ou complètement farfelues vous apparaissent soudain toutes nues, dans leur absurde simplicité, parce qu'on a réussi à identifier l'élément prosaïque qui les a déclenchées, en l'occurrence ce jeune Africain *[Ciro]* avec du lait autour de la bouche. En le voyant, Gil avait pensé à Maria à cause de cette histoire de clochard qui lui était restée dans la tête et ressurgissait soudain dans la bouche de monsieur Gonçalo, Elle hébergeait un clochard ? demanda Gil, Je l'appelle le clochard mais je n'en sais rien, expliqua monsieur Gonçalo, il n'avait pas vraiment l'air d'un clochard, en tout cas pas quand il vivait chez Maria, c'est simplement un surnom que je lui ai donné dans ma tête, Vous le connaissiez ? Pas personnellement, cela faisait déjà quelques semaines, quelques mois peut-être qu'il habitait chez elle avant qu'elle ne parte en vacances, à son retour elle l'a jeté dehors, Et pourquoi ce surnom du clochard ? C'est une drôle d'histoire, répondit monsieur Gonçalo, mais entrez donc, senhor investigador, je vais vous raconter.

Monsieur Gonçalo guida Gil jusqu'à une grande pièce, au fond de l'appartement, qui devait lui servir de bureau et de bibliothèque. Les murs étaient recouverts de livres du plancher au plafond. Au-dessus du bureau, il y avait un cadre avec une vue de Jérusalem. Monsieur Gonçalo invita Gil à s'asseoir pendant qu'il allait faire du thé, Gil ne se souvenait pas d'avoir été aussi bien reçu en tant que détective. Monsieur Gonçalo vint le rejoindre quelques minutes plus tard avec un plateau qu'il posa entre eux sur un petit guéridon. Il lui servit une tasse de thé et commença son récit.

En fait, c'est une histoire très simple, une copine m'avait invité à prendre un verre à la Casa do Alentejo, vous connaissez évidemment la Casa do Alentejo ? Bien sûr, C'est un lieu bizarre et, curieusement, moi qui ai passé ma vie à Lisbonne, je n'y avais jamais mis les pieds, nous allions ce soir-là rejoindre des amis de Nádia, cette copine dont je vous parlais, et il y avait un monde fou, on y tenait une espèce de bal avec un orchestre et des danseurs, tous très vieux, d'un côté de la grande salle, et de l'autre s'entassaient une foule de gens, des acteurs et leurs amis dont plusieurs étaient complètement soûls, ce sont eux que nous venions rejoindre, et dans ce groupe il y avait cinq ou six personnes qui, manifestement, n'avaient rien à faire là, on aurait dit des clochards, et parmi eux il y avait ce jeune homme dont nous parlons, je me souviens que, quand je suis arrivé, il jouait du cavaquinho, sur le coup, sa tête me disait bien quelque chose mais je ne me questionnai pas vraiment, ça n'avait après tout aucune importance, cela dit, je ne me serais probablement jamais souvenu de ça par la suite, je m'embrouille un peu, voilà, je ne sais plus comment tout a débuté mais, à un moment, un type qui était là, un nain à barbiche, s'est mis à courir et a plongé dans un immense gâteau qui se trouvait sur une table du côté des vieillards, deux chiens l'ont imité, c'était totalement absurde, s'en est suivie une indescriptible pagaille, les gens se sont mis à se lancer des pâtisseries d'un bord à l'autre de la salle, la situation a rapidement dégénéré et les bouteilles de bière se sont mises à voler, les gens s'empoignaient, je me souviens d'une grosse femme qui avait grimpé sur le piano et gueulait je ne sais plus quoi, et à l'avant-garde de toute cette pagaille il y avait les clochards, quand la police a fini par débarquer, ce sont eux qui ont commencé à lancer le mobilier par les fenêtres sur les voitures de police, je n'avais jamais rien vu de tel ! puis ils se sont fait arrêter, j'ai assisté à toute la scène, aussi à leur arrestation, les policiers ne voulaient pas nous lais-ser sortir avant de nous avoir questionnés et nous n'avons pu quitter les lieux que vers minuit, et voilà, ça ne m'a frappé que quelques jours plus tard, mais le clochard au cavaquinho, je crois bien que c'était le type que vous cherchez, l'amant de Maria, Il était son amant? demanda Gil, Il habitait chez elle en tout cas, Comment vous le saviez? je veux dire, vous l'aviez croisé? ou elle vous en avait parlé? Non, je les avais vus, dit monsieur Gonçalo, venez, je vais vous montrer.

Ils traversèrent l'appartement jusqu'à la fenêtre arrière qui donnait sur un petit jardin. De cette fenêtre, on avait en contre-plongée une vue parfaite sur la maison de Maria. Il m'est souvent arrivé, par désœuvrement j'imagine, d'observer la vie de Maria, C'est quelque chose que je peux comprendre, dit Gil, monsieur Gonçalo rit un peu, expliqua, Cet homme dont nous parlons, le clochard, quand Maria était en vacances, je l'ai vu là, il vivait chez elle, ma mère fait le ménage chez Maria, reprit monsieur Gonçalo, et Maria était venue lui demander de ne pas venir les semaines suivantes et de ne pas s'inquiéter s'il y avait des gens chez elle, il se pouvait qu'elle loue son appartement, mais voilà que quelques jours après son départ, le clochard était de retour, à cette époque je ne l'appelais pas le clochard, seulement après l'épisode de la Casa do Alentejo, Et vous êtes certain que l'homme que vous avez vu chez Maria était le même qu'à la Casa do Alentejo? Oui, à cause d'un détail qui m'est revenu en tête après, Lequel? demanda Gil, Le cavaquinho, Pardon? Je me suis souvenu, continua monsieur Gonçalo, qu'en partant de chez Maria il avait un petit sac et un cavaquinho, elle lui criait après dans la rue, ce souvenir m'est revenu quand je l'ai vu jouer du cavaquinho à la Casa do Alentejo, et c'est alors que je l'ai reconnu, même s'il était complètement soûl et un peu amoché, il faut bien le dire, Vous en êtes absolument sûr ? Oui, c'est le genre de détail qui ne m'échappe pas, Vous feriez un bon détective, commenta Gil.

Monsieur Gonçalo était visiblement content de son histoire, Vous m'aidez beaucoup ! ajouta Gil, puis, Vous rappelez-vous de la date exacte des événements ? je parle de la Casa do Alentejo ? Attendez, dit monsieur Gonçalo.

Ils retournèrent dans le bureau et monsieur Gonçalo alla fouiller dans un grand coffre dont il sortit des liasses de paperasse, des journaux, des cahiers, etc., puis au bout de quelques minutes, Voilà ! Il revint vers Gil et lui tendit un vieil exemplaire du *Correio da Manhã*, il y avait une photo prise dans la Rua das Portas de Santo Antão et sur laquelle on voyait, devant la Casa do Alentejo, des voitures de police dont l'une au pare-brise fracassé, couvertes de détritus et de pâtisseries, par terre des déchets de toute sorte, des chaises éclatées, et en gros titre, *Distúrbios na Casa do Alentejo, Émeute à la Casa do Alentejo*, l'exemplaire était daté du 8 août 2008. Gil lut le court article accompagnant la photo mais, outre la date, n'apprit rien que monsieur Gonçalo ne lui avait déjà raconté. C'est quand même très amusant, vous ne trouvez pas ? demanda ce dernier, En effet, dit Gil. Il faut reconnaître que cette histoire de clochard avait du piquant.

Il remercia chaleureusement monsieur Gonçalo qui lui demanda de le tenir au courant de la suite des choses, J'aimerais bien savoir, précisa-t-il, ce qui a causé toute cette pagaille. Gil le quitta finalement vers dix-neuf heures et descendit dans la Baixa où il fit quelques courses pour souper.

Il repassa, avant de rentrer au perchoir, dans la Rua Marquês de Ponte do Lima, ne vit pas Abílio. Il passa toute la soirée et une bonne partie de la nuit à surveiller la rue. Abílio ne vint pas.

Dimanche

C'était assez embêtant qu'Abílio ne se soit pas pointé
la veille, Gil aurait aimé lui parler avant d'aller au Café
Mindelo. S'il ne voyait pas Abílio ce matin, il ne savait
pas trop ce qu'il allait raconter à Bino. L'enquête n'avançait plus depuis plusieurs jours mais ça, il devrait le
garder pour lui. Il faudrait sans doute inventer quelque
chose.

Il resta tout l'avant-midi dans son perchoir à surveiller,
en bas, le calme plat, pas d'Abílio. Il eut donc tout le
temps de réfléchir à ce qu'il dirait à Bino, il n'y avait pas
cependant de solution magique, pas même de solution en
fait, trop d'inconnues. Il laissa un message à Ricardo, le
flic qui lui en devait une, c'est quelque chose qui se passe
souvent dans les histoires de détective, un flic qui vous
en doit une ou qui ne vous aime pas et cherche à vous
mettre des bâtons dans les roues, mais Gil n'était pas du
genre à faire des vagues, à emmerder la police, préférait
passer inaperçu, personne ne le connaissait alors, quand
il vous rendait service, on était à la fois étonné et ému,

on se disait, Ben merde, lui, je lui en dois une! Avec Ricardo, qui n'était pourtant pas facile à émouvoir, c'était à peu près ça. Et à partir des informations que monsieur Gonçalo lui avait données la veille, Gil espérait obtenir une photo d'Antoine, ça lui faciliterait les choses.

Il se rendit tôt au Café Mindelo, resta là une bonne heure à boire des bières et manger des carapauzinhos en attendant Bino, à cette heure du jour, un dimanche, c'était mort, il y avait bien quelques Cap-Verdiens qui parlaient et riaient fort, pour le reste, des touristes égarés par-ci par-là, dont deux grandes blondes au teint rougeaud qui avaient oublié d'aller à la plage, elles mangeaient des cerises.

Bino arriva plus ou moins à l'heure et commanda une Sagres, s'assit en face de Gil, il ne dit rien. Clay lui apporta sa bière. Il y eut encore quelques secondes de silence, Gil brisa la glace, Avez-vous parlé à Abílio récemment? Non, répondit Bino, pourquoi? Pour rien. Bino prit une gorgée de bière puis, Il a rien à voir là-dedans, et Gil, Je sais pas, c'est lui qui vous avait raconté comment il avait perdu le Glock? dans une bataille avec du monde du quartier en avant de la Taverna do Poço, c'est ça? Oui, mais j'ai aussi parlé à ses gars et ils m'ont confirmé son histoire. Nouveau silence. Puis Bino, Alors, t'en es où, Gil? Ça avance, C'est qui? demanda encore Bino, Je le sais pas, et j'avoue que ça se pourrait bien qu'on le sache jamais, C'est pour le savoir que je te paie, dit Bino en donnant une tape sur la table, et Gil, Écoutez, monsieur Bino, ce que vous voulez, c'est qu'il y ait pas de pagaille, c'est ça? que les affaires continuent de rouler, c'est ça? Ce que je veux, c'est que tout le monde sache que j'ai attrapé l'enculé qui s'est foutu de ma gueule!

Gil réfléchit un instant, Bino était tendu, c'était évident, il faut que je fasse attention à ce que je vais dire, pensa-t-il, En tout cas monsieur Bino, je suis sûr d'une affaire, c'est que les gars du Largo do Terreirinho ont rien à voir là-dedans, Abílio m'a dit qu'ils étaient venus le provoquer, objecta Bino, J'ai pas parlé à Abílio, je voulais discuter avec vous avant, reprit Gil, mais c'est pas ça qu'on m'a dit, ça serait Abílio et d'autre monde qui sont allés au Largo do Terreirinho pour provoquer les clients de la Taverna do Poço, fait que du monde du coin s'en est mêlé, ça c'est certain, plein de monde du quartier a vu l'échauffourée sur la place et il y a personne qui a vu de gun, C'est pas parce que personne en a vu qu'il y en avait pas, argua Bino, C'est vrai, concéda Gil, il y a sûrement eu un gun quelque part parce que le même monde a entendu des coups de feu après que la bataille a été finie, longtemps après, mon avis c'est qu'Abílio invente sa propre version de l'histoire et que c'est lui qui a perdu le gun, Je lui parlerai, dit Bino, Non, laissez-moi faire, faites-moi confiance, C'est quoi ton plan? demanda Bino.

Gil se résigna à ne pas parler de Davis, trop risqué, d'ailleurs il n'avait pas de preuves. Il choisit donc de mentir. Mais là, un gros mensonge. Inventer un nouveau personnage.

Il dit, Monsieur Bino, le gun est à Benfica, je sais pas exactement où, c'est un Brésilien qui l'a, ça j'en suis sûr, mais je sais pas qui, un gars que je connais m'a dit qu'il pourrait lui voler et me le donner, mais il a la chienne, Pourquoi il ferait ça? demanda Bino, Il m'en doit une. On pourrait ne rien ajouter, on sait que c'est normal dans ce genre de milieu, on dit souvent qu'un policier est aussi bon que ses informateurs, c'est la même chose chez les détectives privés qui ne peuvent très souvent compter que sur ceux qui leur en doivent une. Cela dit, dans le cas qui nous intéresse, n'oublions pas que ce personnage qui a la chienne et en doit une à Gil n'existe pas, ce dernier crut ainsi bon d'élaborer, pour plus de vraisemblance, C'est aussi un Brésilien, il était là le soir de l'échauffourée, s'est retrouvé pris dans la bataille et c'est un gars de sa bande qui a ramassé le gun, Donc la fusca a bien été volée? l'interrompit Bino, Je sais pas, ça a l'air d'être une histoire compliquée, dit Gil, ne jamais donner trop de détails, c'est comme ça qu'on se fait prendre, Dis-lui qu'il me dise qui a volé le flingue, dit Bino, je vais m'occuper moi-même de le récupérer, J'ai essayé, dit Gil, il veut rien savoir, il a peur que ça se sache, et même si vous dites rien, vous savez comment c'est, vos gars vont se faire aller la gueule, les rumeurs vont partir, tout finit par se savoir, bref mon gars va rien dire.

Bino réfléchit quelques secondes, impossible de dire à quoi exactement, on peut imaginer qu'il pensait que, ce Brésilien qui devait un service à Gil, il finirait bien par le retrouver lui-même, mais pour l'instant il avait besoin du pistolet et donc chaque chose en son temps. Il dit, Ok, apporte-moi le flingue, tu as une semaine, après, je réponds plus de moi, Gil dit, Pas de problème, en passant, il va me falloir du cash, Je te paie quand c'est fini, dit Bino, Monsieur Bino, il y a eu des frais, plaida Gil, ce gars-là, je l'ai pas retrouvé juste grâce à mes beaux yeux, il a fallu que j'arrose un peu, un billet par-ci, un autre par-là, vous savez ce que c'est, et le gars a accepté de me retrouver le gun mais il veut une compensation, on a rien sans rien.

Tant qu'à inventer un personnage, autant s'arranger pour qu'il rapporte un peu, sans compter que cette histoire de compensation donnait de la crédibilité à l'affaire.

Ils s'entendirent pour deux cents euros. Gil n'allait pas assurer avec ça ses vieux jours mais pourrait déjà payer une partie de son loyer en retard, ou aller voir les filles, ou inviter Maria au restaurant, rêver.

Bino but d'un trait son verre de bière et dit, J'espère au moins que tu as été discret, toutes ces histoires, ça doit rester entre nous, J'ai fait preuve de la plus totale discrétion, monsieur Bino, c'est ma marque de commerce, fiez-vous sur moi. Bino lui serra la main, fit son petit salut rituel et quitta le Café Mindelo.

Si tout allait comme Gil pensait, Bino n'y verrait que du feu. Il était tout de même vaguement inquiet. Il prit encore quelques bières pour se calmer, par cette chaleur, ça faisait du bien.

Il quitta le Café Mindelo vers seize heures, traversa la Praça Martim Moniz et piqua à travers la Mouraria jusqu'à la Rua Marquês de Ponte do Lima. Cette fois, Abílio y était. Gil alla vers lui, dit, Boa tarde, Abílio, je suis content de te voir, faut que je te parle, Qu'est-ce que tu veux ? demanda Abílio, Pas ici, dit Gil, on va aller se promener, J'ai pas le temps d'aller me promener, dit Abílio, adeus, Non Abílio, reprit Gil, tu comprends pas, je suis ici pour t'aider moi, et j'ai vraiment besoin de te parler, puis, tout bas à l'oreille d'Abílio, il dit, Faut que je t'aide à retrouver le gun que tu as volé autrement Bino va te tirer, comprends-tu ? Le petit secret de Gil fit immédiatement son effet, Abílio devint blanc comme un drap, Ok, dit-il, viens, on va aller se promener.

Ils marchèrent jusqu'au Largo da Rosa où ils enjambèrent plus ou moins un type effondré sur le trottoir, il n'avait pas l'air bien, il dit quelque chose que Gil ne comprit pas mais qui sonnait comme une menace. Gil et Abílio se plantèrent sur un coin de rue, de l'autre côté de la place, monsieur Soares était assis sur son parapet, il ne regarda même pas dans leur direction, jouait parfaitement son rôle.

Gil dit, Je vais te raconter ce que je pense, tu vas me dire si je me trompe, ok ? Abílio ne répondit pas, Gil continua, Je sais pas pourquoi Bino t'a donné le gun au départ puis ça m'intéresse pas de toute façon, mais je pense que ça t'a fait du bien, que ça t'a fait plaisir, et comme tout se sait dans le milieu, tu t'es dit que ça serait bon pour toi, qu'avec un gun dans tes culottes les autres te respecteraient, sauf qu'au bout de quelques jours tu as entendu dire qu'il y en a de tes amis qui jacassaient, qui disaient qu'ils comprenaient pas pourquoi Bino t'avait fait confiance à toi parce que tu es rien qu'un imbécile, ça, à mon avis, tu as entendu ça souvent, l'imbécile d'Abílio, en tout cas, moi, c'est ça que j'ai entendu, par Davis entre autres, il m'a dit l'autre jour que tu étais un imbécile. Gil mentait, mais il vit bien à l'air renfrogné d'Abílio, à son silence aussi, qu'il venait de toucher une corde sensible, il suivit son idée, Il m'a rien dit d'autre, pas trop bavard Davis, hein? de toute façon, tu étais tanné de te faire écœurer, et là je pense qu'il m'en manque un petit bout, il devait y avoir autre chose aussi qui te donnait le goût d'avoir un gun, parce que voler Bino c'est dangereux, peut-être des Brésiliens qui te faisaient des menaces ou quelqu'un que tu voulais impressionner, en tout cas tu t'es dit, Bino va pas m'aider avec cette affaire-là, il va me dire de m'arranger tout seul, et tu t'es dit que garder le gun ça serait tellement facile et pratique que tu as pas réfléchi plus que ça, tu as inventé une mascarade, convaincu tes gars, pour une raison ou une autre, d'aller provoquer une petite bataille, rien de grave, et ensuite tu as fait courir la rumeur qu'ils t'avaient volé le gun, et tu te disais, Je vais m'excuser à Bino et on en parlera plus, le problème c'est que les Glock ça court pas les rues et quand on s'en sert, on se fait remarquer puis tout le monde finit par savoir qu'on en a un, y compris Bino, et tu as compris, un peu trop tard mais quand même, que tu pourrais jamais t'en servir de ton beau gun, parce que t'étais pas censé avoir une arme et que si tu montrais ta nouvelle fusca dans la rue pour faire peur, Bino le saurait tout de suite et ferait rapidement deux plus deux, que tu étais le voleur, bon bref tu es dans la marde et tu veux pas trop que la nouvelle se sache, mais tu as entendu dire que Davis a des problèmes avec des Brésiliens dans la Bica et qu'il cracherait sûrement pas sur un gun, surtout que les Brésiliens en ont des guns, qu'ils s'en servent, et en plus lui, Davis, il pourrait toujours dire à Bino que dans une petite échauffourée avec eux-autres il avait réussi à leur en sauter un, fait que tu racontes vite vite ton histoire à Davis et il est d'accord, il veut le gun, et c'est là qu'on est rendu.

Abílio n'avait pas déblanchi, ne disait rien. Gil sentit que ça se présentait bien.

Il dit, Tu es chanceux, ma job c'était de dire à Bino qui lui avait volé le gun, c'est tout, mais je t'ai pas vu hier ni ce matin avant de le rencontrer et je voulais pas te faire ça, je voulais qu'on discute avant, comprends-tu? entre amis, on se doit bien ça, hein? Dis rien, s'emballa Abílio, je vais trouver un moyen d'arranger les choses, je te jure! Tu connais Bino, Abílio, si je lui dis que j'ai rien trouvé, c'est moi qui vais être dans la marde, mais j'ai déjà pensé à tout ça et j'ai un bon deal pour toi, je dis à Bino que je sais où est le gun mais pas qui l'a volé, toi, tu me donnes le gun, je le remets à Bino, j'invente une histoire avec des Brésiliens pour pas contredire la tienne et tout le monde est content, Bino voudra rien savoir de ton marché, dit Abílio, Inquiète-toi pas, Bino va être d'accord, donne-moi le gun. Abílio hésita un instant, Je l'ai plus, Où est-ce qu'il est d'abord? demanda Gil, Ben tu le sais! je l'ai filé à Davis! Ben merde! s'exclama Gil, tu as fait ça vite! il va falloir que tu m'aides si tu veux qu'on s'en sorte! Abílio paniquait. Sans trop réfléchir, croyant peut-être qu'en connaissant toute la vérité Gil pourrait l'aider plus efficacement, il déballa toute l'histoire.

Il y avait d'abord eu une petite escarmouche, une semaine ou deux plus tôt. D'après Davis, ça n'avait pas l'air très sérieux, mais les Brésiliens étaient retournés dans la Bica le lendemain et avaient provoqué une fois de plus la bande à Davis, ils avaient des couteaux, des flingues. Davis ne faisait pas le poids, alors il avait décidé de retraiter, il était parti du Miradouro de Santa Catarina avec ses gars et les Brésiliens les avaient suivis jusque dans le Bairro Alto pour leur montrer qu'ils étaient sur leurs talons, puis, alors que les rues étaient pleines de monde, ils leur avaient tiré dessus pour que tout le monde voie qui contrôlait et qui était armé et qui il fallait respecter. C'est des malades! dit Abílio, depuis quand on a besoin d'une fusca pour faire des affaires à Lisbonne? Je me le demande, dit Gil, Il y a pas eu de blessé, continua Abílio, mais Davis était vraiment en furie et j'ai pensé qu'un flingue pourrait l'aider, je lui en ai parlé, il s'est dit que, s'il se promenait avec une fusca dans la Bica et le Bairro Alto pour montrer qu'il avait pas peur, ça limiterait les dégâts, tout le monde saurait que c'est toujours lui qui a le contrôle, pas les Brésiliens. Il s'interrompit un instant puis, J'avais pas le choix de l'aider, tu comprends? Tu avais le choix Abílio, dit Gil, tu avais juste à pas lui dire que tu avais un gun, Abílio ne répliqua pas, Écoute, reprit Gil, tu vas lui expliquer qu'il a pas le choix de te redonner le gun, autrement moi j'aurai pas le choix de dire la vérité à Bino, comprends-tu? Non non! dis rien, je t'en supplie! s'affola Abílio, je vais rendre son fric à Davis, j'ai rien dépensé encore, il pourra pas dire non, Oh la la! s'exclama Gil, tu lui as vendu en plus! c'est pas bien ça, Abílio, entre amis il faut se rendre service, tu sais ce qui t'aiderait dans la vie? un peu plus de générosité, dit Gil en lui tapotant l'épaule, c'est ça qu'il te dirait Bino, en tout cas c'est sûr qu'il aimerait vraiment pas que tu aies vendu le gun que tu lui as volé. Gil en rajoutait un peu, mais Abílio était vraiment terrorisé et ça lui procurait un certain plaisir, Je vais convaincre Davis, dit Abílio, t'inquiète pas, Ok, dit Gil, tu lui dis de te rapporter le gun et tu m'appelles, il lui tendit sa carte, Ok, dit Abílio.

Avant de le quitter, Gil dit à Abílio, Oublie pas mon vieux, tu m'en dois une. Abílio ne répondit pas.

Finalement, c'était une journée fort satisfaisante. Sans avoir eu à inventer quoi que ce soit, bon, pas grand-chose en tout cas, son histoire se tenait, il venait de réussir à se sortir de la merde sans trop de mensonges. En prime, plus besoin de surveiller cet imbécile d'Abílio, plus besoin, pour ce soir du moins, de retourner dans son nid de pigeon. Il décida d'aller manger dans le Bairro Alto et de se prendre quelques bières avant d'aller dormir chez lui, dans la Bica.

C'était son meilleur dimanche depuis longtemps.

[*Villa Sousa – III*]

Malgré tout ce que j'ai déjà dit à propos de mes maîtresses, mes rapports avec les femmes ont toujours été compliqués…

Notre histoire, avec Nina, s'est concrétisée, si je puis dire, lors d'une soirée chez elle… je vivais toujours chez Rita… qui était une fille vraiment bien et je ne voulais pas lui faire de peine…

… en entrant ce soir-là dans la cour de la Villa Sousa, la fête battait son plein chez les voisins, chez Nina, la musique était très forte. Je dis à Rita, On n'arrivera jamais à dormir, et elle, On devrait aller prendre une bière. Nous ressortîmes du pátio et nous rendîmes au miradouro.

Nous bûmes deux ou trois verres. Il bruinassait (Rita disait qu'il brumisait), pas assez pour que ce soit inconfortable, il régnait tout de même une atmosphère un peu triste, le miradouro était presque vide, c'était dimanche. Quand la bruine cessa, l'humidité devint insupportable, je ne me rappelle pas avoir jamais vécu à Lisbonne une soirée aussi lourde, pas de vent et une chaleur d'étuve malgré la nuit. Un peu après minuit, nous décidâmes de rentrer. Nous traversâmes la rue et marchâmes à travers le Jardim. Sur le banc, juste devant la statue de Folie et Amour, dormait un clochard.

Il n'était pas très tard et, naturellement, la fête continuait chez les voisins, dans le pátio. Rita insista tout de même, une fois dans l'appartement, pour se coucher, je savais que je ne dormirais pas… Il faut fermer la fenêtre, dit Rita, ou on ne dormira jamais, la musique est trop forte, beaucoup trop forte, trop insupportable, Mais moi, dis-je, je ne supporterai pas la chaleur, regarde-toi, tu es trempée de sueur, tu ne dormiras pas plus que moi, la chaleur est bien plus insupportable que la musique, La musique est beaucoup trop forte, objecta Rita, la chaleur est moins insupportable que le bruit, je dis, D'accord, c'est bon, je ferme la fenêtre, mais laisse-moi me faire sécher quelques instants. Évidemment, je pensais à Nina.

Je me levai pour aller à la fenêtre. Sur le toit d'un petit édifice en contrebas, des dizaines de chats forniquaient sous les bougainvillées, au loin un essaim de mouettes fluorescentes tourbillonnait dans la lumière orangée qui éclairait l'Igreja de São Vicente de Fora. Il y avait dans l'air un parfum fleuri.

Je retournai me coucher mais n'arrivai pas à dormir. Je me relevai et allai m'asseoir sur le balcon. La fête battait son plein. À travers la musique dont la basse me cognait dans la poitrine, l'Igreja da Graça sonna deux heures et j'entendis un fêtard qui articulait en riant une phrase que je ne compris pas, distinguai toutefois claire-ment le mot dormir, cela me mit en rogne, je me levai et le regardai, ce n'est qu'à ce moment que je reconnus Miguel qui me criait, Qu'est-ce que tu fous à essayer de dormir, viens nous rejoindre! J'hésitai une fraction de seconde, sur la varanda, accoudé à la balustrade… jetai un coup d'œil à l'intérieur et vis que Rita s'était assoupie.

… Nina n'eut pas l'air mécontente de me voir malgré ce qui s'était passé *[gifle]* lors de notre dernière rencontre, m'embrassa chaleureusement et me présenta à quelques personnes qui se trouvaient là, de toute évidence, l'homme avec qui elle vivait n'était pas de la fête… passai la soirée entre deux types qui me racontèrent entre autres qu'ils imprimaient des affiches, ils avaient de vieilles presses, etc. … me dire, Mais on ne dort pas ici, il y a beaucoup trop à tirer de la nuit ou alors il fait trop chaud et les femmes et cette odeur fleurie, toujours une bonne raison de ne pas dormir… en fin de compte, il devait être quatre ou cinq heures du matin, nous n'étions plus que cinq ou six personnes chez Nina, elle était très sympathique, finalement, depuis une heure que je parlais avec elle… embrassée comme ça, sans véritable arrière-pensée, et elle m'invita à rester. Elle aurait aussi pu me gifler, mais non.

… ne rentrai pas chez Rita… téléphonai le lendemain en fin d'après-midi pour lui dire que j'étais à Porto avec des amis, elle ne me crut sûrement pas. Quand je rentrai, très tard le soir au lendemain de la fête, elle me fit une scène… elle était triste… je ne voulais pas lui faire de peine, il y avait tout lieu de croire, de toute façon, que ma petite aventure avec Nina resterait sans lendemain, comme on dit… l'autre allait revenir, je veux dire, elle vivait avec un homme et j'avais bien remarqué, la veille, que ses vêtements, les vêtements de l'homme, étaient partout dans l'appartement. Il devait être en voyage d'affaires, c'est ce que je pensai *[chaque fois que je l'avais vu, il portait un complet élégant et trimballait un attaché-*

case], personne lors de la fête ne fit allusion à cet homme dont je sus par la suite qu'il était espagnol, c'est d'ailleurs tout ce que Nina voulut jamais m'en dire. Ce n'est que plusieurs jours plus tard, nous ne nous étions même pas revus *[avec Nina]*, que je l'aperçus *[l'amoureux de Nina]* dans l'appartement… ma vie avec Rita avait repris son cours plus ou moins normal, je m'étais remis, dans mes moments de solitude, à observer Nina…

… bien que, de l'appartement de Rita, je n'entendais évidemment rien, je compris rapidement, malgré les fenêtres closes, qu'ils se disputaient… je jetai un coup d'œil de l'autre côté de la cour et vis… il ouvrit la porte-fenêtre et sortit sur la varanda… j'entendis Nina à l'intérieur qui parlait fort… la voix agressive… aussitôt que l'homme eut ouvert la porte-fenêtre… sortit sur la varanda avec sa bouteille qu'il posa sur la table et, s'apprêtant sans doute à rentrer dans l'appartement… comme projeté vers l'arrière, eut un mouvement de recul… je pense que Nina, voulant l'empêcher de rentrer, l'avait repoussé sur le balcon… et trébucha… je pensai qu'il allait passer par-dessus la balustrade… bouteille fut sous l'impact projetée dans le vide… éclater sur les pavés de la cour… les murs recouverts de gouttelettes roses… des paroles indistinctes tandis que partout dans la cour les fenêtres s'ouvraient, échos des claquements, des cliquetis des portes, des fenêtres… public avide se poster aux balcons… le fracas attire toujours…

Lundi

Malgré l'apparente contrariété qu'avait produite sur Nina la proposition de Vincent de ne pas l'accompagner à Porto, ils avaient réussi, durant la fin de semaine, à se comporter en amoureux. Nina semblait heureuse que Vincent ait mis son enquête de côté (elle disait, Ta fameuse enquête! en allongeant le fameuse). Ils passèrent l'essentiel de leur temps à déambuler tranquillement dans les rues de Lisbonne. Le dimanche soir, ils restèrent presque une heure sur le Rossio à regarder la place, les fontaines, l'Igreja do Carmo au loin et l'Elevador de Santa Justa, les gens qui passaient aussi, les clochards.

Le lundi matin, ils se rendirent ensemble à l'aéroport et s'embrassèrent longuement avant de se quitter, mais Nina insista pour qu'il ne l'accompagne pas à l'enregistrement des bagages, Ne perds pas ton temps ici, on se retrouve dans une semaine, dit-elle. Il la regarda s'éloigner, elle se retourna deux ou trois fois en lui envoyant des baisers.

Dans le taxi qui le ramenait à Lisbonne, Vincent, déjà, commença à se sentir un peu seul, le chauffeur ne parlait pas français, à peine anglais, et Vincent eut beaucoup de mal à lui faire comprendre où il voulait aller. Il regardait par la fenêtre défiler les immeubles des quartiers périphériques, des lieux où personne ne va, pensat-il, c'était encore Lisbonne, mais il ne s'était jamais rendu aussi loin du centre sauf le jour de leur arrivée, lors du trajet entre l'aéroport et le centre, alors il n'avait rien vu, je veux dire, ces quartiers, il ne pouvait encore les situer, Lisbonne était pour lui, huit jours plus tôt, une ville abstraite, irréelle. Le taxi roulait maintenant sur un grand boulevard bordé d'immeubles résidentiels près de la Praça do Areeiro, il pensa que, même si Jorge, Rita et les autres n'en avaient plus jamais eu de nouvelles, Antoine pouvait bien être toujours là, dans ces quartiers si lointains qu'ils lui semblaient inaccessibles au moment même où il s'y trouvait, ou alors étranges, effrayants.

Il arriva finalement chez Jorge qui lui avait proposé de lui trouver un appartement pour la semaine. Le taxi lui coûta cher, dix-neuf euros quarante, le chauffeur n'avait pas mis le compteur et lui expliqua, dans un anglais pour le moins déficient, que c'était le tarif normal pour une course en provenance de l'aéroport. Quand Jorge lui ouvrit, les premiers mots de Vincent furent, Je pense que je me suis fait fourrer. Jorge le regarda, perplexe, et ne sembla pas comprendre davantage lorsque Vincent ajouta, Par le chauffeur de taxi.

Ils marchèrent ensemble jusqu'à la Villa Sousa, ce n'était vraiment pas loin et Vincent n'avait qu'un tout petit bagage. Jorge lui suggéra d'habiter l'appartement de

Rita. Rita est à Lisbonne, non? demanda Vincent, Oui, mais quand elle peut louer son appartement, répondit Jorge, elle va vivre chez son père. Vincent trouvait que c'était une très bonne idée d'habiter chez Rita, comme Antoine, il pourrait mieux se mettre dans sa tête, aurait ainsi l'impression de suivre, en quelque sorte, les traces de son frère. Il dit à Jorge, Je serai très bien seul chez Rita, mais quand Nina sera de retour, j'aimerais quelque chose de plus grand. Jorge lui proposa alors un autre appartement de la Villa Sousa qui donnait sur la place et était, selon lui, beaucoup plus spacieux et luxueux que celui de Rita. Nina sera contente, pensa Vincent.

Alors qu'ils se rendaient ensemble à la Villa Sousa, Vincent demanda à Jorge, Tu as connu la fille qui a habité là avec Antoine? Rita? Non, l'autre, dans l'appartement d'en face, Antoine a habité la Villa Sousa avec une autre femme que Rita? demanda Jorge, visiblement surpris, C'est ce que Rita m'a dit, J'ai réussi à louer cet appartement une seule fois à l'époque où Antoine était encore à Lisbonne, c'était à un couple, j'ai aperçu la fille mais c'est à l'homme que j'ai parlé, c'est avec lui que j'ai conclu l'affaire, Et tu l'as revu? tu sais où il est? demanda Vincent, Jamais revu, il n'était pas très sympa, un Espagnol. Jorge n'aimait pas beaucoup les Espagnols.

Lorsqu'ils entrèrent dans le pátio de la Villa Sousa, Vincent vit le carpinteiro, monsieur Simão, devant son atelier. Il dit à Jorge, sur un ton très sérieux, On va lui poser quelques questions, mais Jorge n'avait pas le temps, dit, Je n'ai pas le temps, et de toute façon Rita nous attend là-haut, je reviendrai plus tard, vers seize heures, et alors on lui parlera. C'est ennuyeux, pensa Vincent, le carpinteiro ne sera peut-être plus là, mais il n'en dit rien à Jorge.

Ils montèrent chez Rita, elle lui remit les clés et lui fit faire le tour de l'appartement, aussitôt Jorge s'éclipsa, Je reviens vers seize heures, répéta-t-il. Lorsqu'ils eurent terminé leur petite visite, Rita lui proposa d'aller s'asseoir sur le balcon, comme il était à peine onze heures, le soleil ne tapait pas trop fort, Vous voulez un verre de vin blanc ? lui proposa-t-elle, Il est encore un peu tôt pour moi, répondit-il, Une bière alors ? Un peu perplexe, Vincent accepta.

Lorsqu'elle fut de retour avec lui sur le balcon, Rita semblait nerveuse. Elle s'assit à ses côtés quelques instants sans rien dire et, au bout d'un moment, Il y a un truc que je ne vous ai pas dit à propos d'Antoine, elle parlait très fort, criait presque, Vincent aurait voulu la rassurer, la convaincre que ça n'avait pas d'importance, elle semblait bouleversée, cela dit il voulait quand même savoir, qu'elle parle, heureusement elle continua aussitôt, Si ça se trouve ça n'a aucune importance, mais j'y ai pensé tout le week-end et me suis dit aussi qu'à cause de moi vous n'arrive-rez peut-être pas à retrouver votre frère. Dans le pátio, aux fenêtres, Vincent vit apparaître quelques petites vieilles qui, vraisemblablement, souhaitaient écouter leur conversation même si elles ne parlaient probablement pas un mot de français. Je vous ai dit la dernière fois, commença Rita, que je n'avais plus jamais eu de nouvelles d'Antoine après son départ de Lisbonne, En fait, corrigea Vincent, vous m'avez dit que vous croyiez qu'il avait quitté Lisbonne mais que vous n'en étiez pas sûre, J'avais entendu des rumeurs, reprit-elle, Jorge m'avait dit qu'il avait quitté la ville et monsieur Simão qu'il était allé vivre à Salamanca un jour que je l'avais un peu talonné, mais rien de plus, et jamais Antoine ne m'avait dit quoi que ce soit, nous ne nous étions plus reparlé après qu'il m'eut quitté pour cette pute espagnole, Cette fille était espagnole? demanda Vincent, Je ne sais pas, elle avait l'air espagnole, je vous l'ai déjà dit, mais ce que je voulais vous raconter, c'est qu'un mois ou deux après son départ, j'ai reçu de lui une lettre de Madrid. Rita commençait à se calmer, parler lui faisait sans doute du bien, il y a des gens comme ça, pensa Vincent. Les petites vieilles feignaient d'étendre du linge aux fenêtres ou de boire du thé dans la cour. Vincent demanda, Et vous avez gardé cette lettre? Non, c'était une lettre complètement absurde, répondit Rita, Il y avait une adresse de retour? J'imagine, puisqu'il me demandait de lui répondre, mais je ne l'ai pas prise en note et, évidemment, je ne m'en souviens plus, Ben merde, dit Vincent, puis, Qu'est-ce qu'elle disait? Rien! c'est le pire! il y avait des mois que je n'avais pas eu de nouvelles d'Antoine, Jorge m'avait dit qu'il avait quitté Lisbonne et Simão qu'il était à Salamanca, c'est tout ce que je savais, et forcément je m'inquiétais un peu pour lui, et un jour j'ai reçu cette lettre de Madrid dans laquelle il ne me donnait aucune nouvelle et me demandait de lui raconter une soirée que nous avions passée ensemble dans le Bairro Alto, sa lettre était presque illisible, très mal écrite, il devait être soûl, c'est ce que j'ai pensé alors et ça m'a mise en colère, Et vous lui avez répondu? Non! j'étais en colère! je ne comprenais pas ce qu'il voulait, je n'ai pas répondu et j'ai jeté la lettre, Pouvez-vous me raconter cette histoire? Quelle histoire? demanda Rita, Celle qu'il vous demandait de lui raconter, précisa Vincent. Rita le regarda d'un air perplexe, À quoi ça vous servirait? demanda-t-elle, Je ne sais pas, ça pourrait m'aider, me donner des idées, Bon, si vous voulez.

Elle lui expliqua qu'ils étaient allés prendre un verre dans le Bairro Alto avec Jorge, un soir, ils discutaient, tout allait bien et tout à coup, à l'extérieur, avaient retenti trois ou quatre claquements sourds, Sur le coup, dit Rita, j'ai pensé que ce devaient être des pétards mais j'ai vu par les grandes portes ouvertes des gens courir dans la rue et alors Jorge a parlé de coups de feu, Antoine s'est levé pour aller voir ce qui se passait, j'étais sûre qu'il ne pouvait pas y avoir eu de coups de feu dans le Bairro Alto, je n'y croyais pas, je suis sortie avec Jorge pour rejoindre Antoine mais nous ne l'avons jamais trouvé, dans la rue c'était la folie, les gens criaient et couraient en tous sens, il y avait bel et bien eu des coups de feu, alors nous avons couru jusqu'à la Praça de Camões, je disais, On ne peut pas partir sans Antoine, mais Jorge ne voulait rien entendre, Il se débrouillera, toi tu me suis, on s'en va, et j'avais peur alors j'ai suivi Jorge, il m'a expliqué le lendemain que c'était la troisième fois que ça se produisait depuis un an, probablement des petits dealers qui voulaient prendre le contrôle du quartier, j'ai sauté dans un taxi avec Jorge et suis rentrée chez moi, Antoine est arrivé trois heures plus tard, je l'avais attendu, j'étais très inquiète, quand il est rentré, il était un peu soûl, je crois qu'il avait continué de faire la fête sans nous après les coups de feu mais il n'a rien dit, seulement, Je suis crevé, je vais me coucher, on en reparlera demain, Et vous en avez reparlé? demanda Vincent, Pas vraiment, il m'a dit qu'après les coups de feu tout était rentré dans l'ordre assez vite, qu'il n'avait jamais su d'où c'était venu et que peut-être, au fond, ce n'étaient que des pétards. Il y eut un silence. C'est tout? demanda Vincent, Oui, c'est tout, en fait il me semble qu'il m'a aussi parlé d'un concert de jazz sur le Rossio où il s'était arrêté un moment, mais ça n'a pas vraiment de sens, il n'y a pas de concerts de jazz sur le Rossio au milieu de la nuit! Et quelques jours plus tard, il m'a dit qu'il me quittait et il est parti vivre en face, chez la pute espagnole.

Il y eut un nouveau silence. Vincent ne savait pas ce qu'il allait faire de tout cela, il n'avait pas trop envie d'aller à Madrid alors qu'il commençait à peine à s'habituer à Lisbonne, mais il lui semblait de plus en plus clair qu'il n'aurait pas le choix. En fait, ce qui l'énervait à ce moment précis, c'est que, dès qu'il était question d'Antoine, tout le monde se mettait à mentir. Il dit, Je peux vous poser une dernière question? Oui, bien sûr, Pourquoi m'avez-vous menti l'autre jour? Il vit passer une lueur de tristesse dans les yeux de Rita qui dit, Je ne sais pas, je ne vous connaissais pas. Elle se tut un instant puis, Je pense que je lui en veux encore un peu, vous parler de la lettre, c'était un peu comme y répondre, et ça, je ne voulais pas, je vous demande pardon, et Vincent, Vous êtes pardonnée, les gens mentent, je ne demandais pas ça pour ça, ça aurait pu m'aider dans mon enquête, c'est tout.

Maintenant qu'il allait devoir aller seul à Madrid, il sentit, sans doute davantage par insécurité que par amour, que Nina lui manquait plus qu'il n'aurait pu le croire. Vincent n'était pas trop du genre solitaire.

*

[Mouraria – II]

Nina était partie à Madrid quelques jours plus tôt *[son départ n'avait rien à voir avec la tragédie de Lisbonne]*... Cette nuit-là, au coin de la Rua dos Cavaleiros et de ma rue, sur le Largo do Terreirinho, des types buvaient de la bière, je les voyais souvent, j'étais passé là des centaines de fois *[je continuai de descendre vers eux la Rua dos Cavaleiros]*... des cris... une bagarre venait d'éclater, rien de grave en apparence, on se prenait au collet... se poussait un peu... d'autres types s'étaient joints à l'échauffourée, certains venus du Largo do Terreirinho, d'autres de la Rua Marquês de Ponte do Lima, ils étaient bien une dizaine à s'empoigner lorsque je passai près d'eux, près de la mêlée... crus reconnaître João *[j'avais habité chez lui quelque temps, dans la Rua dos Cavaleiros]*, un des gars du Largo do Terreirinho, un grand Noir en tout cas, qu'un autre, tout petit celui-là, envoya s'écraser la figure sur les pavés... du sang gicler sur le sol et le petit se mit à lui bourreler de coups de pieds les côtes jusqu'à ce qu'un autre encore vienne s'interposer... *[je vis]* briller une lame, du sang, mais ce n'était peut-être pas João, *[je n'eus]* d'ailleurs pas l'occasion de *[m']*en rendre compte, pensa*[i]* qu'il était temps de *[m]*e tirer et au même moment *[je crus]* entendre un coup de feu... vis un objet noir tomber par terre... j'eus le réflexe idiot de le ramasser... rendis compte *[alors]* qu'il s'agissait d'un pistolet... très léger, comme un jouet en plastique... me mis à courir... des pas derrière moi, des pas de course, des cris...

Je passai le lendemain des heures... à regarder le plafond... à essayer de me remettre les idées en place...

Il me sembla alors que rejoindre Nina à Madrid était une solution... me faire oublier... bien que *[les voyous]* avaient l'air fort occupés à se chamailler la veille, il était possible que l'un ou l'autre m'ait vu ramasser l'arme et prendre la fuite.

... téléphonai pour qu'un taxi vînt me prendre chez moi et partis avec toutes mes affaires ou presque *[un petit sac]*... pris le train de nuit pour Madrid.

*

Après leur discussion sur le balcon, Vincent demanda à Rita de l'accompagner à la gare de Santa Apolónia et de l'aider à acheter un billet de train, Vous pourriez prendre l'avion, objecta-t-elle, ce serait beaucoup plus rapide, mais il voulait parler à monsieur Simão lorsque Jorge reviendrait, et avait le sentiment qu'il devait prendre le train, que c'était la chose à faire, en plus ça tombait bien puisque le train pour Madrid partait très tard, c'était un train de nuit. Ils se rendirent donc ensemble à la gare et, après qu'il eut acheté son billet, Vincent rentra seul à la Villa Sousa.

Il lui restait encore quelques heures à tuer avant que Jorge vînt le rejoindre. Il alla s'asseoir sur le balcon, je dois réfléchir à ce que je vais faire, pensa-t-il, mais il avait la tête vide. L'appartement où avait vécu cette fille avec Antoine, après qu'il eut quitté Rita, se trouvait directement en face, de l'autre côté de la cour, les fenêtres étaient closes, il n'y avait sans doute personne. Malgré le soleil qui tapait de plus en plus, il resta un bon moment sur le balcon à observer la vie dans la cour. Il y avait toutes sortes de gens, une dame à sa fenêtre mettait du linge à sécher, quelques autres assises devant chez elles papotaient en buvant du thé ou des liqueurs trop sucrées, elles parlaient fort, s'il avait compris un peu le portugais, Vincent aurait pu entendre chaque détail de leur conversation même si elles se trouvaient tout en bas, il les écoutait toutefois avec curiosité, au seul ton de leurs voix, on aurait pu croire qu'elles s'engueulaient, s'insultaient, se menaçaient des pires sévices, on voyait bien pourtant que ce n'était pas le cas, elles criaient comme des harpies mais demeuraient souriantes et calmes.

C'est alors qu'il regardait les dames en question que les grandes portes-fenêtres de l'appartement d'en face s'ouvrirent. Vincent s'attendait à voir la dame blonde qui avait refusé de leur ouvrir quelques jours plus tôt, avec Nina, mais non, ce devait être une autre locataire, blonde aussi et toute petite. Tout de suite après avoir ouvert la porte-fenêtre, elle rentra dans l'appartement, Vincent la voyait de temps en temps surgir dans le cadre de la porte-fenêtre, il aurait aimé mieux voir son visage, mais à cette distance il devait imaginer l'essentiel. Cette réflexion lui rappela un mauvais film dont il avait oublié le titre et où il était question de voyeurisme, c'était flou, une histoire compliquée dans laquelle un homme engageait une doublure pour convaincre son voisin voyeur qu'un psychopathe sanguinaire avait tué sa femme alors qu'il en était lui-même le meurtrier, il s'était déguisé, si je me souviens bien, portait un masque, c'était très emberlificoté, assez peu crédible, et la femme était brune, pas blonde. Vincent l'observa pendant une petite demi-heure, s'imaginant la tristesse que Rita avait dû supporter lorsqu'Antoine avait déménagé là avec une autre, peut-être les avait-elle même vus faire l'amour, la porte-fenêtre donnait sur la chambre, sur le lit, il y avait des rideaux, mais ce sont des choses qu'on oublie parfois, dans l'émotion.

À seize heures précises, Vincent vit Jorge en bas dans le pátio et lui fit signe qu'il descendait le rejoindre.

Ils se retrouvèrent devant l'atelier de monsieur Simão. C'était un lieu minuscule, environ douze mètres carrés, et complètement encombré, au fond un établi sur lequel se trouvaient en désordre une multitude de petits outils et de vieilles machines aux fonctions indéterminées, on aurait dit des pièces détachées dans un atelier de mécanique, partout contre les murs des milliers d'azulejos empilés en équilibre précaire du plancher au plafond, des bacs sur le sol remplis de produits chimiques qui rendaient l'atmosphère irrespirable. Monsieur Simão était un homme d'une soixantaine d'années, un peu gros, il portait des lunettes de corne noires avec de petites ailes dorées sur les tiges. Il était assis sur un tabouret dont on aurait pu se servir pour traire les vaches, frottait les azulejos avec une brosse dans un des bacs et les rinçait dans l'autre, il portait des gants roses en caoutchouc.

Jorge lui dit quelques mots en portugais, monsieur Simão ne répondit pas et continua de frotter ses tuiles, Jorge parla de nouveau et alors monsieur Simão dit, Só um minuto, Il veut qu'on lui laisse deux minutes, traduisit Jorge en sortant dans le pátio pour fumer. Vincent resta là à regarder travailler monsieur Simão, il avait des gestes lents et minutieux, frottait et manipulait les pièces de céramique comme des objets précieux. Quand il eut fini de nettoyer les azulejos qui se trouvaient dans le premier bac, monsieur Simão se leva, enleva ses gants et les lança sur l'établi, sortit de l'atelier sans regarder Vincent et dit quelques mots à Jorge, Il nous invite chez lui, expliqua ce dernier. Rita avait omis de dire à Vincent que monsieur Simão habitait la Villa Sousa, s'il avait su, il ne serait pas resté à Lisbonne, il aurait été le voir le vendredi précédent et aurait accompagné Nina à Porto, c'était vraiment trop bête, elle lui manquait terriblement, ou alors ils auraient pu aller à Madrid ensemble, je suis sûr que ça lui aurait fait plaisir, pensa Vincent, Nina parlait très bien espagnol, elle était très douée pour les langues.

Monsieur Simão habitait au premier étage. Lorsqu'il ouvrit la porte, une petite chatte noire en profita pour se sauver dans l'escalier, monsieur Simão ne réagit pas, la laissa faire. Il les invita à s'asseoir dans la salle à manger et alla à la cuisine d'où il revint quelques secondes plus tard avec des verres et une bouteille de rouge déjà entamée. Il servit ses invités et dit, O que é que querem?

Vincent lui posa des questions que traduisit Jorge. Il ressortit des réponses de monsieur Simão qu'il devait être l'une des dernières personnes à qui Antoine avait parlé avant de partir, en fait, il expliqua qu'Antoine avait voulu quitter Lisbonne à cause d'une femme que lui, monsieur Simão, n'avait jamais rencontrée, Elle habitait pourtant juste là, en haut! objecta Vincent. Jorge traduisit, mais monsieur Simão répéta qu'il ne l'avait jamais vue. Vincent chercha bien à obtenir quelques détails à propos d'elle mais, tout ce que Simão voulut bien lui dire, c'est qu'il croyait qu'Antoine l'avait rencontrée dans un hôtel, et quant à ce qu'il pouvait bien faire dans un hôtel, monsieur Simão n'en avait aucune idée. Quand Vincent lui demanda s'il savait où Antoine était parti, il hésita un peu, prit une gorgée de vin et dit, selon ce que traduisit Jorge, qu'Antoine lui avait demandé de ne pas en parler.

Vincent insista, dit qu'Antoine était son frère, Monsieur Simão prit une nouvelle gorgée de vin et demanda, Vous aimez votre frère? Jorge traduisit et Vincent fut un peu gêné de répondre, dit finalement, Je l'aime et il me manque, je voudrais lui parler, je pense que je l'ai blessé il y a longtemps, mais ce n'était pas vrai, Vincent se demanda pourquoi il avait dit ça. Monsieur Simão écouta attentivement Vincent, ou plutôt la traduction de Jorge, on peut d'ailleurs se demander si ce dernier rapporta avec précision les propos de l'un et de l'autre, non pas qu'il y ait matière à douter de l'honnêteté de Jorge, c'est plutôt la traduction elle-même, la transposition qu'il convient de questionner dans ce genre de situation où chaque détail compte si on veut y comprendre quelque chose, bref monsieur Simão prit encore une gorgée de vin et dit, La dernière fois que j'ai parlé à Antoine, il m'a dit qu'il allait à Salamanca, c'était il y a un an, en août 2009.

Alors Vincent se fâcha, dit, Vous mentez! Jorge essaya bien de le calmer, monsieur Simão n'avait évidemment pas compris les derniers mots de Vincent, mais qu'il était en colère, sûrement, O que é que ele disse? qu'est-ce qu'il a dit? demanda alors Simão sur un ton qui laissait sous-entendre qu'on n'allait pas l'engueuler impunément dans sa propre demeure, Pourquoi tu dis ça? demanda Jorge, et alors Vincent lui raconta ce que lui avait dit Rita, Il dit que vous mentez, expliqua Jorge à monsieur Simão, que Rita lui a dit qu'Antoine lui avait écrit de Madrid. Monsieur Simão donna sur la table devant lui un grand coup du plat de la main, quelques gouttes de vin volèrent de leurs verres, Porquê é que mentiria? cria monsieur Simão, pourquoi mentirais-je? e porquê é que diria a verdade? pourquoi dirais-je la vérité? qu'est-ce que j'en ai à foutre que vous connaissiez ou non la vérité à propos d'Antoine? je vous dirai bien ce que je voudrai et vous pouvez aller vous faire foutre! dehors! conclut-il en se levant, Jorge se mit alors à argumenter avec lui, monsieur Simão finit par se calmer un peu et se rassit, leur resservit du vin, il était toujours de mauvaise humeur mais acceptait de continuer à discuter avec eux.

Il ressortit de ses propos et de la transposition qu'en fit Jorge qu'Antoine était venu voir Simão un an plus tôt pour lui demander conseil, Il faut que je parte d'ici, avait-il dit, je ne peux plus vivre ici, il n'avait pas donné de détails, C'est tout ce que je sais, dit monsieur Simão, je ne peux être plus précis, il a parlé de fuite et aussi d'une femme dont il ne m'a pas dit le nom ni ce qu'elle avait à voir dans son histoire, quand il a évoqué la fuite, j'ai pensé à Salamanca, en 1970, j'avais 22 ans, la PIDE me courait après et je connaissais un douanier qui vivait près de Penamacor, je savais qu'il me laisserait passer, je me suis rendu là avec la voiture de mon frère, j'ai réussi à trouver le douanier et il m'a laissé passer, puis j'ai roulé en Espagne jusqu'à Salamanca où j'ai passé une semaine, et ensuite j'ai pris le train pour Paris, alors quand Antoine a dit, Je ne peux plus vivre ici, je pense à l'Espagne, je n'ai pas trop réfléchi, je lui ai parlé de Salamanca et il m'a dit, C'est ce que je vais faire, je vais à Salamanca et après on verra, sans doute Paris, mais toute cette histoire de lettre de Madrid, ça, je n'en sais rien! il est peut-être allé à Madrid, je n'en sais rien! Lorsqu'il eut terminé, Vincent demanda, Pourquoi me diriez-vous la vérité? qu'est-ce qui me prouve que vous me dites la vérité? Maintenant que Rita vous a dit qu'il lui avait écrit de Madrid, répondit Simão, qu'est-ce que ça change? si jamais je vous ai menti, c'est que je ne veux pas vous dire la vérité, et ce n'est pas parce que vous savez que je vous ai menti que j'ai changé d'idée! qu'est-ce que j'en ai à foutre de vous mentir? qu'est-ce que ça changera dans la vie de cet imbécile qu'il retrouve son frère ou non? qu'est-ce qu'il en a à foutre de son frère, cet hypocrite? Jorge eut la délicatesse de ne pas révéler immédiatement à Vincent la teneur des propos de monsieur Simão, lui expliqua plutôt qu'il était temps de partir.

Lorsqu'ils furent de nouveau dans le pátio et que Jorge eut terminé de traduire les paroles de monsieur Simão, il dit, Je ne sais pas jusqu'à quel point on peut se fier à lui, mais je pense qu'il aimait beaucoup Antoine, et Vincent se sentit mal à l'aise. Sur le capot d'une Mercedes noire se prélassait la petite chatte de monsieur Simão. Vincent demanda, Tu es déjà allé à Madrid?

Jorge retourna à ses affaires et Vincent monta chez Rita. Tout ce que Jorge avait pu lui apprendre sur Madrid, c'était le nom d'une pension, El Jardín de las Fresas, et il avait précisé, Les employés sont très gentils, même s'ils sont espagnols.

Vincent refit en vitesse son petit sac qu'il venait à peine de défaire, il ne savait pas exactement combien de temps il resterait à Madrid, mais comme Nina rentrait à Lisbonne le dimanche suivant, certainement pas au-delà. Il pensa alors qu'il devrait parler à Gil avant de partir. Il lui téléphona et ils se donnèrent rendez-vous à vingt heures trente près de la gare Santa Apolónia, pour souper avant le départ de Vincent.

*

Gil venait tout juste de raccrocher avec Vincent lorsqu'il aperçut Abílio assis sur le pas d'une porte, dans la Rua Marquês de Ponte do Lima. À part les deux types qui faisaient le guet aux extrémités de la rue, il était seul, le lundi, c'était tranquille dans le petit commerce. Gil décida d'aller lui parler.

Abílio n'eut pas l'air très heureux de le voir, ce qui n'étonna guère le détective, ces gens-là ne savent pas reconnaître leurs amis, autrement ils n'en seraient pas là. Tu devrais être un peu plus courtois avec ceux qui essaient de t'aider, Abílio, dit-il, J'aime bien qu'on me donne le choix d'être aidé ou non, répliqua Abílio, et Gil, tout sourire, Dans le monde où tu as choisi de vivre, Abílio, on a pas souvent le choix, as-tu des nouvelles de Davis? Pas encore, lui répondit Abílio, tu vois, je suis seul au poste aujourd'hui, je peux pas partir, j'irai le voir ce soir ou demain, Tu as pas l'air trop pressé de régler tes problèmes, reprit Gil, Je pense pas que ce serait une bonne idée de lui raconter tout ça au téléphone, répliqua Abílio, je me ferais probablement raccrocher au nez, tu penses pas ? Fais-moi pas niaiser, ok ? ma patience a des limites, Ce soir ou demain, conclut Abílio.

En sortant de la Rua Marquês de Ponte do Lima, Gil croisa Ciro, il tendait la main devant lui, faisant de petites vagues avec ses doigts, drôle d'endroit pour mendier, pensa-t-il.

Il lui restait encore quelques heures à tuer avant d'aller rejoindre Vincent. Il piqua à travers la Mouraria et se retrouva près de l'Igreja de São Cristovão dans un petit café sans nom qu'aucune enseigne n'annonçait. Assis à une table qui se trouvait plus ou moins sur le trottoir, quelques clients jouaient aux dominos. Ce lieu n'a probablement pas changé depuis quarante ans, pensa Gil. Sur de longues tablettes accrochés aux murs bleu poudre trônaient, en apparence depuis toujours, inaccessibles, de nombreuses bouteilles d'alcool couvertes d'une épaisse couche de poussière, pour épater la galerie sans doute, mais il n'y avait là personne à épater.

Gil s'assit au comptoir, espérant bavarder un peu avec le patron, un vieillard cacochyme dont il se rendit compte rapidement qu'il n'était pas très loquace, dommage. Comme il n'avait personne à qui parler, il but un peu plus, ce qui ne changea rien par ailleurs au mutisme du patron. Malgré la brise provenant de la rue, il régnait dans le troquet une persistante odeur de pisse.

Lorsqu'il quitta le café bleu pour aller rejoindre Vincent, les ruelles de la Mouraria lui semblèrent très sombres, il était vingt heures quinze, étroites aussi.

[Scène du balcon – IV]
La suite de notre histoire doit beaucoup au hasard.
… *[Miguel]* m'avait invité… à assister à un spectacle…
racontait l'histoire d'un mendiant, mais j'ai vu plusieurs
pièces de Miguel, il se pourrait que je confonde. Il n'y avait
que deux acteurs, un qui jouait une vingtaine de rôles
(Vasco da Gama, António Lobo Antunes… Velázquez…
c'était une performance d'acteur très impressionnante),
l'autre, le mendiant silencieux, demandait l'aumône en
gazouillant dans une langue inventée et, vers la fin, il
parlait, je m'en souviens très bien, il disait, Un de ces jours
j'échouerai ici sur cette plage, dévoré par les poissons
comme une baleine morte… tout de même un hasard
incroyable que cette femme magnifique fût une amie de
Miguel et qu'il y eût là ce nain *[le milieu du théâtre lisboète est tout petit]*…

*

Alors voilà! dit Vincent avec enthousiasme, je prends le
train de vingt-deux heures trente pour Madrid! Gil ne
commenta pas, but une gorgée de vin, il ne voyait pas
trop à quoi cela pourrait mener Vincent de se rendre à
Madrid, une ville autrement plus vaste et compliquée
que Lisbonne, mais bon, ce n'était pas ses affaires alors
il se tut, Vincent continua, Et toi, tu en es où? ça
avance? Gil but encore une gorgée, pour se donner du

sérieux, puis, Je sentais qu'on se rapprochait de lui mais maintenant que tu me dis qu'il est parti de Lisbonne, je sais plus par quel bout prendre l'histoire.

Il expliqua tout de même à Vincent ce qu'il avait appris à propos de la Casa do Alentejo et mentionna la photo qu'il espérait obtenir de la police, Moyennant des frais, précisa-t-il, puis, Tu vois, en fin de compte, c'était une bonne chose que tu aies oublié d'apporter une photo d'Antoine, comme ça on a découvert qu'il a vécu dans la rue, je pensais bien qu'avec cette information-là je saurais un peu mieux où le chercher, mais si tu dis qu'il est à Madrid, Je ne suis pas sûr qu'il y soit, le coupa Vincent, S'il est pas à Lisbonne, je peux plus vraiment t'aider, reprit Gil, de toute façon on est sûr de rien, quand je vais avoir la photo je vais la montrer un peu autour, on verra ce que ça donne et qu'est-ce qu'on va faire quand tu vas revenir d'Espagne.

Au plus tard dimanche, précisa Vincent.

*

[Fuite à Madrid – II]

Il y aurait encore beaucoup à dire sur Lisbonne avant d'arriver à Madrid, il en va toujours ainsi dans cette ville où le temps s'étiole, passe sans qu'on s'en aperçoive… Je suis très triste de ne pouvoir y retourner, d'avoir abandonné les gens que j'aime, Jorge, monsieur Simão, Nina que je reverrai certainement ailleurs, je sais que je ne passerai pas le reste de mon existence sans la revoir, de toutes les femmes transparentes qui se sont superposées dans ma mémoire, il ne reste aujourd'hui que Nina...

Je pris le train de nuit pour Madrid... *[il allait de soi que]* je ne pouvais... prendre l'avion avec un pistolet dans mon sac... fus finalement très chanceux, quand j'y repense, de l'attraper alors qu'elle rentrait à son hôtel, je l'avais attendue là pendant trois heures (après qu'on m'eut dit à la réception qu'elle était sortie) au milieu d'un rassemblement de prostituées dont certaines... des visages à la Picasso. Un Chinois vendait des bières dans la rue... j'avais bien un petit verre dans le nez quand je vis enfin Nina... elle m'invita à monter. ... semblait tout de même heureuse que je sois là, avec elle... Moi, je me sentais vraiment très bien à Madrid... après ces quelques années de Lisbonne qui n'est somme toute qu'un beau village, où l'on croise toujours les mêmes gens, marche toujours dans les mêmes pas... après trois ou quatre semaines les quartiers centraux *[je ne parle pas de Benfica, Campolide, Olivais, etc.]* n'avaient pour moi plus de secret, et toujours par la suite me manqua cette impression des premiers temps de vivre dans un labyrinthe et que je n'éprouvai jamais ailleurs, jamais à Madrid, jamais à New York... on s'y retrouve beaucoup plus facilement à Madrid, on a beau vouloir se perdre, je parle du centre, naturellement... Madrid me fit immédiatement penser à New York, ça n'a évidemment aucun sens, c'est pourtant ce qui me vint en tête lorsque je sortis du métro Gran Via, à cause des immeubles, de la circulation automobile et du bruit... mais Nina, qui n'avait jamais mis les pieds à New York, ne comprit pas ou ne voulut pas comprendre, Ça n'a aucun sens, dit-elle…

… elle insista dès le lendemain de nos retrouvailles pour passer du temps seule, ce qui me sembla normal… n'en demeurait pas moins un signe clair que je lui tapais sur les nerfs, qu'elle aurait préféré que je fusse resté à Lisbonne. Il lui arrivait pourtant d'être avec moi souriante et douce…

… qu'elle essaya de me faire sentir pendant les quelques jours que nous passâmes là ensemble que j'avais fait une erreur en venant la rejoindre à Madrid, mais ça n'avait pas grand-chose à voir avec elle, au fond, j'avais simplement sauté sur l'occasion… qu'elle agît ainsi, qu'elle se comportât de manière plus ou moins détestable avec moi, ne changeait rien à ce que… pour Nina, je l'avais suivie à Madrid contre son gré, ou à tout le moins sans lui demander son avis, je pouvais comprendre son point de vue et cela me peinait… j'aurais aimé… lui avoir manqué, j'imaginais une scène romantique de retrouvailles, mais bon, je savais aussi que ce n'était pas dans sa manière, avec moi du moins… Lorsqu'elle m'avait dit qu'elle allait passer une dizaine de jours à Madrid, loin de tout, avait-elle précisé, je n'avais pas compris qu'elle préparait le terrain, je veux dire, qu'elle voulait me faire comprendre que je ne faisais pas partie de sa vie, qu'elle partait à Madrid pour s'éloigner de moi, elle se disait… que je l'attendrais bien sagement à Lisbonne et qu'elle me jetterait dès son retour, or je suis plutôt du genre à aller me faire jeter à Madrid qu'à attendre tranquillement le désastre… de toute façon, je n'avais pas le choix.

… l'Espagne fut pour moi une espèce de libération… commençais à Lisbonne à me sentir à l'étroit… la plupart des auteurs portugais qui ont du succès à l'étranger finissent un jour ou l'autre par quitter le Portugal… inévitable de quitter le Portugal… sans dire que Nina ne fut qu'un prétexte, le moins qu'on puisse dire est que ça tombait bien…

… n'est qu'à Madrid, à cause de la tragédie de Lisbonne, que je commençai véritablement à m'éloigner du monde…

*

C'était la première fois de sa vie que Vincent prenait le train et il se retrouva seul dans son compartiment, ce qu'on aurait habituellement tendance à considérer comme un avantage, or il avait entendu tellement d'histoires de rencontres extraordinaires dans le train qu'il avait espéré, comme ça, se trouver en compagnie de gens qui lui auraient parlé de Madrid ou d'autre chose. Mais seul, c'était un peu tristounet, il n'avait rien à lire et il faisait nuit, il ne pouvait même pas regarder défiler le paysage. Il décida d'aller prendre un verre au wagon-restaurant où il n'y avait à peu près personne, que quelques couples repliés dans leur intimité. Autant aller dormir, pensa-t-il.

Alors qu'il retournait vers son compartiment, il constata que le train ralentissait. Quand il s'arrêta une minute, il put lire, E N T R O N C A M E N T O, en grosses lettres sur le mur de la gare. Le lieu paraissait simple, posé, net, mais Vincent ne put s'empêcher de penser qu'il devait s'agir d'une ville un peu merdique. Il est vrai que, la nuit, depuis la fenêtre d'un train, c'était difficile à dire.

Mardi [et mercredi]

À Madrid, il se trouva encore plus perdu qu'à Lisbonne. Bien qu'il lui semblât plus facile de s'orienter dans la ville, il n'avait plus d'interprète et, si quelques personnes parlaient un peu anglais (pour ce qui est du français, il ne fallait même pas y penser), elles s'exprimaient tellement mal qu'elles en étaient la plupart du temps incompréhensibles. Je ne pourrai jamais comprendre ce qui se passe ici, pensait-il. En sortant du métro Gran Via, il eut l'impression d'arriver à New York, ce qui l'effraya d'ailleurs un peu, une petite seconde. Il n'aimait pas trop New York, ce genre de ville infinie.

Or, s'il s'était attendu à se retrouver dans un dédale chaotique et désagréable, dangereux même, il fut étonné de constater que Madrid est une ville plutôt paisible et que, de manière générale, les Madrilènes paraissaient beaucoup plus sains que les Lisboètes, cela dit, c'était sans doute idiot, cette comparaison. Les femmes étaient magnifiquement belles, bien que plusieurs, particulièrement dans le coin de Chuecas et Malasaña, eussent des visages bizarres, cubistes.

Comme il n'avait aucune piste pour son enquête, il déambula dans les rues, n'osant trop s'éloigner du centre à cause de son sens de l'orientation défaillant. Cette histoire de clochard à la Casa do Alentejo que lui avait racontée Gil tout juste avant son départ lui était restée dans la tête, et il voulut partir à la recherche des points chauds de Madrid qu'aurait pu fréquenter Antoine mais, au contraire de Lisbonne, les quartiers canailles ne se trouvaient pas à proximité du centre, il y avait bien quelques prostituées, quelques clochards aussi, bien sûr, près du métro Gran Via (où il habitait d'ailleurs, une pension minable, bien que le personnel fût fort agréable, El Jardín de las Fresas, dans la Calle de Valverde), mais aucune trace d'Antoine. D'ailleurs, cette piste du clochard, comme il l'appelait, n'avait pas beaucoup de sens, Rita et Jorge lui avaient bel et bien dit que la vie d'Antoine s'était stabilisée dans les derniers temps où il avait vécu à Lisbonne, la clochardise n'avait donc constitué qu'un épisode marginal et relativement court de sa vie, mais son esprit refusait de s'attacher à cette considération, la piste du clochard avait en quelque sorte séduit Vincent, alors il suivait son idée.

Le jour, il déambulait dans le centre sans trop savoir ce qu'il cherchait, pas précisément en tout cas. Il passait de longues heures assis aux terrasses des cafés, regardant passer les gens, espérant sans trop y croire apercevoir Antoine. Il observait les femmes aussi, il avait toujours cru que toutes les Espagnoles avaient le teint foncé, les cheveux bruns ou noirs, mais il y avait à Madrid beaucoup de blondes, Nina aurait pu facilement passer pour une Espagnole, le même feu dans le regard, les traits durs, déterminés, et le sourire, bref, dans plusieurs femmes qu'il voyait passer devant lui, il croyait reconnaître Nina, quelque chose de Nina.

Il passa beaucoup de temps, le soir, sur les places bondées de la Malasaña où des gens buvaient jusqu'aux petites heures des bières que leur vendaient des Chinois qui arpentaient la ville en traînant de petits carrosses. Il rencontrait chaque jour de nouvelles personnes qui n'avaient jamais entendu parler du Québec mais étaient toujours avec lui très gentilles, affables, faisaient de grands efforts pour comprendre ce qu'il racontait et se faire entendre de lui. Lors des deux nuits qu'il passa à boire de la bière sur la Plaza del Dos de Mayo, il se dit, on est vraiment bien ici, et aussi que Nina lui manquait.

Parfois, regardant autour de lui, il avait l'impression d'être à Lisbonne. Madrid et Lisbonne ne se ressemblent pas du tout, mais dans le flou de ces journées d'alcool et d'extrême chaleur, les deux lieux se confondaient parfois, par exemple lorsqu'il voyait dans les vitrines réfrigérées des restaurants d'immenses poissons aux mâchoires menaçantes, des crustacés démembrés. Il lui semblait alors qu'il aurait pu entrer dans ce restaurant madrilène et se retrouver dans un restaurant lisboète, ou au musée devant une nature morte.

Gil était toujours chez lui, dans la Bica, buvait du café en lisant le *Correio da Manhã* lorsqu'on frappa à sa porte. Tu as pris ton temps! dit Gil en ouvrant la porte. Ricardo devait avoir dans les cinquante ans, il portait un bermuda à motifs floraux, un tee-shirt lilas et des sandales en plastique, Désolé, je suis en vacances, dit-il, Bon, rentre, Merci, dit Ricardo, et Gil, Assis-toi, fais comme chez vous. Ricardo pénétra dans le salon et s'assit sur le vieux divan défoncé. C'était d'ailleurs le seul meuble de la pièce, outre un téléviseur d'un autre âge posé par terre et coiffé d'oreilles de lapin.

Gil revint quelques instants plus tard au salon avec une bouteille de rouge et deux verres. Ils trinquèrent et burent sans dire un mot, Ricardo n'était pas bavard. Quand il eut terminé son verre, il sortit une photo d'identification de la police, deux en fait, face et profil, et les posa sur la table.

Antoine avait effectivement l'air d'un clochard, pas rasé depuis plusieurs jours, les cheveux un peu trop longs, gras, sales. Son visage aussi était sale, comme barbouillé, on aurait dit du sang, mais les photos étaient en noir et blanc, on ne pouvait pas savoir, il avait les joues creuses, le teint cireux. Gil dit, Vous lavez pas vos suspects avant de les prendre en photo? Ces photos viennent du poste du Rossio, des histoires de clochards, ils en ont des dizaines par jour, ils ne vont pas leur donner un bain avant de les photographier, Je plaisantais, dit Gil, Ricardo demeura impassible, Gil reprit, As-tu eu les noms des autres gars qui ont été arrêtés avec lui? Toujours sans dire un mot, Ricardo tira de sa poche un petit paquet de photographies qu'il étala sur la table.

C'est une histoire compliquée, confuse, commença-t-il, ton type, Antoine L'Heureux, il était le seul du groupe à n'avoir pas de domicile fixe, les autres avaient l'air de clochards, ils étaient comme lui en état d'ébriété et leurs vêtements étaient d'une saleté repoussante, mais ils avaient tous une adresse. Gil regarda les photos étalées sur la table, ces visages ne lui disaient rien, sauf un, Celui-là, je le connais, il traîne dans la Mouraria, je le vois souvent, Il s'appelle Ciro, dit Ricardo, Ciro Feliciano, je ne sais pas ce qu'il fait aujourd'hui, à l'époque de la Casa do Alentejo, il vivait chez ses parents à Benfica, Et les autres, qu'est-ce qu'ils faisaient? demanda Gil en leur reservant du vin, mais Ricardo, Non merci, pas pour moi, ils avaient tous des petits boulots, la dame noire, La grosse? l'interrompit Gil, Oui, elle disait qu'elle était chanteuse, et lui, Miguel Castro Caldas, il se prétendait auteur de théâtre, metteur en scène aussi, il aurait expliqué à la police que ce jour-là, lui et quelques autres qui ont été arrêtés avec Antoine L'Heureux faisaient du théâtre de rue, qu'ils étaient ensuite allés à la Casa do Alentejo et alors il y a eu la fameuse émeute, Et c'était vrai? demanda Gil, Je n'en sais rien, au poste ils m'ont dit qu'à partir du moment où ces gens avaient vandalisé la Casa et bombardé de chaises des voitures et des agents de police, ils se foutaient bien du théâtre, et en plus ils ont recueilli des dizaines de témoignages de personnes âgées qui participaient ce soir-là à la réunion de leur club social, bref ils ont arrêté tout le monde, les ont mis en cellule de dégrisement pour la nuit et leur ont filé des contraventions.

Ricardo refusa de laisser les autres photos à Gil, que celles d'Antoine, mais c'était suffisant, il avait les noms, c'était tout de même curieux, cette histoire de théâtre. Après avoir été dédommagé pour ses services, Ricardo retourna à ses vacances.

Gil resta dans son salon à regarder les photos d'Antoine. Dans le jour déclinant, lui sauta aux yeux la ressemblance quasi parfaite avec son frère, il n'avait rien remarqué en présence de Ricardo.

Mais bon, si ça se trouve, en chair et en os, à la lumière du jour, ils ne se ressemblaient pas du tout.

*

[Fuite à Madrid – III]
Malgré ma conviction qu'elle *[Nina]* ne m'aimait pas, ne m'aimerait jamais, j'éprouvais pour elle un désir que je n'arrivais pas à contenir… en dépit de cette intuition que j'avais eue qu'elle espérait que je la laisse tranquille, je veux dire, il était devenu évident pour moi, durant la petite semaine que nous avions passée ensemble à Madrid, qu'elle cherchait un moyen de me larguer. *[Il y aurait*

encore beaucoup à dire sur Lisbonne avant d'arriver à Madrid.] Ça ne pouvait plus durer, malgré toute la peine que cela me causait.

… j'attendis *[quand même]* après l'amour pour la questionner, lui tirer les vers du nez… lui demandai si elle préférait que je parte, je dis, Je pense que tu en as assez de moi, si tu veux, on peut se laisser, ce serait peut-être mieux, Oui, dit-elle, je préférerais, ça ne servirait à rien de continuer à se mentir. … voulus partir tout de suite, mais elle insista pour que j'attende au lendemain. Je restai avec elle à son hôtel, dormis peu, passai une bonne partie de la nuit accoudé à la balustrade du balcon qui donnait sur la Gran Via, il faisait dans la chambre une chaleur d'étuve.

… l'Espagne fut pour moi une espèce de libération… la meilleure chose qui pouvait m'arriver que Nina me plaque à Madrid… de toute façon, je ne pouvais pas retourner à Lisbonne, alors autant demeurer en Espagne…

… un autre souvenir qui n'a rien à voir, mais elle me disait un jour *[c'était quelques mois après notre rupture, la dernière fois que nous nous vîmes]* que j'agissais comme si je me cachais, comme si je ne voulais pas être retrouvé… Je laisse derrière moi des traces telles que quiconque se mettrait sérieusement à ma recherche me trouverait sans aucune difficulté, c'est ce que je lui dis et que je pense toujours aujourd'hui… je ne lui demandai même pas comment elle avait fait pour me retracer… j'étais tout entier avec elle au cœur de cette conversation à propos d'un enfant qui pour moi n'a jamais existé, pour elle non plus si ça se trouve, il se peut fort bien qu'elle m'ait menti... pensai tout de même que, si Nina m'avait retrouvé à Madrid, n'importe qui pouvait le faire, les Cap-Verdiens *[Davis]*, les Brésiliens *[João Bispo]*, la police... bref je devais partir, et cela impliquait également qu'il me fallait quitter Mariana... nous nous entendions très bien, avec elle je me reposais enfin et sentais que je retomberais, en la quittant, dans le marasme qui caractérisa une partie de ma vie à Lisbonne... je voulais mettre sur tout cela une croix.

... Lisbonne est une ville magnifique que j'aime profondément... mais je n'y retournerai jamais...

Jeudi

Le troisième jour, comme il avait beaucoup marché et très mal aux pieds, Vincent s'acheta des espadrilles trop grandes pour lui, il se sentait comme un canard.

Il se dit également ce jour-là que, tant qu'à être à Madrid, ce serait bien de faire un tour au Prado. Après avoir erré durant deux jours sans résultat, une petite visite au musée lui donnerait au moins l'impression de n'être pas venu là pour rien. Il dut faire la queue durant une quarantaine de minutes avant d'entrer, le soleil tapait fort, les gens se plaignaient, il y a lieu de soupçonner que plusieurs d'entre eux allaient au musée pour fuir la chaleur plutôt que par amour de l'art, sans doute un peu aussi par acquit de conscience, pour ne pas se faire dire au retour par leurs proches, Quoi! tu n'es pas allé au Prado! c'est dommage! les gens ont ce genre de réflexe, vont une heure au Prado et croient qu'ils ont tout vu de Madrid, de l'Espagne, de l'Europe. Dans la cour, des employés du musée manifestaient, des membres de l'UGT et de la CNT, contre des coupures qu'annonçait le gouvernement dans la culture et l'éducation.

Il passa plusieurs heures au musée. Je me souviens qu'il fut vivement ému par l'œuvre du Greco, notamment la *Vue de Tolède* au ciel gris, lumineux et sombre à la fois, et qui, après ces journées limpides et écrasantes de soleil, lui avait paru fort étrange, mais j'abrège, ce n'est pas important, de nombreux livres décrivent le musée du Prado, ce qui compte, c'est qu'il était en train de regarder la *Maja nue* de Goya, il la trouvait belle, plus belle que la *Maja vêtue*, elle avait quelque chose du *Grand nu* de Modigliani *[celui du MoMA, pas l'autre, je ne sais plus où]*, précisons que son émotion esthétique n'avait que peu à voir avec la nudité en soi ou la complexité des voiles ou la morbidesse des chairs, clichés qu'on souligne sur les cartels et dont Vincent n'avait aucune idée puisque, je le rappelle, il ne parlait pas castillan, non, ce qui le fascinait, c'était plutôt quelque chose qu'elle avait dans le regard et qui lui fit penser à Nina, il pensait sans arrêt à Nina, la voyait partout, c'en était ridicule, il le savait, il aimait la *Maja nue*, la trouvait sexy avec ses cheveux bouclés, ses traits ronds et doux, mais l'important, voilà, c'est qu'alors qu'il admirait la *Maja nue* de Goya en pensant à Nina, il vit à quelques mètres sur sa gauche, en train d'observer la *Maja vêtue*… Nina!

Au moment même où il l'aperçut, elle se retourna et quitta la salle. Vincent se précipita à sa suite. Il y avait beaucoup de gens entre eux et il ne l'avait en réalité qu'entrevue, elle portait une longue robe turquoise qu'il ne lui connaissait pas mais, malgré ses hallucinations romantiques des derniers jours, il avait été aussitôt convaincu que c'était bien elle.

Elle marchait vite, savait ce qu'elle voulait, où elle allait, de toute évidence elle était déjà venue au Prado, peut-être est-elle en train de me fuir ? pensa Vincent. Ils traversèrent quelques salles, louvoyant entre les visiteurs, et arrivèrent dans la rotonde où sont exposés les portraits orange de Goya, il y avait un monde fou, Vincent perdit Nina dans la foule assemblée devant la famille de Carlos IV, il s'y trouvait lui-même lorsqu'il la vit s'échapper vers les Rubens. Il bouscula quelques touristes ahuris et sortit de la rotonde, vit Nina qui traversait rapidement les salles presque vides dédiées aux peintres flamands, puis prendre à gauche. Avant de pouvoir la suivre, Vincent heurta une petite fille très obèse au visage monstrueux et portant une large robe rouge à froufrous noirs qui s'était mise en travers de son chemin, elle mangeait une pomme en parlant au téléphone et riait très fort, il finit tout de même par réussir à la contourner et repéra Nina tout au fond de l'enfilade des pièces, arrêtée devant un Mars vieillissant coiffé d'un heaume espagnol et portant une énorme moustache à la gauloise dont les pointes lui remontaient jusqu'aux oreilles, Nina rit, ridicule ce Mars qu'elle observa encore quelques instants, par dérision j'imagine. Vincent, lui, gardait ses distances, était resté plus ou moins au milieu de la foule, deux salles plus loin, devant *El milagro del pozo* d'Alonso Cano. Puis elle sortit par la gauche, traversa la salle des bouffons *[hommes de plaisir]* de Velázquez où Vincent se trouvait toujours lorsqu'elle entra dans la très grande salle où se trouvent *Las Meninas* et où quatre visites guidées simultanées se faisaient de l'interférence. Comme il était impossible d'accéder aux *Meninas*, Nina se planta devant un Velázquez un peu laid, un cavalier *[portrait équestre de Don Gaspar de Guzmán]* défiant les lois de la perspective *[comme le visage des femmes de la Malasaña ou les chevaux de Goya]*, Vincent avait traversé la salle et l'observait de l'autre côté, devant un portrait en pied de Felipe IV. Elle sortit finalement sans avoir regardé les autres tableaux. Une fois de plus, Vincent la suivit, elle traversa sans s'arrêter deux ou trois salles en enfilade de très grands formats flamands inintéressants, aux proportions fantaisistes, et faillit le semer en dépassant une bande de corpulentes Américaines qui firent obstacle à la progression de Vincent, elle revient sur ses pas, pensa-t-il alors en bousculant un grand roux avec une drôle de moustache, au regard humide et suppliant, qui dit en espagnol quelque chose que Vincent ne comprit pas, il se plaignait sans doute d'avoir été bousculé mais c'était peut-être complètement autre chose, pensa Vincent avant d'entrer de nouveau, à la suite de Nina, dans la salle des portraits oranges de la famille royale qu'elle traversa en coup de vent pour prendre à droite, puis à gauche, et finalement se planter de nouveau devant les *Majas* de Goya. Ils étaient revenus à leur point de départ.

Que Nina pût s'intéresser à la peinture ne lui avait jamais traversé l'esprit. Vincent pensa qu'il aurait pu la suivre ainsi pendant des heures, des jours, se cachant d'elle, voir où elle irait après le musée, c'est sans aucun doute ce qu'il eût convenu de faire pour la démasquer ou se convaincre lui-même qu'elle n'était pas venue à Madrid dans son dos, comme on dit, selon ce qu'elle aurait fait. Or pour l'instant, la retrouver là ne lui faisait pas du tout plaisir, je veux dire, elle n'était pas là pour lui, c'était certain, elle ne savait même pas qu'il s'y trouvait et il ne l'avait découverte que par le plus grand des hasards.

Il ne put en fin de compte se convaincre de ne pas se faire remarquer. Lui parler, lui demander des explications, pensa-t-il, c'était la solution la plus simple, sinon la plus efficace. La moins romantique aussi, mais ça, il n'y pensa même pas.

Il s'avança rapidement vers elle et dit, Tu t'es acheté du nouveau linge, à ce que je vois. Elle se retourna, un grand sourire aux lèvres, et lorsqu'elle le vit son visage se décomposa, Vincent, mon amour, qu'est-ce que tu fais là ? je n'aurais jamais cru que tu t'intéressais à la peinture. Il la prit par un bras, Toi, qu'est-ce que tu fous là ? un peu trop fort, elle se taisait, c'était la première fois depuis qu'il la connaissait qu'il la voyait ainsi affolée, de la frayeur dans les yeux, elle ne peut avoir peur de moi, pensa-t-il, il répéta, plus doucement, Qu'est-ce que tu fais à Madrid ? et elle, souriant, Tu n'es pas content de me voir ? Je pensais que tu étais à Porto ! Toi non plus, tu n'es pas où tu devrais être ! argua Nina, qu'est-ce que tu fais ici ? Je cherche Antoine, lui répondit alors Vincent, et toi ? et elle, Je m'ennuyais à Porto, une fois arrivée là-bas je me suis dit que je perdais mon temps, sans toi, tu comprends ? elle prit les mains de Vincent dans les siennes, Ces gens, ma famille de Porto, je ne les connais presque pas et au fond ils se fichent bien de moi, quand je vivais à Lisbonne ils me fuyaient presque, m'ignoraient, même ma grand-mère, tu te rends compte ? alors je suis restée jusqu'à hier matin puis j'ai pris un avion et suis venue te rejoindre ! Vincent était complètement renversé par l'absurdité des propos de Nina qui ne pouvait évidemment être venue à Madrid pour le retrouver, ne sachant même pas qu'il avait quitté Lisbonne, Mais pourquoi ne m'as-tu pas dit que tu venais ici ? continua-t-il. Je ne sais pas, je, j'ai, je ne pouvais pas te contacter à Lisbonne alors j'ai téléphoné à Gil et il m'a dit que tu étais ici, j'espérais te retrouver, Gil ne savait pas à quel hôtel tu étais mais tout est bien qui finit bien, on est ensemble maintenant ! Elle se colla tout contre lui et l'embrassa dans le cou, Ne sois pas fâché, je suis tellement heureuse de t'avoir retrouvé !

Il se laissa faire, mais cette histoire était loin d'être réglée.

*

Gil avait facilement retrouvé la trace du metteur en scène, Miguel Castro Caldas. Son épouse lui avait dit qu'il n'était pas en ville, serait de retour vers la fin de la semaine. Une jolie femme, brune, mince, les traits coupants, des yeux noirs. Il lui avait laissé sa carte.

Il s'était ensuite promené dans la Baixa et avait montré la photo d'Antoine à quelques clochards, sans succès. Même chose à la Casa do Alentejo où les employés n'avaient rien pu lui dire qu'il ne savait déjà.

Il n'avait toujours pas de nouvelles d'Abílio, commençait d'ailleurs à se demander s'il n'était pas en train, avec Davis, de combiner un quelconque coup fourré. Il regrettait un peu d'avoir relâché sa surveillance de la Rua Marquês de Ponte do Lima, il y avait déjà quatre jours qu'il n'avait pas mis les pieds au perchoir et son affaire était, depuis, au point mort. Cela dit, il n'aurait certainement pas appris grand-chose en observant la rue. Tout de même, il s'en voulait.

Il prit donc sur lui d'aller voir Abílio pour le secouer un peu et, passant par le Largo da Rosa, vit monsieur Soares assis sur son parapet, seul, c'était clairement un grand solitaire. Il alla le saluer, s'assit à côté de lui puis demanda, Alors, du nouveau? Rien vu ni entendu de suspect, répondit monsieur Soares. On l'avait déjà vu plus bavard. Au bout de quelques instants de mutisme de part et d'autre, ce fut toutefois lui qui reprit, Et vous? vous allez enfin les faire enfermer, ces bandits? Je suis pas policier, monsieur Soares, je peux pas faire ça, moi j'essaie de sortir une arme à feu de la rue, c'est ça mon travail, Ce n'est pas avec des détectives privés qu'on réglera les problèmes de drogue et de vagabondage dans ce quartier! je vous le dis moi, on n'y arrivera jamais autrement qu'à coups de matraque! Parlant de vagabondage, monsieur Soares, avez-vous déjà vu cet homme-là dans le quartier? et il lui montra la photo d'Antoine, monsieur Soares sursauta, Je ne l'ai jamais vu par ici mais je le connais! lui et ses amis avaient foutu toute une pagaille à la Casa do Alentejo! je m'en souviens très bien, j'y étais, ils nous ont gâché notre bal annuel du club de chasse, ces voyous! Je le sais, dit Gil, je connais l'histoire, l'avez-vous déjà vu ailleurs qu'à la Casa do Alentejo? Monsieur Soares réfléchit quelques instants, Je ne sais pas, je ne crois pas, dit-il enfin.

Quelques jours plus tôt, cette révélation de la présence d'Antoine à la Casa do Alentejo par monsieur Soares aurait fait extrêmement plaisir à Gil, mais aujourd'hui ce n'était ni plus ni moins que du radotage. Il remercia monsieur Soares et prit la direction de la Rua Marquês de Ponte do Lima.

*

Est-ce que tu es consciente que ta petite escapade ici, tu l'as faite dans mon dos? cria Vincent, comme si tu avais voulu te cacher! Je ne me suis pas cachée! s'indigna Nina, je n'en pouvais plus de Porto, je n'avais pas de moyen de te joindre à Lisbonne alors j'ai téléphoné à Gil et il m'a dit que tu étais ici, je suis allée au comptoir d'une compagnie low cost et j'ai demandé s'ils avaient des billets pour Madrid, et bon, c'est ça, je me suis retrouvée ici! Tu aurais au moins pu m'écrire! J'allais te le dire, j'allais t'écrire! il n'y a pas Internet à ma pension, c'est pour ça! et de toute façon qu'est-ce que ça changeait pour toi ? à partir du moment où tu avais décidé de passer cette semaine sans moi, que je sois ici ou à Porto, qu'est-ce que ça pouvait bien te faire ? Vincent pensa que discuter avec une fille, c'était vraiment très difficile. Il dit, Si tu étais restée avec moi à Lisbonne, nous serions ici ensemble en ce moment, sauf que nous ne serions pas en train de nous disputer, et il pensa qu'il argumentait comme une fille, mais Nina ne le lui fit pas remarquer, dit, As-tu au moins trouvé quelque chose ? Ils étaient assis sur un banc de la Plaza del Dos de Mayo, en face d'une fontaine, un robinet plutôt, auquel des enfants remplissaient des ballons d'eau pour s'asperger, certains avaient des fusils à eau et couraient les uns après les autres autour de la place. Lorsqu'ils remplissaient leurs ballons à la fontaine, l'eau giclait dans le soleil. C'est beau, dit Nina, mais Vincent était de trop mauvaise humeur pour s'extasier sur la beauté du lieu, Nina reprit, As-tu du nouveau à propos de ton frère ? Non, répondit Vincent, et cela le mit encore plus en colère.

Devant la statue de Daoíz et Velarde, des jeunes jouaient au foot. Sur un autre banc, tenant en laisse un petit chien à la gueule écrasée, lisait une femme maigre dont une langueur dans le regard excita Vincent, lui rappela un vague souvenir, il n'aurait su être plus précis. Nina dit, Les femmes espagnoles sont vraiment très jolies, tu ne trouves pas ? Oui, sans doute, répondit-il, et il sentit qu'elle pouvait à n'importe quel moment le percer à jour, le lire comme un livre ouvert, et aussi que cela finirait nécessairement par la lasser. Tu as cherché où ?

demanda encore Nina, Qu'est-ce que tu veux dire ? Tu es venu à Madrid pour chercher ton frère, tu as cherché où ? Il lui expliqua comment il avait compris qu'Antoine avait quitté Lisbonne pour Madrid un an plus tôt et que, sans trop réfléchir, il était venu le chercher ici. Tu n'as aucune vraie piste ? s'étonna-t-elle. Vincent lui parla alors de son dernier entretien avec Gil, avant son départ de Madrid, et de cette histoire de la Casa do Alentejo, Je t'avais dit, continua-t-il, quand on est allé à la Casa do Alentejo la semaine dernière, que ce lieu avait quelque chose à voir avec Antoine, cette fois j'ai décidé de suivre mon instinct et de venir ici même si je n'avais pas de vraie piste, Bref tu cherches à l'aveuglette un clochard madrilène, résuma Nina. Vincent se sentit un peu bête, dit, Après un an sans nouvelles, pour trouver des réponses, je me suis peut-être inventé des histoires.

Il fixa devant lui la femme au petit chien, pensa que le mieux, au fond, serait d'oublier son frère et de rentrer à Lisbonne. Il sentit alors que la femme le regardait. Elle avait les cheveux noirs, courts, un petit nez retroussé, typiquement espagnole, pensa Vincent en essayant de trouver les mots justes pour se la décrire dans sa tête, elle donnait une impression de grande fragilité, à un moment elle lui sourit puis se leva, tira la laisse de son chien pour qu'il cesse de se chamailler avec un autre qui ressemblait à un petit chacal, marcha vers eux et dit, Vous êtes québécois ?

[Fuite à Madrid – IV]

... cette rupture me donnait en quelque sorte une espèce d'alibi...

Nina avait quitté l'hôtel, peut-être Madrid, je ne sais pas, au lendemain de notre rupture, c'est ce que me dit le commis de la réception lorsque j'y repassai deux jours plus tard, espérant la revoir...

J'avais trouvé dans la Calle de Valverde une pension minable mais très peu chère, une chambre sans fenêtre, il y avait heureusement un ventilateur... à errer dans Madrid et buvais beaucoup, notamment le soir sur la Plaza del Dos de Mayo, dans la Malasaña, toujours pleine de monde, il y a au Prado un immense tableau de Goya où l'on voit Manuela Malasaña en compagnie de Daoíz et Velarde, lors de la défense du Parc d'Artillerie de Monleón. Cette jeune fille de quinze ans, disait le cartel, fut arrêtée et exécutée par les forces d'occupation française sous le prétexte qu'elle transportait une arme, en l'occurrence ses ciseaux de couturière, Dans les mains de qui est réellement en colère, n'importe quel objet en apparence inoffensif peut devenir une arme... m'avait expliqué ironiquement la jeune femme *[guide du Prado]* dans un français exotique *[comme si elle avait eu du feutre sur la langue].*

... passais mes soirées, mes nuits sur les places animées du quartier... assistai un soir à une scène... un homme et une femme se chamaillaient, je ne comprenais pas ce qu'ils disaient, je ne parlais pas assez bien castillan après deux semaines à Madrid… me rappela un autre moment, une autre histoire, à Lisbonne celle-là *[ciúme e infidelidade]*… dégénéré, le type saignait, il allait s'en remettre, cela dit, comme on se remet d'une gifle, de l'humiliation d'une gifle, elle était assise par terre, les coudes sur les genoux et pleurait, les mains dans le visage… c'était très flou dans ma tête et, je ne sais pourquoi, j'avais besoin de savoir, je vivais à Madrid depuis deux semaines environ et mes réserves touchaient à leur fin, j'avais bien rencontré quelques personnes mais n'avais encore trouvé nulle part où habiter, ce qui amplifiait, j'imagine, ma nostalgie de Nina… sentiment qu'il y avait dans cette histoire quelque chose d'important, quelque chose qui se répétait et que je devais comprendre, alors je lui écrivis pour lui demander de me raconter cette histoire, de me rappeler les paroles prononcées… j'espérais qu'elle se souvienne, c'était idiot… me semblait pourtant fondamental. Je ne saurais dire pourquoi c'est cet épisode en particulier qui m'obsédait…

Nina ne répondît jamais à ma lettre, comme si je n'étais rien, d'autant plus que je lui avais spécifié que c'était la dernière fois qu'elle recevrait de mes nouvelles, qu'elle n'entendrait plus parler de moi, je tins d'ailleurs parole même si je n'arrivais pas à me la sortir de la tête… la désirais autant qu'avant mais ça n'avait à l'époque déjà plus de lien, ce désir, avec l'amour, plutôt avec la crainte de m'être totalement coupé de mon passé, une crainte absurde puisque c'est ce que j'avais toujours souhaité…

*

Il y avait pas mal de monde dans la Rua Marquês de Ponte do Lima, des vieilles dames qui rentraient de faire leurs courses, des enfants qui jouaient, quelques pouilleux aussi, bien sûr, et Abílio qui dit en voyant Gil et le prenant à l'écart, J'allais t'appeler, j'ai parlé à Davis, il était pas content mais ça va, il m'a dit qu'il va l'apporter demain soir, Pourquoi demain? demanda Gil, Je sais pas, je suis pas son confident, dit Abílio, Hé! as-tu fini de me niaiser mon petit tabarnak? dit Gil, élevant le ton et plaquant Abílio contre le mur. Deux types se précipitèrent vers eux, Abílio leur fit signe de s'éloigner, il dit, Écoute Gil, je sais pas moi, pourquoi, il m'a dit demain, ce soir il pouvait pas, c'est tout! C'est la dernière fois que je te cours après, ok? dit Gil, tu vas dire à Davis que s'il est pas là demain soir, vous allez vous organiser vous-autres mêmes avec Bino, c'est clair? T'énerve pas Gil, fais pas de connerie, moi j'ai rien fait, c'est pas ma faute, c'est Davis qui veut attendre à demain! Dis-lui aussi que s'il fait de la marde avec le gun d'ici à demain, c'est sur son compte, Ok Gil, t'inquiète pas, il y aura pas de problème, je te promets, Ok, à demain, dit Gil en le lâchant, et alors qu'il commençait à s'éloigner, il pensa à Antoine, revint vers Abílio, Dis donc, en passant, as-tu déjà vu ce gars-là par ici, il lui montra la photo. Abílio fit un petit saut en la voyant, rien de clair, un tressaillement, et demanda, Pourquoi tu me montres ça? C'est un gars que je cherche, répondit Gil, tu sais c'est qui? Non! je sais rien moi! dit Abílio, c'est Bino qui t'a demandé de le trouver? Non, ça a rien à voir avec Bino, mais toi tu as l'air de le connaître, Non! je sais pas! dit Abílio, je te jure, je le connais pas, jamais vu, et Gil fut incapable de dire s'il mentait ou non, Ok, finit-il par dire, à demain.

Il se rendit au SPAR de la Rua da Mouraria pour acheter de la bière et tomba sur Ciro avec son carton de lait, marcha vers lui, l'autre eut un mouvement de recul, jongla un peu avec son carton, faillit l'échapper par terre, Calme-toi, Ciro, dit Gil, je veux juste te parler un peu. Ciro tendit alors la main devant lui et, en faisant de petites vagues avec ses doigts, dit, Tu as des pièces? tu me donnes des petites pièces, senhor? je t'en prie monsieur, pour manger, il répéta sa comptine plusieurs fois bien que Gil lui eût déjà glissé quelques pièces. Ciro sentait vraiment le mort, c'était à peine supportable, il fit mine de partir, Gil le retint par la manche de son poncho tout poisseux, on aurait dit un moine, Qu'est-ce qui t'est arrivé, Ciro, pour que tu te retrouves dans la rue comme ça? Ciro ne semblait pas vouloir répondre, fit un geste pour se dégager, Gil le retint de nouveau et, cette fois, lui mit devant les yeux la photo d'Antoine, Je cherche mon ami, dit-il, tu le connais, hein? Ciro regarda quelques instants la photo puis fit signe que non et s'apprêta à repartir, Gil l'arrêta une fois de plus, Regarde comme il faut, j'ai besoin de ton aide, je vais te donner d'autres pièces, il s'appelle António. Ciro regarda attentivement la photo et dit, Jamais vu, Tu l'as jamais vu? Jamais vu, répéta Ciro, tendant la main devant lui, petites vagues, et Gil, Ciro, as-tu déjà fait du théâtre? Ciro le regarda avec des points d'interrogation dans les yeux, il ne comprenait visiblement rien de ce que lui racontait Gil, dit, Jamais, pièces? tu me donnes des pièces, senhor? Gil lui donna deux euros sans écouter le reste de sa ritournelle et retourna au perchoir.

Il avait bien vu pourtant, Ricardo lui avait bel et bien montré une photo de Ciro! C'est un aspect de l'enquête qui ne fut jamais résolu.

Comme plusieurs autres d'ailleurs.

*

Elle s'appelait Marianne.

Son père était espagnol, sa mère, française. Elle était née à Paris et avait conservé un accent français bien qu'ayant passé la majeure partie de sa vie au Québec, dans le Bas-Saint-Laurent. Elle était retournée en France pour ses études universitaires mais avait tout de suite après décidé de rentrer, était allée vivre à Montréal, à peine un an plus tard, elle avait décidé de passer ses vacances à Madrid où elle avait rencontré son mari. C'est ce qu'elle leur avait raconté, puis elle avait dit, C'est bien Madrid, la vie est belle ici. C'était une manière simple de résumer la situation et ça disait tout, pas besoin de parler de l'hiver, du parti Libéral, du *Journal de Montréal*, on comprenait. Ils parlèrent quelques minutes de la pluie et du beau temps, surtout du beau temps, et de ce qu'il fallait voir et faire à Madrid, ce genre de chose, et alors qu'elle allait les quitter, Vincent demanda, Vous connaissez d'autres Québécois à Madrid ? Non, répondit-elle, plusieurs Français mais pas de Québécois, pourquoi ? vous êtes déjà nostalgiques après quatre jours ? Non, pour rien, dit Nina, et Marianne, On se recroisera peut-être, je viens ici presque tous les jours, hasta luego !

Alors qu'elle sortait du parc avec son chien, Vincent dit, Voilà trois jours que je suis ici et je n'avance pas, je n'ai rien trouvé, et Nina, Tu m'as trouvée, moi, et malgré la chaleur elle se blottit contre lui, puis elle ajouta, Ne te décourage pas, on va le trouver, ton frère.

Vincent n'y croyait plus trop. Il ne l'aurait pas exprimé ainsi, mais c'était un peu comme si son frère n'avait jamais existé.

*

[Mouraria – III]

Il y aurait encore beaucoup à dire sur Lisbonne avant d'arriver à Madrid.

… revenais du Miradouro da Graça, ce devait être avec Jorge, il était tard, je me souviens qu'il était tard et que j'avais beaucoup bu… sans doute l'ébriété explique-t-elle en partie mon incertitude quant aux événements… Nina était partie à Madrid quelques jours plus tôt… j'avais hâte qu'elle revienne… je savais déjà que quelque chose clochait entre nous, mais je m'égare… descendais la Rua dos Cavaleiros, comme toujours lorsque je revenais du Miradouro da Graça… habitait depuis quelques semaines dans la Mouraria, dans la Rua do Terreirinho, c'était un quartier un peu merdique, malfamé… Cette nuit-là, sur le Largo do Terreirinho, des types buvaient de la bière, je les voyais souvent, j'étais passé là des centaines de fois, pas seulement depuis que j'habitais le quartier… ils devaient me reconnaître aussi, et juste un peu plus bas, il y avait toujours un type faisant le guet près de la Rua Marquês de Ponte do Lima, c'est sur cette rue que se tenaient habituellement les dealers… vis trois ou quatre types, dont l'habituel guetteur, traverser la rue en courant vers le Largo do Terreirinho où ils se mirent à se chamailler avec la bande de buveurs de bière, ils criaient mais je crus les voir rire, je veux dire, l'altercation, d'où j'étais, ne semblait pas très sérieuse, je crus à une petite bousculade entre amis, le guetteur avait vraiment l'air d'un idiot, je me dis qu'il était pour eux une sorte de bouc émissaire, bref je continuai de descendre vers eux la Rua dos Cavaleiros, d'autres types s'étaient joints à l'échauffourée, ils étaient bien une dizaine à s'empoigner lorsque je passai près d'eux, près de la mêlée, si je puis dire… vis un objet noir tomber par terre… et glisser sur le sol jusqu'à mes pieds *[à cause de la pente de la rue]*, j'eus le réflexe imbécile de le ramasser, je ne sais pourquoi je crus d'abord qu'il s'agissait d'un jouet, mais je me rendis compte *[que l'objet était]* un pistolet… d'ailleurs très léger, comme un jouet en plastique… après l'avoir ramassé, regardai de nouveau vers la mêlée, ils étaient toujours occupés à s'agripper… se mettre des coups de poing… compris alors que tout cela n'avait rien d'une blague, je vis les visages agressifs… du sang, un nez, une lèvre éclatés… un type baraqué se fit renverser par un petit blond que j'avais souvent vu dans la Rua Marquês de Ponte do Lima, il envoya le grand Noir s'écraser la figure dans les pavés et je vis du sang gicler sur le sol… se mit ensuite à lui bourreler de coups de pieds les côtes jusqu'à ce qu'un autre vienne s'interposer… j'étais toujours là, tout cela s'était passé en cinq secondes et de toute évidence personne ne s'était aperçu de ma présence ni de ce qui était arrivé au pistolet… pensai qu'il était temps de m'enfuir… marchai l'air de rien… traversant le Largo do Terreirinho et, quand j'entrai dans ma rue, me mis à courir… noire lorsque j'y entrai, mais tous les dix mètres s'allumait un lampadaire… détecteur de mouvement, sans doute, comme pour indiquer à mes poursuivants où je me trouvais… crus entendre des pas derrière moi, des pas de course, des cris, mais peut-être étaient-ils toujours sur le largo à se battre, à crier, et pas du tout à mes trousses, pas du tout à crier après moi, ces pas que j'avais cru entendre étaient peut-être ceux de quelqu'un qui les fuyait tout comme moi…

… 63 de la Rua do Terreirinho… la clé tourna dans la serrure comme si de rien n'était, j'entrai dans le hall, fermai doucement la porte et montai chez moi dans le noir sans activer la minuterie, en faisant le moins de bruit possible.

… réveillé avec une sale gueule de bois… douleur aiguë à la cuisse gauche. En me levant je me rappelai d'un coup cette histoire de pistolet que j'avais fourré dans mon jean comme un gangster, et qui m'avait fait sur la cuisse, près de l'aine, un énorme bleu… j'avais dormi dessus sans mettre le cran de sûreté, j'aurais pu me tirer dans les couilles par inadvertance, cela me fit un peu paniquer, pas mes couilles, mais les événements de la veille, je venais de me mettre dans un sale merdier…

… m'en débarrasser… que cette aventure m'obligeait à quitter Lisbonne, sur le coup je pensai, pour quelque temps… m'apparut pourtant après quelques minutes de réflexion que je ne pourrais plus jamais remettre là les pieds… Il me sembla que rejoindre Nina à Madrid était une solution… me faire oublier… bien qu'ils aient eu l'air fort occupés, il était possible que l'un ou l'autre m'ait vu ramasser l'arme et prendre la fuite. Comme je l'ai déjà mentionné, je connaissais presque tous ces gens de vue, il y avait donc toutes les chances qu'eux aussi… et qu'ils me cherchent… impératif de fuir la ville.

Après m'être terré toute la journée, j'appelai un taxi qui m'emmena à la gare avec toutes mes affaires ou presque *[un petit sac]*… pris le train de nuit pour Madrid.

*

Gil ne savait pas s'il pouvait se fier à Abílio, encore moins à Davis. Il lui restait du temps, Bino lui avait donné une semaine, jusqu'à dimanche donc, mais il avait un mauvais pressentiment. Il valait mieux, ce soir-là, rester au perchoir et observer, ça ne pouvait pas nuire.

Il retourna vers dix-neuf heures se ravitailler au SPAR de la Rua da Mouraria, c'était tranquille, les quelques poivrots habituels, la police en faction, rien à signaler. Il arriva au perchoir avec ses sacs d'épicerie comme s'il rentrait du bureau et passa le reste de la soirée à observer en plongée la bande à Abílio.

Dans la Rua Marquês de Ponte do Lima, il y avait des guirlandes, des restes des fêtes populaires, plusieurs clients de la zone avaient eux-mêmes l'air de restes de fête alors qu'il n'y avait plus rien à célébrer, ils buvaient sans joie de la bière tandis que l'effet de ce qu'ils avaient consommé cessait progressivement, ils essayaient d'une manière ou d'une autre de se maintenir, ne pas redescendre trop vite, trouver le moyen de dormir, je ne sais pas.

Il devait être vingt-trois heures lorsque Gil vit Davis se pointer en bas avec trois de ses gars et rejoindre Abílio sous la fenêtre de monsieur Soares, là où il se tenait habituellement. La discussion entre eux était animée, Davis gesticulait. Gil décida de profiter de la situation, de l'émotion d'en bas, descendit.

Abílio n'eut pas l'air très heureux de le voir, Davis encore moins. Abílio fit tout de même signe à Gil de s'approcher, les guetteurs le laissèrent passer.

Dès qu'il fut avec eux, Davis lança, On avait dit demain, Tu as le gun? demanda Gil, Oui, je vais te le donner demain, j'ai un truc à régler avant, j'en ai besoin, Vous m'avez assez niaisé, dit Gil, donne-moi le gun puis tu m'auras plus dans les jambes, Non, dit Davis, en passant Gil, pendant que tu es là, il paraît que tu enquêtes sur une disparition, j'aimerais voir la photo que tu as montrée à Abílio hier, Gil commençait à être à bout de patience, As-tu fini de rire de moi ? donne-moi le gun !

Ils n'eurent pas le temps de terminer leur discussion, entendirent des cris au coin de la Rua dos Cavaleiros, une bagarre venait d'éclater, on s'empoignait, se tapait sur la gueule, Allez, on dégage, dit immédiatement Abílio, la police va rappliquer, la police était effectivement tout près, juste en bas dans la Rua da Mouraria, c'était un très mauvais endroit pour déclencher une bagarre, on aurait pu croire que c'était planifié. Dans la mêlée, Gil crut reconnaître João *[grand Noir]* avec qui il avait bu sur le Largo do Terreirinho, et qu'un autre *[petit Blanc]* envoya s'écraser tête première sur les pavés, il vit du sang gicler sur le sol et le petit se mit à bourreler de coups de pied les côtes de João jusqu'à ce qu'un autre vienne s'interposer, Gil vit briller une lame, du sang, mais ce n'était peut-être pas João, il n'avait d'ailleurs pas l'occasion de s'en assurer, pensa qu'il était temps de se tirer et au même moment reçut un coup sur la tête, crut entendre un coup de feu aussi, peut-être deux, et s'effondra.

Après, évidemment, c'était beaucoup plus flou.

Il se souvenait de l'odeur de pisse, l'impression de nager dans la pisse et des pas, autour de lui des pas de course, des cris, la peur de se faire piétiner alors qu'il essayait de retrouver ses esprits, effondré sur le trottoir. Devant lui, sur la petite place au coin de la Rua da Guia, des gens se battaient ou couraient, d'autres coups de feu, un foutoir complet. Il savait qu'il ne devait pas rester là, fit un énorme effort de volonté pour se relever mais le chemin était barré des deux côtés, ça ne va pas durer, pensa-t-il, la police va arriver, autant attendre, il voulut se cacher dans le renfoncement d'une porte, se sentit soudain tiré vers l'arrière, tomba sur le dos et, en un claquement assourdissant dont l'écho lui résonna long-temps dans le crâne, l'obscurité tomba d'un coup sec.

Noir.

*

Nina et Vincent quittèrent la Plaza del Dos de Mayo et marchèrent vers la Gran Via, elle avait repéré un bar à tapas dans la Calle Hortaleza.

Il y avait déjà beaucoup de monde dans les rues, le restaurant était presque plein alors qu'il n'était même pas vingt heures, ils réussirent tout de même à trouver une place. Vincent laissa parler Nina, elle commanda du vin rouge, il faisait beau et chaud. Il avait un peu oublié ses soupçons, les premiers verres ont souvent cet effet-là, ils mangèrent un peu aussi et bon, il était à peine vingt et une heures alors ils commandèrent une autre bouteille et on leur offrit quelques verres, c'est souvent comme ça à Madrid, quand vous avez bien consommé et que le serveur est content, il vous fait des cadeaux, quelques tranches de jamón, un verre de vin.

Quand ils sortirent du restaurant vers vingt-deux heures trente, ils étaient, pour changer, pas mal éméchés. Ils se promenèrent au hasard des petites rues et s'arrêtèrent sur une place, on ne sait plus laquelle, c'était la première fois qu'ils passaient là, des Chinois vendaient de la bière, ça aurait pu être n'importe où. Ils burent avec des gens, ils avaient une guitare mais semblaient incapables d'en jouer plus de trente secondes d'affilée, ne terminaient jamais les chansons qu'ils commençaient, s'arrêtaient pour rire, boire. Nina conversa longuement avec eux, Vincent resta dans son coin, buvant sa bière, quand on lui parlait, la conversation, dans un anglais déficient de part et d'autre, tombait assez rapidement à plat. Il regarda longtemps un petit groupe de clochards qui buvaient près de la fontaine, curieusement, il ne pensa même pas à son frère.

C'est probablement à cause des chiens, de la fontaine aussi, qu'il repensa à Marianne, à sa colère, à Nina qui de toute évidence lui mentait, maintenant, dans l'ébriété, c'était clair, il n'y avait plus de doute, il voyait Marianne dans sa tête, tout son malaise symbolisé par elle, il n'aurait su dire pourquoi. Et soudain, comme machinalement, il attrapa Nina par le bras et dit, Tu sais, cette Marianne? Nina ne comprit pas de qui ni de quoi il parlait, outre qu'elle était soûle elle aussi, il faut admettre que Marianne ressurgissait dans sa soirée assez abruptement, elle demanda, Qui? La fille au chien, Marianne, répondit Vincent, Et alors? On aurait dû lui demander son adresse, son téléphone, quelque chose, dit Vincent, elle nous a peut-être menti, elle connaît peut-être Antoine! Pourquoi elle aurait menti? c'est elle qui est venue vers nous! pourquoi elle nous aurait menti?

C'est toi qui me demandes ça? tu passes ton temps à mentir et tu te demandes pourquoi les gens mentent? tout le monde ment sans arrêt! C'était vraiment une conversation sans queue ni tête, Nina continua, Tu es tellement menteur toi-même que tu soupçonnes tout le monde autour de toi! De quoi tu parles? reprit Vincent, c'est toi qui m'as raconté toute la journée des histoires à dormir debout! Tu es soûl, ferme ta gueule! et en lui criant de fermer sa gueule, Nina fit un faux pas, son talon s'était fiché entre les pavés, et se retrouva assise par terre, la jupe remontée, C'est toi qui es soûle! hurla-t-il, elle se releva et se mit à le frapper avec son sac, ses poings aussi, c'était complètement disgracieux, deux types s'interposèrent, Nina pleurait de rage dans les bras de l'un d'eux, le guitariste, l'autre tentait d'éloigner d'elle Vincent qui voulut crier, envoyer chier Nina mais non, c'est idiot, me calmer, pensa-t-il, Allez, viens, dit-il alors doucement à Nina, on va se calmer et on va aller se coucher, elle était un peu loin, ne l'entendit peut-être pas, le type qui retenait Vincent lui parlait en espagnol, Non comprendo! lui dit Vincent, alors l'autre, Live de lady alone, go to slip, you are drank, go to slip, Nina pleurait toujours dans les bras du guitariste, la salope, pensa-t-il, Go to slip, répéta l'autre.

Normalement, Vincent serait resté là en espérant que Nina se calme, se serait entêté, mais pas cette nuit-là, en y repensant plus tard il ne réussit pas à comprendre ce qui lui avait pris, peut-être un sursaut d'orgueil, elle peut bien aller se faire foutre! pensa-t-il, d'ailleurs, si ça se trouve, c'est ce qu'elle a fait. Toujours est-il qu'il s'en alla, quitta la place en criant, Fuck off!

Ah! la liberté…

Il n'avait aucune idée de l'endroit où il se trouvait. Il partit à la recherche de sa pension, à la recherche d'un signe quelconque, d'une indication qui le remettrait sur le bon chemin, et il se perdit, en réalité il était déjà perdu avant même de quitter la place où Nina était toujours, sans doute, et chaque pas qui l'éloignait d'elle le faisait s'enfoncer davantage dans le dédale de la ville. Il entra dans un bar et commanda une bière, je vais m'asseoir et boire tranquillement, pour redescendre, pensa-t-il.

C'était un bar de merde, un pub irlandais très sombre, il n'y avait plus que quelques clients, que des hommes. Il voulut demander des informations au barman mais ne se souvenait plus du nom de sa pension, une histoire de fraise, pensa-t-il, ni du quartier ou de la rue où il habitait. Il pensa qu'il arriverait à s'orienter s'il retrouvait la Gran Via, il demanda le chemin au barman qui répondit, No hablo inglés, il n'avait visiblement aucune envie d'aider Vincent. Un client à côté de lui, au comptoir, dit, Very very away, en faisant de grands gestes dans des directions indéterminées, Gracias, lui dit tout de même Vincent en pensant, on s'en fout, je suis à Madrid, je ne vais pas mourir de froid. C'était une drôle d'idée.

Il finit sa bière et sortit du bar, marcha encore, on ne sait trop combien de temps, son environnement ne s'améliorait pas à mesure qu'il avançait, les rues étaient pratiquement vides de monde, des monceaux d'ordures s'entassaient sur les trottoirs, avec la chaleur qui n'était toujours pas tombée malgré l'heure avancée, ça sentait très mauvais. Sur une petite place des gens buvaient de la bière devant une statue, parlaient fort et riaient. Alors que Vincent se dirigeait vers eux pour leur demander son chemin, il vit quelques bouteilles voler et éclater sur le sol, les gens se mirent à crier et courir en tous sens, il entendit crisser les pneus d'une voiture qu'il ne pouvait voir d'où il était, elle devait se trouver dans une des rues qui donnaient sur la petite place, puis retentirent trois ou quatre claquements sourds, on aurait dit des coups de feu, ce sont sûrement des pétards, pensa-t-il, mais au même moment il vit un type s'effondrer sur le sol comme dans une flaque, un bruit spongieux, puis il entendit de nouveau les pneus crisser et les cris, les pleurs, il ne réagit pas, resta là planté, pétrifié, un type courait vers lui, il saignait, devait avoir reçu un coup sur la tête. En arrivant à la hauteur de Vincent, il cria, Run! idiot! Vincent se mit à courir sans comprendre, il était complètement soûl, avançait péniblement, comme dans un rêve quand malgré l'urgence vos pieds pèsent une tonne. Le type s'arrêta, poussa Vincent dans le renfoncement d'une porte et lui dit, Take this, en lui tendant un pistolet, Vincent ne savait pas quoi dire, quoi faire, l'homme continua, avec un fort accent espagnol, Listen to me, go away and get rid of it, can you do that? Vincent ne réfléchit pas, fit signe que oui, l'autre se leva et dit, Don't go that way, en montrant la direction d'où ils venaient, puis il se remit à courir.

Vincent resta là encore quelques secondes, se dit dans sa tête, allez, ça suffit, reprends tes esprits, tu n'es plus soûl. Il fit un énorme effort de volonté pour se relever, et courut dans des directions indéterminées.

*

[Chambre de Chuecas – III]

Ce n'est pas, à proprement parler, à cause de Mariana que je quittai Serena…

Bien qu'elle ne connût en réalité pas même le premier mot de la tragédie de Lisbonne, je soupçonnais Serena d'en avoir, après qu'elle eut découvert le pistolet, imaginé les grandes lignes, et cela me faisait peur. Si elle était même vaguement au courant de ce qui s'était passé là-bas, je ne serais plus jamais en sécurité à Madrid, pensai-je, et pourtant je ne voulais pas à l'époque quitter la ville. Aussi longtemps que durerait notre relation, je me fiais à l'idée que, parce qu'elle m'aimait, Serena garderait le secret sur ce qu'elle avait imaginé *[et dont je n'ai, encore aujourd'hui, pas la moindre idée]*…

J'avais rencontré Mariana… alors que je vivais toujours chez Serena … *[Après cette première soirée avec elle, je]* ne suis pas rentré… et ne me sentais la force de rien expliquer, déjà que l'histoire du pistolet l'avait effarouchée, elle était terrorisée, me prenait pour un gangster. J'avais eu l'idée de lui raconter un jour que j'étais détective privé, que j'enquêtais sur un gang impliqué dans le milieu de la construction, mais je pensai, à tort ou à raison, qu'il valait mieux lui en dire le moins possible, Serena s'inventait constamment des scénarios catastrophiques. Pourtant, malgré toutes ses inquiétudes et mes mensonges dont certains étaient tellement grossiers qu'elle ne les prit certainement pas au sérieux, elle s'entêtait dans notre relation, j'essayai plusieurs fois de provoquer des discussions avec elle, je veux dire, sur notre vie à deux, mais ça n'allait jamais très loin…

Un jour, pourtant, elle me demanda de partir et cela me mit dans la merde, je ne peux pas me plaindre, c'était ma faute. Je ne sais pas si elle savait que Mariana existait, sans doute, ou à tout le moins qu'il y avait une autre femme, je crois en fait qu'elle céda, pour se consoler de notre rupture, à une espèce de romantisme voyou, comme j'étais selon elle dans la merde, que des bandits étaient à mes trousses ou que je risquais en permanence de me faire descendre par des ennemis imaginaires, elle me pardonnait, il lui fallait ça. Pour une autre femme ou quelque autre raison banale, je crois qu'elle ne l'aurait pas accepté.

[Plusieurs semaines plus tard, peut-être des mois…]… lors d'une conversation anodine et dont j'ai oublié les détails, j'évoquai la possibilité de quitter Madrid. Mariana dit, Je ne suis pas sûre que je voudrais vivre ailleurs qu'ici, elle avait compris que, quand je parlais de quitter Madrid, c'était à la fois pour toujours et par obligation, et elle ne me posa jamais de question quant à cette obligation, ce qui renforça encore mes sentiments pour elle, je lui étais reconnaissant de sa discrétion, si elle m'avait

dit, Je te suivrai au bout du monde, ça m'aurait fait plaisir, mais on ne sait jamais comment on va réagir à une
déclaration aussi enflammée, c'est probablement ce que
Serena, dans une telle situation, m'aurait dit, d'ailleurs,
lorsqu'elle découvrit le pistolet, c'est ce qu'elle fit, un truc
du genre, Je t'aime, ce que tu fais lorsque tu n'es pas avec
moi ne peut rien y changer, et elle se trompait, ce que je
faisais à l'extérieur a fini par la dégoûter, ça n'avait rien
à voir avec le pistolet mais le résultat fut le même.

[...]

... longtemps voulu à Nina de sa visite à Madrid,
en me mettant dans la tête l'idée qu'on pouvait me
retrouver ici sans grand effort, elle m'avait convaincu
que je devais quitter Mariana... c'est quand il y a dans
sa vie quelqu'un à qui l'on tient que partir prend son
sens, autrement, ça ne change rien... Un type avec qui
je travaillais trouva pour moi une chambre minuscule
et chère dans un quartier très bruyant... que pour une
semaine ou deux, le temps d'organiser mon départ, je
m'étais débarrassé du Glock *[depuis longtemps, vendu à
une petite gouape locale à l'époque où je quittai Serena]*...
ne pouvais plus me défendre, personne ne devait savoir
où j'étais, que le type qui m'avait trouvé la chambre,
c'était un risque à courir, un risque moins grand que de
rester chez Mariana où Nina m'avait retrouvé...

Pendant ces quelques jours que je passai dans ma
chambre merdique de Chuecas, je m'imposai de ne sortir que par stricte nécessité... passais des heures... à
regarder le plafond sans pouvoir dormir à cause du bruit,

à essayer de remettre mes idées en place, de me débrouiller avec la perte de Mariana et ma colère envers Nina, j'éprouvais un remords difficilement supportable de m'être bêtement foutu dans la merde à Lisbonne, cette histoire de pistolet, je veux dire, qu'un instant d'inattention ait fait de moi un criminel en cavale, c'était à la fois terrifiant et complètement ridicule…

… en fin de compte ces nuits d'insomnie n'ont jamais mené à grand-chose d'autre qu'à des histoires dans ma tête… que j'étais triste de ne pouvoir révéler à personne mais que je m'étais racontées des centaines de fois, sans arrêt, et aujourd'hui j'ai beaucoup de mal à démêler, dans toutes ces versions différentes du même conte, le vrai du faux… c'est pourtant encore ce que je m'emploie à faire aujourd'hui, réorganiser mon passé, les silhouettes vagues qui le peuplent, réarranger, ajouter des épisodes, des péripéties pour m'expliquer…

*

Vous en faites pas, c'est moi, entendit Gil, monsieur Soares, je vais vous aider.

Le vieux l'avait tiré dans le hall d'entrée de son immeuble, Gil sentait son cœur battre à toute vitesse, arythmique, cherchait son souffle, il faisait très noir dans le hall, on n'y voyait rien, pas la moindre lueur, il régnait là une odeur d'humidité et de poubelles. La voix de monsieur Soares résonnait comme dans une cave, Appuyez-vous sur moi, je vais vous aider à monter.

Après, trou de mémoire.

Gil ne se souvenait de rien entre l'obscurité inquiétante du hall et l'éblouissement de néon blanc de la salle de bain de monsieur Soares, son visage barbouillé de sang dans le petit miroir. Monsieur Soares tremblait, dit, Voilà, il fallait bien que ça arrive un jour ou l'autre, maintenant la police n'aura plus le choix d'intervenir, Qu'est-ce qui s'est passé? demanda Gil, Ils se sont tiré dessus! Gil avait l'impression qu'il avait un trou au sommet du crâne, il se toucha du bout des doigts, ça saignait abondamment, la serviette que lui avait donnée monsieur Soares était rouge et détrempée, peut-être était-ce simplement une serviette rouge, je ne sais pas. Gil saignait, cela dit, c'est certain, il demanda, C'était qui dans la rue? Des bandits! répondit l'autre.

La rue était pleine de policiers qui interrogeaient les habitants, Vous devriez aller leur parler, dit monsieur Soares, Vous avez raison, dit Gil, Vous voulez que j'aille les chercher? demanda l'autre, Non, c'est correct, je vais les rejoindre. Gil n'avait pas envie de parler aux policiers devant monsieur Soares.

Le vieux l'aida tout de même à descendre jusque dans la rue et cria, Police! nous avons été témoins des événements! Les policiers les regardèrent, étonnés, monsieur Soares continuait, Je suis des vôtres! retraité de la Polícia de Segurança Pública! Gil, avec sa serviette, avait plus ou moins l'air d'un clochard, parfois un rien suffit, Vous êtes blessé? lui demanda un policier, et il l'emmena vers l'ambulance.

Là, ils l'interrogèrent. Gil leur raconta ce qu'il avait vu, c'est-à-dire pas grand-chose. Il leur parla d'Abílio, il n'avait pas le choix, monsieur Soares serait trop content de raconter tout ce qu'il savait, de pouvoir rendre service à la police. Gil dit, J'essayais de convaincre Abílio de se débarrasser d'un pistolet qu'il avait, le policier ne comprenait évidemment pas, il fallait lui inventer une histoire plausible, de toute façon monsieur Soares ne savait rien de précis. Gil s'en sortit assez bien, prétendit qu'il connaissait Abílio depuis longtemps et qu'il essayait de le sortir de ce milieu de merde, et quand le jeune homme lui avait dit qu'il avait désormais un pistolet, Gil avait essayé de le convaincre de s'en débarrasser, De pas s'enfoncer davantage dans le crime, ce furent ses paroles, qui semblèrent avoir sur l'agent un effet positif. Celui-ci demanda, Et le grand Noir, vous le connaissiez? sur le coup, Gil pensa à João mais comprit aussitôt que le policier parlait de Davis, et Gil n'avait aucune envie de parler de Davis, Jamais vu, répondit-il. L'agent reprit, Vous faites quoi dans la vie? Je travaille pour une agence de sécurité, Cet Abílio, il avait un lien avec votre travail? Non, dit Gil, je suis actuellement en vacances, vous pouvez vérifier, et il donna aux policiers les coordonnées de son patron.

Ils lui demandèrent de demeurer à leur disposition mais, dans l'ensemble, ça s'était plutôt bien passé. Avant de les quitter, Gil prit la liberté de demander aux deux policiers qui l'avaient interrogé ce qui s'était passé, Probablement une bagarre territoriale, expliqua l'un d'eux, un gang de Brésiliens qui veut s'implanter dans le quartier, Et vous avez réussi à en arrêter quelques-uns ? Non, ils avaient foutu le camp depuis longtemps quand on est arrivé, Même les blessés ? il y a eu des blessés, non ? S'il y en avait, ils ont réussi à s'enfuir, mais il y a eu un mort, Qui ? demanda Gil. Je suis désolé, dit l'agent, j'ai bien peur qu'il s'agisse de votre ami, Abílio Pardal.

Les choses ne s'arrangeaient décidément pas.

Vendredi

Il se réveilla en sursaut.

Une sale gueule de bois. Il n'avait pas du tout envie de se lever, avait fabuleusement mal au crâne, comme si on l'avait frappé derrière la tête à coups de batte de baseball, bon, en même temps, c'est une image, j'imagine que ça ne se compare pas vraiment. Il se retourna dans son lit, espérant se rendormir, lorsqu'il sentit une douleur aiguë à la cuisse gauche, et il se rappela d'un coup cette histoire de pistolet qu'il avait fourré dans son jean, comme un gangster, et qui lui avait fait sur la cuisse, près de l'aine, un énorme bleu. Il avait dormi dessus sans mettre le cran de sûreté, j'aurais pu me tirer dans les couilles, pensa-t-il, et cela le fit un peu paniquer, je suis dans la merde, et c'était d'autant plus angoissant qu'il ne gardait des événements de la veille qu'un souvenir très vague, la petite place, la dispute avec Nina, les insultes, tout ça. Il se rappelait très bien toutefois le type qui lui avait demandé de s'occuper du flingue comme une faveur, comme s'il allait reparaître le lendemain, reprendre l'arme et on n'en parlait plus, mais ce n'était évidemment pas ça du tout. Le mieux à faire, se dit-il, est de cacher le pistolet dans la chambre et d'attendre la nuit pour m'en débarrasser. Puis il pensa à Nina, ce serait d'autant plus compliqué en sa présence, d'autant qu'il devrait d'abord la retrouver, il n'avait aucune idée du nom de son hôtel, elle le lui avait mentionné, sans doute, il n'avait toutefois pas prévu qu'ils seraient ainsi séparés, il se demanda même un instant s'il n'avait pas rêvé sa rencontre madrilène avec Nina, le Prado, leurs déambulations dans les rues de la ville, tout cela occupait relativement peu de place dans ses souvenirs à côté de l'histoire du pistolet. Il ne se rappelait pas non plus comment il avait fait pour rentrer à sa pension.

Vincent chercha autour de lui le meilleur endroit où dissimuler l'arme. Il avait mis son linge sale dans son sac, il était presque plein, mais n'importe qui aurait pu fouiller dedans, on ne sait jamais. Il regarda sous le lit et décida de cacher le pistolet dans le sommier. Il déchira un coin de la gaze agrafée en dessous et le cala dans un coin, sauta quelques fois sur le lit pour s'assurer qu'il ne tomberait pas, par exemple quand la femme de chambre viendrait faire le lit, précaution bien inutile d'ailleurs puisque personne ne vint de la semaine ranger sa chambre ou changer les draps. Il prit ensuite une douche, mit des vêtements propres et partit à la recherche de Nina.

En descendant la Calle de Valverde, il pensa qu'il ne savait absolument pas comment il allait s'y prendre pour la retrouver. Sa première idée fut de parcourir la Gran Via en espérant tomber sur Nina par hasard, c'était après tout exactement ce qui était arrivé la veille au Prado, mais cette fois ça ne fonctionna pas, il ne faut tout de même pas exagérer. Il se dirigea ensuite vers la Puerta del Sol puis marcha dans les petites rues du Barrio de Huertas, passa sans la voir devant la maison de Cervantès, tout près de laquelle il retrouva, dans la Calle del Léon, un endroit où il était déjà allé, La Piola, un café-bar avec une grande fenêtre ouverte sur la rue. Il s'assit et commanda un café, regarda longtemps les passants, espérant voir Nina. Il pensa que le mieux serait de rester là, Nina finirait peut-être par passer. S'il arpentait la ville à sa recherche, se dit-il, il pourrait ne jamais la croiser ou même la croiser sans la voir, ce qui, dans son esprit, était encore pire, mais si elle venait à passer par la Calle del Léon, il ne pourrait pas la manquer, la verrait forcément, selon le principe de la chasse au collet.

Au bout de deux heures, il dut aller aux toilettes. Quand il revint, il était quatorze heures trente, il commanda un verre de vin qu'il but lentement. Il eut de nouveau envie une demi-heure plus tard et pensa que Nina était peut-être passée la première fois qu'il avait quitté son poste, décida alors que ça ne valait plus le coup de rester là à attendre, autant profiter de la ville, marcher lui donnerait des idées sur la manière de retrouver Nina.

Il refit sensiblement le même trajet qu'à l'aller en sens inverse, Madrid n'avait rien à voir avec Lisbonne, on ne s'y perdait pas aussi facilement, mais il n'y avait pas de risque à prendre, Vincent ne remettait jamais en question cette crainte constante et tout à fait absurde, infantile, qu'il avait de se perdre où qu'il se trouvât. Il ne remarqua pas plus qu'à l'aller la maison de Don Quichotte, fut rassuré en apercevant l'hôtel blanc de la Plaza de Santa Ana, eut un petit moment d'excitation en marchant sur la Calle de la Montera où des prostituées jeunes et jolies déambulaient en appelant les passants, Cariño! cariño! puis arriva à la Gran Via. Il emprunta ensuite la Calle de Hortaleza et erra un peu à l'aveuglette jusqu'à la Plaza del Dos de Mayo. Il s'assit sur un banc à l'ombre, près du robinet où des enfants, comme chaque jour, jouaient. Il pensa à Marianne qu'il avait rencontrée la veille, regarda autour de lui au cas où elle aurait été là à promener son chien dans la chaleur écrasante de l'après-midi, mais non.

Il était sur la place depuis deux minutes à peine quand il aperçut, en face de lui, sur un banc de l'autre côté de la fontaine, Nina. Elle lisait un livre.

*

Abílio mort, ça se pourrait que je retrouve jamais le gun.

Gil buvait une bière sur son divan défoncé, un sac de glace sur la tête. Si c'est encore Davis qui l'a, je pourrais essayer de le convaincre de me le redonner, mais comment? j'ai pas de levier, pensa-t-il, en plus Davis pourrait toujours dire à Bino qu'il a jamais entendu parler du Glock et que je mentais, ce serait ma parole contre la sienne, ça me servirait à rien de vendre Davis à Bino, de lui raconter qu'il a acheté le gun à Abílio, même s'il me croyait, Abílio est mort, j'ai pas de preuve, continua-t-il dans sa tête, je pourrais aussi essayer de retrouver Davis pour lui parler mais, après ce qui s'est passé hier, il va probablement disparaître le temps de voir comment l'histoire évolue.

Il écrivit tout cela dans son calepin, espérant y voir plus clair, découvrir la brèche, la faille dans la stratégie de Davis ou alors l'idée géniale, le revirement inattendu, le potentiel coup de théâtre. Mais rien, je suis dans un cul-de-sac.

Il passa chez lui une bonne partie de la journée à réfléchir puis décida d'aller un peu aux nouvelles. Il marcha jusqu'au Bairro Alto. Il avait encore sur la tête l'énorme bandage que lui avaient un peu maladroitement confectionné les ambulanciers, sur son passage, les gens se retournaient, plusieurs riaient, il avait l'air pour le moins ridicule, pensa qu'il devait ressembler aux sikhs qui vendent des petits chiens en peluche qui jappent sur le Rossio.

Il n'eut pas de mal à trouver Joaquim, assis sur les marches de la Calçada do Tijolo avec deux de ses gars, on aurait pu croire qu'ils l'attendaient. En voyant Gil qui descendait la Rua da Atalaia, Joaquim se leva et vint à sa rencontre, dit, Oh merde, Gil! tu t'en es pris plein la gueule! et rit, As-tu su ce qui s'est passé? demanda Gil, Tout le monde parle que de ça depuis ce matin, en fait, ça va être un sale foutoir, je te dis, As-tu des nouvelles de Davis? Plus ou moins, répondit Joaquim, As-tu entendu parler du gun? Ouais, Raconte, Joaquim dit,

J'ai entendu dire par un des gars de Davis qu'il était parti te rencontrer, Il a parlé de moi ? demanda Gil, Oui, il a dit que toi, lui et Abílio vous aviez été surpris par des Brésiliens et qu'Abílio s'était fait descendre, c'est vrai ? Oui, et le gun ? Il m'a dit que les Brésiliens avaient tué Abílio pour lui piquer sa fusca, Ben merde, il t'en a dit des affaires ! et Joaquim, Oui, il était bavard.

Pour Gil, ce que lui avait dit Joaquim n'avait rien d'étonnant, d'ailleurs, c'était peut-être vrai, plausible à tout le moins. C'était surtout la version que Davis avait avantage à laisser courir. Elle lui permettait de rester dans les bonnes grâces de Bino, et maintenant qu'Abílio était mort, personne d'autre que Gil ne pouvait contredire son histoire, si ça se trouve, pensa-t-il, c'est Davis qui a descendu Abílio, pour éliminer un témoin, avec ou sans les Brésiliens, ça aurait du sens.

Il dit, C'est pas Abílio qui avait le gun, c'est Davis, il l'a peut-être encore, Pourquoi ? demanda Joaquim, Je sais pas, ni pourquoi il a tiré Abílio, termina Gil.

Il en avait assez dit, allait maintenant attendre que la rumeur se répande. Ensuite, il irait voir Bino.

*

[Fuite à Madrid – V]
Lorsque je revis Nina, à peine trois ou quatre mois après notre rupture, je crus au départ que c'était par hasard. Je vivais toujours à Madrid et les choses allaient un peu mieux pour moi, j'avais trouvé du travail au noir

dans une petite entreprise de construction... sporadique, mais tout de même, grâce à tout ce que m'avait appris monsieur Simão. Je lui écrivis d'ailleurs plusieurs fois. Outre cette lettre idiote envoyée à Nina et dont j'ai déjà parlé, Simão fut la seule de mes connaissances lisboètes qui eût jamais de mes nouvelles... je savais qu'il ne dirait rien à qui que ce soit, surtout pas à la police, je pouvais lui faire confiance – ce qui ne m'avait pas empêché de lui mentir quant à ma destination lorsque j'étais parti pour Madrid, je ressens encore aujourd'hui une certaine honte de lui avoir raconté que je partais pour Salamanca, d'autant plus que n'importe quel imbécile qui se serait mis sérieusement à ma recherche aurait pu me retrouver en un rien de temps, avec toutes les traces que j'avais laissées et n'ayant fui après tout qu'à quelques centaines de kilomètres de Lisbonne...

... ce jour-là, la dernière fois que je vis [Nina] en personne, lui parlai... plus de nouvelles d'elle après ce jour-là, à Madrid. Je sortais travailler... elle m'avait attendu en bas de chez moi, de chez Mariana... je n'ai jamais compris comment elle s'était débrouillée pour me retrouver, c'est la preuve que, comme je l'écrivais plus haut, n'importe quel imbécile... [Nina] m'avait attendu en bas... c'est ce qu'elle me dit plus tard, de là, elle était sûre de me voir lorsque je sortirais *[selon le principe de la chasse au collet]*... elle se leva et, quand elle sut que je l'avais vue, appela doucement mon nom... je crois que j'aurais pu la reconnaître n'importe où, il m'arrive encore parfois de la chercher, je veux dire, dans les autres femmes… comme un réflexe, mais c'est son image que je cherche, pas elle… de l'apercevoir un bref instant avant de me rendre compte que ce n'est pas elle… peut-être un brin de nostalgie, or je sais que Nina, la vraie Nina, n'est pas véritablement en cause… me dirigeai vers elle, j'étais calme… éprouvai tout de même un petit sursaut de désir… elle m'embrassa, je dis, Je vais chercher quelque chose à boire, j'entrai dans le restaurant et commandai un café, je discutai un peu avec l'employé pendant qu'il le préparait, je pris mon temps, pour me donner une contenance, puis retournai m'asseoir sur la terrasse, Nina souriait timidement, dit, J'espère que je ne te dérange pas, je ne répondis pas, et elle, Je te cherchais.

… j'aurais pu lui demander comment elle avait fait pour me retrouver mais n'y pensai même pas… sur le coup, en la revoyant, ça ne m'intéressait pas, alors qu'aujourd'hui c'est surtout à ça que je pense, j'ai retourné la question des centaines de fois dans ma tête… j'en ai même parlé à Jorge, comme je l'ai déjà mentionné *[passage retranché par inadvertance – je me rappelle pourtant très bien l'avoir écrit –, j'ai bien téléphoné à Jorge quelques fois sans lui dire cependant où je me trouvais, il se pourrait qu'il ait deviné]*, mais il ne savait rien, ne connaissait même pas Nina, je ne lui en avais du moins jamais parlé, ai tout fait pour ne pas le mettre sur la piste de Miguel, Nina connaissait Miguel, c'est Miguel qui m'a présenté Nina, je veux dire, officiellement… je crus même un moment que les Cap-Verdiens *[ou les Brésiliens]* l'avaient envoyée, je reconnais aujourd'hui que cette hypothèse était complètement farfelue...

... je dis, Tu es en vacances? Non, je voulais te voir, il faut que je te parle, dit-elle, Je t'écoute, et elle, Je suis enceinte.

Je ne compris pas tout de suite pourquoi elle me disait ça... en quoi ça me concernait, alors je ne dis rien, réagis sans doute d'une manière ou d'une autre mais ne dis rien, et elle, Tu ne dis rien? puis elle répéta, Je suis enceinte, et moi, enfin, De qui? elle sursauta... revenue de sa petite indignation, dit, Quand une femme annonce à un homme qu'elle est enceinte, ça implique qu'elle est enceinte de lui, non? Je ne crois pas, dis-je, tu pourrais dire ça à n'importe quel homme, regarde ce type là-bas qui ressemble au gardien de buts de la Roja, tu peux lui dire que tu es enceinte mais il n'est pas le père parce que tu ne l'as jamais vu avant aujourd'hui, et en même temps je n'en sais rien, c'est peut-être ton nouvel amant, je ne veux pas me mêler de tes affaires... c'est ce qu'on croit, évidemment, qu'on est le père, mais ce n'était pas clair pour moi, surtout avec Nina dont je m'étais imaginé... scénarios, qu'elle me trompait [ciúme e infidelidade], bien que je n'eusse là-dessus aucune certitude... pourquoi venir me dire qu'elle était enceinte comme si j'étais responsable? ... En quoi est-ce que ça me concerne? Je suis en train de te dire que je suis enceinte de toi! elle venait d'élever le ton, elle me sembla tout à coup moins terne, j'avais l'impression de retrouver la Nina que j'avais connue, Tu es le père, voilà ce qui te concerne, ajouta-t-elle, Je ne crois pas être le père, dis-je…

À une table un peu plus loin un homme se leva et fit de grands gestes en criant après sa femme, il était maigre, noueux, elle, je ne la voyais pas bien, elle se trouvait de dos, les cheveux noirs, ne répondait pas, cela dura quelques secondes, je ne sais plus pourquoi cette scène anodine m'est restée dans la tête, l'homme disait, Il n'y a rien à expliquer! c'est arrivé comme ça et puis c'est tout, pourquoi tu en fais tout un plat? ça n'a pas de sens! puis la femme fit un geste vague de la main et il se rassit… la scène me rappela une soirée que nous avions passée ensemble, avec Nina, dans le Bairro Alto, je dis, Tu te rappelles cette dispute à laquelle nous avions assisté… et cette lettre à laquelle tu n'as jamais répondu, c'est d'ici que je te l'ai écrite, j'étais assis là, sur le parapet, c'est tout de même un drôle de hasard que tu sois venue me chercher ici, tu ne trouves pas? La coïncidence m'avait frappé, nous étions allés quelques fois avec Nina sur la Plaza del Dos de Mayo… je lui avais dit tout ça très sèchement, ce n'était pas tant par le sens, j'imagine, que par le ton que je voulais la toucher, d'ailleurs elle pleurait, dit, Tu m'en veux, c'est ça? tu veux me faire de la peine? Ça n'a rien à voir, simplement, je ne crois pas être le père, je ne crois pas non plus que tu puisses prouver que je suis le père, et je ne comprends pas pourquoi tu es venue me dire ça, pourquoi tu t'es réintroduite dans ma vie pour me raconter de nouveaux mensonges, je t'ai écrit une lettre qui, pour toi, ne valait même pas la peine que tu y répondes et tu viens ici me dire que tu es enceinte, je suis désolé, je ne comprends pas ce que tu cherches, Je voulais que tu le saches, c'est tout, me coupa Nina, je ne suis pas certaine de vouloir le garder, Alors raison de plus pour ne pas m'en parler! repris-je, qu'est-ce que ça change que je le sache? qu'est-ce que ça change que tu m'en aies parlé? de toute façon tu finiras bien par faire ce que tu veux, je ne sais pas pourquoi j'avais dit ça, et elle, Je ne croyais pas que tu pouvais être si froid et dur, Nina, tu es venue ici pour moi, pour me parler, ou pour toi, pour ton enfant? C'est notre enfant! insista-t-elle, Je n'ai rien à voir là-dedans! et ce n'est pas ce que je te demande, pourquoi es-tu venue me parler de ton enfant? Je voulais que tu saches, Et ça me servira à quoi de savoir? qu'est-ce que ça changera dans ce que tu as déjà décidé qui allait se passer? Elle ne répondit pas.

Nous demeurâmes là quelques minutes sans parler, au bout desquelles Nina se leva et dit, Je m'excuse, je n'aurais pas dû venir ici, cette fois c'est bon, tu ne me reverras plus, adieu, et elle s'en alla.

Je restai là encore quelques minutes, à attendre, je ne sais quoi. Je suis arrivé en retard au travail.

*

Après sa discussion avec Joaquim, Gil décida d'aller prendre un verre dans le Bairro Alto, cogiter un peu. Le Bairro Alto, le jour, c'est mort, quelques commerces restent ouverts mais ne peuvent à eux seuls tarir cette impression qu'on a de se trouver dans le quartier le plus morne du vieux Lisbonne. Il s'arrêta dans un bar minuscule de la Rua da Barroca dont les murs étaient garnis de livres du plancher au plafond, on aurait pu croire à première vue qu'il s'agissait d'une librairie. Gil commanda une bière et tira au hasard un livre d'une étagère, c'était *Explicação dos pássaros* par António Lobo Antunes, la couverture était jolie. Mais Lobo Antunes ne l'intéressait pas, il remit le livre à sa place.

Si sa petite conversation avec Joaquim allait sans doute semer le doute dans les esprits, elle ne le mettait pas pour autant à l'abri des représailles. Bino lui avait donné jusqu'à dimanche, et il espérait que la rumeur que Davis avait lui-même abattu Abílio (d'ailleurs, plus il y pensait, plus cette version lui semblait plausible) parviendrait jusqu'à lui. Pour l'instant, rester vigilant. Abílio mort, Gil et Davis étaient les seuls, désormais, au courant du trajet qu'avait emprunté le pistolet, et avaient encore tous les deux tout à perdre dans cette histoire.

Il resta là une petite heure à réfléchir en buvant quelques bières, regardant les gens passer dans la rue, il n'y avait presque personne, plus ou moins que des touristes qui ne comprenaient pas pourquoi ils s'étaient retrouvés dans ce quartier sans intérêt que tous les guides recommandent. Il prit tout de même quelques notes dans son petit calepin.

Une jeune femme entra alors qu'il commandait sa quatrième bière, prit un livre sur une tablette et s'assit dans un fauteuil devant une table basse. Le serveur lui apporta aussitôt un café, sans qu'elle lui eût demandé quoi que ce soit, ce doit être une habituée, pensa Gil en rangeant son calepin dans sa poche. Il but sa bière lentement en la regardant lire, la couverture de son livre, dont il n'arriva pas à lire le titre, avait l'air d'un vieux pulp. Puis il se leva, laissa quelques pièces sur la table et sortit.

Il se trouvait à quelques pas de chez lui lorsqu'il tomba sur deux gars de Davis qui, de toute évidence, l'attendaient. Sur le coup, il ne les reconnut pas. Ils cherchaient à avoir l'air menaçant, c'était travaillé, ils roulaient des épaules en marchant vers lui, l'un d'eux le bouscula comme par accident et l'autre dit, tens muitos tomates! t'as des couilles, Gil, tu as peur de rien, hein? et celui qui l'avait bousculé, Tu es pas très grand pour être courageux, Gil, Niaisez pas les gars, vous allez vous mettre dans la marde, et Davis avec. Ils le bousculèrent encore un peu, pour la forme, c'est ce que sentit Gil, il dit, Ok les gars, c'était super, on s'est vraiment bien amusé, maintenant à la prochaine, il poussa celui qui était devant lui et descendit la rue comme si de rien n'était, non, il descendit la rue d'un bon pas en faisant mine que tout allait bien, mais il était nerveux. Les deux gars ne le suivirent pas, ils ont fait ce qu'on leur avait demandé, pensa-t-il.

Il avait maintenant la confirmation qu'on lui voulait du mal. Il valait mieux ne pas rester chez lui et le perchoir se trouvait au pire endroit possible, il était risqué de s'y rendre, il pourrait se faire remarquer, on était sans doute à l'affût, là-bas. Il ne savait pas où aller, n'avait personne à qui parler, il pensa à Maria, c'était complètement idiot, elle n'aurait jamais accepté de l'accueillir, en réalité il n'avait personne, il le savait depuis longtemps mais cela le frappa à ce moment un peu plus fort que d'habitude. Quelle vie de marde, pourquoi je sacre pas mon camp d'ici pendant qu'il est encore temps? pensa-t-il.

Heureusement il avait un peu d'argent. Il s'acheta une bouteille de whisky dans une petite épicerie et se rendit à la Residência Nova Avenida, une pension qu'il connaissait dans la Rua de Santo António da Glória et où les chambres n'étaient pas trop chères, il pouvait se payer là une nuit.

Il y avait dans le hall d'entrée de la pension un grand escalier, sur les murs, des azulejos bleus de fabrication industrielle. C'est joli, pensa Gil, même après toutes ces années de Portugal.

*

Dans le petit parc de la Plaza del Dos de Mayo, la chaleur était écrasante. Comme la veille, des enfants s'aspergeaient d'eau devant la fontaine, couraient en tous sens et riaient, criaient. Un petit chien tout mouillé, comme une nouvelle sorte de rat, vint se secouer près de Nina et Vincent, les éclaboussa un peu, Maudit petit chien que j'haïs ça les chiens! s'exclama Vincent, ses propres mots l'étonnèrent. Nina dit, Je ne suis pas venue ici en cachette, mon but n'était pas de te mentir, Alors pourquoi tu n'as rien dit? tu aurais pu m'écrire, un courriel, n'importe quoi! tu n'as rien fait et moi je te retrouve ici par hasard, qu'est-ce que tu croirais à ma place? Nina ne répondit pas, elle le regarda dans les yeux quelques secondes. Puis elle dit, Je suis enceinte.

Vincent n'eut pas l'air de comprendre, il était encore tout à sa colère, il détestait qu'on lui mente et, sur le coup, ne réagit pas, ou à tout le moins ne dit rien, Nina répéta, Vincent, je suis enceinte, et enfin lui, De moi? ce qui fit rire Nina, Évidemment de toi! quand une femme annonce à son amoureux qu'elle est enceinte, ça implique que c'est de lui, non? Ou alors elle lui ment, pensa Vincent, mais il ne dit rien, se leva et embrassa tendrement Nina.

Samedi

Vincent dormit mal. Rêva du Prado.

Il était dans la salle des *Majas*, Nina lui tournait le dos devant la *Maja vêtue* et, devant la *Maja nue*, lui faisait face, le regardait avec des yeux méchants. Au moment où il faisait un pas vers elle pour lui dire quelque chose, il ne savait plus quoi, elle s'enfuyait de la salle et, comme il allait la poursuivre, il se rappelait l'autre Nina qui ne le regardait pas, devant la *Maja nue*, elle n'avait pas changé de place mais se trouvait maintenant comme par enchantement devant la *Maja nue* et il attendait qu'elle se retourne, c'est à ce moment qu'il se réveilla. Il fut ébloui dès qu'il ouvrit les yeux, c'était pourtant le milieu de la nuit. La lumière de la salle de bain était allumée, il pensa que Nina était aux toilettes mais non, elle dormait à côté de lui, le corps luisant de sueur, dans la chambre régnait une chaleur suffocante. Il se leva pour éteindre, en profita pour prendre une douche froide. Il réussit ensuite à se rendormir.

Il se réveilla très tôt, vers huit heures, à Madrid c'est l'heure des poules, Nina dormait toujours. Pour ne pas la réveiller, il passa au moins une heure à regarder le plafond, à penser.

Malgré la joie que lui procurait la nouvelle de sa paternité prochaine, il n'arrivait pas à s'enlever de la tête que Nina, peut-être, lui mentait. J'imagine que tous les pères ont des doutes de cet ordre à un moment ou un autre, il n'y a rien là de bien extraordinaire, mais il pensait au Prado et à l'impression qu'il avait eue que, l'ayant vu, Nina avait voulu s'échapper, le fuir. Après qu'elle lui eut annoncé la grande nouvelle, elle avait été tellement douce et joyeuse, câline, alors qu'il la trouvait habituellement un peu froide, il faut bien le dire, bref, repensant à tout cela, son sentiment de s'être fait avoir se trouvait amplifié, comme si le bonheur de Nina avait pour origine le succès de ses mensonges. Cela dit, elle l'avait touché, ému même, par cette manière qui lui était si peu habituelle d'étaler devant lui les preuves de son amour, si j'ose dire, de son bonheur d'être là, à Madrid, avec lui, aussi d'être la mère de son enfant, elle lui avait fait oublier ses doutes pendant au moins quelques heures, même le pistolet caché dans le sommier de la pension lui était sorti de l'esprit, mais dès le réveil, voilà, ces mêmes doutes s'étaient remis à le brûler. Il lui semblait impossible, malgré le fait que c'était lui, d'abord et avant tout, qui avait choisi de ne pas l'accompagner à Porto, qu'elle fût venue à Madrid uniquement pour lui, sans autre raison que pour être avec lui, il y avait forcément quelque chose que Nina ne voulait pas lui révéler. Dans son imagination mesquine d'homme jaloux, manifestement, Nina le trompait.

Quand il se leva, elle dormait toujours. Il alla sur le balcon de leur chambre (la chambre de Nina, en fait) qui donnait sur la Gran Via et s'accouda à la balustrade. Au bout de quelques minutes, Nina dit, Attention de ne pas tomber! Il se retourna et la regarda, tout ensommeillée, souriante, elle dit, Viens me prendre dans tes bras. Une fois de plus, elle réussit à lui faire oublier ses soucis pendant quelques heures.

Il était un peu plus de onze heures lorsqu'ils sortirent enfin du lit. Nina alla prendre une douche. Vincent regarda la télé, *Rear Window* en espagnol, ne comprit rien, il chercha dans ses souvenirs (l'intrigue, tout ça), ne trouva rien.

Nina était toujours dans la salle de bain lorsqu'une sonnerie retentit, elle se précipita dans la chambre, sur son sac, en sortit un téléphone portable et répondit, se mit à parler espagnol. Vincent ne comprenait évidemment rien, dit, sans crier, il se contenait, mais tout de même un peu fort, pour se faire entendre de l'interlocuteur de Nina, Depuis quand tu as un portable?! Nina lui fit signe de se taire et continua sa conversation. Malgré sa colère, Vincent obtempéra, s'assit sur le lit et se tut, de temps en temps Nina éclatait de rire, ce petit bavardage lui semblait fort agréable. Lorsqu'elle raccrocha quelques minutes plus tard, il demanda de nouveau, cette fois il criait presque, Depuis quand as-tu un portable? Depuis que je suis ici, écoute, j'ai une bonne nouvelle, Pourquoi as-tu un portable ? là il criait, Calme-toi, je vais t'expliquer, quand je suis arrivée, Vincent l'interrompit de nouveau, Tu as un amant ici, hein ? c'est ça ? Mais non ! qu'est-ce que tu racontes ?! Tu es une sale menteuse, tu me mens depuis le Prado ! maintenant tu me dis la vérité ou je fous le camp, tu m'entends ? Nina cria, J'ai acheté un portable parce que j'ai trouvé une piste ! parce que j'essayais de t'aider ! Vincent se tut quelques secondes, se rassit sur le lit, puis, Tu cherchais Antoine à Madrid ? Oui ! dit Nina, Mais je n'ai su qu'après ton départ qu'Antoine était venu à Madrid ! cria encore Vincent, tu continues à me mentir ! qu'est-ce que tu cherches ? Je t'ai dit que j'avais parlé à Gil, Tu ne connais même pas Antoine, tu ne sais même pas à quoi il ressemble ! tu mens ! je sais reconnaître les menteuses ! Si tu me laissais finir mes phrases, j'arriverais peut-être à te convaincre que je ne mens pas ! Vincent se tut, se rassit sur le lit, la chambre était petite, il n'y avait pas grand-chose d'autre à faire, c'était le lit, le balcon ou les toilettes. Nina reprit, Je t'ai dit que j'ai quitté Porto parce que j'en avais marre de ma famille, que je n'arrivais pas à te joindre à Lisbonne et que j'ai téléphoné à Gil, Je sais ! tu m'as déjà dit tout ça plutôt deux fois qu'une ! je te parle de ton hostie de portable ! explosa Vincent, Laisse-moi parler ! cesse de m'interrompre, je te dis ! cria Nina à son tour, écoute-moi ! Vincent se rassit sur le lit. Elle dit, Quand je suis arrivée à Madrid, je ne savais pas du tout quoi faire, quoi voir, je ne savais pas où te trouver, tu n'avais pas dit à Gil où tu allais dormir, Vincent soupira mais ne dit rien, et elle, Je suis allée au musée Reina Sofia et j'ai erré plus ou moins à l'aveuglette dans la ville, puis le soir, j'étais dans un bar, j'avais bu quelques verres, Tu es enceinte! et tu bois comme un trou! Bon bon, calme-toi, il ne faut pas en faire une maladie, je ne me suis pas soûlé la gueule, j'ai bu un verre de vin ou deux, tu me laisses parler maintenant? Vincent se rassit sur le lit. Alors j'étais dans un bar, je pensais à toi, tu me manquais, Vincent soupira et resta assis, Je pensais à Antoine, pas juste au bar ce soir-là, aussi quand je me promenais dans Madrid, je me demandais ce qu'il aurait pu faire ici, Tu ne le connais même pas! et tu ne savais pas qu'il était déjà venu à Madrid! Gil me l'avait dit! il m'avait dit que tu étais ici à la recherche d'Antoine! Mais tu ne le connais même pas, répéta Vincent, et tu prétends que tu le cherchais, c'est n'importe quoi! Tu me manquais! et je pensais à toi, je te cherchais partout et me disais que toi aussi tu cherchais ton frère, c'était pour être avec toi, tu comprends? et c'était le meilleur moyen de te retrouver, si nous étions tous les deux à la recherche de la même chose, sur la même piste, tu comprends? et peut-être aussi que je vous mélangeais Antoine et toi dans ma tête, je me disais qu'il te ressemble sûrement, c'est ton frère après tout, je te cherchais à travers lui ou le cherchais à travers toi, ça me donnait l'impression de me rapprocher de toi. Vincent haussa les épaules, c'était un geste plus ou moins indéchiffrable, Nina continua, J'étais assise dans un bar et j'ai entendu quelqu'un dire, entre deux puta madre, Hostia! j'ai regardé le type, en fait j'ai pensé sur le coup que, s'il disait Hostia! il devait être québécois, je sais que c'est idiot mais c'est ce qui s'est passé, je ne savais pas que les Madrilènes disent Hostia! alors je l'ai regardé, ses gestes, ses mimiques, et au bout d'un moment il doit avoir vu que je l'observais et il est venu me parler, Il était québécois? demanda Vincent, Non, mais je lui ai dit que j'étais québécoise et portugaise, je pense qu'il me draguait un peu, et il a fini par me dire qu'il avait déjà rencontré un Québécois ici, Un touriste? demanda Vincent, Non, justement, il a travaillé sur un chantier de construction avec un Québécois qui avait immigré ici, C'est vrai? Nina le regarda dans les yeux, pour lui reprocher de ne pas la croire ou pour se donner le temps de trouver la conclusion de sa propre histoire? Vincent ne sut jamais pourquoi, à ce moment précis, elle avait hésité. Toujours est-il qu'après cet instant de silence, elle dit, Oui, c'est vrai, Et tu l'as rencontré, le Québécois? demanda immédiatement Vincent, Non, le type du bar, il s'appelait Iker, Icare? Pas Icare, Iker, C'est espagnol ça, Iker? Lui, en tout cas, il était espagnol, madrilène même, et il m'a demandé mon numéro de téléphone en me disant qu'il essaierait de contacter le type québécois et qu'il m'appellerait ensuite, Il s'appelait comment? Iker, Non, le Québécois, Je ne sais pas, Iker m'a dit qu'il ne s'en souvenait plus, mais là il vient de m'appeler, Qui ça? Iker, il vient de m'appeler pour me dire qu'il n'a pas retrouvé le Québécois, qu'il ne serait plus à Madrid, mais qu'il a parlé à un autre type qui l'a très bien connu et qui pourra peut-être nous aider, c'est génial, non?

Vincent réfléchit quelques instants, Nina attendait, vaguement inquiète, il dit, Pourquoi tu ne m'as pas parlé de tout ça avant aujourd'hui? Si ça n'avait rien donné, répondit-elle, tu aurais été déçu, je sais à quel point la famille est importante pour toi. Vincent se demanda où elle avait bien pu pêcher ça, et sans doute Nina s'en rendit-elle compte, qui ajouta, À quel point tu souhaites retrouver ton frère. Vincent reprit alors, Et qu'est-ce qu'il a dit à propos d'Antoine, ton type? Iker? Non, l'autre, Je ne sais pas, Iker veut qu'on le rencontre, c'est pour ça qu'il m'appelait, Et tu t'es acheté un portable pour ça? pour qu'Iker puisse t'appeler? Oui! tu vois à quel point je t'aime! Tu as dit à un type dans un bar que tu cherchais un Québécois, il t'a dit qu'il en connaissait un et ça t'a suffi pour acheter un portable?! Non! d'abord c'est un téléphone de merde à trente euros, mais je lui avais parlé longtemps d'Antoine et, Tu ne connais même pas Antoine! Je lui ai dit ce que je savais! et pour le reste, je lui ai probablement parlé de toi, et ça collait, je pense qu'il a vraiment connu Antoine! tu devrais être content, non? c'est ce que tu veux, retrouver ton frère, il n'y a que ça qui compte pour toi, non?

Vincent se rassit sur le lit. Nina pleurait. Il passa son bras autour de ses épaules pour la consoler, mais elle se leva et se sauva dans la salle de bain, ou sur le balcon, je ne sais plus.

*

[Scène du balcon – V]

C'est Miguel qui m'a présenté Nina, je veux dire officiellement, c'était une rencontre inespérée, les choses se sont pour ainsi dire résolues d'elles-mêmes. Après toutes ces semaines passées à l'observer de la fenêtre de l'appartement de Rita, à la suivre dans les rues de Lisbonne et après ce regard dédaigneux qu'elle m'avait lancé lorsque nous nous étions croisés dans la Baixa, je ne croyais plus, je dois l'admettre, à la possibilité d'une rencontre fortuite ou, du moins, qui en eût l'apparence, ainsi, sans l'aide involontaire de Miguel, je crois que j'étais sur le point de me décourager.

… il m'avait invité à assister à un spectacle… une pièce policière qu'il avait écrite et mise en scène, je ne me souviens pas des détails, je crois qu'elle racontait l'histoire d'un Espagnol perdu au Portugal, mais j'ai vu plusieurs pièces de Miguel, il se pourrait que je confonde. Il n'y avait que deux acteurs, un qui jouait une vingtaine de rôles (Francisco de Goya, Fernando Pessoa, un nain à barbiche, le père António Vieira, saint Antoine, deux femmes aussi, il jouait deux femmes en même temps, c'était une performance d'acteur très impressionnante), l'autre, l'Espagnol, qui ne disait presque rien, demandait l'aumône en marmonnant et, vers la fin, il parlait, je m'en souviens très bien, il disait, Si un aveugle guide un autre aveugle, tous les deux tomberont dans un trou!

… d'un nain qui racontait les avantages, peu nombreux, et les inconvénients d'être une petite personne…

être systématiquement condamné au même rôle… tout
de même un hasard incroyable que cette femme magnifique fût une amie de Miguel et qu'il y eût là ce nain
[Velázquez], le milieu du théâtre lisboète est très petit
[quel mauvais jeu de mots] et c'est précisément avec ce
nain qu'elle parlait, avec Miguel *[ou sa femme? je ne suis
plus certain]* aussi, lorsque je me décidai à… *[l']*aborder,
en fait, je me plantai dans un coin et la regardai comme
si nous nous étions déjà rencontrés, ce qui n'était pas
tout à fait faux, et que je n'arrivais pas à me souvenir du
lieu et des circonstances de cette rencontre, après deux
ou trois minutes de ce cirque, je veux dire, après que j'eus
fait mine de m'interroger en la regardant intensément,
elle interrompit sa conversation avec le nain et dit, On
se connaît, il me semble, non? et moi, C'est ce que j'étais
en train de me demander, j'ai l'impression de vous avoir
déjà vue mais je n'arrive pas à me souvenir où. S'ensuivit
la série de questions idoines, Où travaillez-vous? … où
vivez-vous? et c'est alors que je lui révélai que j'habitais
le quartier de la Graça, et elle, Moi aussi! j'habite la Villa
Sousa, puis, feignant la surprise, je dis, J'habite moi aussi
la Villa Sousa! et tout à ma fébrilité je faillis ajouter, juste
en face de chez vous! je sus heureusement me retenir.
Étonnamment, Nina eut l'air très heureuse d'avoir percé
ce mystère inventé par mes soins, et juste à ce moment
Miguel intervint… après que nous l'eûmes tour à tour
félicité, demanda, Vous vous connaissez? nous lui répon-
dîmes que oui et non, puis lui expliquâmes la situation,
et alors Miguel nous présenta *[officiellement]* et m'invita

à me joindre à eux, Nina était une amie de sa femme et… C'est dans ces circonstances que j'appris enfin le nom de Nina.

[…]

… compris rapidement, malgré les fenêtres closes, qu'ils se disputaient, je n'étais même pas en train d'observer, j'étais sorti sur la varanda pour étendre du linge et, sans doute par habitude, je jetai un coup d'œil de l'autre côté de la cour et vis l'amoureux espagnol de Nina… il ouvrit la porte-fenêtre et sortit sur la varanda, il avait une bouteille à la main, j'entendais Nina à l'intérieur qui parlait fort, je ne dirais pas qu'elle criait mais elle avait la voix agressive, c'est certain, il y avait quelques voisins à ce moment-là dans le pátio, en bas à gauche, devant l'appartement qui faisait le coin… habitaient des petits vieux qui se trouvaient… souvent assis là et je les vis regarder en haut, vers l'appartement d'en face *[de mon point de vue]* aussitôt que l'homme eut ouvert la porte-fenêtre… il sortit sur la varanda avec sa bouteille qu'il posa sur la table et, s'apprêtant à rentrer… comme projeté vers l'arrière… je pense que Nina l'avait repoussé sur le balcon… et il trébucha plus ou moins, se cogna sur la table, je crus un instant qu'il allait passer par-dessus la balustrade mais non, il heurta la table, s'y agrippa maladroitement… la bouteille, c'était du vin rouge, fut sous l'impact *[de l'homme contre la table]* projetée dans le vide et alla éclater sur les pavés de la cour… les murs recouverts de gouttelettes roses *[ne m'en rendis compte que le lendemain]*… vieillards en bas se mirent alors à crier des paroles indistinctes tandis que partout dans la cour les fenêtres s'ouvraient... échos des claquements, des cliquetis des portes, des fenêtres... public fiévreux se ruer aux balcons pour une bouteille de vin, imaginez un vrai drame! il y avait eu le fracas bien sûr, le fracas attire toujours les foules... les locataires de la Villa Sousa commencèrent à se parler de balcon à balcon, se crier à travers la cour leurs hypothèses quant à la cause de cette chute du quatrième étage... Nina avait aussitôt tiré par la manche son amoureux pour le faire rentrer, Quieres matarme? tu veux me tuer? l'entendis-je distinctement... une fois la porte refermée violemment, on n'entendit plus leurs cris, que ceux des gens de la cour, Mais que s'est-il passé? Encore eux? Cette fille est une furie! Voyons! il la trompe à tour de bras, ramène ici toutes sortes de grues! Des amazones! Isso é capaz de scr uma história de ciúme e de infidelidade, N'exagérons rien, elle n'est pas si... Je ne parle pas d'elle, mais de lui! de toutes ces pépés qu'il ramène! Vous exagérez! Je n'exagère jamais!... ne savais plus où donner de la tête, hésitais entre ce chœur d'imprécations et le véritable drame qui se jouait dans l'appartement d'en face, observais tout cela du balcon de l'appartement de Rita en me disant que, de très loin, j'avais peut-être quelque chose à voir dans cette dispute.

Quelques jours plus tard, je quittai Rita et emménageai chez Nina... quelques semaines à peine avant *[ce que j'appelle depuis, dans ma tête]* la tragédie de Lisbonne et mon départ pour Madrid.

*

Quiconque jetterait un regard vaguement objectif sur toute cette histoire ne pourrait ignorer les incongruités du récit de Nina. Bien malin par ailleurs qui pourrait affirmer sans l'ombre d'un doute qu'elle mentait effectivement à Vincent et, a fortiori, quand et à propos de quoi. Pensons par exemple à la fameuse question de l'achat du portable en pleine nuit afin de laisser à Iker un numéro de téléphone. Il existait probablement une explication simple à cet apparent mensonge de Nina. Elle aurait pu par exemple dire à Vincent qu'elle avait pris le numéro de téléphone d'Iker et l'avait rappelé le lendemain après s'être procuré un téléphone, Vincent, après réflexion, avait lui-même imaginé cette explication mais n'en avait rien dit à Nina et avait continué de réfléchir aux invraisemblances de son histoire, laissant en son esprit croître le doute et la jalousie. C'est d'ailleurs ce qu'il faut retenir pour le moment, la jalousie, les doutes de Vincent, il serait prématuré de se questionner plus avant sur la vérité ou non des raisons évoquées par Nina de sa présence impromptue à Madrid, de l'achat du portable, etc., on ne pourrait en ce sens, vu l'état actuel de nos connaissances, que spéculer.

Nina avait tout de même réussi, par ses explications et l'apparente sincérité de ses larmes, à convaincre momentanément Vincent qu'elle ne lui mentait pas, il continuait toutefois de poser, à propos de tout et de rien, un tas de questions. Il parle anglais, Iker ? demanda-t-il alors qu'ils traversaient la Plaza de la Puerta del Sol, Je ne crois pas, je ne sais pas, répondit Nina, Et l'autre, il parle anglais? Je ne sais pas, je t'ai dit que je ne le connais pas, Et Iker, lui, tu le connais bien? Non! je lui ai parlé quinze minutes dans un bar, Et quinze minutes ont suffi pour que tu ailles t'acheter un portable! Bon, d'accord, peut-être une demi-heure, et maintenant tu arrêtes de m'emmerder ou tu vas devoir pratiquer ton espagnol avec Iker. Ils entrèrent alors dans le bar El Quitasol où Iker leur avait donné rendez-vous. Il faisait très chaud, 42 °C, Vincent n'aimait pas trop la chaleur, Madrid était belle, mais depuis quatre jours sa peau le brûlait, il avait insisté pour qu'ils s'assoient à l'intérieur plutôt que sur la terrasse équipée de parasols à vaporisateurs d'eau pour rafraîchir les touristes. Il choisit une place au bar, à côté d'un ventilateur.

Iker finit par arriver avec plus d'une demi-heure de retard, il était accompagné d'un type ventru portant de très grosses lunettes qui lui faisaient sur les joues, où elles s'appuyaient, de petites plaies purulentes. Il avait la face grasse et des hanches très étroites, on aurait dit qu'il portait un ventre postiche et un masque à lunettes, il s'appelait Xavi. Iker était un très bel homme, grand, il embrassa Nina un peu trop affectueusement au goût de Vincent.

Il ne comprit évidemment pas un traître mot de la conversation des trois autres. Nina faisait la traduction, mais il avait l'impression qu'elle omettait de longs passages, notamment lorsqu'elle s'esclaffait et donnait de petites tapes affectueuses à Iker, elle avait l'air heureuse et Vincent sentait qu'il n'avait rien à voir là-dedans, il finit par demander à Nina, Dis donc, il te drague? et elle, Bien sûr que non! je lui ai expliqué très clairement que j'étais avec toi, il n'est pas con, il a l'air con pourtant, pensa Vincent. Après quinze ou vingt minutes de discussion animée, Nina n'avait toujours pas mentionné le nom d'Antoine, ils parlaient, d'après ce qu'elle lui traduisait, plus ou moins de la pluie et du beau temps, de foot aussi, Xavi adorait le Barça, Iker préférait le Real. À un moment Vincent prit Nina par le bras et lui dit, Tu pourrais leur parler de mon frère, s'il te plaît? et elle, Oui! tu as raison.

La suite de leur conversation dura encore longtemps et ne donna que très peu de résultats, à tout le moins selon Vincent. Xavi disait avoir connu Antoine quelques mois plus tôt, en janvier ou février, ils avaient travaillé ensemble pour une compagnie qui faisait de la rénovation, de la peinture, du ravalement de façade. Antoine n'avait pas beaucoup d'amis selon lui, voilà pourquoi Iker le connaissait mal, Xavi disait avoir été à peu près la seule personne avec qui il s'était lié au travail, il dit aussi qu'il buvait bien un peu, à l'espagnole, mais qu'à sa connaissance il ne se droguait pas, un jour il avait dit à Xavi qu'il quittait Madrid et celui-ci n'en avait plus eu de nouvelles. Ben merde, dit Vincent lorsque Nina eut terminé de lui résumer l'histoire de Xavi, puis il demanda, Il ne lui a pas dit où il allait? Non, répondit Nina. Vincent jeta un coup d'œil subreptice à Xavi et Iker qui rigolaient dans leur coin, Xavi devait bien en être à sa cinquième bière et ça ne faisait pas une heure qu'ils étaient là, Je ne suis pas sûr de le croire, ce Xavi, dit Vincent, et Nina, De toute façon ça ne change rien, on retourne à Lisbonne demain.

Après qu'ils eurent quitté Xavi et Iker, Nina fut, tout au long de la soirée, douce et câline, Je suis triste de te quitter, lui dit-elle plusieurs fois, et elle l'embrassait, le cajolait, ce qui sembla un peu absurde à Vincent, ils n'allaient après tout n'être séparés que quelques heures, Nina rentrait en avion le lendemain, Vincent, en train la nuit suivante, les baisers et la tendresse de Nina, pensa-t-il plus tard, visaient peut-être à le tromper, l'endormir, et cette méfiance n'était pas étrangère au fait que, dans toute cette histoire avec Iker, il avait la nette impression de s'être fait rouler dans la farine.

Comme la pension de Nina était toute proche d'un métro et que Nina prenait l'avion le lendemain matin, ils décidèrent d'aller dormir là. Ça le rassurait également que Nina ne se trouvât pas dans le même lieu que le pistolet. Il pensa que le lendemain, seul, il aurait amplement le temps de s'en débarrasser, ni vu ni connu.

Ils se couchèrent tôt, après tous les rebondissements, les disputes des derniers jours, ils étaient fatigués, ils firent l'amour aussi, il me semble. Vincent admira quelques instants le corps mouillé de Nina après qu'elle se fut endormie, c'était beau.

Dimanche

C'est la chaleur qui le réveilla le lendemain matin, Nina dormait dans ses bras, il ne voulut pas la réveiller, ses cheveux sentaient bon. Au bout de quelques minutes, elle sursauta, releva la tête et demanda, Quelle heure est il? il y avait un petit réveil en bakélite blanche d'une autre époque sur la table de chevet avec de gros chiffres verts, lumineux, Neuf heures vingt-trois, répondit-il, et elle, Merde, je vais être en retard!

Une vingtaine de minutes plus tard, elle était prête, il lui offrit de l'accompagner jusqu'à l'aéroport mais elle refusa, Essaie de profiter de ta dernière journée à Madrid, dit-elle en se pendant à son cou. Elle l'embrassa puis sortit de la chambre. Il alla à la fenêtre et regarda la rue, la vit sortir de la pension quelques secondes plus tard et héler un taxi qui s'enfonça dans les rues de Madrid. Ça valait bien la peine de dormir près du métro, pensa-t-il.

Toute une journée à brûler, seul.

Il ne prenait le train qu'un peu après minuit et s'était convaincu qu'il valait mieux attendre la noirceur pour se débarrasser du pistolet, il ne savait toutefois pas encore comment il allait s'y prendre.

Il décida d'aller marcher. Il était tôt, une vague fraîcheur subsistait encore, il ne fait jamais vraiment frais l'été, à Madrid, mais on a le sentiment, le matin, que la chaleur est moins poisseuse. Les rues étaient vides, ça faisait du bien.

Il marcha pendant une heure ou deux, plus ou moins à l'aveuglette, comme d'habitude, puis s'arrêta pour manger dans un Museo del Jamón. Il marcha encore, la tête vide, il s'était dit en sortant qu'il allait se promener pour réfléchir, trouver le moyen de se débarrasser du pistolet mais non, je veux dire, il n'y songea même pas. Il eût été logique de continuer à chercher Antoine, or cela lui paraissait tout à coup complètement vain. En passant près de la Plaza del Dos de Mayo, il pensa à Marianne rencontrée là trois jours plus tôt, regarda bien autour de lui au cas où elle aurait été là à promener son chien dans la chaleur écrasante de midi, mais non. Il s'assit quelques minutes, disons une demi-heure, à l'ombre près du robinet, observant autour de lui les gens à la recherche de, je ne sais pas, un signe, une idée.

Après la Plaza del Dos de Mayo, il marcha encore longtemps. Il se dit qu'il pourrait retourner au Prado, Nina lui avait pour le moins écourté sa visite quelques jours plus tôt, et c'était le meilleur moyen de fuir la chaleur, mais c'était dimanche, ce serait plein, ça ne lui disait rien.

Vers quinze heures, il entra dans un café et but du vin blanc, quand il en ressortit, il était vaguement ivre et, comme il se trouvait à proximité de sa pension et en avait marre de marcher, décida d'aller piquer un somme. Ce n'est qu'une fois au Jardín de las Fresas qu'il se rendit compte qu'il n'avait plus de chambre, l'heure du check-out était passée depuis longtemps, la panique l'étrangla lorsqu'il pensa au pistolet, mais l'employée de la pension lui proposa aussitôt, ayant peut-être perçu son malaise, de s'étendre un peu dans sa chambre où se trouvaient toujours ses bagages, avec la crise, c'était tranquille, et la chambre n'avait pas été réservée, on ne l'avait toujours pas rangée.

Dès qu'il fut seul, Vincent passa une main nerveuse sous le sommier. Le pistolet était là.

*

[...]

... on n'en est certes pas à un mensonge près, tous les personnages de cette histoire se sont menti à tort et à travers, sans discontinuer, sans tous leurs mensonges, cette histoire n'existerait même pas...

*

Le taxi laissa Nina sur le Largo da Graça où l'attendait Jorge, elle lui avait téléphoné de l'aéroport afin qu'il vînt lui remettre les clés de l'appartement de la Villa Sousa où ils logeraient, elle et Vincent, durant le reste de leur séjour.

Après qu'elle eut déposé ses bagages à l'appartement, Jorge l'invita au Botequim, un minuscule café-bar qui se trouvait au rez-de-chaussée de la Villa Sousa. Ils commandèrent des cafés et s'assirent dehors, sur de petits tabourets en bois dont on aurait pu se servir pour traire les vaches. Jorge parla à Nina de cette amoureuse d'Antoine dont Vincent lui avait appris l'existence et qu'il ne connaissait pas, en réalité, c'est de l'homme avec qui vivait cette femme qu'il parla, un Espagnol, de toute évidence un homme d'affaires, il portait des costumes très chics et trimballait un attaché-case, Qui se trimballe aujourd'hui avec un attaché-case ? ça n'a pas de sens ! avait conclu Jorge, Nina rit, Il m'a payé le loyer comptant pour trois mois et je n'en ai plus entendu parler, reprit-il, quand j'ai essayé de le contacter au bout des trois mois, son téléphone n'était plus en service et l'appartement était vide, je pense que c'était un abruti, Nina rit de nouveau, Jorge continua, Il vivait ici et ne parlait même pas portugais, son anglais était pourri, les Espagnols ne sont vraiment pas doués pour les langues étrangères, Vincent non plus ! le coupa Nina, et elle rit très fort, Jorge aussi, pour être avec elle, pour la communauté d'esprit.

Lorsqu'ils se séparèrent, elle descendit dans la Baixa par la Rua dos Cavaleiros, elle voulait trouver Gil. Elle avait bien essayé de lui téléphoner mais son telemóvel était éteint.

Elle retrouva facilement l'immeuble délabré où elle croyait qu'il vivait et, ne sachant pas à quel étage se trouvait son appartement, elle sonna partout, évidemment, on ne lui répondit nulle part, elle se demanda si les sonnettes marchaient, il ne semblait pas y avoir de contact. Elle allait tourner les talons lorsqu'elle eut l'intuition de pousser la porte, qui s'ouvrit. Elle entra.

Elle faillit d'ailleurs s'arrêter là, dans le hall d'entrée de l'immeuble, l'obscurité était quasi totale. En avançant un peu, elle crut voir briller quelque chose dans la cage d'escalier, une lueur qui semblait venir de loin, de haut. Elle entreprit de monter, il n'y avait pas de minuterie, elle n'en fut guère étonnée, ça arrive souvent. Elle gravit les marches en se servant du mur pour se guider, il était couvert d'aspérités, comme si on en avait arraché quelque chose, il régnait là une humidité poisseuse et lourde, une puanteur de cave dans laquelle on avait la sensation de se noyer. Sur les étages, il n'y avait rien, les portes étaient fermées, barricadées, eut-on dit, c'est un immeuble désaffecté, pensa Nina, montant toujours, l'obscurité, d'ailleurs, se dissipait tranquillement, pas la puanteur, une persistante odeur de merde de pigeon. Lorsqu'elle atteignit le troisième étage, elle vit que la porte de l'un des appartements était entrouverte, la poussa, et découvrit le perchoir de Gil.

À travers une épaisse couche de saleté, on voyait encore le vert d'eau qui recouvrait le bas des murs jusqu'à hauteur des yeux, et le bleu poudre qui montait jusqu'au plafond jaune, jadis, il avait sûrement été blanc. Dans les coins proliféraient des moisissures, il y avait des barreaux aux fenêtres alors qu'on se trouvait au troisième étage, c'était probablement en fait des armatures posées là pour que rien ne s'écroule. Aux fenêtres quelques carreaux cassés avaient été bouchés avec du carton. On avait bien essayé de nettoyer, mais on pouvait voir et sentir la merde de pigeon incrustée dans le plancher. La porte des toilettes avait été défoncée, il n'y avait pas l'eau courante. Au fond de la pièce se trouvaient deux autres portes dont l'une était ouverte sur un petit débarras, vide, l'autre, une porte double, était fermée. Tout juste à côté de la porte défoncée trônait une petite glacière qui suintait sur le sol. Une télé recouverte d'une poussière graisseuse était pendue dans un coin au plafond, comme dans les restaurants. Sur une table bancale, un réchaud à gaz, par terre un lit de camp et un sac de couchage.

Devant cette scène, Nina eut l'impression d'une révélation.

Gil est un clochard.

(Voilà ce que valent les révélations.)

Elle redescendit les escaliers le plus vite possible mais, dans l'obscurité, c'était tout de même lent. Elle fut aveuglée par le trop-plein de soleil qui inonda le hall lorsqu'elle ouvrit la porte donnant sur la rue. Avant de sortir, elle s'arrêta et écouta quelques secondes, je ne sais quoi, dans la cage d'escalier, n'entendit rien et sortit.

*

Gil avait passé son samedi à boire et cogiter dans sa chambre de la Residência Nova Avenida et une seule certitude ressortait de ses réflexions.

Il se trouvait dans un cul-de-sac.

Il ne fallait pas paniquer mais, s'il ne trouvait pas rapidement une solution à cette histoire de flingue, il allait devoir quitter Lisbonne.

Après avoir tout retourné dans sa tête pendant des heures, il conclut que, s'il décidait de ne pas s'enfuir tout simplement, il n'y avait plus pour lui qu'une seule démarche à tenter, aller parler aux Brésiliens. C'était des gens dangereux mais, en même temps, il ne leur avait rien fait, ils n'avaient aucune raison de lui vouloir du mal, à moins qu'ils fussent de mèche avec Davis et que celui-ci leur en ait donné une. C'était un risque qui valait sans doute la peine d'être couru.

L'autre problème qui se posait, c'est qu'il ne connaissait ces gens ni d'Ève ni d'Adam, et il ne pouvait pas se permettre, dans sa position, d'aller aux renseignements, il devait être discret et se débrouiller seul. Il était soûl mais ça, ça se gérait.

Il était à peu près convaincu, après la fusillade du jeudi précédent, que la bande à Bino, incluant Davis et les gars d'Abílio, avait déserté le secteur. Et si quelqu'un avait pris la relève, on pouvait parier sur les Brésiliens. Bon, c'était une piste assez ténue, mais se rendre dans la Mouraria était pour l'instant son seul moyen d'entrer en contact avec eux.

L'autre petit problème qu'il aurait à régler était celui de son apparence physique. En effet, avec le gros bandage qu'il avait toujours à la tête, il lui serait difficile de passer inaperçu, plutôt que d'essayer inutilement de le camoufler, autant s'en servir. Il alla emprunter de la cire à chaussure au gérant de la pension et s'en barbouilla le visage pour accentuer l'effet que donnait déjà sa barbe de quatre ou cinq jours, en tacha aussi ses vêtements, bref, il se déguisa plus ou moins en clochard.

En sortant de la pension, il fit des détours compliqués pour se rendre dans la Mouraria en évitant la Rua das Portas de Santo Antão où il eût pu tomber sur un membre de la bande à Bino, je pourrai peut-être plus jamais remettre les pieds dans cette rue-là, pensa-t-il. Alors qu'il montait la Rua dos Cavaleiros en rasant les murs, il aperçut, en train d'appuyer sur les boutons des sonnettes de l'immeuble où se trouvait son perchoir... Nina! Il se cacha aussitôt derrière une boîte aux lettres. Qu'est-ce qu'elle fait là? se demanda-t-il. Il l'observa encore quelques instants, il n'avait aucune raison de se cacher d'elle mais ne voulait pas attirer son attention, pour me cacher efficacement, pensa-t-il, faut que je me cache aussi d'elle, c'est en quelque sorte un principe de base. Il la vit entrer dans l'immeuble, qu'est-ce que je fais? j'attends? je m'en vais? il ne savait pas, il en profita tout de même pour jeter un coup d'œil dans la Rua Marquês de Ponte do Lima, il n'y avait pas un chat, pas de dealers, pas de junkies, un flic un peu plus bas dans la Rua dos Cavaleiros, une vieille dame avec ses sacs d'épicerie, c'est tout.

Nina ressortit de l'immeuble au perchoir quelques instants plus tard, descendit rapidement la Rua dos Cavaleiros, elle courait presque, vers la Praça Martim Moniz. Gil décida de la suivre.

Elle se rendit à la Casa do Alentejo, cette petite filature n'avait pas eu finalement un grand intérêt. Sur le Largo de São Domingos, un clochard avec une longue barbe blanche qui trimballait une bouteille d'un litre de Sagres cria quelque chose que Gil ne comprit pas, il dit au vieillard, Me parles-tu? l'autre continua de crier comme dans une langue inventée dont Gil ne comprit rien d'autre que, Cerveja fria! bière froide!

Puis il pensa que, si Nina était de retour à Lisbonne, Vincent devait l'être également. Il tira de sa poche son telemóvel pour se rendre compte que la pile était morte. Il décida de rentrer à la pension, il fallait recharger la pile, il pouvait avoir besoin du telemóvel. Et c'était l'heure de l'apéro.

Pour les Brésiliens, il verrait ça le lendemain.

*

Vincent se réveilla vers vingt heures, peut-être vingt et une heures, enfouit le pistolet dans son petit sac de voyage et sortit. Il n'avait plus de temps à perdre, devait trouver au plus vite où et comment s'en débarrasser, c'était simple en fait, il n'avait qu'à le jeter dans une poubelle, un tas de déchets, quand on le retrouverait, tôt ou tard, Vincent serait déjà loin, pourtant quelque chose le retenait, il y avait du monde partout, c'était l'heure des tapas, on aurait pu le voir, le trouver louche, aller fouiller derrière lui pour voir ce dont il s'était ainsi débarrassé subrepticement dans un tas de déchets, une poubelle, je ne sais pas, et avertir la police, C'est lui! aurait-on crié, le type au sac! c'est lui qui a jeté ce pistolet dans cette poubelle, ce tas de déchets! c'est ce qu'il pensait, et aussi que c'était passablement invraisemblable, je veux dire, peu de gens perdent ainsi leur temps à inspecter les rebuts des touristes. En réalité, ce n'était pas tant les gens autour de lui qui le retenaient de se débarrasser de l'arme qu'un malaise qu'il aurait eu beaucoup de mal à décrire et qui tenait à ce qu'il avait éprouvé le soir où un inconnu lui avait remis le pistolet, au centre du drame, de la fusillade, comme si on lui avait transmis une idée et qu'il en était devenu le gardien. Il n'aurait pu l'expliquer, cette idée, il la sentait liée à un vague sentiment de liberté qui s'évanouirait, lui semblait-il, lorsqu'il se débarrasserait de l'arme.

Il marcha toute la soirée, retournant cette idée dans sa tête, observant les gens et, lorsqu'il arriva à la gare, se dit qu'il était trop tard, il y avait partout des caméras de surveillance. Au point où il en était, pensa-t-il, il ferait mieux de garder le flingue avec lui.

Ce qu'il fit.

Il espérait être seul dans son compartiment comme la dernière fois mais se retrouva avec trois Espagnols qui parlaient fort et voulurent lui faire la conversation, heureusement celle-ci tourna court, la barrière linguistique s'avéra infranchissable. Vers minuit, ils se calmèrent et s'assoupirent enfin. Vincent, lui, ne voulait pas dormir, de crainte qu'on cherchât à le voler, fouillât son bagage et découvrît le pistolet. Il cala son sac contre la cloison, il était pratiquement couché dessus mais ça ne le rassurait qu'à moitié. Malgré tout ses yeux se fermaient. Pour rester éveillé, il alla s'asseoir une petite heure au bar du wagon restaurant, prit deux ou trois cafés. On finit par lui demander de sortir, on fermait. Il retourna à son compartiment, s'étendit sur sa couchette. Pour lutter contre le sommeil, il se mit à penser à ce qu'il pourrait dire à la police s'il se faisait pincer, prétendre par exemple que les Espagnols devaient avoir mis le flingue dans son sac, en espérant qu'il en avait bien effacé les empreintes, en fait il ne trouva pas grand-chose d'autre, quelques histoires peu convaincantes dans le demi-sommeil, puis il s'endormit.

Un sommeil noir, sans rêves.

Il se réveilla au petit matin, complètement écrasé, comme s'il n'avait pas dormi depuis des jours, au moment où le train s'arrêtait. Dans le compartiment, les Espagnols dormaient, ça puait l'ail, la sueur, le vieux fromage. Lorsqu'il pensa au pistolet, cela lui fouetta un peu les sangs, il plongea la main dans son sac et sentit l'acier, le plastique de la crosse. Il avait très envie de pisser, prit son sac et sortit. Au retour, il décida de ne pas retourner dans son compartiment, resta debout dans le corridor à regarder le paysage par la fenêtre.

Dans le rêve délirant qu'il eut l'impression de vivre ce matin-là, seules les grosses lettres sur le mur de la gare,

ENTRONCAMENTO, lui permirent de reconnaître le lieu, alors que tout lui avait semblé si simple, et posé, et net, lorsqu'il y était passé la première fois.

Lorsque le train repartit, il se sentit étrangement soulagé. Jamais plus il n'aurait à faire ce trajet lugubre.

Lundi

De la gare Santa Apolónia, Vincent gravit la colline de l'Alfama puis, de Cerca Moura, retrouva la Graça, la Villa Sousa, tout étonné de ne s'être pas perdu en chemin. Il devait être huit heures dix quand il cogna chez lui, réveillant Nina qui sembla enchantée de le voir. Elle adorait le minuscule appartement qu'il avait retenu pour eux.

Vincent fut surpris que ce soit aussi petit, mais c'était décoré avec goût, confortable aussi, avec un bon courant d'air, J'ai très bien dormi la nuit dernière, dit Nina. La chambre à coucher était un peu plus grande que le reste de l'appartement, Je suis fatiguée, dit-elle encore, ce doit être la grossesse. Elle souriait, l'air heureuse, et bon, malgré ses colères des derniers jours, Vincent était content de la voir. Il croyait naïvement que tous les malheurs de Madrid s'estomperaient à Lisbonne, oublier tout ça, pensa-t-il, repartir à zéro. Évidemment, s'il avait sérieusement réfléchi à la question plutôt que de s'en remettre à la pensée magique, il aurait certainement compris que tout était déjà perdu.

La chambre se trouvait à l'arrière, il y avait une porte-fenêtre qui s'ouvrait sur un balcon très étroit et donnait sur le pátio. En bas, de l'autre côté de la cour, on voyait l'atelier de monsieur Simão et en face, dans le coin, l'appartement de Rita. La fenêtre de devant donnait sur le Largo da Graça, la vue était splendide. Vincent resta sur le balcon à observer le pátio, la vie dans le pátio. Monsieur Simão était là, fouillant dans le tas de rebuts, les mêmes structures en métal que la semaine précédente, des espèces d'étagères, étaient disposées sur le sol, désarticulées, devant son atelier. Vincent entendit le bruit de la douche, Nina prend une douche, pensa-t-il, c'était toujours très long.

Il pensa alors qu'il devrait téléphoner à Gil, il était tôt, mais tant pis, il ne lui restait plus beaucoup de temps, quelques jours à peine pour retrouver son frère et plus la moindre piste. La seule chose qu'il savait, c'est qu'Antoine n'était plus à Lisbonne, donc ça n'avait pas beaucoup de sens d'être pressé d'appeler Gil, pourtant, allez savoir pourquoi, il n'y avait pour lui, à ce moment-là, rien d'autre à faire. Il sortit de la Villa Sousa et marcha sur le Largo da Graça, il y avait des téléphones publics près de la station de taxis, il aurait pu appeler du portable de Nina mais n'y pensa même pas, pour lui, ce portable n'existait pas.

*

Depuis deux jours, Gil n'avait que très brièvement dessoûlé. En se réveillant ce matin-là, lundi, il avait quitté la pension et, après avoir fait quelques courses, profité de ce que les rues de la Mouraria étaient vides de monde pour monter au perchoir. (Il avait tout de même pris soin, pour plus de discrétion, de revêtir son costume de clochard.) Il ne savait pas encore ce qu'il allait faire mais, là-haut, il avait souvent eu des idées, et c'était sans doute le meilleur endroit, je veux dire, au centre du drame, pour trouver quoi raconter à Bino. En fait celui-ci lui avait dit qu'il voulait le voir la veille, dimanche, et Gil ne l'avait toujours pas contacté depuis qu'Abílio s'était fait descendre, depuis jeudi donc, Bino devait être en furie et chaque jour qui passait empirait probablement les choses. Gil savait au fond de lui qu'il aurait dû l'appeler mais ne le faisait pas, se disant qu'il valait mieux le faire poireauter encore un peu tant qu'il n'avait ni le pistolet ni une histoire crédible à raconter, une histoire qui laisserait croire à Bino qu'il pourrait régler quelques-uns de ses problèmes. Et Gil s'était convaincu, ce matin-là, dans les vapeurs de l'alcool et du demi-sommeil, que c'est dans la Mouraria qu'il la trouverait.

Depuis jeudi, il n'avait pas pensé à Vincent, et encore moins à Antoine, il fallait savoir, dans l'adversité, choisir ses priorités. Il était en train de mettre des bouteilles de vin et de la glace dans sa petite glacière lorsqu'il sentit sur sa cuisse gauche son téléphone vibrer, Estou, répondit-il, à travers un filet de bave au fond de sa gorge. Ne reconnaissant pas sa voix et croyant s'être trompé de numéro,

Vincent demanda, Gil, c'est toi ? Vincent ? tu es de retour ? demanda à son tour Gil, Oui, Ça fait des semaines que j'attends que tu m'appelles, Une semaine, Gil, on est parti une semaine, Ah, dit finalement ce dernier, et il se tut. Tu as du nouveau ? demanda Vincent, il eut alors l'impression que Gil se réveillait, Oui oui, j'ai du nouveau ! excusemoi Vincent, je vais pas trop bien. Il ne donna pas d'autre détail mais proposa à Vincent de le rejoindre à dix heures dans une taverne du Bairro dos Anjos.

Vincent rentra à la Villa Sousa et trouva Nina au lit, elle s'était recouchée, avait des nausées, il dit, Je devais rencontrer Gil dans une heure mais je vais le rappeler pour lui dire que tu es malade, Non, vas-y, insista Nina, c'est à cause de la grossesse, c'est normal, ça passera comme c'est venu, va voir ton ami. Ils se donnèrent rendez-vous vers dix-sept heures à la Casa do Alentejo. Il attendit une petite demi-heure avant de partir, assis dans le fauteuil à oreilles, à la regarder dormir.

Il eut beaucoup de mal à trouver le bar où Gil lui avait donné rendez-vous. Il essaya de demander des indications à quelques passants qui lui répondirent en parlant très vite et en faisant de grands gestes qu'il ne sut décoder, alors il s'engouffra au hasard dans des rues aux noms compliqués dont il ne lui resta par la suite d'autre souvenir que le nombre ahurissant de maisons en ruine qui s'y trouvaient. Il arriva un petit quart d'heure en retard au lieu du rendez-vous. Gil l'attendait.

De toute évidence, il n'allait pas bien, en fait, à première vue, on aurait pu le prendre pour un clochard, peut-être à cause du déguisement, de la lumière, du décor aussi, c'était un bar vraiment miteux, un bar à dealers sans doute, pensa Vincent, bien qu'il n'eût pas la moindre notion de ce à quoi pouvait ressembler un tel endroit au Portugal, ni même à Montréal d'ailleurs, il ne possédait à ce propos que des références cinématographiques et livresques. Gil était assis au bar, soûl, sale, seul. En voyant Vincent, il commanda des bières et se dirigea vers une table dans un coin sombre. Dès qu'ils se furent assis, Merde! dit Vincent, qu'est-ce qui t'arrive? Bien qu'il ne fût que dix heures trente, Gil puait, pas que l'alcool, la transpiration, les ordures même, il avait une grande tache rose sur sa chemise et cet affreux bandage sur la tête qui commençait à se défaire, tout jauni de sueur et bruni de sang. Tu es soûl? demanda Vincent, pour la forme, on se rendait compte au premier coup d'œil qu'il était soûl, le déguisement n'avait rien à voir là-dedans, C'est correct, répondit Gil, j'ai bu un peu trop à matin, mais là je suis à la bière, ça va me faire redescendre. Vincent ne sut pas trop quoi dire, il aurait voulu encourager Gil mais bon, rien, ce dernier reprit aussitôt, Je suis dans la marde, mais c'est correct, je vais m'en sortir, on s'en sort tout le temps, hein? Vincent se mit alors à lui poser des questions, Pourquoi tu t'es soûlé? qu'est-ce qui t'est arrivé à la tête? tu as besoin d'aide? et, sans donner à Gil le temps de répondre, lui donna des conseils, Boire ne t'aidera pas à régler tes problèmes, il faut te ressaisir, fais-moi confiance, laisse-moi t'aider, ce genre de connerie. Gil était vraiment en piteux état, répéta, Je vais m'en sortir, je vais être correct. Vincent insista, Gil, tu dois me faire confiance! je suis ton ami, je suis sûr que ça t'aidera de te confier, il faut verbaliser tes problèmes, de la psycho pop. Gil réfléchit un peu, commanda d'autres bières alors que le serveur passait par là puis dit, Ok, je vais te raconter.

D'abord, Vincent, il faut que je te dise quelque chose que, c'est que, je sais pas comment dire ça, ok, regarde, j'ai honte, je t'ai conté des menteries. Vincent ne commenta pas. Gil continua aussitôt, À propos de mon travail, Je ne comprends pas, dit Vincent, C'est sûr que tu comprends pas, dit Gil, je te dis que je t'ai dit des menteries! et c'était bien logique, Alors explique! le pressa Vincent, Ok je, bon, mon travail, je t'ai dit, en fait, je travaille des fois dans le milieu interlope.

Après tous les mensonges qu'on lui avait racontés ces derniers temps, sans parler de ceux qu'il soupçonnait et qui lui faisaient le plus peur, celui-là sembla totalement anodin à Vincent, il s'en trouva presque soulagé, eut l'impression pour la première fois depuis longtemps qu'on lui disait enfin la vérité. Il demanda, Qu'est-ce que tu fais au juste? Ben, tu sais, des filatures, de la surveillance, rien de bien méchant, je suis pas un tueur, mais disons que les gens qui m'engagent pour ces affaires-là c'est pas des enfants de chœur. Vincent le regarda dans les yeux et dit, Gil, tu vis comme tu veux, moi je te juge pas, et alors Gil soupira et les larmes lui vinrent aux yeux, il n'y aurait pas eu de larmes s'il n'avait pas été soûl, les nerfs étaient peut-être aussi en cause. Il prit dans ses bras Vincent qui fut un peu surpris par tant d'affection et une odeur d'aisselles prononcée, puis dit, Merci Vincent, merci! tu peux pas savoir à quel point ça me fait plaisir que tu me dises ça, ça me rappelle vraiment le pays, la manière qu'on a chez nous d'avoir jamais aucun jugement sur rien, c'est tellement généreux! Vincent ne commenta pas les propos de Gil, se leva et alla au bar chercher d'autres bières pour lui laisser le temps de reprendre un peu ses esprits, aussi pour s'éloigner de l'odeur. Lorsqu'il revint à la table, Gil avait l'air remis, Vincent lui demanda, Pourquoi tu me racontes ça aujourd'hui? je veux dire, pourquoi me dire tout à coup que tu m'as menti alors que je te croyais? Gil eut l'air surpris, Ben, je t'avais menti, c'est pas correct de mentir à ses amis, ça a rien à voir avec s'ils te croient ou non. Ce fut au tour de Vincent d'être surpris, il n'avait jamais vu les choses sous cet angle et ne savait plus trop quoi dire, Ce n'est pas ça, je ne voulais pas, bafouilla-t-il, puis Gil, Ça fait des jours que je retourne ça dans ma tête, fallait que je me vide le cœur, je suis vraiment tout seul dans cette histoire-là, Mais quelle histoire? demanda Vincent.

Gil lui expliqua son travail avec Bino et l'histoire du pistolet perdu qu'il n'avait pas réussi à résoudre, Là je cherche quoi raconter à Bino pour m'en sortir mais je trouve pas, et ces gars-là, quand ils sont pas contents, on peut s'attendre à tout. Il se tut quelques secondes puis, Je pense qu'il va falloir que je parte de Lisbonne si je veux pas me faire casser les jambes.

À ce moment, Vincent eut une illumination.

C'était quoi comme pistolet? demanda-t-il, Un Glock de marde, répondit Gil, mais quand même. Vincent lui demanda de le décrire, ce que fit Gil sans trop comprendre pourquoi, puis Vincent, Je pense que je peux t'aider! et il lui dit à l'oreille, À Madrid, j'ai trouvé un gun et je l'ai rapporté à Lisbonne!

Gil, sur le coup, ne le crut pas, Tu me niaises? demanda-t-il, mais nous savons que Vincent ne mentait pas, il dit, On prend une dernière bière pour fêter ça? Non, dit Gil, on boit plus, on a de l'ouvrage. Il se leva, Vincent le suivit, ça semblait être la chose à faire.

Lorsqu'ils arrivèrent à l'appartement de la Villa Sousa, Nina n'y était pas, normal, pensa Vincent, elle s'est réveillée et se sentait mieux, alors elle est sortie. Il ne pouvait tout de même pas espérer qu'elle passe la journée enfermée à attendre leur rendez-vous à la Casa do Alentejo si elle se sentait bien, il aurait tout de même préféré qu'elle fût là malgré les inconvénients que cela aurait causés, à cause du pistolet.

C'est gentil chez vous! lança Gil après que Vincent l'eut invité à s'asseoir dans le fauteuil à oreilles, c'est confortable, C'est petit, dit Vincent en fouillant sous le lit, puis il tendit à Gil un sac en papier. Gil en sortit le flingue, c'était bien un Glock, une copie conforme de celui qu'il cherchait, bon, il n'avait jamais vu l'autre, ne l'avait jamais comme celui-ci tenu dans ses mains, mais c'est exactement ce flingue-là qu'il cherchait, pensa-t-il en le soupesant, on aurait dit un jouet. Il le remit ensuite dans le sac qu'il rendit à Vincent, Tu es vraiment en train de me sauver la vie, Ça me fait plaisir Gil, dit Vincent, et il pensa que c'était formidable de faire le bien avec un flingue. Gil dit, Est-ce que je pourrais profiter de l'absence de Nina pour t'emprunter ta douche ? Avec plaisir, je t'en prie, répondit Vincent, cette douche lui ferait autant de bien qu'à Gil, à cause de l'odeur, s'il est nécessaire de le préciser.

Pendant qu'il était dans la salle de bain, Gil donna un coup de fil à Bino, Tu te fous de ma gueule, Gil, c'est pas bon pour la tienne, Je suis désolé, monsieur Bino, mais vous allez être content, j'ai retrouvé la fusca. Il y eut un silence, Tu l'as reprise aux Brésiliens ? C'est plus compliqué que ça, dit Gil, c'est une histoire vraiment compliquée, J'espère qu'elle est bonne, ton histoire, Monsieur Bino, reprit Gil, je suis un peu en retard, j'aurais dû vous appeler avant mais j'ai tenu mes promesses, j'ai le gun, Tu me raconteras ça demain, je t'avertis, si tu me poses un lapin, tu es mort, vingt-deux heures au Café Central, il raccrocha.

Gil prit ensuite sa douche. Ça n'allait pas trop mal, finalement.

En sortant de la salle de bain, il dit à Vincent, Moi aussi j'ai quelque chose pour toi, un contact. Il lui parla de Miguel qui restait à quelques minutes de marche de la Villa Sousa, dans la Costa do Castelo, Si tu veux, on peut aller le voir maintenant, sa femme m'a dit qu'il serait chez lui aujourd'hui. Vincent, évidemment, accepta, il avait encore quelques heures à tuer avant de rejoindre Nina. Alors qu'ils s'apprêtaient à sortir, il tendit de nouveau le pistolet à Gil, Peux-tu le garder et me l'apporter demain ? demanda ce dernier, je suis un peu sous surveillance, ça serait moins risqué pour moi. Vincent ne put réprimer l'idée que, si garder le pistolet était dangereux pour Gil, ce devait l'être aussi pour lui, il n'osa toutefois faire part de ses craintes à son ami, Ça va ? demanda Gil, Oui oui, ça va, répondit Vincent, et il alla replacer le flingue sous le sommier.

En descendant la Travessa das Mónicas, Gil expliqua à Vincent que, selon lui, Antoine avait fait du théâtre, en fait, chaque fois qu'il était question d'Antoine surgissaient des histoires de clochards ou de théâtre ou les deux, d'ailleurs ce Miguel était metteur en scène, l'histoire du pistolet l'avait un peu préoccupé ces derniers temps, continua-t-il, alors il n'avait pas fouillé autant qu'il aurait voulu cet aspect de la question, ce n'était plus ou moins qu'une intuition, d'ailleurs. Vincent dit, Antoine était un bon musicien mais je ne l'ai jamais entendu parler de théâtre, On verra bien, dit Gil en sonnant au 1er droite du 67, Costa do Castelo.

Une femme leur ouvrit, une petite brune aux yeux brillants, un sourire lumineux, Vincent en fut tout retourné. Après les avoir salués elle dit à Gil, Miguel n'est toujours pas rentré, il ne sera ici que vendredi, c'est pour cela qu'il ne vous a pas rappelé. Sans doute le fait que Vincent ne comprenait pas un mot de ce qu'elle disait ajoutait-il à son charme. Après une brève discussion avec la femme, Gil dit à Vincent, Viens, elle a bien connu Antoine, elle dit qu'elle peut nous parler de lui, elle nous invite à entrer. Gil puait déjà un peu moins après sa douche, il était tout de même habillé comme un clochard et portait toujours cet affreux bandage, c'était tout de même étonnant qu'elle les laisse entrer. Gil murmura à Vincent, Elle s'appelle Joana, elle dit que tu ressembles à ton frère. Sur le palier, il y avait très peu de lumière.

Elle les conduisit au salon et leur offrit à boire, mais ils refusèrent, en fait Gil refusa et ne demanda pas son avis à Vincent.

Joana leur expliqua qu'un an et demi, peut-être deux ans plus tôt, Antoine avait vécu dans cet appartement avec eux pendant quelques jours, il allait déjà mieux, il avait eu une mauvaise passe dont Miguel l'avait aidé à se sortir. Quel genre de mauvaise passe? demanda Gil, et elle, Pendant un, deux ou trois ans, il n'avait pas d'endroit où vivre, se promenait d'un lieu à l'autre et n'arrivait pas à trouver du travail, il n'avait pas de visa, jouait du cavaquinho dans le métro, dans les rues de la Baixa, et il buvait, Il se droguait? Je ne sais pas, répondit Joana.

Ils parlèrent encore quelques minutes puis Gil dit, Vous savez ce qui s'est passé quand Antoine et Miguel se sont fait arrêter à la Casa do Alentejo? C'était avec la troupe de Miguel, expliqua Joana, puis elle raconta à Gil ce que nous savons déjà, et aussi que, après son arrestation, Antoine avait failli être expulsé mais avait finalement réussi à demeurer au pays. Nous avons dit à la police qu'il habitait chez nous et que nous nous portions garants de lui, précisa Joana, qu'il avait un domicile et donc qu'il ne vagabondait pas, et de toute façon il y a tellement de vagabonds à Lisbonne que la police ne s'occupe plus vraiment d'eux, l'important, je pense, c'est qu'Antoine a été très reconnaissant envers Miguel de l'avoir recueilli et, à partir de là, sa vie s'est en quelque sorte stabilisée, comme je vous l'ai dit, il n'est resté ici que très peu de temps, environ deux semaines, et après il est allé vivre chez une fille qu'il connaissait et s'est trouvé du travail, il faisait de la peinture, de la rénovation.

Gil traduisit à Vincent qui demanda, Peux-tu lui parler de Madrid? Gil et Joana se mirent à parler portugais et Vincent ne comprit rien, en fait, qu'un mot, Nina, ce n'était peut-être pas un nom, comme fanny en anglais, ou dick, je veux dire, ça peut être un nom, mais aussi autre chose. Gil traduisit finalement, Elle dit qu'il est parti à Madrid l'année passée pour aller rejoindre une fille qui s'appelle Nina, Ben merde! dit Vincent, Elle était là-bas en vacances et il est parti la rejoindre pour lui faire une surprise, mais ça a mal tourné et il est jamais revenu, Et elle, elle est revenue? Oui, dit Gil, elle vit à Porto depuis environ six mois, c'est une amie de Joana et Miguel, Génial! s'exclama Vincent, elle sait peut-être où se trouve Antoine! Êtes-vous encore en contact avec elle? demanda Gil à Joana, Il y a longtemps que je ne lui ai pas parlé, quand elle a quitté Lisbonne, elle ne nous a plus vraiment donné de nouvelles, en fait, à l'époque, elle était partie pour Porto mais, si ça se trouve, elle n'y est déjà plus, elle bougeait beaucoup à cause de son travail, si vous voulez, je peux essayer de la contacter, Ça serait très gentil, dit Gil.

Lorsqu'ils sortirent de chez Joana, Gil dit, Elle a des beaux yeux noirs, hein ? Oui, répondit Vincent. Gil lui dit qu'il allait passer chez lui se changer, Ça va faire du bien à tout le monde, je suis dégueulasse, hein ? Vincent n'avait jamais vu personne dessoûler aussi vite. En lui serrant la main, Gil dit, À demain, et oublie pas le gun, T'inquiète pas, dit Vincent.

Comme il n'était pas pressé de se rendre à la Casa do Alentejo, il fit un grand détour par l'Alfama à travers des rues qui lui parurent étrangères mais dans une desquelles il crut reconnaître l'appartement où avait déjà vécu Nina. Il prit l'adresse en note.

Ce n'est qu'en arrivant dans la Rua das Portas de Santo Antao que Vincent se rendit compte qu'il avait complètement oublié de demander à Gil si Nina l'avait bien contacté de Porto, comme elle le lui avait affirmé à Madrid. Au fond c'était peut-être mieux ainsi, pensa-t-il, ça lui éviterait sans doute de gâcher leur soirée.

*

[Casa do Alentejo – II]

C'est Miguel qui m'a présenté Nina, je veux dire, officiellement, c'était une rencontre inespérée... après toutes ces semaines passées à l'observer de la fenêtre de l'appartement de Rita... Il m'avait invité à assister à un spectacle... près du Cais do Sodré, une pièce intitulée *Portrait de l'artiste en vagabond*... fascination pour les nains, notamment chez Velázquez, au fond, c'était un peu la même chose, le bouffon, celui qui garde les chiens… être systématiquement condamné au même rôle… tous ceux qu'on appelait, à la cour de Felipe IV, les hommes de plaisir, nains, fous, bouffons, acteurs, philosophes… tout de même un hasard incroyable que cette femme magnifique fût une amie de Miguel et qu'il y eût là ce nain… nous le surnommions Velázquez, à cause de sa barbiche. Velázquez fut le seul de mes amis portugais que je croisai à Madrid, j'étais dans un bar, buvait une bière en attendant Mariana quand j'entendis derrière moi mon nom, je ne me retournai pas, mais il cria encore et alors… il était à Madrid en tournée avec sa troupe dans un festival quelconque, jouait dans une adaptation de *The Killers* [Os Assassinos, *par Miguel Castro Caldas*] de Ernest Hemingway, Un nain dans *The Killers*? demandai-je, Oui, répondit Velázquez, et moi, C'est une idée bizarre! Oui, mais une tournée, expliqua-t-il, ça ne se refuse pas, j'en payai une autre… proposai de nous revoir, il n'avait pas le temps, partait dès le lendemain matin pour Salamanca… j'insistai pour qu'il ne mentionnât à personne notre discussion madrilène, en réalité, beaucoup plus que la visite de Nina, c'est cette rencontre avec Velázquez qui me convainquit de quitter Madrid, Velázquez connaissait les Brésiliens, João Bispo notamment, chez qui j'avais vécu quelque temps dans la Rua dos Cavaleiros. Le soir de la tragédie de Lisbonne, lors de l'échauffourée, j'avais vu João Bispo se faire démolir la gueule par le petit Blanc… bourreler de coups de pied les côtes… il ne m'avait peut-être pas vu, trop occupé à se faire péter la gueule, et Velázquez n'avait probablement jamais entendu parler de l'histoire du flingue perdu, mais le risque était là… que Velázquez aille s'ouvrir la trappe un soir de beuverie, je ne sais pas… rencontre fortuite avec Velázquez est d'autant plus étonnante que, plus d'un an après, nous nous croisâmes de nouveau par hasard, au musée…

… au moins un an et demi, deux ans plus tôt, je me trouvais toujours à Lisbonne, et Miguel m'avait proposé de participer avec lui à un projet… consistait en une série de manifestations dramatiques avec des acteurs non professionnels… je jouais le rôle d'un clochard aveugle… sur le Rossio, je portais un complet sale et défraîchi et un bandeau taché de sang sur les yeux, je mendiais, demandais l'aumône en chantant, m'accompagnant au cavaquinho… pas seul, trois ou quatre autres… non sans quelques passagères humiliations *[deux types qui passèrent devant nous avec des femmes, l'un d'eux dit, Sem as donzelas, te fodia! sans les demoiselles, je t'enculais!]*, on s'y attendait, cela va de soi, surtout qu'il y a là toutes sortes de gens, je dis cela sans aucun mépris, au contraire…

… lors de cette étrange soirée à la Casa do Alentejo…

Compte tenu de la nature même du spectacle… spectacle de la rue… et du rôle que nous y tenions *[mendiants]*, compte tenu également que le spectacle avait duré plusieurs heures… nous étions pour la plupart passablement éméchés… avions bu dans tous les débits de boisson du Largo de São Domingos et de la Rua das Portas de Santo Antão… raison de plus pour moi de mythifier ce lieu, cette rue, cette soirée fantasmagorique à la Casa do Alentejo, d'ailleurs un lieu propice au mythe, c'est connu, il n'y a qu'à voir les fresques au plafond, les caryatides, la petite scène de théâtre…

Paulo, le vieillard à la barbe blanche, avait bu de la bière toute la journée, d'énormes bouteilles de Sagres, De la bière chaude, je déteste ça, s'était-il plaint, je veux de la bière froide! cerveja fria! … Ada, elle, avait dû passer la journée assise par terre, avait mal au cul, mal au dos… affublée d'énormes seins postiches et, si elle s'était levée, on aurait vu au premier coup d'œil qu'ils étaient faux, gros comme des pastèques… Velázquez allait parfois lui porter de l'eau, de la bière, parce qu'elle ne pouvait pas bouger, il fallait bien s'occuper d'elle, en fin de compte, c'était tout de même elle la moins soûle… Ciro avait commencé l'après-midi avec du lait dans son carton de vin, c'était une drôle d'idée mais Ciro aimait le lait, or après une heure ou deux il n'en pouvait plus, il avait mal au cœur, mal au ventre, le lait était chaud, il avait peur d'être malade et en plus, sur sa peau noire, le cerne blanc du lait autour de sa bouche détruisait complètement l'effet poivrot du carton de vin, Ciro jouait qu'il était soûl, un clochard soûl mais angélique… Miguel était allé acheter un carton de vin, du vin dégueulasse évidemment, ça ne pouvait, cela dit, être pire que le lait… engueulé avec un vrai mendiant, un mutilé devant l'église São Domingos, il y a des années qu'il est là, qu'il rouvre sa blessure chaque jour, chaque semaine, avant qu'elle cicatrise, bref il se leva

à l'aide de ses béquilles et vint engueuler Ciro, Pretos
fora! dehors les nègres! criait-il, sale raciste, il est vrai
que, dans l'entrée de São Domingos avec son carton de
vin, Ciro dérangeait bien des gens, pour la plupart des
Blancs, en même temps c'était le but, Ciro répondit au
mutilé volontaire, Vous ne voyez pas que contre nous
se tendent les filets où nous nous emmaillerons, contre
nous se tissent les nasses, contre nous se plient, s'affûtent
les hameçons, contre nous les harpons? tant d'ennemis
si bien armés, là, dehors, ne suffisent-ils pas pour que
nous cessions de nous manger les uns les autres? C'était
bien envoyé, un passage du *Sermon* [de saint Antoine]
aux poissons... d'autant plus que notre objectif n'était
pas d'ennuyer les mendiants, plutôt les touristes, les
gentils bourgeois, notre spectacle se voulait en réalité
un exercice de solidarité à l'égard des mendiants, avait
été pensé pour eux d'abord et avant tout, nous voulions
qu'ils rigolent, qu'ils s'amusent – d'ailleurs, à la fin de la
journée, avec l'argent que nous avions ramassé, nous leur
avons payé à boire...

... finalement à la Casa do Alentejo... Velázquez et
ses deux lévriers, Miguel s'obstina longtemps avec le
patron, habituellement, à la Casa do Alentejo, ce genre
de choses *[chiens]* ne posait pas de problème, mais il y
avait ce soir-là une espèce de bal, de fête... un pianiste
et quelques autres musiciens jouaient dans le salão et des
couples de vieillards dansaient, c'était très curieux... on
nous permit de monter à condition de rester dans le café,
ce qui cessa d'être un problème dès que Miguel eut

réussi à convaincre le patron que nous n'étions pas de vrais clochards, que nous étions des hommes de plaisir, il s'exprima de cette manière équivoque, expliqua également que plusieurs amis devaient venir nous rejoindre et que nous avions une réservation au restaurant de l'établissement pour vingt et une heures, il n'était alors que… dix-neuf heures, c'était de toute façon une heure bizarre pour faire un bal…

… bref les vieillards dansaient dans le salão sur des musiques révolues et nous buvions de la bière au café… Velázquez avait attaché ses lévriers à la patte d'une table, ils étaient tranquilles, depuis que nous étions arrivés ils n'avaient pour ainsi dire pas bougé, nous les avions plus ou moins oubliés, les copains commencèrent à arriver, je connaissais très peu de monde mais, au point où j'en étais, ça n'avait plus d'importance… À un moment je crus voir une jolie fille que j'avais déjà rencontrée, peut-être lors d'un autre spectacle de Miguel *[c'était un souvenir très vague jusqu'à ce que Nina me dise, un an, peut-être un an et demi plus tard, qu'elle se trouvait effectivement à cette soirée, il est possible aussi que, cette fille dont je parle ici, ce ne fût pas Nina]*, j'étais beaucoup trop soûl pour m'aventurer à aller lui parler, je jouais du cavaquinho dans mon coin avec Velázquez qui chantait, il chantait affreusement mal, c'était hilarant…

… reste est plus flou, dans mon souvenir, il y avait là des centaines de personnes, le café était bondé, on avait du mal à tenir debout et Velázquez se sentait mal, manquait d'air, il voulait sortir du café, il alla voir le patron

et lui demanda gentiment si on ne pouvait pas passer au
salão, c'est ce qu'il dit, d'ailleurs les petits vieux n'en
occupaient réellement qu'une partie… les deux tiers, les
trois quarts, je ne sais pas, et souvent à la Casa do
Alentejo ils tendaient un ruban rouge pour séparer le
salão en deux, pour que les gens qui ne vont que boire
un verre ne se retrouvent pas dans le même espace que
les touristes qui viennent souper dans ce lieu pittoresque,
bref, avec le ruban, sans aucun doute, le bal des vieillards
aurait pu continuer… nous aurions mis de l'ambiance
en plus, c'est certain… en fait c'est… ce que craignait le
patron, je veux dire, que ça ne dégénère… nous étions
très serrés dans le café, j'avais l'impression que nous
étions des centaines, ce n'était certainement pas le cas,
mais le patron refusa à Velázquez de nous laisser occuper
une partie du salão…

… tout se passa très vite, Miguel dit, On s'en fout!
tous au salão! et nous envahîmes la salle de bal… le salão
était plein, le café était plein, même les minuscules
balcons étaient pleins, il y avait tellement de monde
qu'on n'entendait même plus la musique et pourtant les
vieillards continuaient à danser. Après, je ne sais plus
trop ce qui s'est passé. Nous venions à peine, une minute
plus tôt, d'envahir le salão, même pas le salão au complet, nous n'avions envahi que la plus petite partie, celle
à laquelle nous aurait confiné le ruban rouge, et là j'ai
vu, de notre côté du ruban, ça, j'en suis absolument
certain, nous n'étions pas dans la partie des petits vieux,
j'ai vu, donc, Velázquez en grande discussion avec un

vieillard qui caressait ses chiens… étaient tout près de moi, mais je ne distinguai que des bribes de leur conversation, Au fond c'est un peu la même chose, dit d'abord le vieux, le bouffon, le fou, le nain qui garde les chiens! le vieillard et Velázquez rirent un bon coup, puis le vieillard, Systématiquement condamné au même rôle… je me souviens parfaitement, cependant, d'avoir entendu un peu plus tard, Rome il n'en est plus question, avez-vous remarqué que nulle part sur Terre il n'y a autant d'infirmes qu'à Lisbonne? à tous les coins de rue un visage mangé par le cancer, des narines nécrosées, des oreilles gangrenées! Lisbonne c'est le règne absolu des maladies, c'est ce qui me fascine probablement, Amílcar, vous êtes un vieux dégoûtant! l'interrompit Velázquez en grande colère, un vieux pervers! Appelez ça perversité, Santos, je suis attiré par la déformation des corps en même temps que par la beauté de cette ville et par la masse des déformations corporelles. Je ne compris pas sur le coup pourquoi Velázquez avait l'air si en colère… C'est un vieux con… dit-il, il est toujours sur ma route, et moi, Tu n'as qu'à ne pas lui parler! Je ne peux pas, répondit Velázquez, c'est mon imprésario! Ce n'est qu'à ce moment que je reconnus le vieux, je ne l'avais jamais rencontré, en avais seulement entendu parler et avais vu son portrait sur une affiche, quand j'habitais chez Maria, c'était son agent à elle aussi, sur l'affiche il était, naturellement, beaucoup plus jeune, mais il avait déjà l'air d'un clown… et alors Velázquez prit ses chiens et alla s'asseoir un peu plus loin… à ce moment le patron de la Casa do

Alentejo en conversation avec Miguel… tous deux l'air très en colère, je pensai qu'on voulait nous chasser de la Casa et, je ne sais pourquoi, cela me sembla à ce moment le pire affront que l'on pouvait nous faire, j'allai retrouver Velázquez et lui dis, Tu sais ce qu'on devrait faire? on devrait leur manger toutes leurs pâtisseries, à ces sales vieux! j'en parlai d'abord à Velázquez parce que ce genre d'éclat, de grand écart de conduite, c'était dans sa manière, Velázquez dit, On va faire mieux que ça! il détacha ses chiens, traversa la salle en courant et, poussant un grand cri de guerre, plongea dans l'immense gâteau qui se trouvait au centre de la table des pâtisseries, suivi de ses chiens, on vit alors une explosion blanche et des petits vieux courant dans tous les sens et des employés en train de pousser les chiens en bas de la table et d'extirper Velázquez des pâtisseries…

… moi je regardais tout ça bouche bée… Paulo, complètement soûl, dormait sur un des divans où il est en principe interdit de s'asseoir, sauvegarde du patrimoine de la Casa do Alentejo, Ciro fumait un joint sur un balcon… les chiens couraient partout, Velázquez… finit par se faire ramasser dans un coin par trois petits vieux plus fringants que la moyenne… j'aperçus Ada, grimpée sur le piano… les artistes doivent parfois dépasser la mesure pour réussir à se faire entendre… un employé de la Casa la convainquit finalement de descendre, mais déjà à ce moment la pagaille régnait irrémédiablement dans le salão, les lévriers à la crème couraient dans tous les sens, Miguel était en furie, il s'engueulait toujours avec le patron, ils se tenaient par le collet, plusieurs vieux et vieilles criaient, à l'endroit de la pauvre Ada maintenant descendue du piano, Sale négresse! et aussi, Pretos fora!... Ce genre d'insulte, criait Miguel au patron de la Casa do Alentejo, ne peut être toléré! ce genre d'insulte allait à l'encontre de tout le travail artistique de Miguel, il se défit du patron et se mit à lancer des verres parmi les couples de danseurs qui ne dansaient évidemment plus, en criant, Vous pouvez nous traiter de tous les noms, nous mépriser, vous ne serez jamais à l'abri de nos insultes! et il lançait des verres vides, parfois même pleins, il criait aussi, Velhotes fora! dehors les vieux!... je n'avais jamais vu Miguel dans cet état, normalement c'était un homme posé, tranquille, moi j'avais égaré mon cavaquinho, en fait, je cherchais mon cavaquinho quand la police est arrivée, c'est sans doute en partie pour cette raison que je me fis pincer alors que la majorité des assistants à cette soirée avaient déjà fui les lieux, la plupart de nos copains qui étaient là et avaient participé à l'émeute, c'est ainsi que la plupart des journaux lisboètes désignèrent les événements de cette soirée [Distúrbios na Casa do Alentejo], n'avaient pas passé la journée à jouer les clochards et n'étaient par conséquent pas aussi soûls et sales que nous, artistes, mendiants, clochards, hommes de plaisir, appelez-nous comme vous voudrez... bref, quelques-uns d'entre eux qui ne s'étaient pas sauvés essayaient encore de nous calmer, moi je cherchais mon cavaquinho, lorsqu'on entendit retentir de la rue les sirènes de police... se mirent à lancer par la fenêtre... à l'instigation de Ciro gelé sur son balcon, des objets sur les voitures de police et les policiers, verres, pâtisseries, je crus même voir voler quelques chaises patrimoniales, on se serait cru au Nouvel An, lançant notre vieille vaisselle par les fenêtres, mais tout ce grabuge n'empêcha pas la police de parvenir jusqu'à nous et d'arrêter tous ceux d'entre nous qui étaient habillés en clochards… Miguel aussi, sauf Velázquez, il s'était poussé depuis longtemps avec ses chiens, alors qu'on me passait les menottes et qu'Amílcar Esperança disait à un agent, C'est un nain qui a tout déclenché!

*

Vincent arriva une bonne demi-heure en avance à la Casa do Alentejo. Nina n'était pas encore là, Nina, c'était curieux tout de même que l'amoureuse d'Antoine portât le même nom que la sienne, ce sont des choses qui arrivent, j'imagine, pensa-t-il. Il s'assit dans la grande salle presque vide avec une bière. Il y avait des gens à une autre table plus loin, des chiens aussi, c'était étonnant de voir des chiens dans un restaurant, un café, vrai que la Casa do Alentejo a un statut parfois mal défini, mais ils étaient tranquilles, les chiens, écrasés par terre, attachés aux pattes d'une table.

Vincent buvait tranquillement sa bière en attendant Nina lorsqu'il entendit derrière lui, António! il ne se retourna pas, António, à Lisbonne, c'est comme Pierre et Paul, il y en a à tous les coins de rue, et de toute façon il ne s'appelait pas António! entendit-il crier une fois de plus derrière lui, puis, Sou eu! Velázquez! Vincent ne comprit pas ce que l'autre avait à gueuler ainsi, mais il se retourna et vit s'avancer vers lui un nain! qui lui tendait la main en continuant à baragouiner, Vincent lui serra la main et dit, No comprendo, le nain eut l'air étonné, regarda attentivement Vincent, Não se chama António? demanda-t-il, Vincent répéta, No comprendo, ce qui ne veut absolument rien dire bien que tous les Portugais comprennent, ils sont très accommodants sur le plan linguistique, Desculpe, dit encore le nain, conheci um rapaz mesmo paracido consigo, Vincent répéta, No comprendo, l'autre dit, I had a friend who looked exactly like you, I'm sorry, in this light, I mistook you for him, puis il retourna s'asseoir avec ses amis et ses chiens, complètement décontenancé.

Quand Nina arriva, le nain et sa bande étaient déjà partis, elle dit, J'ai faim, je vais me chercher quelque chose à manger, elle revint avec un chou à la crème et un verre de vin blanc, il lui dit, Il me semble que tu ne devrais pas boire, à cause du bébé, et elle, J'ai lu aujourd'hui dans une revue que boire un peu de vin ne nuit en rien au développement de l'enfant, il semblerait même que ça puisse avoir des effets positifs, sans exagération, bien entendu, et il faut à tout prix éviter les sulfites! alors, Gil va bien? Oui, répondit Vincent, et il allait lui parler de Joana, de ce qu'elle leur avait dit d'Antoine, de Nina, mais au dernier moment quelque chose l'arrêta, il dit, Il n'a rien trouvé de nouveau sur Antoine. En fin de compte, ce n'était pas complètement faux.

Nina dit, Il faut poser sur cette histoire un regard nouveau, elle pensait à Gil, à la manière d'intégrer au problème la clochardise de Gil, elle sentait qu'il y avait là quelque chose qui déterminerait toute la suite mais ne savait pas quoi, mais ce n'était qu'une très vague intuition. Et cette histoire de clochard, elle hésitait un peu à en parler à Vincent, après tous les malentendus, les disputes des derniers jours, elle craignait sa réaction, dit seulement, Il y a forcément quelque chose qui nous échappe, qui nous empêche de comprendre comment s'assemblent les pièces du casse-tête, Ce n'est pas un roman policier, dit alors Vincent, et il pensait qu'au fond toute cette histoire n'était qu'un tissu de mensonges et que ça ne servait plus à grand-chose de continuer à chercher.

En passant, dit alors Nina, j'ai téléphoné à Jorge tout à l'heure, Pourquoi? demanda Vincent, Comme ça, répondit-elle, je me suis dit que ça te ferait plaisir de le voir. Il leur avait donné rendez-vous au Zé dos Bifes, dans le Bairro Alto. Elle prit une bouchée de sa pâtisserie, se barbouillant le menton de crème, dit, J'aime bien Jorge, finalement.

*

[Scène du balcon – VI]
... commencé à les observer par désœuvrement, sans doute, surtout à cause de la fille...

… compris rapidement, malgré les fenêtres closes, qu'ils se chicanaient… il ouvrit la porte-fenêtre et sortit sur la varanda… j'entendais Nina à l'intérieur qui parlait fort… comme projeté vers l'arrière, eut un mouvement de recul… et trébucha… dans le vide… éclater sur les pavés de la cour… les murs recouverts de gouttelettes roses…

… que tout cela se produise [se soit produit] et crée plein de possibilités.

*

Ce soir-là, au Zé dos Bifes, c'était un peu tristounet, il n'y avait pas un chat. À la télé, on donnait la reprise d'un match de foot que les employés regardaient attentivement. Nina et Vincent, seuls dans leur coin, buvaient du vin blanc, elle avait demandé à la serveuse, qui ne put évidemment pas lui répondre, s'il contenait des sulfites et avait ensuite longtemps lu l'étiquette avant de conclure, Il n'y en a forcément pas, ils seraient obligés de l'indiquer à cause des lois européennes.

Jorge arriva vers vingt et une heures cinquante, il n'avait pas l'air dans son assiette, était agité, nerveux, mais bon, ça n'avait rien de bien extraordinaire, c'était pour ainsi dire sa manière d'être. En arrivant, après les embrassades d'usage, il demanda, Alors, cette enquête ? On n'a pas vraiment avancé, dit Vincent, l'air indifférent.

En fait, ce fut une soirée très morne. Nina s'enfilait du vin blanc et Vincent lui dit à plusieurs reprises qu'elle exagérait, que ce n'était pas bon pour le bébé, mais elle ne l'écoutait pas, Jorge fit semblant de ne pas voir que quelque chose clochait entre eux, finit par dire, Je dois rencontrer un ami à l'Associação Loucos e Sonhadores, je vais devoir y aller bientôt, et il ne les invita pas. Nina riait fort, elle voulut même à un moment sortir fumer une cigarette avec Jorge. Vincent la retint, elle laissa tomber, mais il vit passer dans ses yeux quelque chose qui ressemblait à du mépris.

Lorsqu'ils sortirent du Zé dos Bifes, il n'était pas très tard, vingt-trois heures tout au plus, les rues étaient presque vides, un lundi soir, c'était normal, ensuite c'est flou, je crois que Vincent aussi avait un verre dans le nez, en fait il avait bu pas mal à la Casa do Alentejo avant que Nina le rejoigne et avait continué avec elle, il n'était pas vraiment soûl, juste assez pour être de mauvaise humeur, et Nina qui buvait lui tapait royalement sur les nerfs, ce n'était pas la première fois que ça se produisait, en sortant du Zé dos Bifes, il lui dit que le mieux serait d'aller à la Praça de Camões pour prendre un taxi, Il y a toujours là des taxis, dit-il, mais elle ne voulait pas, elle voulait aller au Maria Caxuxa, elle avait adoré cet endroit, après je n'ose pas trop raconter, je ne suis pas assez sûr, toutes ces soirées au Bairro Alto qui se superposent, il y eut un soir où ils rentrèrent à la Villa Sousa, un autre à la pension de la Rua dos Bacalhoeiros, ce ne pouvait pourtant être ce soir-là, ils n'avaient pas remis les pieds dans cette pension dont j'oublie le nom depuis leur retour de Madrid, d'ailleurs, si ça se trouve, cette pension n'a rien à voir avec la Rua dos Bacalhoeiros, j'ai toujours pensé qu'elle se trouvait là, je veux dire, je n'y ai jamais dormi, y suis entré une fois, à la Casa de Hospedes da Estrela, voilà, le nom me revient, j'y suis entré pour voir de quoi ça avait l'air, sans plus, je ne me souviens que des murs mauves, j'y étais entré parce que je cherchais la pension où dort Bruno Ganz dans le film d'Alain Tanner *[Dans la ville blanche]*, j'ai toujours cru qu'elle devait se trouver dans la Rua dos Bacalhoeiros, à cause du Tage tout près, mais même après toutes ces années de Portugal je n'ai jamais réussi à savoir, dans le film, il y avait au rez-de-chaussée un café magnifique où travaillait l'amoureuse de Ganz, une jolie brune au corps magnifique, au sourire lumineux, une histoire peu vraisemblable, et cette soirée au Bairro Alto, Nina n'avait probablement rien à voir là-dedans, cette soirée m'est restée dans la tête, pas tant à cause des coups de feu que de Ciro, je me la suis racontée des centaines de fois en regardant le plafond de ma chambre merdique de Chuecas ou de Harlem… je pense que c'était avec Serena en fait, l'ai vécue deux fois au moins, une fois seul, une autre avec Serena, peut-être d'autres encore *[toutes ces soirées passées à me soûler dans le Bairro Alto]*, mais voilà, c'était forcément avec Serena.

À notre arrivée au bar, il était tôt, vingt-deux heures quinze, il n'y avait pas un chat, on jouait la musique de Thelonious Monk. Serena me fit un grand sourire, C'est «Monk's Dream»! cria-t-elle très fort, puis elle m'embrassa. Nous trouvâmes une table et Serena dit, Je veux du vin! ils ont du vin espagnol ici? puis très fort quelques phrases en espagnol et les gens autour de nous se retournèrent. Espérant qu'elle se taise, je commandai une bouteille avec un taureau rouge sur l'étiquette, nous la bûmes, une autre aussi, sans doute, et tout à coup nous étions au milieu de la rue pleine de monde et les gens couraient en tous sens, criaient, j'étais bouche bée, ne comprenais pas ce qui se passait, je demandai à une fille à côté de moi, Qu'est-ce qui arrive? Je ne sais pas, répondit-elle, il y a la police plus loin là-bas. J'étais toujours au milieu de la rue à me laisser bousculer par les passants quand tout à coup Serena, en me rentrant dans le bras ses ongles, cria, Sors-nous d'ici! je veux partir d'ici! nous louvoyâmes jusqu'à la Praça de Camões bondée comme un jour de carnaval, il n'y avait pas de taxi libre, Serena était sous le choc, tremblait, nous descendîmes le Chiado jusqu'au Rossio et trouvâmes là, enfin, un taxi... je me souviens qu'il lui parlait et qu'elle ne lui répondait pas, elle s'endormait, laissait tomber de sommeil et d'ivresse sa tête sur sa poitrine puis se réveillait en sursaut. Quand je la voyais ainsi, j'avais l'impression de ne plus la connaître... essaya de m'embrasser, comme pour se faire pardonner, mais elle était tellement soûle qu'elle ne pouvait articuler plus de trois mots de suite... Puis il y eut cette histoire que raconta le chauffeur de taxi, Uma rixa, dit-il, uma história de ciúme e de infidelidade, une histoire de jalousie et d'infidélité, la femme avait tailladé le bras de son amoureux à coups de ciseaux, de tout petits ciseaux, Tesouras pequeninas, de aparência inofensiva, précisa le chauffeur, ce ne pouvait pas être avec Vincent et Nina, Nina trop soûle pour traduire, Vincent n'aurait rien compris à toute cette histoire, peut-être le chauffeur parla-t-il seul, dans le vide, peut-être suis-je le seul à me souvenir de ses paroles, il s'appelait Manuel Jorge Ramos Lopes, ça je m'en souviens parfaitement, Uma rixa, répéta-t-il encore alors que nous nous arrêtions à un feu rouge devant l'Igreja de Santo António, ou peut-être des piétons étaient-ils en train de traverser, je regardai à ce moment par la fenêtre et, de l'autre côté de la rue, sur la petite place devant l'église, je vis Ciro à quatre pattes sur le sol en train de manger dans un contenant en styromousse devant de grandes poubelles vertes, à l'époque de la pièce de Miguel il n'allait déjà pas bien, il avait maintenant l'air d'un clochard, il vivait sans doute dans la rue.

Je baissai la vitre et criai, Ciro! il leva les yeux et me regarda, au même moment le taxi redémarra, Lâche! dit alors Nina, et je crus durant ce bref arrêt que le clochard m'avait regardé dans les yeux, mais bon, peut-on vraiment regarder quelqu'un dans les yeux à quinze mètres de distance?

Ce soir-là, c'est bel et bien à la Villa Sousa qu'ils rentrèrent, je m'en souviens très bien, Nina avait du mal à tenir debout, Lâche! et alors qu'elle criait, aux fenêtres, dans le pátio, apparurent des silhouettes fantomatiques. Il ouvrit la porte et entraîna Nina dans la cage d'escalier.

Mardi

Au lendemain de leur dispute, Vincent se réveilla tôt malgré l'heure à laquelle ils s'étaient couchés et leur niveau d'ébriété, il avait une sale gueule de bois, voilà au moins une certitude dans toute cette pagaille. Nina, à côté de lui, dormait. Il se leva, s'habilla sans faire de bruit et sortit.

Il marcha lentement dans la Rua da Graça, peuplée essentiellement à cette heure matinale de petites vieilles charriant leur cabas. Il s'arrêta dans un café pour tuer le temps, tenta sans succès de lire un journal et, vers neuf heures, retourna à la Villa Sousa. Nina n'était plus là.

Vers onze heures, il commença à s'inquiéter. À midi, il partit à sa recherche. Il marcha longtemps à l'aveuglette dans les rues, cherchant tel ou tel endroit et se retrouvant systématiquement dans tel ou tel autre, et si Nina ne voulait pas qu'il la retrouve, pensa-t-il, elle pouvait se cacher durant des jours, il n'avait même pas songé à lui demander son numéro de téléphone. On s'est un peu disputé hier, mais elle ne peut s'être sauvée de moi pour ça, pensa-t-il encore, elle avait besoin d'être seule, c'est tout, ça le rassurait un peu, pas tout à fait, il n'arrivait pas à faire correspondre le monde à ses désirs. Il pensa appeler Gil puis se dit que ça ne donnerait rien, que pourrait bien lui dire Gil ? on ne pouvait tout de même pas la faire porter disparue ! il y avait à peine quatre ou cinq heures qu'il ne l'avait pas vue, si ça se trouve elle a pris un café quelque part et est déjà rentrée à la Villa Sousa, tout va mal depuis que nous vivons à la Villa Sousa, tout va mal entre nous depuis que nous nous sommes retrouvés en Espagne. Il repensa à l'adresse qu'il avait notée la veille, fouilla ses poches, en sortit le bout de papier rose au dos duquel il lut, Travessa de São João da Praça, n° 26, il était alors sur la petite place devant la cathédrale, il ne savait pas comment se rendre directement dans l'Alfama, il prit au hasard une rue qui descendait vers le Tage jusqu'à la Rua dos Bacalhoeiros, passa devant l'affreuse Casa dos Bicos et remonta la colline à travers l'Alfama. Il chercha longtemps la Travessa de São João da Praça, tourna en rond, repassa au moins quatre ou cinq fois devant la même église, par la même place où pendaient toujours les guirlandes des fêtes populaires. Puis, sans même avoir reconnu la rue ou vu le panneau indiquant Travessa de São João da Praça, il reconnut la pénombre de l'allée où se trouvait, enfoncée dans le mur, la porte que lui avait indiquée Nina et dont il avait noté le numéro la veille, 26. Il resta plusieurs secondes planté devant la porte à se demander ce qu'il allait faire, ce qu'il allait dire quand on lui ouvrirait, il n'en savait toujours rien lorsqu'il sonna enfin, continua d'y penser en attendant, on ne répondit pas, il sonna encore malgré le vide qui persistait dans sa tête, jamais on ne lui ouvrit. Il pensa attendre au coin de la rue jusqu'à l'arrivée du locataire, puis que c'était idiot, il aurait pu attendre là des heures, des jours, aurait pu se trouver toujours là aujourd'hui à attendre, fondu dans le décor, d'ailleurs c'eût peut-être été mieux pour lui, mais Vincent n'aurait jamais pu vivre dans la rue, n'avait pas les nerfs pour ça.

Il se résigna finalement à rentrer à la Villa Sousa.

Nina était là, lisant un magazine, elle dit, Bonjour mon amour, tu as passé une bonne journée? comme si de rien n'était. Vincent ne posa pas de question, en fait, il se demandait même un peu, comme elle était de retour, pourquoi il s'était tant inquiété, pourquoi il avait à sa recherche parcouru Lisbonne en tous sens! Il pensa même, à ce moment, qu'il eût sans doute été plus simple qu'elle ne revînt pas. Ce fut, lors de ce séjour au Portugal, un de ses rares épisodes de lucidité.

Il ne sut jamais ce que Nina avait fait ce jour-là, je veux dire, avec certitude. Il y avait déjà au moins une vingtaine de minutes qu'il était de retour, il s'était assis sur le balcon donnant sur le pátio lorsqu'elle lui demanda, Mais où étais-tu? ça fait deux heures que je t'attends! et lui, Je te cherchais, Tu me cherchais où? Dans Lisbonne, je t'ai cherché aux quatre coins de la ville! et elle, Tu pensais que tu allais me trouver en te promenant dans Lisbonne! Je t'ai attendue pendant deux heures ce matin, répliqua-t-il, je me suis inquiété et je suis parti à ta recherche, Oh! mon pauvre petit chou! tu t'inquiétais! elle aurait pu dire ça pour le ridiculiser mais non, ce n'était pas ça, elle avait vraiment l'air touchée, elle le prit dans ses bras et lui caressa les cheveux comme à un petit garçon, Qu'est-ce que tu as fait? tu étais où? demanda-t-il soudain, J'étais tout près d'ici, répondit Nina, je me suis promenée dans le quartier, j'ai pris un café ou deux, c'est tout, Pourquoi? J'avais besoin d'être seule, c'est ce que je pensais, se dit pour lui même Vincent. Nina était tout sourire, il ne put s'empêcher de penser que c'était un peu louche.

*

[Fuite à Madrid – VI]

... je me souviens d'un soir où nous buvions de la bière sur une place de la Malasaña, Nina dit, On est vraiment bien ici, et elle m'embrassa, puis ajouta, Je t'aime bien, tu sais...

Ce même soir... devant nous un homme et une femme qui se mirent à se chamailler, je ne comprenais pas ce qu'ils disaient, à cette époque je ne parlais pas castillan... Nina m'expliqua, Elle dit que c'est un fils de pute et qu'elle en a marre qu'il lui mente et se foute de sa gueule, comme si elle ne s'en rendait pas compte, une histoire de jalousie et d'infidélité, résuma-t-elle...

Plus que l'affection qu'elle me démontra ce soir-là sur la Plaza del Dos de Mayo, c'est la jalousie, l'infidélité qui sont restées gravées dans ma mémoire.

*

Gil avait donné rendez-vous à Vincent à la Casa do Alentejo à vingt et une heures, mais Nina et lui arrivèrent très en retard. Elle avait décidé vers vingt heures qu'elle devait faire une course, elle ne précisa pas de quoi il s'agissait, Vincent lui avait offert de l'accompagner, Non, je veux te faire une surprise! lui avait-elle dit, et Vincent n'avait pas voulu la contrarier. Or il était vingt et une heures vingt lorsqu'elle revint à l'appartement, Vincent était vraiment en colère, Nous allons mettre Gil dans la merde! nous ne pouvons pas être en retard! et elle, Oh ça va, calme-toi, si c'était si urgent tu n'avais qu'à partir sans moi! Sur le coup il ne pensa même pas à lui demander quelle était cette fameuse course. *[Il n'eut pas par la suite l'occasion de le faire.]* Alors qu'elle était aux toilettes, il décida de téléphoner à Gil pour qu'il ne s'inquiète pas. Il fouilla dans le sac de Nina pour trouver son téléphone et constata que le numéro de Gil se trouvait dans sa très courte liste de contacts, il n'y vit en fait, en plus de celui de Gil, que les noms de Jorge et Iker, ce qui, bien sûr, le rassura, mais aussi d'un António dont Vincent n'avait jamais entendu parler, il pensa à son frère, ce qui n'avait évidemment pas de sens, António, au Portugal, c'est comme Pierre et Paul, on en croise un à tous les coins de rue. Il se rappela alors l'appartement de la Travessa de São João da Praça et imagina que cet António y vivait, devait être un ancien amoureux de Nina qu'elle avait revu en cachette, peut-être était-ce même avec lui qu'elle était allée à Madrid, peut-être revenait-elle à l'instant de chez lui.

Mais pour le moment, l'important était d'aller rejoindre Gil. Ils descendirent sur le Largo da Graça et prirent un taxi.

Ils arrivèrent à la Casa do Alentejo à vingt et une heures quarante. En voyant Gil dans le salão, Vincent pensa qu'il n'était plus le même homme que la veille. Il avait changé de costume et, sans évidemment être à la dernière mode, il affichait une certaine élégance, portait un chapeau mou, qui camouflait sa blessure à la tête, et une moustache. Avec des lunettes, il aurait pu ressembler à Fernando Pessoa, cela dit, à peu près n'importe qui ressemblerait à Fernando Pessoa avec un chapeau mou, des lunettes et une moustache. Lorsqu'ils l'eurent rejoint à sa table, Gil dit à Vincent, Je peux te parler deux minutes en privé? Il l'emmena un peu plus loin, dit, Tu as le gun? Oui, dit Vincent en lui tendant le sac en papier que Gil enfonça dans la poche de son veston, Nina ne sait rien? Non, le rassura Vincent, puis Gil, Je dois rencontrer mon homme à vingt-deux heures au Bairro Alto, je règle mes affaires, je viens vous rejoindre et on fait la fête, d'accord? D'accord, dit Vincent, Puis si je suis pas revenu à minuit, tu me téléphones, puis si je réponds pas tu appelles la police. Il se retourna, s'apprêtait à retourner dans le salão mais Vincent le retint, Attends, tu es sérieux? Quoi? demanda Gil, feignant de ne pas comprendre, C'est dangereux? demanda Vincent, Ben non, et il tourna de nouveau les talons, Vincent le tira par la manche, Alors pourquoi veux-tu que j'appelle la police? Inquiète-toi pas Vincent, tout va bien aller, grâce à toi j'ai ce qu'ils veulent, et il tapota la poche de son veston où se trouvait le pistolet. En même temps, reprit-il, c'est des bandits, on sait jamais, mais s'ils veulent me faire du trouble, je peux au moins leur dire qu'il y a du monde qui sait où je suis puis qui est prêt à appeler la police, et il entra dans le salão. Vincent le suivit, proposa, Je pourrais y aller avec toi, Non, répondit Gil, tu restes ici, On pourrait demander à Nina d'attendre ici et moi, Non, le coupa Gil, ça serait complètement inutile, Je pourrais surveiller d'un peu loin, au cas où il y aurait un problème, et alors je pourrais appeler la police en direct, pour éviter que, Non, répéta Gil, j'ai tout retourné ça dans ma tête des centaines de fois, on fait comme j'ai dit. Ils n'étaient plus qu'à quelques mètres de la table où les attendait Nina avec un verre de vin blanc, Vincent dit, Gil, attends un peu, il faudrait que je te parle d'un truc, J'ai pas le temps, dit Gil, il était un peu nerveux, Je suis en retard à mon rendez-vous, expliqua-t-il, et Vincent, Je voulais juste te demander si Nina t'avait appelé de Porto avant de, Oui, elle m'a appelé, dit Gil, on en reparlera une autre fois si tu veux, là j'ai vraiment pas le temps.

Ils étaient maintenant de retour auprès de Nina, soudain Gil se rappela, Vincent! en passant, j'ai une bonne nouvelle pour toi, il lui tendit un bout de papier, Joana m'a rappelé pour me donner les coordonnées de Nina, tu peux l'appeler quand tu voudras. Nina ne comprenait pas ce qui se passait, on peut se mettre à sa place, on parlait d'elle comme si elle n'était pas là, et cette Joana, elle ne connaissait aucune Joana, Qui est Joana? demanda-t-elle, Personne, elle a connu Antoine, c'est tout, répondit Vincent, ce qui n'arrangea rien, au contraire, Qu'est-ce que j'ai à voir là-dedans? demanda encore Nina, Rien, c'est ce que je t'ai dit, c'est une autre Nina qui vit à Porto, tu connais cette adresse? et il lui tendit le bout de papier. Nina nageait toujours en pleine confusion, lut l'adresse et, Oui, je vois où c'est. Vincent la regarda quelques secondes dans les yeux, croyant qu'il verrait peut-être quelque chose, mais non. Elle demanda, Antoine a connu une Nina? C'est ça, dit Vincent, c'était toi? Bien sûr que non! s'exclama-t-elle, Il faut vraiment que je m'en aille, les interrompit Gil, ça sera pas long, arrangez-vous pour pas être complètement soûls quand je vais revenir, j'aimerais ça qu'il vous reste encore un peu d'énergie pour fêter avec moi, On fêtera quoi? demanda Nina, La fin de mes problèmes, dit Gil et il lui baisa cérémonieusement la main, pour donner à la situation un petit côté cinématographique, suranné *[Gil a le sens du spectacle]*, puis il serra la main de Vincent en lui disant, Mon ami, et sortit du salão.

Mais Vincent avait décidé qu'il ne laisserait pas Gil se rendre seul à ce rendez-vous potentiellement dangereux.

Impossible de savoir d'où lui venait, tout à coup, ce genre de courage.

Dès que Gil eut disparu, Vincent se leva et expliqua rapidement à Nina ce qu'elle devrait faire, appeler Gil à minuit s'il n'était pas de retour, et voulut prendre en note son numéro de portable, à elle, Qu'est-ce que tu fais ? lui demanda-t-elle, Je n'ai pas le temps de t'expliquer, je dois y aller, je vais suivre Gil, J'y vais avec toi, Non ! tu restes ici, ce pourrait être dangereux, tu es enceinte après tout, et Nina, Qu'est-ce que ça change que je sois enceinte ? Je ne voudrais pas qu'il t'arrive, qu'il vous arrive quelque chose de, On ne va pas dans une favela de Rio ou à Cité-Soleil ! l'interrompit Nina, on est à Lisbonne ! ne t'en fais pas pour moi, allez ! on va le perdre !

En sortant dans la Rua das Portas de Santo Antão, ils aperçurent Gil au loin, devant Sem Rival, qui marchait vers le Largo de São Domingos, Attends, dit Nina, et plutôt que de le suivre, ils prirent la Travessa do Forno, Fais-moi confiance, dit-elle. En débouchant sur la petite place derrière le Teatro Nacional, ils virent Gil qui traversait la rue devant la gare du Rossio, ils le suivirent ensuite dans la Calçada do Carmo. Gil commença à monter l'escalier, s'arrêta en plein milieu et fit demi-tour, Nina et Vincent ne savaient plus quoi faire, il allait les voir, c'est certain, ils revinrent sur leurs pas mais entendirent, Qu'est-ce que vous faites là ? en français, c'était Gil, évidemment, Je vous ai dit de m'attendre ! arrêtez de gosser puis retournez tout de suite à la Casa ! il était en colère, Vincent dit, Écoute Gil, nous on veut t'aider, et

Nina a un portable, ça peut toujours être utile! Non, vous allez pas m'être utiles, retournez à la Casa do Alentejo! Ils s'obstinèrent ainsi pendant quelques instants, Gil n'avait plus de temps à perdre, finit par dire, Bon, d'accord, faut que j'y aille, venez. Il avait trouvé un moyen de les mettre à l'abri sans qu'ils lui nuisent dans ses affaires. Il nota le numéro de portable de Nina alors qu'ils arrivaient au Largo do Carmo, ils marchèrent encore quelques minutes et arrivèrent au Bairro Alto. Il y avait du monde, mais ils se trouvaient hors de la zone la plus achalandée.

Gil s'arrêta finalement et dit, Au bout de la rue, je vais aller à droite, le Café Central est là-bas, au coin de la Rua do Alaúde, il va y avoir du monde devant le café, si vous vous assoyez au bar vous allez pouvoir les voir, mais il faut que vous soyez discrets. Il leur montra un petit bar à peu près vide, en face d'eux à l'intersection. Comme c'est souvent le cas dans le Bairro Alto, la façade était ouverte sur la rue, Vous allez m'attendre là, maintenant vous m'écoutez bien, si vous voyez que les gens devant le Café Central s'énervent ou s'en vont, vous partez, c'est compris? Ni Vincent ni Nina ne répondirent, Gil reprit, Vous allez redescendre la rue qu'on vient de monter puis retourner dans le monde, c'est clair? si vous allez à gauche, sur l'autre rue, il y aura personne, vous allez aller nulle part, c'est un cul-de-sac, ils vont vous attraper, fait que vous allez descendre par l'autre bord, c'est clair? et il fit un grand geste en direction d'où ils étaient venus, Vous pouvez encore retourner m'attendre à la Casa do

Alentejo si vous aimez mieux, je pense que ça serait une meilleure idée. Vincent, finalement, avait un peu la chienne, il allait dire, Tu as raison, mais ce fut Nina qui parla, D'accord Gil, nous ferons exactement comme tu as dit. Vincent fut un peu surpris mais elle avait raison, et un peu de courage ne lui ferait pas de tort, pensa-t-il, C'est bon Gil, ne t'inquiète pas, dit-il, Ok, fait que je reviens le plus vite possible, si je suis pas ressorti dans une demi-heure, vous partez, ensuite vous m'appelez et si je réponds pas, police, d'accord? D'accord, dit Nina, Bon, super, fait que je règle ça et après on fête! et il se dirigea vers le lieu de son rendez-vous. Cette fois il n'embrassa pas Nina, ne serra pas affectueusement la main de Vincent.

Tandis qu'ils s'asseyaient à une table dans la rue devant le petit bar, ils le virent entrer au Café Central, C'est n'importe quoi, dit Nina, il veut nous épater, Vincent ne dit rien, il était nerveux.

*

[Mouraria – IV]

… revenais du Miradouro da Graça… au coin de la Rua dos Cavaleiros et de la Rua do Terreirinho, des types buvaient de la bière… se mirent à se chamailler… ils étaient bien une dizaine à s'empoigner lorsque je passai [à leur hauteur]… briller une lame… vis un objet noir… glisser sur le sol à mes pieds… me rendis compte en le ramassant qu'il s'agissait d'un pistolet… léger, comme un jouet en plastique… la bagarre continuait, je vis briller une lame, du sang, et pensai qu'il était temps de me tirer… *[traversai]* le Largo do Terreirinho et… me mis à courir… j'entendais toujours les pas et aussi des cris mais, dans ma course et l'affolement, je n'arrivais pas à distinguer les paroles, ces cris n'avaient pas de sens… j'avais cru entendre des pas derrière moi, des pas de course, des cris… peut-être ceux de quelqu'un qui les fuyait comme moi, qui avait pris le même chemin que moi mais bon, en même temps, pourquoi se sauver? je veux dire, j'avais ramassé le pistolet, c'était la raison de la fuite, de la course, mais l'autre, pourquoi? qu'avait-il à fuir? à courir? … ces questions dans ma tête et je m'arrêtai, me retournai, brandis le pistolet devant moi, trouvai le cran de sûreté que j'enlevai comme si j'avais tiré toute ma vie et attendis, une seconde, deux secondes… la Rua do Terreirinho est en courbe, les pas se rapprochaient mais il n'y avait plus de cris, et un type émergea bientôt dans le rond de lumière d'un lampadaire, je le reconnus immédiatement, c'était le petit Blanc qui avait éclaté la gueule du Brésilien baraqué *[João Bispo, les autres, je ne les connaissais que de vue]* sur les pavés durant la bagarre, il s'arrêta à sept ou huit mètres devant moi et dit, Ok, donne-moi le flingue, je le maintenais en joue, dis, Non, recule, va-t-en, et lui, J'ai dit, donne-moi le flingue! en tendant sa main ouverte devant lui, puis il se mit à marcher vers moi d'un pas assuré, la main toujours devant lui, je dis, Recule ou je tire! il ne s'arrêta pas, il n'était plus qu'à trois mètres devant moi… lorsque je tirai, un seul coup, il s'effondra sans un cri. Je tournai immédiatement les talons et poursuivis ma course jusque chez moi, espérant que personne n'avait assisté à la scène.

J'habitais alors au 63 de la Rua do Terreirinho, la serrure me donnait toujours beaucoup de mal, je fourrai le pistolet dans ma ceinture, sur mon ventre, comme on fait dans les films, saisis ma clé au fond de ma poche et constatai plus ou moins sans surprise que ma main tremblait, pas le temps de niaiser, pensai-je, il faut disparaître de cette rue, et sans doute l'adrénaline me fit manier la clé de manière optimale, elle tourna dans la serrure comme si de rien n'était, j'entrai dans le hall, fermai doucement la porte et montai chez moi dans le noir sans activer la minuterie, en faisant le moins de bruit possible.

… fus réveillé *[le lendemain]*… par une douleur aiguë à la cuisse gauche, j'avais une sale gueule de bois. En me levant je me rappelai d'un coup cette histoire de flingue que j'avais enfoncé dans mon jean, comme un gangster, et qui m'avait fait sur la cuisse, près de l'aine, un énorme bleu… je venais de me fourrer dans un sale merdier… n'osai de toute la journée sortir de chez moi… épiai par les fenêtres mais, à cause de la courbe de la rue, je ne pouvais voir l'endroit où j'avais tiré… des policiers dans la rue questionnaient des passants et cognaient aux portes pour demander aux gens s'ils avaient vu ou entendu quelque chose… entrèrent au 63 de la Rua do Terreirinho et cognèrent chez mes voisins de palier, je les entendis dire qu'un jeune homme de race blanche de petite taille s'était fait tirer dessus dans la rue, un peu plus loin, mes voisins n'avaient pas eu connaissance du méfait... les flics cognèrent aussi chez moi, je ne répondis pas, je ne sais pourquoi, ce n'est évidemment pas en me regardant dans les yeux qu'ils auraient pu savoir que j'étais impliqué dans cette histoire, de toute façon, ce n'était probablement pas moi qu'ils cherchaient, c'est ce que je pensai, je n'ouvris tout de même pas et ce fut une bonne chose, si ça se trouve, c'est bien moi qu'ils cherchaient, un voisin ou l'un des types impliqués dans la bagarre de la veille avait pu leur donner mon signalement, je crois aujourd'hui que j'eus une bonne intuition en ne leur ouvrant pas. Quant au flingue, je ne me demandai que quelques instants s'il ne valait pas mieux, malgré ma crainte de retomber sur ces gens, m'en débarrasser...

Après quelques heures de réflexion, je me rendis à l'évidence que je devais quitter Lisbonne et le Portugal au plus vite, et aussi que, si les gens à qui j'avais pris l'arme étaient à ma recherche... voulaient récupérer le pistolet, il valait mieux ne pas m'en débarrasser... autant m'en servir pour me défendre... Il me sembla alors que rejoindre Nina à Madrid était la solution idéale, elle me manquait, ou plutôt m'avait manqué depuis qu'elle était partie, puisqu'au moment où j'eus l'idée de fuir à Madrid la tragédie de la veille occupait toutes mes pensées. Mes amis à Lisbonne savaient qu'il y avait une femme dans ma vie *[à défaut de savoir qui elle était]*, et ainsi nul ne s'étonnerait que je sois parti la rejoindre, que j'aie quitté Lisbonne en coup de vent, c'est le meilleur moyen de me faire oublier, pensai-je...

Même si je ne lui en révélai pas les raisons, la seule personne à qui je parlai de vive voix de mon départ de Lisbonne fut monsieur Simão. Lorsqu'il me demanda où j'allais, j'hésitai, pensai que je devais essayer tant bien que mal de brouiller les pistes et lui dis que j'allais à Salamanca passer quelques jours avec mon amoureuse. Je crois toutefois qu'il comprit que quelque chose clochait, dans ma voix... pris le train de nuit pour Madrid.

*

En entrant au Café Central, Gil fut assez ennuyé, sinon étonné, de trouver là Davis, il avait espéré discuter avec Bino seul à seul, mais là, ce ne serait pas possible. Dès qu'il le vit, Davis cria, Ah! Gil, mon ami! enfin tu es là! et tandis que Gil s'avançait vers la table où il était assis avec Bino, trois ou quatre types qui buvaient de la bière sortirent du café et se plantèrent devant la porte. Bino, Davis et Gil se retrouvèrent seuls au fond du bar. Plus près de l'entrée, il y avait une télé et quelques vieillards qui jouaient aux dominos en buvant du vin ou regardaient distraitement la reprise d'un match de foot.

Bino ne dit rien. Dès que Gil se fut assis, Davis commença, Tu vois Bino, tout ce qui est arrivé, c'est la faute à Gil, il fit une brève pause, puis Je peux pas parler pour Abílio, il m'avait rien dit à propos de la fusca, je te jure, je savais pas qu'il devait te la redonner, je savais même pas qu'elle était à toi, je savais qu'il avait une fusca, c'est tout, et je voulais régler leur compte aux Brésiliens, alors j'ai demandé à Abílio de m'aider, je peux pas te parler de ce qui s'est passé avant, c'est vrai, j'en sais rien, et voilà, Abílio me loue la fusca, pas d'entourloupe, dans les règles, je le paie et il me file le Glock, j'ai même pas le temps de m'en servir, il me téléphone, me dit, L'autre connard de Gil veut ravoir la fusca, et aussi qu'elle t'appartient! rien de plus, ça me fait chier, mais moi, Bino, si tu me dis que tu veux ravoir ta fusca, je ferme ma gueule! Tu fais le larbin, dit Gil très calmement, parce que Bino est ici, le reste du temps tu te sacres pas mal de lui, Ta gueule, cabrão! cria Davis, Laisse-le parler, dit Bino à Gil. Davis reprit, Bref, Abílio m'a dit de venir lui remettre la fusca jeudi dernier, j'avais eu des emmerdes la veille avec les Brésiliens, je lui ai dit que c'était pas une bonne idée mais Gil a insisté, On a pas le choix, a dit Abílio, et aussi que Gil prétendait que c'était un ordre de Bino, il avait la chienne, Abílio, Gil lui avait dit que tu allais le descendre si, Tu dis n'importe quoi, Davis, l'interrompit Gil, you're full of shit! un peu d'anglais, dans ce genre de situation, faisait toujours son effet, donnait l'impression d'être dans *Goodfellas*, Bino, d'ailleurs, rit un peu, pas Davis, on ne peut pas lui en vouloir pour ça. Allez, ta gueule Gil, dit Bino, mais il rigolait, c'était bon signe, Parle Davis, dit-il encore, Je suis allé dans la Mouraria, continua Davis, j'ai redonné la fusca à Abílio, j'allais repartir, et là Gil a débarqué, il a dit je sais plus quoi et tout à coup la merde a éclaté, il était là depuis moins de deux minutes, je te jure, Bino, et la merde éclatait! les Brésiliens se sont mis à nous tabasser, j'ai dit, Ok les gars, on se tire! et juste à ce moment Abílio s'est fait descendre, dans la pagaille, j'ai pas vu la fusca, ils étaient trois ou quatre à me tabasser, Gil, je sais pas où il était, l'ai plus revu, il devait s'être caché, ou sauvé, qu'est-ce que tu voulais que je fasse, Bino? j'ai traversé la bousculade, je me suis même pris un coup de lame, regarde, il remonta la manche de son tee-shirt par dessus son épaule sur laquelle il avait une cicatrice encore fraîche bien que peu profonde, Je sais pas comment j'ai fait pour m'en tirer, reprit-il, je suis chanceux d'être encore en vie, mais je vais te dire, pour la fusca, de deux choses l'une, soit on a vraiment pas de chance et c'est un coup horrible du hasard comme gagner la loterie à l'envers, soit c'est Gil qui s'est organisé avec les Brésiliens pour qu'ils sachent exactement où et à quel moment trouver la fusca, C'est n'importe quoi Davis! s'exclama Gil, tu es tellement désespéré que tu inventes n'importe quoi, Putain Gil! tu as laissé ta carte aux quatre coins de la ville, un de mes gars m'a dit qu'il t'avait vu discuter un soir avec les gars du Largo do Terreirinho et jeudi dernier, le grand João était là, avec les Brésiliens, Nelson t'a vu parler avec lui et lui donner ta carte, Ok, je lui ai parlé, je lui ai laissé ma carte, qu'est-ce que ça prouve? demanda Gil, je savais même pas à quelle heure tu viendrais dans la Mouraria, puis quel intérêt j'aurais eu à négocier en même temps avec Bino et les Brésiliens? c'est plus à toi que ça ressemble ça, c'est ton genre d'arnaque, pas le mien! Je vais t'éclater la tête, fils de pute! Ta gueule, Davis! intervint violemment Bino, Davis se tut, puis Bino Vas-y Gil, à ton tour, raconte.

Gil dit, Abílio a organisé avec ses gars une fausse échauffourée sur le Largo do Terreirinho, durant laquelle il a prétendu qu'il s'était fait voler le gun, mais il a été trop con pour s'apercevoir qu'il pourrait pas s'en servir, parce que vous vous en rendriez compte, monsieur Bino, fait qu'il a proposé à Davis de lui vendre le gun, peut-être de lui louer, ça je sais pas, je connais pas tous les détails de l'histoire, toi Davis, tu peux inventer comme ça t'arrange, moi faut que je devine, c'est plus difficile, par contre je sais que Davis avait le gun, Abílio me l'a avoué et aussi tout ce que je viens de raconter, j'aurais dû vous en parler, monsieur Bino, c'est vrai, j'ai été cave, j'ai pensé que je pourrais essayer d'éviter un bain de sang, je savais pas que j'avais affaire à deux traîtres comme Abílio et Davis, bref Abílio a vite craché le morceau mais Davis voulait pas collaborer et il s'est mis à me faire niaiser, il a trouvé un moyen de mettre Abílio de son bord, ou bien il lui a fait des menaces et Abílio a eu la chienne, il disait que Davis serait pas content, fait qu'il remettait tout le temps le rendez-vous où il allait me donner le gun, et moi, mon idée, c'est que Davis avait décidé de jamais le redonner, le gun, sauf qu'il avait pas le choix parce qu'il savait que je vous le dirais, monsieur Bino, qu'Abílio vous l'avait volé puis qu'il l'avait revendu à Davis, c'était ça le deal avec Abílio, tu me redonnes le gun et j'invente une histoire pour Bino où Abílio et Davis existent pas,

C'est pas ça que je t'avais demandé, dit Bino, Je sais, j'ai été cave, Continue, Mon idée, reprit Gil, c'est que Davis a parlé aux Brésiliens, il leur a dit qu'il serait là jeudi soir avec le gun et de partir une échauffourée, de même tous les gars d'Abílio et de Davis pourraient dire que les Brésiliens avaient parti le cirque, la police aussi pourrait le dire, que les Brésiliens avaient pété la gueule à tout le monde, tiré des coups de feu, tout ça, et qu'un gun avait disparu, forcément tout le monde penserait que c'était à cause d'eux-autres, bref monsieur Bino, d'après moi, Davis avait tout organisé, c'est lui qui avait dit aux Brésiliens de se pointer là, T'es complètement con, Gil ! le coupa Davis, pourquoi j'aurais fait ça, qu'est-ce que j'avais à gagner là-dedans ? Tu affaiblissais Bino et tu gagnais un gun, expliqua Gil, Bino perdait la Mouraria, soit aux Brésiliens, soit à la police, parce que j'aime autant vous avertir, monsieur Bino, la Rua Marquês de Ponte do Lima, vous êtes mieux d'oublier ça pour un petit bout parce que c'est plein de polices après les coups de feu de l'autre jour, puis je pense que les Brésiliens, avec l'aide qu'ils ont donnée à Davis, ils vont considérer que c'est à eux-autres puis ils vont sûrement laisser Davis tranquille dans la Bica, pour service rendu, et là, en se faisant voir comme ça jeudi passé, ils ont déjà commencé à faire entrer dans la tête du monde de la Mouraria que c'est eux-autres qui vont diriger quand la police va avoir sacré son camp, je pense aussi que Davis a tiré Abílio, Je vais te tuer, connard ! cria Davis en se ruant sur Gil, mais Bino l'arrêta et lui mit un flingue sur la gorge, Assis, imbécile! dit-il à Davis, écoute le monsieur jusqu'au bout, Davis savait, reprit Gil, qu'Abílio embarquerait pas dans son histoire de toute façon il voulait pas s'encombrer d'un imbécile comme Abílio, on sait jamais ce qu'il va dire, ce qu'il va faire, on peut pas lui faire confiance, fait qu'il l'a descendu. Gil se tut quelques secondes puis dit, C'est là qu'on est rendu, c'est la parole de Davis contre la mienne.

Nouveau silence, que Davis rompit en hurlant, Enculé! je sais pas ce qui me retient de te buter! là! tout de suite! Gil ne réagit pas aux cris de Davis, sentait que le vent tournait pour lui, c'est alors qu'il sortit le sac de sa poche et le tendit à Bino.

Bino sortit le Glock du sac. Davis eut l'air très surpris, Bino inspecta la fusca, C'est pas celle que j'avais filée à Abílio, dit-il, comment tu l'as eue? Écoutez, monsieur Bino, vous avez ma version de l'histoire et vous avez un gun, c'est ça que vous vouliez, Je voulais le flingue d'Abílio, je voulais la fusca que je m'étais fait voler, pas n'importe quelle fusca, celle-là je sais même pas si elle est propre, J'ai des contacts, dit Gil, ce gun-là vient de loin, il est propre, Réponds-moi, dit encore Bino, tu l'as eu comment? Moi je pense que je sais comment il l'a eu, intervint alors Davis, tu te souviens, Bino, la fusca qu'on s'est fait voler l'an dernier, sur le Largo do Terreirinho? Gil, montre-lui donc la photo que tu avais avec toi l'autre jour, avec Abílio, du gars que tu cherchais! allez, montre-lui la photo, Bino, tu vas faire le saut!

Gil était complètement désarçonné, Quoi? demanda-t-il sans savoir de quoi l'autre parlait, Quoi? demanda-t-il encore, La photo, spécifia Davis, mais bon, ça ne spécifiait pas grand-chose, Gil était tellement étonné qu'il fouilla machinalement dans la poche intérieure de son veston et en sortit la photo d'Antoine, il ne saisissait absolument pas ce que cette photo venait faire dans l'histoire, il la posa sur la table, Qu'est-ce que tu racontes, Davis? qu'est-ce que ça a à voir? finit-il par dire, Regarde, gueula Davis en brandissant la photo devant les yeux de Bino, l'an dernier, le type qui nous a piqué la fusca dans la Rua dos Cavaleiros et qu'on a jamais retrouvé, le type qui a buté Virgílio, tu le reconnais? Abílio m'a dit avant de crever que Gil cherchait le type qui nous avait piqué la fusca, à mon avis il l'a retrouvé et c'est comme ça qu'il a eu le Glock!

Gil n'avait jamais entendu parler de cette histoire de pistolet volé, Bino regardait la photo d'Antoine, Gil dit, C'est n'importe quoi, pourquoi je serais de mèche avec ce gars-là? je l'ai jamais rencontré, je le cherche! Tu le cherches pour quoi? demanda Bino, Ça a rien à voir avec notre histoire, monsieur Bino, c'est d'autre chose, C'est qui ce type? demanda encore Bino, Je le cherche, dit Gil, Et il est où? Je le sais pas! je vous dis que je suis en train de le chercher! À ce moment-là, Bino saisit le flingue sur la table et donna un coup de crosse dans le front de Gil qui tomba à la renverse, il était couché par terre, avait du sang dans les yeux, entendit Bino dire à Davis, Sors-moi ça d'ici, il sentit qu'on le relevait et eut à ce moment l'énergie de se défaire de la poigne de Davis et de courir vers la sortie.

*

Nina et Vincent avaient une très bonne vue, ils étaient assis à une table dans la rue. Devant le Café Central, des gens buvaient de la bière, s'y trouvait entre autres un jeune avec des dreads et une batte de baseball en aluminium, il parlait très fort en balançant dans les airs sa batte, on n'entendait que lui. Je ne savais pas qu'on jouait au baseball ici, dit Vincent, C'est peut-être un Américain, il y a beaucoup de Cap-Verdiens qui vivent aux États-Unis, dit Nina, Ou alors il est là pour casser des gueules, c'était sans doute passé par l'esprit de tout le monde lorsqu'il s'était pointé sur la place avec sa batte qu'il continuait d'agiter à quelques centimètres du nez de ses amis qui ne bronchaient pas.

Gil était à l'intérieur depuis une quinzaine de minutes, Nina et Vincent avaient commandé un petit pichet de vin blanc, ils buvaient tranquillement quand ils virent Gil jaillir sur la place devant le Café Central et s'effondrer sur le sol, de toute évidence on l'avait poussé, il se releva tout de même et cria dans leur direction, Sauvez-vous! mais Nina et Vincent étaient pétrifiés, les buveurs de bière regardaient de loin, plusieurs avaient déjà quitté la place, et alors le type aux dreads s'élança et frappa Gil dans les genoux avec sa batte, lui fauchant les jambes, et celui-ci tomba face première contre le sol, Davis cria, Mentiroso de merda! menteur! palhaço! bouffon! Gil dit quelques mots en direction de Vincent et Nina qui n'arrivèrent pas à entendre, il ne pouvait plus désormais que subir son sort. Davis lui bourrelait les côtes de coups de pied pendant que l'autre avec sa batte attendait les ordres, tout cela se passa en l'espace de dix secondes durant lesquelles Nina et Vincent n'avaient même pas quitté leur table, or Davis finit par lever les yeux dans leur direction, sursauta et cria, Olha Bino, está ali o filho da puta que nos roubou a fusca! c'est le fils de pute qui nous a volé le flingue! Allez, on fout le camp, c'est Nina qui avait parlé mais ils avaient certainement pour une fois eu la même idée, pas besoin de connaître le portugais pour comprendre la menace dans les cris et le regard de Davis.

Ils descendirent en courant la rue que leur avait indiquée Gil puis prirent immédiatement à droite, leurs poursuivants n'avaient toujours pas tourné le coin quand Vincent vit une porte ouverte sur un hall d'entrée, il eut la présence d'esprit de tirer Nina par la bras et ils s'accroupirent dans le hall, il faisait noir, ils entendirent aussitôt les pas et les cris de trois ou quatre hommes qui dévalaient la rue, attendirent encore quelques secondes avant de ressortir et remontèrent la rue en sens inverse. Trente secondes plus tard, ils étaient dans la foule des fêtards, Nina tremblait et sanglotait, Vincent essaya bien de la consoler mais ça ne fonctionnait pas vraiment, il dit, C'est fini, et elle, Ce n'est pas fini, j'ai peur.

*

Nina pleurait dans mes bras, nous roulions depuis quelques minutes déjà dans la Baixa lorsque le chauffeur se mit à parler, il posait vraisemblablement des questions et Nina lui répondait entre deux sanglots, deux hoquets.

Le chauffeur, sans doute mal à l'aise et se disant qu'une petite conversation calmerait la jeune femme, se mit à raconter quelque chose, je n'ai rien compris, je pourrais rapporter des paroles, comme ça, au hasard, des sons, mais ça ne voudrait rien dire, je me souviens qu'il dit, Uma rixa, je ne sais pas pourquoi ce sont ces paroles en particulier que j'avais entendues, pourquoi ces paroles, tout à coup, s'étaient fichées dans ma tête, Nina lui répondait parfois, parfois non, le chauffeur continuait, je n'ai jamais compris pourquoi il s'obstinait de la sorte à nous raconter son histoire, je demandai plusieurs fois à Nina, Qu'est-ce qu'il dit ? mais elle ne me répondit pas, je finis pas me taire, pour ne pas l'énerver davantage. À un moment, tout en poursuivant son histoire, le chauffeur se pencha par-dessus son siège, il ne regardait plus du tout la route et pointait, entre Serena *[sic]* et moi, une tache brunâtre sur le dossier de la banquette arrière, Du sang qu'il avait frotté autant comme autant, une tache d'au moins trente centimètres de diamètre, traduisit Nina, mais je ne savais même pas de quoi elle parlait, d'où provenait cette tache, je ne le sus jamais, Dis-lui de regarder devant ! dis-je à Nina alors que le chauffeur se tournait de nouveau vers nous, disait encore quelques mots que Nina ne traduisit pas, je lus la carte d'identité du chauffeur sous le pare-soleil, il s'appelait Manuel Jorge Ramos Lopes, je m'en souviens très bien, exactement comme Jorge.

Nina tremblait toujours un peu mais avait cessé de sangloter, peut-être l'histoire du chauffeur lui avait-elle effectivement fait du bien, je ne sais pas, elle ne parlait plus, lui non plus, alors que nous passions en trombe devant l'église de Santo António, je demandai, Qu'est-ce que ça veut dire, rixa? en lui prenant la main, et curieusement Nina ne sut quoi me répondre, Une dispute, j'imagine, une dispute avec du sang, dit-elle, puis elle se tourna vers Jorge et lui posa une question, il lui répondit et elle traduisit, Une querelle, une bataille, et moi, Une rixe, finalement, ça venait de me frapper, c'était presque la même chose qu'en français, Nina me regarda, stupé-faite, Oui, tu as raison, dit-elle, une rixe, c'est exactement ça, et déjà le chauffeur, stimulé sans doute par la question de Nina, s'était remis à déblatérer, je me repliai de nou veau sur moi-même, je dis ça, en fait je n'avais pas le choix, exclu d'office de la langue portugaise, c'était idiot, je m'en voulais, depuis deux semaines je m'en voulais de ne pas parler portugais, en Espagne je m'en étais voulu de ne pas parler espagnol, je ne suis pas doué pour les langues, c'est vrai, je n'ai pas appris non plus, me suis fermé, comme en ce moment dans le taxi, le chauffeur continuait de raconter, je pense que Nina aurait préféré elle aussi qu'il se taise mais elle n'avait pas le choix de l'écouter, dès qu'il eut fini, elle dit, Ils lui ont tout salopé son siège arrière, et il répète que c'étaient de tout petits ciseaux, pas un couteau, je n'avais aucune espèce d'idée de ce dont elle parlait, je n'avais pas entendu l'histoire, en fait je l'avais entendue sans rien y comprendre, j'aurais préféré que Nina se taise, je pensai que je devrais lui demander de me raconter le début, pour comprendre la fin, mais non, je me fermai une fois de plus, je me foutais complètement de l'histoire du chauffeur, je n'avais pas envie de discuter, nous venions de voir Gil se faire tabasser et tout à coup un chauffeur de taxi nous racontait sa vie comme si de rien n'était, et en pensant à Gil je dis, Nina, nous n'avons même pas appelé la police! Merde! dit-elle, elle saisit son téléphone et composa le numéro, parla quelques instants, le chauffeur se remit alors à déblatérer, pour moi de toute évidence, puisque Nina était toujours au téléphone, j'entendis le mot polícia à quelques reprises, peut-être aussi bandidos, rien d'autre n'avait de sens, sans doute était-il en train de commenter le coup de fil de Nina, je ne sais pas, je dis, No comprendo, et alors il se tut, si c'était tout ce qu'il fallait, avoir su.

Quand Nina raccrocha, le chauffeur se remit à parler, heureusement nous arrivions sur le Largo da Graça, il immobilisa le taxi devant la Villa Sousa, je donnai dix euros à Nina et sortis, je ne voulais plus entendre la voix du chauffeur, j'attendis sur le trottoir, j'aurais pu rentrer mais j'attendis Nina même si je n'en avais aucune envie, par habitude de servilité, et cette idée me mit en colère.

*

Ils prirent un taxi de la Praça de Camões et, lorsqu'ils arrivèrent à la Villa Sousa, Nina dit, On va aller prendre un verre au Miradouro da Graça, et Vincent, Tu es enceinte et tu as déjà bu tout à l'heure, tu ne crois pas que, J'ai besoin de me calmer! le coupa Nina, on prend un verre et puis on rentre, je suis trop sur les nerfs, je ne dormirai pas. Vincent pensa que, vu les circonstances, il convenait sans doute d'aller prendre un verre.

Ils traversèrent le petit parc et s'assirent sur l'esplanade, commandèrent des verres de blanc, pour changer. Nina s'était un peu calmée dans le taxi mais tremblait toujours. Après un premier verre, elle ne lui demanda pas son avis et en commanda un deuxième, ils en burent finalement trois ou quatre, Nina aurait pu passer là la nuit, il y avait du monde, les gens étaient heureux, souriants, c'était l'été, la fête, tout allait bien pour eux, elle était un peu éméchée, tremblait toujours. Vincent essaya de la convaincre de rentrer, Il faut que tu te reposes, demain ça ira mieux, Et pourquoi ça irait mieux demain? demanda alors Nina, au bord des larmes, peux-tu m'expliquer? Vincent lui prit les mains, elle tremblait, Qu'est-ce que tu veux dire? Je veux que tu m'expliques ce qui ira mieux demain, ce qui aura changé dans ma vie demain et qui fera que j'irai mieux qu'aujourd'hui, parce que je ne vois pas, Je ne comprends pas, dit alors Vincent, puis Nina, Laisse tomber, je délire, j'ai froid, Vincent s'approcha pour la prendre dans ses bras, la réchauffer, mais elle, Tu veux aller chercher ma veste chez nous? C'était tout à côté, l'affaire de cinq minutes, J'y vais, dit Vincent. Ils avaient, à ce moment-là, tous deux envie de se retrouver seuls.

Il traversa le petit parc et entra dans le pátio de la Villa Sousa, monta l'escalier jusqu'à l'appartement. Il trouva sans difficulté la petite veste de Nina et sentit tout à coup, alors qu'il s'apprêtait à redescendre, une grande lassitude, un profond dégoût de ce qui se passait depuis quelques jours entre elle et lui, et une forte angoisse face à ce qui se produirait ensuite. Qu'est-ce qu'on fout? pensa-t-il, mais il n'avait pas de réponse, d'ailleurs ce n'était pas vraiment une question. Il s'assit sur le lit quelques instants dans le noir, se demandant s'il ne valait pas mieux rester là, ne pas redescendre, ce n'était qu'une intuition, ça n'a pas de sens, pensa-t-il. Il se leva et sortit rejoindre Nina.

En revenant vers l'esplanade, de loin, en traversant le parc, il vit qu'elle parlait au téléphone, lorsqu'elle l'aperçut, elle raccrocha et fourra le portable dans son sac. Vincent s'assit à la table avec elle, dit, À qui tu parlais? et elle, À Jorge, Qu'est-ce que Jorge vient faire là-dedans? C'est lui qui m'a appelée, Pourquoi? Il voulait savoir si nous allions bien, Comme ça, pour rien! Qu'est-ce que tu veux que je te dise? demanda Nina, il m'a appelée, c'est tout, et elle prit une gorgée de vin. Vincent pensa qu'elle lui avait demandé d'aller chercher sa veste uniquement pour l'éloigner, sa jalousie lui revenait, il dit, Tu parlais avec António, c'est ça ? elle ne lui répondit pas, c'est tout de même elle qui rompit le silence, À ta santé, en brandissant son verre, mais Vincent ne la regarda pas, ne trinqua même pas, un petit geste de rien, et il but comme s'il avait été seul ou avec un interlocuteur imaginaire, Nina devant lui, qu'il avait tant aimée, il avait l'impression de ne plus la connaître. Il dit en lui serrant le bras, Réponds-moi, qui est António ? et elle, António est un vieil ami, c'est tout, un vieil homme, Et tu couches avec lui ? Bien sûr que non ! je te répète que c'est un vieil ami, un vieil homme ! tu es ridicule avec ta jalousie ! Mais tu me mens sans arrêt ! ton histoire de Madrid, Pourquoi tu n'as pas demandé à Gil, l'interrompit-elle, si tu ne me crois pas ? d'ailleurs tu as vu où il habite, Gil ? il squatte dans un immeuble désaffecté, c'est un clochard ! et toi tu crois tout ce qu'il te dit comme s'il, De quoi tu parles, tu débloques ? cria alors Vincent, et Nina lui raconta sa visite au perchoir *[elle n'employa évidemment pas ce mot de perchoir, l'image appartient à Gil]*, Et pourquoi tu es allée chez lui ? lui demanda-t-il à la fin, tu voulais t'assurer qu'il allait corroborer tes mensonges à propos de Madrid ? eh bien rassure-toi, il l'a fait, c'est bon, j'en ai marre ! finit par dire Nina, elle était ivre et n'avait plus envie de discuter, c'était terminé de toute façon, cette relation avait assez duré, elle se leva et quitta le miradouro, Vincent, naturellement, la suivit.

En arrivant chez eux, il alla aux toilettes et, quand il ressortit de la salle de bain, il constata que Nina avait ouvert une bouteille et buvait dans la cuisine, il dit, Qu'est-ce que tu fais? tu bois encore? C'est du vinho verde, dit Nina, ça ne soûle pas, Merde! s'écria Vincent, tu es enceinte et tu es déjà paquetée! c'est complètement irresponsable! Mais fous-moi la paix! cria-t-elle, fous-moi la paix! elle traversa l'appartement avec sa bouteille et sortit sur le balcon. Vincent resta dans la cuisine quelques instants, pour redescendre, puis alla la rejoindre sur le balcon, elle était assise par terre et pleurait, son verre à la main, il y avait une petite table et deux chaises, elle avait posé la bouteille sur la table et s'était assise par terre, les coudes sur les genoux.

Vincent était parvenu à se calmer un peu mais ne se sentait pas bien, je suis soûl, pensa-t-il, et Nina doit l'être encore plus que moi, il dit, Allons ma chérie, il faut que tu relaxes, C'est ce que j'essaie de faire, Et tu dois cesser de boire. Il voulut alors lui enlever son verre mais elle fit un geste pour l'en empêcher, le verre lui glissa des mains et se brisa sur le sol. Nina se releva et cria, Tu vois ce que tu as fait, crétin! pourquoi tu ne me fous pas la paix? pourquoi tu n'arrêtes pas de me casser les pieds? elle le frappait et le poussait, Fous-moi la paix! tu me fais chier! et lui, C'est notre enfant, Nina, il faut que tu penses à notre enfant, et elle, Je m'en fous de l'enfant, je n'en veux pas! ce n'est pas notre enfant, imbécile! ce n'est pas ton enfant! tu n'es pas le père! je n'en veux pas de cet enfant, fous-moi la paix! va-t-en! Elle ne criait plus mais avait la voix agressive et continuait de le frapper, de le pousser, Vincent ne riposta pas, se laissait frapper, pousser, reculait, sur le balcon minuscule il n'y avait pas beaucoup de place.

Personne ne sait exactement ce qui se passa ensuite. On croit que Vincent se prit les pieds dans une chaise ou marcha dans le verre brisé, en fait on sait qu'il marcha sur du verre brisé parce qu'il y avait encore le lendemain des traces de sang sur le balcon, il était pieds nus, peut-être aussi était-ce le sang de Nina, toujours est-il qu'il fit un pas bizarre de côté, heurta la balustrade qui était basse, bascula et tomba du balcon du quatrième étage, Nina entendit le bruit mat de son corps percutant le sol puis celui, cristallin, de la bouteille de vin qui l'avait suivi. En tombant, Vincent n'avait pas crié.

Il y eut cependant du fracas, et le fracas attire toujours les foules.

Quand les secours arrivèrent quelques minutes plus tard, il n'y avait plus personne à secourir, non, c'est faux, il y avait Nina, sur le balcon, qui se griffait le visage et criait, c'est ainsi que tout le voisinage avait été ameuté. Plusieurs voisins avaient au préalable entendu leur dispute puis le choc spongieux du crâne de Vincent sur le sol de la cour, ce devaient être eux qui avaient appelé la police, on se parlait de balcon à balcon, se criait à travers la cour des hypothèses quant aux causes de cette chute du quatrième étage, mais ce furent probablement les cris de Nina qui firent que, avant même l'arrivée des secours, le pátio était déjà plein de monde, et pas que des locataires de la Villa Sousa.

Les ambulanciers durent attacher Nina à une civière après l'avoir enroulée dans une couverture verte. Pour le reste, la police, les ambulanciers, tout ça, c'était bien plus du spectacle que du secours.

Ici, maintenant

Après avoir entendu les témoignages de Nina et des voisins, la police conclut que la mort de Vincent était accidentelle. Or dans un lieu comme la Villa Sousa où tout le monde s'observe, s'épie et y va de ses petites spéculations, il y en eut bien quelques-uns pour évoquer la thèse du suicide, de l'assassinat même, et bon, je ne dis pas que Nina, dans cette histoire, n'avait pas ses torts, mais en faire une meurtrière serait insensé.

Subsistent toutefois un certain nombre de zones grises dont elle semble en partie responsable.

Il semble en effet qu'elle mentit plusieurs fois à Vincent, occulta à tout le moins certains aspects de la vérité, notamment en ce qui concerne cet António dont elle refusa de lui dévoiler les détails de leur relation, sans parler de sa grossesse, de ses explications loufoques quant à sa fuite de Porto, de la rencontre d'Iker et de l'achat du téléphone portable.

On peut cependant lui concéder des circonstances atténuantes. Par exemple, après qu'elle eut vu Gil se faire tabasser, peut-être même tuer, on n'en sait rien *[pour l'instant]*, il semble compréhensible qu'elle se fût laissé aller à la colère, au mensonge, et que, dans un moment d'angoisse extrême face à l'avenir, face à la mollesse et la naïveté de Vincent, elle lui eût déclaré, faussement, qu'il n'était pas le père de l'enfant.

Nous n'avons d'ailleurs aucune preuve qu'elle était vraiment enceinte.

Il convient également de rappeler que Nina n'était pas seule en cause, je veux dire, la responsabilité de toute cette confusion ne peut reposer tout entière sur ses seules frêles épaules. En effet, tous les personnages de cette histoire se sont menti à tort et à travers, sans tous leurs mensonges cette histoire n'existerait même pas!

Bref, on peut reprocher à Nina bien des choses, mais je sais qu'elle n'est pas une meurtrière. Elle voulait sans doute se débarrasser de Vincent, et on peut la comprendre, en tout cas moi je la comprends, mais de là à le tuer, non, ce serait totalement invraisemblable.

Quant à la thèse du suicide, elle me semble tout aussi farfelue. Il est vrai qu'on se suicide parfois pour ce genre de chose, parce qu'on a été trompé ou abandonné, mais pas Vincent, et surtout pas ainsi, sur un coup de tête, si j'ose dire, la situation n'était pas suffisamment claire pour cela, pour que Vincent, lâche par nature, prît une décision aussi nette et définitive, il aurait plutôt, me semble-t-il, tergiversé, tenté de convaincre Nina de le convaincre, lui, qu'elle ne l'avait pas trompé, que l'enfant était bien le sien et qu'elle l'aimait, qu'elle voulait son enfant avec lui et qu'elle avait menti sur le coup de l'émotion, encouragée par l'alcool, etc. De toute façon, les gens égoïstes comme Vincent se suicident rarement, il existe pour eux un tas d'autres solutions dans les situations de crise, ils évoqueront le suicide, peut-être, mais retourneront chez papa-maman bien avant de passer à l'acte, et ceux-ci les dorloteront et s'apitoieront sur leur sort, ce qui leur fera beaucoup de bien, le rôle du pauvre abandonné, bafoué par la vie, convient beaucoup mieux à ce type de caractère. On m'objectera que les parents de Vincent étaient morts, mais ça ne change pas un homme.

Somme toute, la thèse de l'accident était certainement la meilleure.

Malgré cela, à la Villa Sousa, on accabla Nina, la tint responsable de la mort accidentelle de Vincent, on disait qu'elle était une femme méchante, qu'elle lui criait dessus constamment, mais nous savons, nous, que ce n'était pas vrai! Elle était, durant ce séjour à Lisbonne, dans une mauvaise passe, parfois de mauvaise humeur, certes, autrement c'était une femme plutôt joyeuse, douce, et vous n'allez tout de même pas me dire que Vincent était un homme avec qui on souhaite passer sa vie, fonder une famille!

Les ragots commencèrent dans la cour, en plein cœur du drame, alors que les ambulanciers étaient toujours là, et continuèrent tout le temps que Nina demeura à la Villa Sousa. Il serait inutile de décrire ici en détail ce que lui firent subir ses voisins, les regards obliques, les allusions mesquines, l'hypocrisie. Je pense que les locataires de la Villa Sousa et autres badauds qui, assemblés dans la cour, avaient commencé à cancaner sur la méchanceté de Nina, s'étaient laissé influencer par les apparences, Nina est une très belle femme, évidemment cela attire les jalousies. Ils ne se seraient jamais laissé aller ainsi sans la chute de Vincent mais, après une telle tragédie, une belle femme, on se plaît à l'imaginer cruelle et malveillante, envoûtante, en vamp poussant son homme au suicide par pure méchanceté, on retrouve ce genre d'histoire rassurante dans tous les folklores, toutes les mythologies. Quant à cette fable qu'elle criait constamment après Vincent, Tous les soirs! avaient clamé certains voisins à la police pour se rendre intéressants, ce sont probablement ses cris dans la cour, après la chute de Vincent, qui la leur inspirèrent, elle avait hurlé de douleur pendant quinze, vingt minutes, jusque longtemps après l'arrivée des secours, des cris qui vous restent dans la tête, et alors les petits vieux cancaneurs avaient inventé qu'elle gueulait tout le temps pour tout et pour rien, or c'était complètement faux.

En fait, que Nina tienne dans cette histoire le mauvais rôle n'a pas vraiment de sens, parce que bon, elle cachait des choses à Vincent, mais ce pistolet qu'il avait dissimulé dans leur appartement après l'avoir transporté avec lui dans le train, lui avoir fait passer la frontière espagnole, ce n'était tout de même pas rien! Le comportement de Vincent dans cette histoire mettait bien davantage en danger la vie de Nina que les mensonges de cette dernière, la vie de Vincent, c'est incontestable! Non, cette histoire est beaucoup plus compliquée que ce qu'en ont raconté les locataires de la Villa Sousa.

Dans un autre ordre d'idée, on ne connaît toujours pas tous les tenants et aboutissants de cette absurde histoire d'arme à feu que la police ignorait toujours au moment de la mort de Vincent, absurde et passablement invraisemblable.

Cela dit, le réalisme de cette histoire n'a pour moi aucune importance, ce qui m'intéresse, c'est plutôt la confusion qu'elle engendre et dont je suis le spectateur imaginaire. J'aurais aimé assister à des péripéties circassiennes où seraient intervenus des personnages tellement secondaires qu'on les a déjà oubliés, comme l'ancien amant de la plantureuse Marla [chanteuse de fado], ce Sergio dont on n'a plus parlé et qui aurait très bien pu détenir la clé du mystère, ce n'est pas du tout dans cette direction que nous a mené notre récit mais ça aurait pu être une possibilité. La pagaille, toutefois, était plus ou moins inéluctable, je veux dire, le drame en lui-même aurait pu être autre, la mort de Vincent après une chute du quatrième étage aurait certes pu être évitée, ce dénouement-là était tout à fait imprévisible, mais quelque chose de dramatique allait forcément se produire, on le sentait depuis longtemps, bien qu'il eût pu être beaucoup moins retentissant, voire passer inaperçu aux yeux du monde.

En fait tout cela aurait pu se terminer n'importe comment ou à peu près, on n'en est peut-être arrivé là que par hasard.

Les gens qui peuplent l'univers de cette histoire, j'ai commencé à les observer par désœuvrement, surtout à cause de la femme qui est devenue Nina… ne savais pas ce qui se passait, avais compris rapidement, malgré les fenêtres closes, qu'ils se disputaient, je la trouvais jolie, cette femme, bien que d'où j'étais, de l'appartement de Rita, je dusse imaginer l'essentiel, je ne voyais pas grand-chose, mais une jolie fille et une engueulade suffisent parfois à vous donner des idées, vous faire concevoir des scénarios catastrophes, et naturellement mes fantasmes s'amplifièrent lorsque l'homme ouvrit la porte-fenêtre et sortit sur la varanda avec sa bouteille de vin, alors tout s'éclaira, j'entendais Nina à l'intérieur qui parlait fort, l'engueulait, lui disait qu'elle le détestait et n'aurait jamais d'enfant avec lui, je ne compris pas ce qu'il lui répondit, à cette époque je ne parlais pas castillan, ce dut être quelque chose qui la choqua puisqu'il fut comme projeté vers l'arrière… s'empêtra les pieds dans une chaise et trébucha, alla buter contre la petite table bancale du balcon, la bouteille, sous l'impact, fut projetée dans le vide, tomba et alla éclater sur les pavés de la cour. Je me souviens, le lendemain, de m'être arrêté un instant pour regarder les murs recouverts de gouttelettes roses.

[…]

Ce qui compte pour moi, dans ce finale, c'est la pagaille, ce qui fait que l'histoire de Nina et Vincent se termine de cette manière un peu idiote, en queue de poisson, comme on dit, que la tragédie tient davantage du faux pas que du drame existentiel.

*

Dans ma chambre merdique de Chuecas, je réfléchis pendant plusieurs jours, en regardant le plafond, aux moyens de quitter Madrid. En continuant à travailler sporadiquement, je mettrais des mois à amasser la somme nécessaire à l'achat d'un billet d'avion. Je pensai que je pourrais, juste avant de partir, dérober un touriste, le forcer à vider à mon profit son compte bancaire, mais c'était risqué et je n'avais pas l'habitude de ce type de procédé.

... finis par penser à monsieur Simão. Il m'avait offert un jour de me prêter l'argent pour rentrer à Montréal. Je lui téléphonai d'une cabine de la Plaza de la Puerta del Sol, pour plus d'anonymat si jamais on cherchait à retracer l'appel, c'était de toute évidence complètement inutile. Il y avait là beaucoup de bruit, j'avais du mal à entendre monsieur Simão, je lui parlai de mon désir de rentrer, il dit, Tu seras toujours le bienvenu chez moi, et moi, Pas à Lisbonne, je ne peux pas rentrer à Lisbonne, À Montréal? demanda-t-il, mais il n'était absolument pas question que je rentre à Montréal, jamais, je dis pourtant, Oui, pour brouiller les pistes, et lui, Tu as besoin de fric? Oui, répondis-je, Je vais t'en envoyer, et moi, Je vous rembourserai, M'en fous, ajouta-t-il. Nous parlâmes encore un peu, il me demanda des nouvelles, je lui parlai de choses anodines, de mon travail, d'une fille que j'avais rencontrée, une Québécoise qui voulait que je rentre avec elle, tout cela, évidemment, était faux.

Le lendemain, je passai à un comptoir Western Union, monsieur Simão m'avait envoyé plus d'argent que j'en avais besoin.

Je devais quitter l'Europe, c'était le seul moyen de retrouver une certaine sérénité, de ne plus penser à cette histoire de meurtre *[jamais confirmée, d'ailleurs, jamais su si le petit gangster du Largo do Terreirinho était mort ou non]*, de ne plus avoir à me sauver. Sans dire que Mariana ne fut qu'un prétexte – sur le coup, ce ne fut certes pas le cas –, notre rupture me donnait aux yeux de tous une raison de partir *[un alibi]*. Je décidai d'aller à New York. Ça tombait bien, c'était le billet le moins cher pour l'Amérique du Nord. J'aurais pu aller en Asie, en Afrique, ça aurait été plus sûr, mais c'était beaucoup trop exotique pour moi.

En sortant du métro Grand Central – 42 St, j'éprouvai un sentiment de libération.

*

La police demanda à Nina de ne pas quitter Lisbonne, Ne vous inquiétez surtout pas, ce n'est qu'une formalité, lui dit-on, et nous compatissons, ce genre de chose. C'est aussi ce que prétendirent certains de ses voisins, Nous compatissons! qu'elle croisa par hasard dans le pátio, d'autres évitèrent son regard, mais dans un cas comme dans l'autre ces gens, avant l'accident, ne lui avaient jamais adressé la parole, alors ce que ça pouvait vouloir dire…

Elle passa une semaine seule à Lisbonne. Quand il avait appris la nouvelle de la mort de Vincent, Jorge l'avait aussitôt contactée et lui avait dit qu'elle pouvait garder l'appartement aussi longtemps qu'il faudrait, Jorge fut en fait la seule personne, outre la police, à qui Nina, à Lisbonne, dit plus de quelques mots après la mort de Vincent, qui coïncida à un ou deux jours près avec la confirmation d'un diagnostic de cancer du pancréas à la suite duquel Jorge se rendit dans sa famille, à Coimbra, Nina n'eut donc pas l'occasion de le revoir. Elle ne donna aucune nouvelle à sa famille de Porto, essaya bien de joindre deux ou trois amis de son ancienne vie – dont cet homme avec qui elle avait vécu dans un minuscule appartement de l'Alfama –, on ne lui répondit nulle part, comme si tous avaient quitté la ville. Elle essaya même à de nombreuses reprises de joindre Gil, elle s'inquiétait, cela pourrait sembler invraisemblable puisqu'elle ne l'avait jamais beaucoup apprécié, mais après cette scène d'extrême violence à laquelle elle avait assisté dans le Bairro Alto, elle regrettait peut-être un peu d'avoir douté, médit de lui.

Toute cette semaine, Nina la passa dans une grande solitude.

*

Il y aurait encore beaucoup à dire sur Madrid, et encore davantage sur Lisbonne, avant d'arriver à New York, mais non. L'important je l'ai écrit et ne l'ai pas raturé. Le reste, sans doute, ne comptait pas vraiment, pas assez.

[...]

Je tiens à spécifier que Lisbonne est une ville magnifique que j'aime profondément, mais je n'y retournerai jamais. Ce n'est pas à cause de la ville elle-même ni surtout des gens, tout simplement ce serait beaucoup trop dangereux, on dit que le criminel retourne toujours sur les lieux de son crime, mais ça n'arrive que dans les romans policiers quand il est décidé d'avance que le valeureux détective mettra la main au collet de son alter ego dans le crime, je ne tomberai pas dans ce panneau *[étant à la fois le criminel et le détective]*, à Lisbonne tout se sait, impossible de passer inaperçu, Lisbonne n'est au fond qu'un village. Je sais aujourd'hui que ce n'est qu'en arrivant à Madrid que je commençai réellement à m'éloigner du monde... cessai de donner des nouvelles à la famille, et c'est en proie à la nécessité du plus grand anonymat possible que je choisis, après la visite de Nina à Madrid et cette rencontre fortuite avec Velázquez, de fuir vers une mégapole.

Il me semble encore aujourd'hui que je fis le bon choix. À New York, j'arrivais dans le monde, en sortant du métro Grand Central – 42 St, j'eus une seconde la sensation de n'avoir pas quitté Madrid *[tout comme, quelques semaines plus tard, en voyant les Greco et les Goya du Metropolitan Museum]*...

Il y a maintenant deux ans que je vis ici, à Manhattan, sur West 145th Street, dans une chambre merdique, un réduit d'à peine douze mètres carrés dans lequel s'entassent un lit, une grande armoire, un réfrigérateur qui laisse suinter un filet d'eau et une petite table à laquelle je m'assois parfois pour écrire. Une fenêtre grillagée donne sur la ruelle, il fait noir même en plein jour.

Je suis portier de nuit dans un immeuble cossu de 5th Avenue, quelques rues au nord de Washington Square, c'est un endroit idéal pour épier les gens que je ne croiserais jamais autrement, je peux m'écraser dans ma chaise à roulettes et lire ou écrire ou réfléchir quand il n'y a personne, la nuit, c'est généralement le cas, mais je préfère rester à l'entrée, dehors même, quand il ne fait pas trop froid, à observer les passants, d'ailleurs mon patron apprécie l'initiative, je lui ai dit un jour, Je surveille, je vous dirai s'il y a quelque chose à signaler, il a paru très satisfait, c'est vraiment un gros con.

Ce n'est pas parce que l'immeuble est cossu que je suis bien payé, surtout que je ne travaille que trois nuits par semaine, les week-ends, quand personne d'autre que moi ne veut être ici. Quand j'ai payé le loyer et les petites courses pour manger, il ne me reste presque rien, il m'arrive souvent de passer mes journées de congé à regarder le plafond de mon réduit. C'est un peu ma faute, je suis le seul employé de l'immeuble qui habite Manhattan, c'est une sorte de snobisme de ma part, les autres vivent au New Jersey ou à Queens, Staten Island, ils me trouvent bien imbécile de m'obstiner à ne pas vouloir m'exiler, à payer pour un réduit un loyer exorbitant.

Il m'arrive parfois d'aller au Metropolitan Museum, je profite du fait que le prix d'entrée est une contribution volontaire, je laisse un dollar, parfois deux, ils ne m'aiment pas, me font de gros yeux, tant pis. Il m'arrive aussi d'éviter les guichets en passant par la boutique du musée, on doit jouer des coudes, surtout les week-ends, pour traverser le Met Store plus achalandé que toutes les salles d'exposition, mais par le fond, sur la gauche, il y a un passage qui mène directement à la collection médiévale.

Un jour, au Metropolitan Museum, après avoir admiré pendant une dizaine de minutes un portrait équestre de Don Gaspar de Guzmán *[ou un portrait en pied de Philippe IV? je ne sais plus, me souviens toutefois très bien, malgré la grandeur, la noblesse du personnage, de voir dans son regard une petite étincelle d'angoisse, de panique, comme s'il me suppliait de l'aider à s'enfuir]*, je tombai par hasard sur Velázquez, le nain. Je me plantai devant lui et dis, Hi Velázquez! il me regarda, immobile, sans me répondre. Il n'avait pas changé, toujours aussi irrévérencieux, clownesque. Le rencontrer à Madrid m'aurait évidemment inquiété, mais ici non, dans la ville infinie de New York, je sais que personne ne me retrouvera jamais.

J'aime le Metropolitan Museum, il me rappelle le Prado, il y a par exemple un tableau de Goya qui me donne l'illusion d'être à Madrid chaque fois que je le vois, il représente deux jeunes femmes assises sur un balcon, qui nous observent en plongée… ont l'air de jumelles, leurs vêtements *[tenues de Majas]* donnent l'impression qu'elles sont le négatif l'une de l'autre, et derrière elles sur le balcon, dans la pénombre, se tiennent un homme au large chapeau à la Napoléon et un autre qui se voile le visage et pourrait aussi bien être une vieille femme malgré ce que dit le cartel, il s'agit de toute façon de quelqu'un qui ne veut pas qu'on le reconnaisse, et cela renforce l'hypothèse que, plutôt que des jeunes filles de bonne famille prenant innocemment le frais sur leur balcon, les deux personnages principaux du tableau seraient en fait des prostituées.

*

Quand la police lui annonça qu'elle était libre, Nina se mit à la recherche d'un billet d'avion pour rentrer à Montréal mais ne trouva aucun vol direct avant plusieurs jours, on lui en offrait un pour New York, rester à New York quelques jours, pensa-t-elle, quelques semaines peut-être, selon ce que ses finances lui permettraient, ce n'était sans doute pas une mauvaise idée. Elle avait la conviction que, en arrivant à Montréal, elle se serait sentie aussi seule qu'à Lisbonne, elle n'avait en réalité jamais été heureuse à Montréal, pas plus qu'à Lisbonne d'ailleurs. Après le grand malheur de la mort de Vincent, elle ne trouverait jamais la paix à Lisbonne ni à Montréal. Elle prit l'avion très tôt le lendemain matin.

En sortant du métro Grand Central – 42 St, elle éprouva un sentiment de libération.

*

Parfois je descends dans Midtown pour regarder les gens.

Devant Grand Central Station, au Pershing Square, sous le Park Avenue Viaduct, se trouve le Central Café. C'est là que je vais même si c'est très cher, tout est cher dans cette ville, je dois souvent me contenter de regarder autour de moi, mais quand il me reste quelques dollars j'aime aller au Central Café, à cause du bruit, des voyageurs, il y a bien aussi quelques touristes qu'on ne remarque pas trop, ils se fondent dans la foule, le tumulte, tout comme moi d'ailleurs, personne ne me remarque, je me confonds, j'ai un visage qu'on confond facilement.

Bien que j'aime le Central Café, ça reste un endroit de merde, les serveurs veulent que la clientèle tourne alors, quand je passe là des heures à observer les gens, le mouvement de la rue, ils me font des yeux méchants. Ils n'osent pas me dire de foutre le camp, restent toujours polis mais je sens dans leur regard qu'ils aimeraient me chasser, me vider comme les ivrognes, en même temps ce ne sont presque jamais les mêmes d'une fois à l'autre, je ne suis même pas sûr qu'ils me reconnaissent. Je dois admettre, cela dit, que le lieu a un certain vernis de dignité, un certain chic pour qui ne perçoit que la surface des choses *[alors qu'il faut descendre au fond]*. Mais ce n'est pas tant cela qui m'intéresse que la variété des gens qui s'y agglutinent. J'y vois souvent par exemple un type qui passe là, comme moi, de longues heures. Il doit avoir une cinquantaine d'années, porte un tee-shirt du NYPD et parle tout seul en regardant des papiers, des dessins, des photos qu'il transporte dans un attaché-case et étale devant lui sur la table. Il lit parfois le journal ou des feuilles manuscrites, il a l'air un peu cinglé, fait dans les airs des gestes vagues comme s'il dirigeait quelque chose dans sa tête, quelque chose que je ne vois ni ne comprends mais qui, pour lui, doit avoir lieu, j'imagine, dans cet endroit.

Au Central Café, je reste toujours à l'avant, près de la grande vitrine où on peut ne consommer qu'un café. Il y a au fond un restaurant où je n'ai jamais mis les pieds, et pour que ce soit clair que l'accès m'en est interdit, ils tendent au milieu de la salle un ruban rouge, ainsi les gens comme moi savent où se tenir. De toute façon, l'autre côté du ruban ne m'intéresse pas. De ma vitrine j'ai vue sur Pershing Square où arrivent les voyageurs qui sortent de Grand Central Station, c'est ce qui longtemps m'a rendu essentiel ce lieu sans vie, c'est un poste d'observation idéal, il passe là beaucoup de monde… l'idée me vint un jour que j'y croiserais peut-être Nina.

… de toutes ces femmes transparentes qui se superposent dans ma mémoire, il ne reste aujourd'hui que Nina… ce que j'éprouve pour elle se trouve à mi-chemin entre la nostalgie et l'amour, c'est très subtil, fade, devrais-je dire, je n'arrive pourtant pas à l'évacuer, ne comprends pas ces rêves où je lui fais l'amour en sentant que je reviens à la vie, et alors toutes les autres ne comptent plus… je rêve qu'elle (MA Nina) est ici, dans la même ville que moi, et je ne la vois jamais tout en la cherchant partout.

Un jour, au Central Café, j'observais le type au tee-shirt du NYPD et cela m'angoissait un peu, il y avait là un désagréable effet de miroir *[bien qu'il soit beaucoup plus âgé que moi]*, la répétition de quelque chose d'évanoui, d'une vie perdue à fuir ou à courir après quelque chose qui n'existe pas, à faire du bruit que personne n'entend, et c'est à ce moment que j'aperçus, qui sortait de Grand Central Station… Nina ! Le soleil avait pâli ses cheveux blonds, elle portait une longue robe turquoise.

Mon premier réflexe fut de me lever, d'aller à sa rencontre, elle me cherchait peut-être elle aussi, après tout, mais non, c'eût été idiot, je veux dire, ça n'aurait très certainement mené à rien, alors je restai là à la regarder à travers la vitrine du Central Café, elle semblait désorientée, je ne comprenais pas comment elle avait fait pour me retrouver à New York, tout comme je ne comprenais pas qu'elle m'eût retrouvé à Madrid, et j'exultais parce que ce que j'écris, tout ce que j'écris depuis Lisbonne, c'est pour retrouver Nina, ma Nina de papier, et voilà qu'elle était là devant moi, et cette rencontre était aussi émouvante et vraie que tout ce qui se passe dans ce qu'on appelle la réalité, de l'autre côté du ruban où retrouver Nina serait forcément décevant.

Je ne pus toutefois réprimer un geste de la main que, de toute évidence, elle ne remarqua pas, sans doute à cause de la réflexion dans la vitre, et alors un grand type maigre avec un gros nez et qui traînait une grosse valise à roulettes me bouscula, la table bougea, mon café se renversa, je réussis à sauver le petit cahier dans lequel j'écris et échappai un Tabarnak! ça ne m'était pas arrivé depuis longtemps de voir ainsi remonter ma langue maternelle, comme un reflux gastrique, et lui, le grand maigre, s'excusa vaguement, Sorry, dit-il sans même me regarder, avant de continuer son chemin vers une table libre, plus loin, je lui criai tout de même, Look what you're doin' man! there's a beverage here! il ne me répondit pas, ce fut plutôt le type au tee-shirt du NYPD qui se tourna brusquement vers moi et dit, Have you ever seen anything like that? en me tendant une photographie que je saisis machinalement, sans même y jeter un coup d'œil, sans comprendre non plus le lien entre cette photo et le grand maigre, pour moi sa question ne pouvait faire référence qu'au grand maigre, mais non, il parlait de la photo, je ne m'en rendis compte que longtemps après, des semaines plus tard, il me remit ensuite un bout de papier, You really should read that, I found it in a garbage can, why would anyone throw away such a fine piece of, je ne compris pas la fin de sa phrase à cause d'un type qui se mit à engueuler en espagnol le grand maigre avec sa valise qui devait venir de le bousculer lui aussi et se trouvait maintenant planté comme en admiration devant une femme à la longue chevelure noire, aux traits accusés, déterminés, qui parlait au téléphone et ne s'occupait pas du tout de lui, c'est alors seulement que je repensai à Nina, le type du NYPD continuait ses explications, j'étais incapable de me concentrer, je lui dis, comme l'autre, Sorry, en lui redonnant la photo et son papier que je n'avais même pas regardés, et lui tournai le dos pour me remettre à chercher Nina dans la foule de Pershing Square.

Évidemment, elle avait disparu.

Épilogue
O senhor investigador privado et les échecs

Ayant lu dans les journaux la nouvelle de la terrible agression dont avait été victime le gentil investigador privado, monsieur Gonçalo décida d'aller lui rendre visite.

L'article du journal était vague. Remédier à toutes ces imprécisions, pensa-t-il. Monsieur Gonçalo aimait la précision. Le désordre, le flou, la confusion lui causaient des angoisses indescriptibles, des insomnies qui accentuaient malgré lui son penchant au voyeurisme. Il dit à sa mère, Mère, je vais rendre visite à un ami.

Il se rendit en taxi à l'Hospital Santa Maria où il trouva sans peine la chambre de l'investigador privado. Le pauvre était vraiment dans un piteux état, plâtré des pieds à la tête, seul son bras gauche avait été épargné par les coups. Bonjour, lui dit monsieur Gonçalo, Bonjour, dit l'investigador privado, visiblement étonné de le voir là. Sur la table rétractable devant lui se trouvait un jeu d'échecs. Monsieur Gonçalo s'assit à côté du lit et resta là quelques instants, en silence, à observer, j'imagine, la chambre bleue, croyant peut-être que cela l'aiderait à comprendre l'histoire de l'investigador privado, cherchant un moyen d'entamer la conversation. Il fit alors remarquer au senhor investigador privado que plusieurs pièces de son jeu d'échecs manquaient, celui-ci dit, Je m'en sacre, je sais même pas comment jouer, j'invente les règles à mesure, Vous voulez que je vous montre? demanda monsieur Gonçalo, Vous avez dit qu'il manque des morceaux, répondit l'investigador privado, ça servirait pas à grand-chose. Monsieur Gonçalo n'insista pas.

Après encore quelques minutes de silence, l'investigador privado demanda, Est-ce que je peux vous demander pourquoi vous êtes venu me voir? Monsieur Gonçalo hésita puis, Je dois admettre que ce n'est pas que par compassion, en fait je suis très curieux, d'une curiosité qui tient parfois de l'obsession. L'investigador privado, d'abord, ne réagit pas. Quelques minutes passèrent encore puis, Rétablir l'ordre, c'est le plus compliqué, dit-il, le désordre de tout ce qui arrive rend les événements illisibles. Monsieur Gonçalo ne réagit pas. L'investigador privado reprit, C'est une histoire compliquée, si vous voulez, je peux essayer de vous la raconter, Cela me ferait très plaisir, dit monsieur Gonçalo.

L'investigador privado réfléchit quelques secondes et dit, Quand on débarque à Lisbonne de Paris, on a l'impression que la vie coûte rien et que ça va compenser pour toutes les années qu'on a passées à manger des beurrées de moutarde, fait qu'on vire une couple de sales brosses, on se paie une fille par-ci par là et on se retrouve dans la rue sans s'en apercevoir, sans abri, Je comprends, dit monsieur Gonçalo, et l'investigador privado, C'est de même que tout a commencé, Je comprends, répéta monsieur Gonçalo. L'investigador privado se tut encore quelques secondes. Pouvez-vous m'aider à me redresser ? demanda-t-il enfin. Monsieur Gonçalo l'aida. L'investigador privado regarda quelques instants le jeu d'échecs et dit, Il y a des détails que j'ai pas encore éclaircis, Ce n'est pas grave, le rassura monsieur Gonçalo.

Alors l'investigador privado lui raconta, du mieux qu'il put, toute son histoire.

Quelques phrases, images, personnages, épisodes de ce livre ont été volés à Thomas Bernhard, António Lobo Antunes, Denis Diderot, Miguel Castro Caldas, António Vieira, Nicolas Chalifour, Jacinto Lucas Pires, Gonçalo M. Tavares, Vladimir Nabokov et quelques autres, sans doute, que j'oublie.

Autres romans chez Héliotrope

GABRIEL ANCTIL
Sur la 132

NICOLAS CHALIFOUR
Vu d'ici tout est petit
Variétés Delphi

ANGELA COZEA
Interruptions définitives

MARTINE DELVAUX
C'est quand le bonheur?
Rose amer
Les cascadeurs de l'amour n'ont pas droit au doublage

OLGA DUHAMEL-NOYER
Highwater
Destin

GRÉGORY LEMAY
Les modèles de l'amour

MICHÈLE LESBRE
Sur le sable

PATRICE LESSARD
Le sermon aux poissons

CATHERINE MAVRIKAKIS
Le ciel de Bay City
Deuils cannibales et mélancoliques
Les derniers jours de Smokey Nelson

SIMON PAQUET
Une vie inutile

GAIL SCOTT
My Paris, roman

VERENA STEFAN
d'ailleurs